跨越

董兆元 著

山东文艺出版社

图书在版编目（CIP）数据

跨越 / 董兆元著. —济南：山东文艺出版社，2021.3
 ISBN 978－7－5329－6319－5

Ⅰ.①跨… Ⅱ.①董… Ⅲ.①长篇小说—中国—当代 Ⅳ.①I247.5

中国版本图书馆 CIP 数据核字(2021)第 033647 号

跨越

董兆元　著

主管单位	山东出版传媒股份有限公司
出版发行	山东文艺出版社
社　　址	山东省济南市英雄山路 189 号
邮　　编	250002
网　　址	www.sdwypress.com
读者服务	0531－82098776（总编室）
	0531－82098775（市场营销部）
电子邮箱	sdwy@sdpress.com.cn
印　　刷	山东新华印务有限公司
开　　本	700 毫米×1000 毫米　1/16
印　　张	20
字　　数	259 千
版　　次	2021 年 3 月第 1 版
印　　次	2021 年 3 月第 1 次印刷
书　　号	ISBN 978－7－5329－6319－5
定　　价	59.00 元

版权专有,侵权必究。如有图书质量问题,请与出版社联系调换。

从苦难中解脱出来，人人都想发家致富，跨过这道坎，谈何容易！

目 录

1. 晴天霹雳 ················· 1
2. 程俊 ··················· 5
3. 郑氏 ··················· 29
4. 程秀 ··················· 34
5. 万青莲 ················· 42
6. 杨氏 ··················· 54
7. 朱大美 ················· 64
8. 徘徊 ··················· 67
9. 省亲 ··················· 70
10. 凝聚 ·················· 81
11. 倾诉 ·················· 84

12. 离别情 ……………………………… 90

13. 马太太之死 …………………………… 95

14. 育雏 ……………………………… 101

15. 程功 ……………………………… 107

16. 病休 ……………………………… 112

17. 米继峰 …………………………… 119

18. 米玉出世 ………………………… 126

19. 程松明 …………………………… 131

20. 十字街口 ………………………… 144

21. 杨氏的烦恼 ……………………… 147

22. 中秋节 …………………………… 158

23. 跌倒，爬起来，站好 …………… 165

24. 归根 ……………………………… 174

25. 两头牛 …………………………… 183

26. 乱局 ……………………………… 188

27. 马标 ……………………………… 194

28. 误区 ……………………………… 202

29. 培育 ……………………………… 211

30. 王雷 ……………………………… 220

31. 红双喜 …………………………… 224

32. 幡然悔悟 ………………………… 228

33. 三代人 …………………………… 241

34. 米贞 ……………………………… 247

35. 母亲 ……………………………… 249

36. 两件事 …………………………… 260

37. 分配 ……………………………… 265

38. 喜剧中的悲剧 …………………… 275

39. 跨越 ……………………………… 292

1 晴天霹雳

人民公社化那时节，米店新村是农业学大寨的样板。各户宅基地长十五米，宽十二米，三间正房，红瓦盖顶，高度统一。大门和院墙也完全相同，两户中间留有胡同，每隔四家有条大街。胡同拿红砖铺，大街用水泥漫。一行行，一排排，栉比鳞次。

建房由大队审批，划定地块。凡男性青年，长足十八岁，到了结婚的年龄，口头申请，定会获批。后来审批条件放宽，不管男孩女孩只要生下来就可以划地盖屋。大队里有黑白窑，统一供砖瓦和石灰，不过得自己掏钱。大队副业以营利为目的，这些建材不比从别处买便宜，但盖屋必须从本地进砖瓦石灰，这是规定。

话又说回来，社员各户贫富不一，差距还很大，这几百座小院子的墙体结构就有了质的区别。一等社员盖屋，不用土，全用砖。他们往往从外地进水泥、沙灰灌浆，等房子落成以后，骄傲地说，大水来了没到屋檐，我的房子也不会泡倒。这样的房子叫二五墙。二等人家根本就盖不起房子，眼看儿子一天天长大，到了提亲的黄金期，不能错过，只好勒紧裤腰咬牙关，癞蛤蟆垫桌腿——硬撑着。垒大墙全用土坯，外面刮一层石灰。这是白皮的屋，是糠瓢，一拳打上去掉土渣，怕水也怕震，住进去，整日提心吊胆。

　　大寨的经验是先治坡，后治窝。米店周围的土地早已园林化，地成方，树成行，阡陌畅通，可走机动车。每四块田地的十字路口打一眼机井，盖上机屋，浇灌方便，大旱保收。有的地块还插着牌子：书记实验田、社长监管地。无论谁挑头，都由社员来耕种。挂牌子不过是一种形式，是作秀。县政府说米店新村是我们的窗口，公社党委说米店新村是我们的亮点。春秋两季来参观的人络绎不绝，天南地北的都有；既然吹起来了，影响力也不小。但参观的人不以为然：这怎么能和大寨挂上钩？大寨是山区，虎头山下狼窝岭，七沟八梁一面坡。大寨人都是开山辟岭造梯田的实干家。米店新村地处平原，地下水丰富，得天独厚，建成这样有什么稀奇？用直尺界格子谁不会？

　　时代的发展风起云涌。改革开放的号角一响，人民公社这个庞然大物寿终正寝，作为历史的一页被轻轻掀了过去。米店新村有人在自己家里建配房，墙上开门，办起了代销点；有的在院子里种菜种花，不知谁家的东洋菊，竟长得高过墙顶，红的、黄的大花盘傲视着街道和旷野。过去曾经批判的资本主义尾巴没有根除，资产阶级生活方式又死灰复燃了。生产队里牲畜农具分到户，土地联产承包，谁想种什么就种什么，想怎么种就怎么种，八仙过海，各显身手。时代变了！

　　村西北角那座白皮屋的小院子是米良的媳妇程秀的住处，多年风吹雨淋，墙皮已大面积剥落，也没有修补。程秀一个寡妇人家，承包着六亩多田，还供着两个孩子上学，哪里有闲心管房子的事？塌不了架就行。危险，顾不上了。三年前的麦收季节，生产队全体劳力在打麦场上用脱粒机打麦子，米良和程秀两口子是千军万马战麦收的骨干。这是最脏最累也是最危险的活。脱粒机用电机带动起来，震耳欲聋，人与人之间交流只能靠指手画脚。全场烟尘弥漫，戴口罩也不管用，最好是用包袱把口鼻捂严实。干起活来全身都是灰土，只能看清白眼珠子。跑到风道里透口气去吧，把围嘴布解下来，抠抠鼻孔是黑的，吐口唾沫也是黑的，肺里灌进去多少，没法统计。有人指着隆隆的脱粒机那个大铁家伙说，这也叫机器？这么多人侍候着，续麦个子，挑麦秸，掏麦粒，垛麦垛。机器停下来的时候，麦粒子还在麦糠里裹着，还得人工扬、人工晒。听说有一种联合收割机，能直接开到地里去，一边割一边出麦粒。听说而已，米店人都没见过，梦里也见不着。米良担的是续麦个子的角色，他心里明白，自己四十出头，能干，又会干，这苦差交给妇女和年轻人他还真不放心。时值正午，太阳火辣辣地照着，汗水冲着黑灰一道道流下来，裤褂全都湿透，和着泥巴贴在皮肉上。干着干着，他突然觉得心口一阵难受，两眼发黑，从脱粒机的站板上仰面朝天摔了下去。一开始，包括妻子程秀在内，大家都以为他踏空了，还有人哈哈笑了两声，但米良老躺在麦个子上不起来，这才有人来扶来拉。扶不起来也拉不动，程秀慌了，扔下手中的活计跑过来，看看两眼紧闭、极度痛苦的丈夫，对机师大吼一声："停车！"机器停下来了，全场静得吓人。众人向米良围过来，有的给他揉胸、掐人中，有的呼喊着："端碗绿豆汤来！"外围靠不上的人议论纷纷：多亏向后倒，要是向前趴，两只手都会被机子卷进去，那可就糟了。一到麦季不知道毁多少人？没听说，城里医院急救室里忙不迭呢，整条胳膊被打掉的都有。有人拉过来一辆地排车，抱了一抱麦秸铺好，大家把米良架上车送到家里。

大队的诊所在米店老村，老村也叫祖宗村。这里是新村，离老村有二里多路。等队长派人骑车把医生请来，众人早已急得两眼冒火。医生听听胸，没音；摸摸脉，不跳。他把听诊器摘下来，倒吸了一口气问："多长时间了？"队长回答："顿把饭时，一个钟头吧。"医生又问："以前犯过心脏病吗？"没人回答。程秀光摇头，摇头不是说"没有"，是表示"不知道"。医生又揭开米良满是灰土的眼皮，看了看眼球，然后站起身默默地向大门外走去。队长赶紧跟过去问："怎么？""没法了。""没法了吗？"……

米店新村乱了套，米良家里更乱了套。米氏家族的人过来十几口子，米良的老母亲杨老太太"孩啊孩啊"地哭唤着，父亲米继峰早吓得倒在地上起不来。俗话说，人死如虎，虎死如泥。大胆的婆子和老汉们几个人上前来给米良换衣服，洗手脸，架灵床。一个老婆婆一边哭诉一边用湿毛巾把米良的耳朵眼子擦干净。天太热，不能久停，少丧不宜拖延，大家决意：当日下午报丧，第二天中午火化带出殡。院里院外街头巷尾的人，看着两个孩子哭成那样，谁也止不住流泪。程秀没给丈夫送葬，也没怎么哭，躺在床上一动不动。她蒙了，不知道是否还有天还有地，以后的日子怎么熬怎么煎。

　　几天以后，公社插队干部老周听闻此事，跟队长说："这个事做得太草率，米良家是老贫农，他这是因公殉职，应该好好开个追悼会，写篇悼词，上面用上最高指示：伟大领袖毛主席说，人民公社一定要把小麦种好；为人民利益而死就比泰山还重；等等。我们请不动城里报社广播电台的记者，公社里办三夏战报的那些人总能来几个吧，把材料整理整理，加工加工，让米良在市里、省里露露脸也说不定。以前他村里有一个本族的哥哥周工千，在队里和社员们用马车拉粪过桥的时候，因坡度太大，拉不住了，车杆一下子扑下去正压在驾辕的工千后心上，滑了十几米远车才被众人勒住，他当场就死了。公社把事迹报到县里，说周工千为了救别人舍生取义，全县掀起了学习周工千的热潮。"队长笑了："那谁不知道，学习周工千，勇敢扛车杆。"

2　程　俊

（1）

发完丧隔了一天，也就是米良死后的第四天，程秀的弟弟程功用地排车把姐姐和外甥女米芬、外甥米玉接走了。程秀的娘家在北边程屯村，一个多钟头就到了。一进门，程秀见母亲郑氏和大姐程俊都在堂屋当门里拉着脸坐着，她一声也没吭，忍住悲痛坐在一边。米玉靠着姥姥，米芬倚着大姨。程功从里屋拿出来一根甜秫秸，这是他割草的时候从外面折来的，用刀剁了两段扒了皮分给两个孩子。米玉接过来，嚼着，吮着，吸着；米芬没有吃，她把那根甜棍棍放到案板上。没人说话，沉默过后还是沉默。过了好久好久，程功看了看米玉说："越是不结穗的高粱秆子越甜。"僵局没有被打破，沉默仍在继续。米玉自己的嚼了，又把姐姐的那根拿起来继续嚼。这时，程俊冷冷地说："我们娘仨，三个寡妇。老母亲守的是活寡，爹爹在青海省的一个地方罚劳改，二十多年没有人见过他，是死是活也不知道。估计他还活着，要是没这个人了，政府还能不通知家属？青海，要知道，我们这里是山东，相隔几千里地呢，几千里！上万里！"程俊有些激动，"我守的是干寡，我也算个寡妇！寡人好啊，一代帝王！这都是爹娘给我造下的孽，娃娃媒，您凭什么当家给我订娃娃媒？哪家子的法律法规允许你们把孩子生下来就把婚姻订妥？那年，我在东北，那孩子上厂子里找我。门岗跟我说了，我出来一看是他。我认得他，乌金纸包筷子——又黑又瘦。我直接对他说，看在同乡的分上，我管你一顿饭，给你两块钱，厂里有食堂；你要是想住一宿，大门一旁有接待室，不想住，听便。他当然不要我的钱，我也没给他掏钱，转身上我的班去了。在那之前，他给我写过两封信，我没给他回，他又去找，做梦！"郑氏没吱声，她已经听惯了这些。过了一会儿，程俊把口气缓下来说："老良是不是个健康人？有没有心脏的毛病？场上这么多人干活，别人怎么没出事？单单他？干够了，撑不住了，不会下来歇歇？不会向队长提出来换人？干吗一口气累死，谁领情？谁感恩？"停了一阵子，程俊又冷笑了一声，"这老良看来终归是个好人，脏活累活跑在前头，公干私干不知道惜力。"她看了看妹妹程秀和米芬、米玉，"下一步怎么办？咱说下一步，下一步要好好地走，要走好。看见两个孩子了吗？他们有前途，他们是希望！玉玉还小，小芬就懂事。看见刚才那根甜秫秸了吗？小芬就没吃，她知道这里没有甜蜜，只有苦难，这就是聪明。下一步好好供孩子上学，要当个负责任的妈妈，争强好胜的妈妈，有尊严的妈妈。要守好，守好家，守好自己，守好两个孩子。"程俊在对妹妹下命令，"不能像有的人似的，丈夫尸骨未寒，就不正经做人，寡廉鲜耻。古代，孟母怎么做？岳母怎么做？人家那才是真正的娘！从今以后，我负责两个孩子的学费，每学期交钱的时候都上我这儿来拿。作为姨娘，我也应该这样。我就这几个钱，花光算完。"

（2）

一九四九年十月一日，中华人民共和国成立，共产党执政，人民当家做主了。人民政府是为广大群众谋幸福的，对于旧社会那些欺压百姓搜刮民财的大官小吏，抱着旧制度的僵尸不放、做梦也想死灰复燃东山再起的遗老遗少，政府当然不能放过。该惩罚的惩罚，该镇压的镇压，给百姓申冤，给人民出气。

程秀的娘家是个有几顷地的中型地主。父亲程松明继承祖业，干过伪保长。一天中午时分，公安局里来了两个警察，直奔农会。农会主席是程松明本族的一个哥哥程松友，两位警察告诉程松友要逮捕程松明。为稳妥起见，他们让程松友把程松明叫到农会来就地抓捕。程松友立即站起来果决地说："那好，我去叫他，请两位同志里间屋里休息，他一进院子，我就把大门插上，你们立刻行动。"程松友大步流星地出去了，一边走一边想：我把松明叫去五花大绑起来，押解到公安局，这要埋下多大的仇恨，不如趁机送个人情让他跑掉。一进大门，见松明正坐在院子里纺苘绳，程松友低声说："松明，公安局来人了。"程松明扔下纺车，从后院跳墙跑了。村子后面有个大苇塘，已经干涸，他一头扎进去，捂着咚咚跳的胸口对自己说：不能动，夜间再说。程松友也不敢怠慢，气喘吁吁地回到农会对两名警察说："警察同志，程松明两天前就逃跑了，这是他老婆说的，要不要把家属叫过来？"一个警察说："算了，他跑不掉的，迟早会抓住他，上有天罗，下有地网。"

（3）

得知程松明被捕的消息以后，郑氏心里倒踏实了。解放后这几年，整天提心吊胆，这回可算是一块石头落地了。当时，程松明想去亲戚家躲藏，把所有的亲戚朋友考虑了一遍又一遍：谁是可靠的人？哪家是避风港？那个敢跟法律较劲？谁的肩膀头敢担这样的险？说不定哪个积极分子为领工请赏一下子把自己献出来呢。这样的事听说得还少吗？到了穷途末路，越是原来接近你的亲信，越容易落井下石，你就要完蛋了，还不是离你越远越好？像程松友那样的人倒是真少见，他有良心，知道人不能缺德。松明又想在家里挖个地洞，像老鼠那样昼伏夜出。郑氏说，土改时把深宅大厅、四合房都处理掉了，就给你这么点小地方，你看哪里能挖这么大的坑，掏这么大的洞？这不是埋萝卜，窖地瓜，掏个兔子窝，这是大活人，吃喝拉撒睡，要生活，要生存。别胡思乱想了，梦做得多，受的惊吓多。"那，照你说怎么办呢？"程松明问老婆。郑氏没有回答，但心里却想：怎么办？老古理，杀人偿命欠债还钱。你就去投案，争取宽大处理。你不是没有人命事嘛，顶多判个十年八年。现在的刑法又不搞逼供，也没什么罪受，不就是罚点苦力。但她不敢这样劝丈夫。她知道说的话做的事如果不对程松明的口味，程松明咆哮起来比狮豹还厉害，拳打脚踢她也领教过。程松明自己回答了自己的问题："逃！""逃？"郑氏依然没表态，心里想：你往哪里逃？拿咱们这个小庄子来说，夜间有民兵巡查，白天有儿童团放哨，连妇女都组织起来了，时时处处有人监控，村里村外连一只兔子跑过去都能看清楚。哪里有漏洞可找，有空子可钻？妖精不跟人一样，装得再像都白搭。前些日子，程松友一句话把松明惊跑了，逃了这么长时间，吃了那么多苦，受了那么多惊吓，结果还不是一样？人家说罪有应得，应得为何不得？特别是打那以后的一两年时间里，全国性的镇压反革命运动大张旗鼓雷厉风行，土匪、土豪、恶霸、劣绅纷纷落网。权力下放，据说县以下区一级政府就可以判决。对于那些社会的渣滓，哪个该杀掉，哪个该逮捕，哪个该判刑，群众早有评定。区政府门前隔三岔五就开宣判大会，真是世道大变，人心大快。这样说来，程松明被县公安局逮走，倒躲过了一劫，这就叫因祸得福。不然的话，叫当地民兵抓住送到区政府，说不定会被一枪崩了呢。

郑氏明白，丈夫一入狱，家中的担子全落在自己一个人肩上，她必须打长谱。种粮、种菜、洗衣、做饭、缝破补烂，甚至于那些马牛羊鸡犬豕，将来都要打交道。自己过去是少奶奶、是太太，现在要当农妇了，不能再过那种剥削生活了。自己的政治身份是地主分子，头上有顶帽子呢。除了料理自家的事，她还要经常打扫街道，出义务工。她必须接受村农协会的监管，她不是一个自由的人。她拥护共产党的政策，她深信，只要不违法，好好劳动自食其力，就什么祸患都没有。她必须教育好下一代严格遵纪守法。有一次，麦子快要成熟的季节，五岁的儿子程功从坡里带回来几穗麦子。她把麦子接在手里，直言正色地对儿子说："孩子，这是集体的庄稼，不是咱自己的，不能随便乱拿，要记住，谁拿集体的东西谁就要受罚。你这样做，要是让农协会里的人看见，连娘都得挨批判，说不定还要戴上高帽子游街。可千万要记住，别的人，不管是谁，拿得再多，咱也不眼红，咱自己一定要爱集体。"

大女儿程俊正在读高小，每天天不亮就起床，简单梳理一下，拿上一块饼子或两个煎饼，切上一块老咸菜夹在里面，用布裹上掖到书包里，邀着同学一起到五里路以外的马家寨去上学。她是品学兼优的学生，很受老师赏识。郑氏的三个孩子，数大女儿程俊长得漂亮。人美丽的外表，是上帝的赋予，父母的造就，那是一种自然美。像程俊这样不管脸盘还是身段都出众的孩子，穿什么戴什么都好看。哪怕她披上一件毛蓝褂子，化装成老太婆，人们照样觉得她天真可爱。她留着齐耳的短发，上面用黑色的头绳扎了一个小把子，没有发卡和蝴蝶结，她不讲究，也不懂得讲究。马家寨小学只有六个班，二百多学生，程俊是校花。当年订的娃娃媒，婆家就在马家寨。那个小男孩比程俊小四岁，与程俊在同一所学校，上三年级。程俊认识他，他穿着印花的粗布褂子，两个鼻孔有时候还不干不净。程俊从没和他说过话，见了面就把脸扭过去，装作不认识。小男孩呢，当然更不懂和程俊打招呼，或者说他心里根本就没这回事。小男孩的母亲可不行，每逢放学就在校门外不远不近的地方站着看。程俊走出老远，她还站在那里望眼欲穿。"这是我未来的儿媳妇。"她想，"我的天哪，怎么长这么俊！"她含着热泪，满口涎水，心里痒痒得难受，回到家长长叹口气，说不清楚是什么滋味。她觉得，这不是什么享受，这是折磨，是蹂躏。这媒将来能成吗？她打了一个问号。旧时代，当官几乎是富人的专利。马家那男孩的爹马标是当地联防队的队长，经常和程松明一块吃喝，称兄道弟，关系融洽。一次酒桌上，喝到"二八瓯"，不知谁突发奇想，说：我们是兄弟，下边的孩子也叫他们拜仁兄弟。要都是女孩，那就拜干姊妹；要是一个男孩一个女孩，那我们成亲家。一言为定，干！

　　高小毕业以后，程俊考上了初中。当时全县只有城里一处初高中合办的完全中学，程俊必须去二十里以外的县城就读，必须住校。郑氏对这件事的态度很不积极。她说学费、书费还好商量，主要是孩子带干粮难。年景不佳，农业歉收，农业社每年就分给那一点粮食，全家人在一块喝稀的吃粗的，掺糠夹菜还能勉强度日，要是带干粮，得精米细面，即便是粗一点的干粮，也必须是全粮的。这样一来，大女儿每年的消耗超过了两口人的口粮，当娘的还得给她造生造熟。郑氏整天忙得脚不沾地，再加上这么一副担子，她觉得有些透不过气来。没白没黑，转眼又是一周，星期六又得造干粮，说不定还得准备钱。程俊能体谅家庭的艰难和母亲的困厄。每逢星期六回家，她就主动推磨推碾，把面造出来，第二天自己动手烙饼子、蒸窝头。她也学着母亲那样掺一些糠菜在里面。有几回，她蒸的干粮因为加的糠菜太多，竟拿不成个。她不嫌弃，照样用布包上带到学校用手捧着吃。这不算苦，班里像她这样的学生有的是。别人行，自己为什么不行？应该更行才对。程俊还懂得吃和烧同等重要，周末回家的路上她经常拾一些柴火带回家。在校的日子里，一有空闲，比如说下午饭后或课外活动时间，程俊就去附近的火柴厂糊火柴盒，挣几个零用钱，积攒多了就交学费。郑氏被她感动，不再给孩子泼冷水，咬紧牙关，克服千难万难。程俊总算上完了初二，明年就要考高中了。高中三年毕业就考大学，大学是程俊拼搏的终极目标，一想到这，她就激动不已。她决心攀登到小宝塔的顶端。

　　再说马家寨程俊的娃娃媒婆家那个马太太。程俊高小毕业离校以后，她有些坐不住了。一只美丽的鸟飞走了，她能不能收到自己的笼子里来呢？她在动心思。一天，她准备了一点薄礼，带着两双袜子和一条红毛线的围巾来到郑氏家，进门就笑嘻嘻地说："孩子在俺村里上了两年的学，我竟连个梦信都不知。要是知道哪能让孩子来回跑，咱有自己的家，吃住又不是不方便，怎么能让孩子吃那么多苦？"郑氏是个老成持重的人，她明知道那袜子和围巾是什么意思，很多话却压在喉咙里说不出来。一个星期日的中午，程俊兴高采烈地一边造干粮一边向母亲汇报考试成绩："娘，你知道什么叫前茅吗？就是走在队伍最前面的人，我的学习成绩就名列前茅。"郑氏倒没有心绪欣赏什么前茅后茅，她趁女儿高兴，就把那条大红围巾拿了出来。程俊看过以后说："这是你打的吗？我怎么不知道你会打毛线？这条围巾正适合小秀围呢。""这是给你的。"郑氏向女儿说明了事情的来龙去脉。程俊听后火了，拿过一把剪刀将那条围巾裁成两截扔在地上，又踩了两脚，胡乱包了干粮出门向学校赶去。程俊是个懂事、孝顺的孩子。她心里翻腾着：我一走了之，娘怎么办？她老人家不生气吗？我怎么这样冲动？她越走越没劲：不行，我得回家看看去。走出去二里地后，程俊又折了回来。郑氏正在里屋床沿上坐着。程俊有经验，娘坐着是生气，如果躺着那就是憋气。那两段围巾还在地上，程俊放下包，把围巾捡起来抖了抖放在凳子上，然后走进里屋站在母亲床前。

"你怎么又回来了？"

"我知道您生我的气了，我回来让您出出气再走。"

郑氏掉下泪来，她为女儿的孝心所感动。她一把将女儿拉过去搂在怀里，母女俩轻轻地泣着，身体微微颤抖。过了好长时间，母亲说："女儿啊，你知道娘是个忠厚人，那天我不光没得罪马太太，反倒可怜她。我也可怜我自己。你想想，谁家生个男孩子，不是一落草就先想着给儿说媳妇，现在的社会，出身成分像一座山那样压人。地主家的孩子想找个媳妇可是比登天都难啊！如果不是这样，马家也绝不会揪着一根稻草绳不放手。将人心比自心，咱不是也整天为你弟弟的婚姻犯难吗？过去马家比咱老程家还阔几分。联防大队的队长，什么样的儿媳妇要不上，还不是想娶几房有几房。现在时代变了，一切都不一样了，她手心里也就还攥着那点像一卷纸阄似的口头协议。她，也是在占卜，在试探。她的脚也是踏着两只船，行怎么做，不行怎么办。俗话说，"君子一言，驷马难追"，这件事拖了这么多年，这才刚刚接头，咱还能说反悔就反悔，一块半头砖砸过去把人家拍死啊！"任凭娘怎么絮叨，程俊一句话也不说，一个字也不讲。她想说，不知从哪里说起；想讲，不知从哪里开头。这是一篇难作的文章。直到郑氏催她去上学，她才又重新上路。天都黑下来了，程俊才来到学校，预备铃早打过了，全校灯光通亮，她顾不上去寝室放包袱，直奔教室。班主任在讲台上站着，教室内鸦雀无声，她一个箭步跨进去，还没有坐下，上晚自习的铃声就响了。她长长地嘘了一口气：总算没迟到。她擦擦头上的汗，把书拿出来。可哪能入进去？思绪万千，心乱如麻，两个钟头的自习课泡汤了。以往熄灯铃打过之后，躺在被窝里，她想的是思考题，背的是定义、定理和公式，今天那些东西都跑到了九霄云外，占据她脑海的是如何说服娘，怎样和马家较劲。马家那小崽子的身影老是来回撞荡，驱之不去。转眼四五年了，他长成什么样了？还是又黑又瘦？鼻孔再不会不干不净了吧？这都是爹娘种下的祸根。她暗暗地恨起父母来。

　　程俊的学习成绩急剧下滑。一次月考，物理只考了四十分，数学也不及格。她第一次被班主任叫去个别谈话。老师先是批评，后又鼓励，但是这都不能解决问题。老师不知道程俊精神上缠着锁链，手脚戴着桎梏，一心想着如何劝动母亲毅然决然和马家一刀两断。程俊没法对老师讲这些，班主任的工作也做不到这么入微。或者说，这是家庭中的疙瘩，即便老师了解情况，学校的力度也达不到、解不开。学校抓得很紧，毕业班尤甚，高中部每年招四个重点班、八个普通班，按学生的考分排名次，依次录取。这样一来，班主任和任课老师工作的绩效就明明白白摆在那里。程俊是班里屈指可数的几颗明星之一，关键时刻这颗星突然不亮了、陨落了，老师怎能不焦躁。约谈以后仍不见起色，班主任决定给程俊击一猛掌，他在班里点名批评了她。程俊在同学面前把头低下来，觉得身子也矮了半截。晚上，她躺在被窝里偷偷哭了一个多钟头。她觉得自己在攀登小宝塔的崎岖征途上摔落下来，失败了。眼看就要毕业，进行升学考试，就目前的成绩，别说重点班，她连普通班也难考上。她将被淘汰，面临辍学。这当口，马家太太又提出来选个吉日良时，带儿子来郑家和程俊见见面。这真是火上浇油，一下子把程俊推到了火山口上。程俊恨死了爹娘。母亲自称是个忠厚人。什么忠厚人，明明是地地道道的糊涂虫，不折不扣的呆瓜。她开始骂人了，在心里骂家庭、骂父母：都什么时代了，新《婚姻法》颁布了这么多年，秦始皇的老奶奶还阴魂不散。程俊是一个女强人，她不甘心失败。她必须造反，杀一个回马枪。她决心离家出走。又是一个星期天，这回程俊造的干粮特别多，也格外好。她趁母亲不在家的时候，把母亲床边的那个木柜打开。她从来没打开过，她很听话，但这回没法再守规矩了。柜子里除了郑氏的几件旧首饰，就是那个钱袋子。程俊把钱包拿出来掖好，没等母亲回来打招呼，带上干粮提前出发了。郑氏没多管女儿的事，她知道孩子是个学习迷，早走不过是为了抢时间。程俊用的是"两头打瞎子"的战术。首先心急的是班主任，他没有直接来家访，只在星期六叫附近村子里程俊的同学捎信，要她抓紧回校复习功课应考。郑氏这才如梦初醒：怪不得那天她烙那么多饼子，又走那么慌。她马上想到钱，打开木柜一看，钱袋子飞了。还是郑氏反应快，她懂得，这么大的闺女离家出走，让外人知道了，丢人。所以她马上回复那个同学说，程俊下地除草去了，等她回来，我让她去上学。同学走后，郑氏像热锅上的蚂蚁，心急火燎，怎么也冷静不下来。她知道女儿是个有教养的孩子，她走是为婚事所迫，绝对不会在外头胡行浪荡。但她怕孩子遇上不测，遭到伤害。当娘的心提起来了，一刻也没法放下。又熬过一个星期天，女儿来信了。她对母亲说，她坐火车一口气逃到吉林省，在长春市下的车，正好碰上长春城里一家汽水厂招工，她凭学生证应聘当了工人。郑母一下子倒在床上，这才觉得心里有点空。

程俊胜利了，这是斗争的胜利，拼搏的结果。她在心里暗暗为自己竖起大拇指。晚上躺在被窝里，她真的把大拇指挑了起来，一边挑着一边放在口上吻。她抑制不住内心的喜悦，想想旧社会那些贞节烈女，为了抗婚抗嫁，往往把性命都搭进去，未免有些愚蠢。死了没法享受胜利的欢欣，品尝香甜的战果，还会给自己的亲友带来意想不到的痛苦和折磨，真是不合算，只有活着斗争才有趣味。另外，她没有想到自己这么顺利就找到了一份工作。那个只有半个巴掌大的蓝皮的学生证帮了大忙，买火车票要用，招工要用，厂方说，凭借它，将来还可以入户口，一年以后就可以转成正式工。一只丑小鸭，摇身变成了白天鹅。回想在学校受的那些苦，看看现在，每天工作八个小时，敲着搪瓷碗去食堂里打饭，你说哪一步迈出去没有力。

(4)

汽水厂是一个公私合营的小厂子。厂长荣香慧是上级主管部门派过来的，三十五岁，既稳重又精明。工人，特别是女工全部叫她荣大姐，连年龄大的也不例外。她不凶，不横，很温柔。不管是谁，只要和她一接触，马上就会感到这位荣大姐可亲可交，可依可靠，友谊很快就建立起来。程俊进厂正逢夏初，是冷饮行业产销两旺的季节，行商、坐贾、二道贩子的订单像雪花一样飞来。原来厂里只有一个流水作业线，新近又开辟了两个车间，招募了二百多名工人。那也忙不过来，再来订单只得谢拒。招工的程序很简单，不测试，不面试，不体检，年龄也放得宽。总之，不残疾，能干活就行。不搞操练和军训，只进行两天的技术辅导和实际操作，就匆匆上岗。这样的招聘方法难免优劣并存，泥沙俱下。荣香慧对这支队伍的思想状况和技术水平掌握甚少，虽然对全厂工人进行了洗牌，重新分配，但老工人太少，新手过多，比例失衡，老怕产品质量出问题。她整天在厂房里泡着，在工人中间穿来穿去，走进一个车间，还牵挂着另外两个车间；身在此处还惦念着别处。总之，她心中装着整个工厂。就连下班时间她也经常站在一个不起眼的地方，观察着工人们的动静。

  一天中午下班时，程俊所在车间的几个女工慌忙扔下手里的活计去衣物架子上拿自己的餐具，不小心撞翻了两个装满汽水的瓶子，炸了。开始大家一惊，后来都嘻嘻哈哈陆续走散了。程俊是最后走的，她用拖布擦干地上的水，又把碎玻璃扫进垃圾桶里，这才拿了自己的搪瓷餐杯和饭勺离开。由于人员猛增，餐厅里面实在拥挤，打饭需要排队。程俊认为急着吃挤着吃还不如晚一点宽松。屋梁上一字排开三个大吊扇，都呼呼地转着。下面几个餐桌，吃饭的人坐在长凳子上，有的斜着膀子，有的侧着身子。程俊不慌不忙买了饭端到餐厅外面窗台上。外头敞亮，不时吹来的自然风让人感到几分惬意。她津津有味地吃着，观察着屋里的人和园中的景。她发现荣大姐从办公室那边走过来，去窗口买了两个馒头和一盘菜。有几个女工招呼她，她就挤在她们中间有说有笑地吃起来。

  程俊哪里知道，刚才玻璃瓶爆炸的那一幕被荣厂长看得清清楚楚。荣香慧是在下班前十分钟从侧门溜进去的。她在距工作台几米远的一摞包装箱后面静静地站着，听着，观察着，就连程俊收拾那小小的烂摊子的时候，她也没有动，一直看着这个让她肃然起敬的女孩子走远了，她才静悄悄走出来把门关上。她认识程俊，新工人中只有她一个人是外籍，但她记不清她的名字了。从车间走出来，荣香慧去了办公室，她拿出花名表来查找。程俊，名不虚传，长得确实不丑，谁见了都愿意再看看。荣大姐发现程俊每天的饭食很简单，两个窝头一碗汤，如果吃大米或高粱米就买一份菜直接放到饭上一块下，没见她吃过什么高档食品。不像有的职工，已经有菜有汤有馒头，还要去油条、麻花和炸鱼那个窗口排队。荣大姐还注意到程俊的穿着也很简朴。情窦初开的花季少女不爱打扮的很少，程俊是其中一个。

一次吃饭时，荣香慧和程俊遇在一块了，或许是前者有意主动接近后者。她们面对面坐着相视一笑，边吃边聊了起来。

"你吃饭挺简单的。"

"您不是也很简单吗？"

"你干吗不吃好一点？"

"您干吗不吃好点？您是厂长，工资又高？"

"我的收入不高，比起那些老工人来，还差一大截子呢。"

"我觉得这就不错了，上学的时候，一块臭豆腐我吃过一个星期。"

荣香慧一怔，然后问："那，你是怎么吃的？"

"怎么吃的？每个煎饼里都抹上一点，只借借那个味。"

"当学生的生活实在是太苦。你家庭经济困难吗？"

"不富裕。"这时，一只苍蝇飞过来，程俊驱赶着，借此岔开了话题，"苍蝇这小东西到处都有，怎么也灭不净。"

"南极和北极都没有。"

两个人哈哈大笑起来。荣香慧趁机欣赏地看了程俊一眼，心想：这孩子长得这么恬静，想找个什么样的？程俊不愿意谈家庭，也不谈父母。

东北地区，夏季短暂，秋冬又那么漫长，生产汽水像生产月饼一样都是赶时节。冰天雪地，汽水甚至变成了冰棒，谁还买？停产滞销，工人下岗，厂家赔不起。那一年荣香慧决议把汽水厂改成食品厂，三年以后公私合营改成国营，规模年年扩大，人员岁岁增加，成为千人以上的像模像样的大公司。党组织建起来，车间或两个车间建立一个支部，全厂建党总支，荣香慧任党总支书记兼厂长。国营食品公司成了赫赫有名的大企业，产品运销全国各地。

一个人从来到这个世界上就开始书写自己的历史了。你的一举一动、一言一行，像是给周围人出示的一道道题目，当大家把这些题目解开以后，你的形象便一目了然。众人开始评价你，给你打分，划等次。

不及格、及格、良好、优秀，像量身定做一样恰如其分。你做的事好比一篇篇文章，小事是短文，大事是长篇，人们把文章读懂了，也就彻底了解了作者。

程俊进厂当工人已经第四个年头，让她每时每刻都能提起精神的一件事就是她成了国有企业的正式工人。满足是一个人爱岗敬业做好一切事情的基础，整天觉得自己亏，什么事都难做好。程俊二十出头，血气方刚，精力十足，信心百倍。她想干好，能干好；她任劳任怨，不计时间，不计报酬，勇创新敢担当。开始她担任生产组长，后来经厂方提名，职工大会通过，挂上了车间主任的头衔。一年两回评比，她回回被评为先进生产者，是厂里的三八红旗手。

(5)

程俊被招工的事像一条重要新闻在程屯村传开了。起初街坊邻舍都将信将疑，有人暗地里说，这是郑老孀子吹嘘，往自己脸上贴金，工人就那么好当，她会吹法气。但有一个人当面反驳："什么吹气？这不是程功他娘说的，是我亲眼见到的。那天一个骑绿车子的邮递员在街上打听程功的家，手上拿着一封保家信。保家信就是保险信，保证送到家的那种信，牛皮纸的信封，比平信大得多。寄一封平信只花八分钱，保家信当然要贵。这样的信必须亲手交给收信人，收信人在一个什么单子上签上名盖上章。我指给他程功家的门，顺便问了一句，里面装的什么？现金。什么叫现金？钞票。我更不懂，澡票？上城里进浴塘吗？邮递员笑了，说，就是钱。我说，哎哟，你说钱不就完了，干吗这么多花胡哨。看见了吗？程俊从东北往家寄钱了。里面还有全国通用的粮票。邮递员让程功他娘当面点清，钱是十五块，粮票是二十斤。郑老孀孀按手印时手不停地抖，你说她多激动。这年月，粮票就是命。"

一九五九年到一九六一年，全国闹饥荒。各村各寨都有不少人被饿死。有一次，郑氏去一家亲戚家吊丧，饭桌上，一位快嘴快舌的老太太说："程功他娘，你听说了吗？你们村不知谁家的姑娘在东北当了工人，月月寄钱，还寄粮票，往家流金淌银，走这样的鸿运。"郑氏笑着回答："听说了，没想到你老人家的信息也这么灵。""就是啊，"老太太高兴了，"都整天喊工人老大哥，工人老大哥，人家这大姑娘也当上老大哥了。哈哈！"

马家寨那边当然信息更灵。马太太手心里那个阄都出了水，她还是不放弃。她来程屯向郑氏要程俊的地址，说让孩子给他姐姐写封信联系联系。郑氏没有拒绝，她心想，横竖由女儿自己裁决，我干吗给人家设坎。她给了马太太一张信封，马太太感激得不得了，欢天喜地。"在什么食品厂上班，"马太太想，"这不是跑到粮食囤里去了吗？这闺女真是不简单，这年头能闯到食品厂里去。"马崽长成大马了，懂得爱了，想起程俊在本村小学读书那时节，心里老埋怨娘不把她叫自己家来吃住，让程俊晚上教自己打算盘，一张床上通腿暖脚，说娘真是个糊涂蛋，那样的机会都不去抓。他高小毕业，能拿得动笔，他计划连追五封信，看情况再打算下一步。怎么称呼？第一封信称程俊姐；第二封称程俊同志；第三封，程俊；第四封，一个字，俊；第五封，加上那三个字，亲爱的俊。想到这里他激动起来，心跳加快，回忆起程俊那动人的面容、白嫩的肌肤、俏丽的身段，马崽浑身燥热起来。面前没有程俊的相片，他想画一张，拿起笔来琢磨着：瓜子脸，乌黑的短发，浓眉大眼，杏核小口。他一下子画大了，用橡皮擦了重新画，满意了，然后用蜡笔涂上红腮帮，红嘴唇，把身子坐正仔细端详着。我的天，这是什么啊！这叫漫画。他在自己的知识范围内这样命题。假设吧，他想，这就是她，然后恭恭敬敬地使出浑身的解数写上两个字：程俊。他把那张画在桌子上摆正放平，趴在上面狂吻起来。他对准那红色的小嘴，一动不动，直到自己的两唇被桌面硌得发麻发疼也舍不得抬起头来。他就这样一个架势定在那里，把眼睛闭上，那样专注，那样投入，细细地玩味，想入非非。这时马太太走进屋来,她以为儿子趴在桌子上睡着了。儿子没有睡,听到动静直挺挺地站起身来。再看那张画像,多处已被口水浸透。他不敢挪动那张画,因为一离开桌面,肯定会粘出几个洞,特别是嘴的部位。马太太站在儿子身后,她虽识不了多少字,但是程俊两个字,她是看不走眼的。未来的儿媳,还能不认得。她明白了,一切都解透了,转身走出房间,心里一阵阵酸楚。回到自己屋里,她掉着眼泪,心里打着寒战,担忧地叨念着,我的儿啊,你可别得相思病。

程俊进厂以后,高兴之余第一感觉就是孤独。她两眼一抹黑,谁也不认识。当时的汽水厂虽然规模不大,人却很杂,有不少老工人从解放前就在这里干。这些人迈步高远,说话挺胸,有本钱也有资格摆架子。就连厂长荣香慧有事都主动和他们商量,经常招集他们开座谈会,征求意见,满口大叔、大姨地叫着。程俊对这些人只有尊敬的份。这都是老一辈,她想。新工人中本地人居多,有些还是同学、同乡、同宗,在一块说说笑笑,干工作好像做游戏,开心得很。人家离家这么近,往返步行,只是中午在厂里吃一顿饭。住厂的工人不多,大都有自行车,每逢休息日,照样回家吃娘做的枣糕,享受天伦之乐。独有程俊一个人以厂为家,整天在这里睡大炕,没有伙伴,没有朋友,一天到晚沉默着。荣大姐很体贴她,见了面即使不打招呼,也会赔一个笑脸。离开家的第一个中秋节,女工宿舍的大通炕上只剩程俊一个人。晚上八点多钟,荣大姐忽然出现在门口,她不说是专门来陪伴程俊,说自己去办什么事路过这里,又乏又累,懒得回家,想在这里住一宿。她从包里拿出糖果和月饼,两个人嘻嘻哈哈地吃着,海阔天空地谈着。到了半夜,荣大姐伸臂打了一个长哈欠说,这么宽绰,我们打着滚睡吧,我身上怎么这么没劲。关好门,拉灭灯,不一会儿荣大姐呼呼地睡去,程俊却失眠了两个多小时。她以前只做姐姐,这回真的当上妹妹了。

妹妹程秀的性格最像娘。她没使过性子,总是那么温柔,也最听娘的话。自己考上初中以后妹妹程秀刚从本村小学上完初小,要去马家寨读高小。娘说，姊妹俩都带干粮家里实在承受不起，弟弟程功也要上学，自己很需要一个帮手，就把程秀拉下来了。程秀没发一句怨言，当然更没有哭。她整天像一头犊子跟随母牛那样跟着娘。比方说，娘要去推磨推碾，端着粮食前头走了，妹妹就自动拿了碾棍和笤帚跟出去。不用吩咐，她知道哪些是自己的活。除了忙家务之外，她几乎每天都外出挖野菜，从早春到寒秋，她踏遍了村子周围的田埂阡陌。自从上了初中，每次回家造干粮，只要妹妹在场，她都帮忙，烧锅和面她都比自己在行。妹妹最拿手的活是拾庄稼。她从来不合伙，总是单独一人，挎着竹篮，带着水瓶和干粮，出去就是大半天。三个粒的麦穗，两个粒的玉米棒，一个粒的豆荚，聚少成多，集腋成裘，靠的是耐性和毅力。程秀辍学的第二年，本村小学扩建办高小。你说她多没时运。家里来信说，程秀定妥亲了，男方家是米店。程俊很了解米店，那里有她不少同学，只是这个叫米良的小伙子她没听说过。还说对方是贫下中农。贫下中农好，现在对家庭成分看得这么重，从火坑里爬出来可别再跳到火坑里去了。程俊给家里回信说，小秀出嫁前要给她来封信，她给妹妹准备些钱买点随身的东西。想想自己的婚事，程俊长长地叹了口气，一转念，她想：娘干吗给妹妹订这么早？她听工友们说，东北这地方兴换婚。家乡也不例外，娘怎么没考虑程功的事？弟弟也是那种随方就圆的性格，尽管他是一个盼来的男孩子，娘在他身上也没过多关照。母爱的总量，他只占三分之一甚至还要少。弟弟身上没有吹过溺爱的香风，没有洒过娇惯的甜水，他和两个姐姐平起平坐。他从来不呼姐姐的名字，都是称大姐姐、二姐姐。程俊记得有一次自己洗脚时忘了拿擦脚布，就喊在院子里玩耍的弟弟，让他递给自己。程功飞快地跑到屋里把一块棉布团成一个球攥在手里对着程俊喊，然后猛地做了一个扔的架势。但他没有真扔，只是逗着大姐玩，然后走近把棉布轻轻递了过去。正在程俊擦脚的当口，小程功弯腰把洗脚盆端走了。看着弟弟弓着腰步履蹒跚的背影，程俊喊了一声，小心别摔倒。想到这里，程俊心里有点难受，她感到离家越远，家的魅力越强。姐弟三人在娘身边，好像母亲饲养的三只鸽子，没有斗过嘴，没有打过架。

随着年龄的增长，程秀的力气也大起来。她心疼娘那两只小脚走路受罪，推磨推碾她总是一个人担当，不让娘参加。如果娘执意要做，她就拼命地推，直到娘跟不上了，离开碾道为止。

郑氏会烹饪，村里谁家有红白喜事，大都请她去做菜办席。她不吸烟，不喝酒，吃得又少，一碟菜，一碗汤，半块馒头，一顿饭就打发了。做完菜临走，她会解下围裙浑身上下抽打一遍，向主家告辞。这是做样子，避嫌疑，不管主人送什么赏什么，她一律谢绝。这样的廉价劳力谁不愿意用？活好，脾气又好，又清白，很受众人拥戴。郑氏不是那身强力壮的人，给人家干两天，自己回家还要歇两天。常言说，善门难开，善门难闭，闯开头了，就不能刹住。人不能图利，一图利，那威信也就不存在了。特别到了年关，这家喊她过油，那家请她炸菜，累到年三十，才能松一口气。巧者是拙者的奴隶，谁叫你会这一手呢。

父母亲的爱情在程俊心目中非常模糊，只记得有一次，不知因为什么事两个人吵了几句，父亲抡起拳头朝母亲锁骨那里捣过去。母亲倒退两步没再吭声，转身走了，倒在床上憋气去了。母亲的性格，抗争太少，忍耐又过多。有时那不是忍耐，是忍受。这一点程俊和她不同。程俊和父亲相处的时间短，接触又少，她感觉父亲是个不受欢迎的人。记得有一次，程俊帮娘抬水回来，娘提着水桶去厨房往锅里加水，自己就把那根棍子放在了地上。父亲看见了大声说，放那里不行，那不来回绊人！程俊拿起棍子竖到墙上，父亲又嫌坡度太大。程俊是个暴性子，不吃那一套，一甩发辫毅然离开，不再理睬。父亲忍不住骂了句脏话。姐弟仨都缺少父爱，这是先天不足。小时候，程俊有一个小伙伴叫小珠子，一次，她们俩用铲子在路旁树底下挖蝉龟，有一个叫大乖的男孩的娘走过来训斥她们说，你们挖的到处是坑，人家怎么在这里凉快？旁边挖去！两个孩子气愤地拿着铲子躲开。这时，小珠子对程俊说："知道吗?这个娘们和你爹相好。"程俊没有回答,吃惊地看着她的朋友。"真的,"小珠子接着说,"我听我娘说的。"回到家,程俊问娘:"什么叫相好?小珠子说我爹和大乖的娘相好。她说她是听她娘说的。"这时,郑氏板起面孔对女儿说:"孩子,小珠子说的全是脏话,人不能说脏话,说了脏话,必须好好地把嘴漱干净。也不能听脏话,听了脏话,一定要把耳朵眼子冲洗利索,记住了吗?"程俊点点头。直到上了初中她才明白小珠子那句话的意思,原来相好是指不正当的男女关系。爹不是正经人,程俊下结论了。父亲逃亡,后来被捕入狱,当时程俊不过十多岁,弟弟程功刚刚学走路。打那以后家里一直不知道他的消息,也没有书信发过来。他到底流落在哪里,这好像是个谜。什么时候解开这个谜,只有天知道。

一九五七年反右派斗争过后,国民经济严重滑坡,食品厂这个国营企业的经济细胞当然也在大幅缩水。货源严重不足,加工受阻,没活干,闲起来。人力资源的浪费是最大的浪费,没办法,要想生存,必须瘦身,裁员吧。临时工当然不用说,一斧子砍掉;老工人办退休,年龄差点的可以内退。内退是一种漂亮的说辞,是为了精简人员找出的一个歪理,是护短。程俊是幸运者,她有足够的条件留下来:正式工、年富力强是两个硬件;还有品德修养、劳动态度诸多方面的软件。厂里只剩下一个车间,也是有活就干,没活就散。很多任务都是上级指定的,给什么料就干什么活。有一次,他们竟加工做了两吨糠麸饼。顾名思义,糠麸饼就是用谷糠和麦麸压缩成的饼干。全国大饥荒,各处都有人得那种因缺奶断饭营养不良造成的水肿病。不知道是什么专家的科研成果,说糠麸饼可以治这种病。这样说来,这东西是药品还是食品,一时也不好定。

农业连续三年歉收,国民经济元气大伤,粮食储备年年负增长,国家工作人员和部队即使一再降低口粮标准,仍然供不应求。那时候干工作,每天除了给肚子算账,更重要的是给饭票算账。饭票就那些,每月二十三斤，吃饭前必须先做好肚子的思想工作，告诉肚子永远不会得到满足，要打长谱，挨饿可不是一朝一夕可以解决的事。

(6)

　　工厂门口传达室的玻璃窗里面经常摆放着一些书信。程俊非常注意这个窗口，三天两头到这里看看。每次收到家里的信，她都兴奋不已，思念故土和亲人的心病便得到很大的缓解。有一天，她收到的信的寄出地址是马家寨。她立刻平静下来。"程俊姐"，她撇撇嘴，轻蔑地一笑：谁是你姐，别这么近乎。信的内容程俊没有细看，大体是要求程俊帮忙，在东北那地方找份工作。程俊鼻子里喷出一股气，找工作？到处都在下放人，醉翁之意不在酒，去你的吧。想想中断的学业，背井离乡的苦痛，自己被逼无奈才走上了这么一条路，一股愤怒的火焰咕咚咚从脚跟冲向头顶。她把那封信一撕两半，再撕成四条，投到了垃圾箱里。隔了不到一个月，又来了一封。这回程俊连拆都没拆，用两个指头捏着跑到锅炉房投到烈火里去了，她认为这样更稳妥。马家寨那边也有名人指教。马崽的爹，就是先前的那个联防大队长马标，一解放就逃往江南，是否去了台湾谁也猜不准。马崽有一位本家的叔叔叫马权，教师出身。马权对马太太说，光信不能解决问题，要让孩子亲自去东北找她，并嘱咐马崽子，换身老虎皮，把自己那双皮鞋穿上，长春是大都市，你这身衣裳到城里多土气。马崽听话，开始北上。那天在传达室门口，他和程俊见面不到两分钟，他感到一种威压和理屈，一个字也没有说出来。程俊说了那几句话扭头走后，他木在那里老长时间。他当头挨了这么一闷棍，一时间不知道如何是好。天色已晚，虽然中秋刚过，但东北的冷空气总是那么慌手忙脚，马崽的那身老虎皮还真有点顶不住。挨着传达室有两间接待室，里面脏兮兮的，布满尘土，不知多久没有接待过人。墙角放着两张床，只有一张床上有一床灰色薄被，一对硬枕头是夏天用的，还没有换下来。马崽坐了两天两夜的火车，又累又乏，就这样蜷腿抱膝在这里过了一夜，睡得倒挺好。第二天一大早他去向门岗告辞，门岗好奇地问了一句：怎么回事，你们这么生分？马崽撒了谎，他说，程俊是跟他娘马太太吵架跑出来的。听谣的人往往不会辟谣，门岗没有动脑筋想一想，小马崽不过十八九岁，程俊已有四五年没回过家，他们什么时候结的婚呢？旧社会兴早婚、童婚、童养媳，新社会了，这些都已成为历史，不够年龄结婚不是违法的吗？他叫马崽骗了，认为程俊是一个已婚的女性。

马崽快步在大街上走着，他想抓紧去赶火车。碰了这么大的钉子还有什么留恋头呢？买完火车票，离发车时间还有近一个小时，看看手上仅剩的两块钱，他决定吃点东西再走。车上的食品太贵，两块钱连份盒饭也买不着。他重新来到街上，进到一家国营饭店，里面只卖一种菜，土豆炖粉条，四毛钱一碗；干粮也只有一种，高粱玉米混合面的窝头，三毛钱一个。价格并不高，凭车票供应。他要了一个菜、三个窝头。去窗口领饭的时候，发现里面还卖卤煮鸡蛋，五毛钱一个，又要了一个鸡蛋，两块钱还剩两毛。吃了再说，他想。菜是凉的，窝头也不热，鸡蛋刚煮出来有点烫手。就这样热一口凉一口吃得只剩一个窝头，才吃饱。他把那个窝头塞到包里，出了饭店去赶车，一路走起来觉得肚子咕噜咕噜乱叫。好在年轻人适应能力强，能顶得住，没出什么险情。马崽乘坐的是一列普通快车，比慢车少用了近十二个小时。在车上他没吃任何东西。下车前肚子就抗议，下车后一走路当然更不撑劲了。他把包里的那个窝头拿出来，几口就吞下去了。一米渡三关嘛，马崽告慰自己，于是甩开膀子大步流星顺着大街向西走。天色已晚，到家还有二十多里旱路，又没地方住，再黑也得往家摸。正走着，感到右脚那只皮鞋的后跟不怎么对劲，一走一呱嗒，脱下来一看，张嘴了。不知是鞋钉长期生锈断了，还是开胶，总之，成了说快板的道具。这就应了那句话：越渴越给盐吃。马崽腰里要是有钱，他敢买双新皮鞋穿上。一分钱难倒英雄汉，两毛钱能干什么？前后左右看，不远处路旁屋檐下有一位缝鞋匠正在收摊。他走了过去。"大叔,"他客气地喊了一声,"我的这只鞋后跟掉下来了。"缝鞋匠抬头看了看他,然后看他的鞋:"脱下来我看看。"鞋匠说着把收起来的马扎重新放下坐好。马崽把鞋脱下来交给鞋匠说:"大叔,你说我难不难,钱包在火车上被小偷给偷去了。"鞋匠迟疑了一下说:"没关系,谁都有过七灾八难,我看你倒是个实在人,以后出门要多留心。"一边说着一边拿了几根钉子啪啪几锤把鞋跟砸结实了。"那只没事吧?"鞋匠问。"暂时没事。"马崽回答。"脱下来,干脆都给它们上上劲。"缝鞋匠真是慷慨,他给马崽左脚上的鞋跟也上了两根钉子,然后把鞋投到他的脚下说,把鞋穿烂,跟子也不会出岔。马崽把鞋穿上,说了一些感激的话,转过脸去吐了吐舌头大步走了。中秋时节,满坡的庄稼正待收获,可以充饥的东西多着呢。玉米、地瓜、萝卜等等,哪能饿着人。马崽到家已近半夜。他喊开大门,跑到屋里,一头扎在床上放声大哭。他还是个孩子,经娘百般劝说,坐起来擦干眼泪恶狠狠地说,一辈子永不和女人打交道。

  程俊并没打算在东北安家,她不想在这里久留,但又一时无处可去。东北冷季漫长,热季短促,温差悬殊。哪像山东,四季分明,典型的温带气候。一九六一年,程俊二十二岁了,正值妙龄,到了考虑终身大事的时候了。原来厂子规模大,人口多,整天轰轰隆隆,吵吵嚷嚷。这两年,厂里萧条冷落,人员骤减,所剩不到一百人,都是正式工。这里面女职工占多数,只有十几个小伙子。她虽有心,可一个也没看上。小伙子们呢,当然早看中了程俊,但自愧不如,觉得配不上,也就光眼热。所以程俊不过像一株严冬的梅花,哪来的蜜蜂和蝴蝶!马崽的到访对程俊很不利,以讹传讹,三人成虎,哦,原来还是有夫之妇,二茬子。再传则更离谱:现在的婆婆哪有不疼儿媳妇的,想必是行为不轨,做事不端,越过了底线,离没离也不知道,要是离了还能来找?所以说舆论能压死人,这就是活生生的例子。有一天,厂长荣香慧在传达室门口和门岗闲聊,谈起马崽那件事。荣大姐果决地说:"你理解错了,程俊绝对是大姑娘，她是学生。一九五七年，我们招工，她来报名那天手里拿着学生证。当时我们并没要求什么公证，是她主动拿给我看的。因为她属于外流人员，她怕厂里不要她。这闺女，你别看她少言寡语，人很实在，每一句话都是真的，从不撒谎。她连自己的家庭状况、父母干什么都对我谈过。有些东西属于个人隐私，咱也不便问人家，但她并不隐瞒。来的那个小青年叫马崽，程俊给我一说我就记结实了，因为这个名字很特殊。她和马崽是旧社会双方父母订下的娃娃媒，不属于童婚，应该说是胎婚。现在的社会哪里还兴这一套？马崽家老抓住不放，程俊的娘又不愿撕破脸皮，给自己的闺女撑腰。越这样，男方的劲头就越足。万般无奈，程俊把心一横，扔掉学业跑了出来。谈到这里的时候，她哭了。她是班里的高才生，正准备升高中，耽误得多可惜。程俊说那个马崽长得不怎么样，你见过，怎么样？"门岗回答："我看着也不般配。那天我把程俊喊出来，她给他吃了个闭门羹，说了没有三句话，扭头上班去了。那孩子想去里面找她，我怕出乱子，没让他进。他又要求我再喊程俊一次，我说，出来一趟就把你搡这么狠，你还想挨第二棒啊！你的头皮这么硬！他没办法了，在这屋里住了一夜颠了。"门岗指了指接待室又说："当时我也考虑过，豆芽子包包子，内里还得有弯。"

三年多的时间里，程俊给家里寄了几百斤粮票。到底几百斤，她记不清，无账查。她自己没有多余的口粮，每月二十三斤（后来增加到二十五斤）的供应，不过解决半饱，其余靠紧腰带搭配着。工人食堂里有议价窝头，她不补充。议价也是高价，只比黑市上略低。她每月就那三十来块钱的工资，如果在外头吃得一饱十足，把钱都花光，那就对不起自己的家人，对不住亲爱的娘、妹妹和弟弟。家里来信说，每人每天供应二两半原粮，三口之家一天七两半，自己一个人每天还合八两，还是成品粮，应该知足了。有福同享有难同当，这才是一家人。程俊每天两顿主餐，窝头三分钱一个，每顿吃两个，菜五分钱一份，一顿饭才花一毛多钱，早点只喝稀粥。这样每月的伙食费不过十块钱，其他花销尽量压缩，先顾命。弟弟每次来信都谈街上、本家、亲戚谁谁谁没了，饿死了，那些鲜活的面容远去了，消失了，令人痛心。好在自己家里没有摊上。娘多难啊，拉扯两个半大孩子，自己又没能力。当时社会上流传着这么一句谣：偷偷摸摸，改善生活；不偷不摸，饿死不多。但母亲始终不那样认为，她说，偷摸终归下流，人要活得高尚，有骨气，不能干下流事。人跟社会，水顺潮流。人不能光想好，得社会让你好才能好；也不能光想阔，得国家让你阔才能阔。程俊对这些话的理解越来越深刻，别计划了，也别打算了，谋长远不如顾眼前，走一步看一步吧。

程俊每月能够抽出二十块钱顾家。二十块钱粮票，二十块现钞，一起装到大信封里，保价寄走，两个月就能给家汇一次。开始到黑市上购买粮票她没掏着窝，空手回来问同事。一位大姐告诉她，厂子后边有个岔道口，那里经常站着个小媳妇，头上包个大围巾，鼻子和嘴都捂着，只露出两只大眼睛，东瞧西望蛮神气的，她就是粮贩子，主要是卖粮票。你真要现粮她也有，不过你得跟她上家里去取。她不会时时在那里，但你只要在路口稍一等，她就会出来，好比童话中的仙姑，神出鬼没。干这一行的人也是怕逮怕抓怕盘问。你看，天都这么热了，她还捂着大围巾，那是防护用的。看见可疑的人过来了，把围巾一抽，转身大模大样走她的路。程俊取到了真经，来到路口，那里果然有个小媳妇在来回踱步。她没戴围巾，胖胖的，两腮有几处暗红色的冻疮，看见程俊过来，她冒出三个字：全国的。程俊心里明白，接着问，有粮票吗？有，全国的，你要多少？十斤。掏钱吧，二十块钱。钱票两手递，各得其所，就这么简单。次数多了，成熟人了。看那小媳妇不过三十岁，比程俊大不了多少。"大妹妹，你怎么经常买，为什么不在单位吃议价？""我往家寄。""哦，听口音你不是本地人，哪里？""山东。""山东也缺粮吗？""对，缺粮。""也挨饿？""对，到处都挨饿。我看你倒饿不着，粮库里的老鼠还会闹饥荒吗？"程俊和她开了个玩笑。她莞尔一笑把话题岔开。"大妹妹，咱们是老主户了，以后咱简单些。全国通用是两块钱一斤，这个价是定结实了，一时半会儿不会改。你想要多少，老早把钱攥手里，咱袖里来袖里去，回到家再清点。我不会坑你的，知道你也不会不信我。俺干这一行也不容易，时时提防着，眼里观花，失了手就得难看。""谁查你们？""谁都查，得时时加小心，成交越快越好。"

3　郑　氏

郑氏的名字叫郑三娣。她有两个哥哥，他们很爱她，从小不喊她三妹，都呼三弟。解放初入户口册子，发选民证，她就正式取了这么个名字，郑三娣。

让郑氏这样的小脚女人独自承受如此繁重的生活负担应该是上帝的不公。她孤立无援，最重要的帮手丈夫程松明下落不明。她曾经想过打探，可问谁？上哪里去问？除非当地法院、公安局，可是正像大女儿程俊所说，他在万里之遥的青海省服刑，当地会清楚？再说，即使问出个头绪来又有什么意思？劳改犯还是在劳改。明白反不如糊涂，清楚了倒不如蒙在鼓里。程松明是一个独丁，他如果有兄弟姐妹，郑氏也好找他们谈谈心里话，沟通沟通，交流交流，倾诉倾诉，发泄发泄，眼下她能对谁讲？程屯村百分之九十以上的人都姓程，很多人家过去是佃户，血缘又不近，只能平淡相处，亲近不得。郑氏的娘家父母双亡，两个哥哥家的三个男孩子都过了订婚的年龄，最大的一个接近四十岁，还打着光棍，日子过得稀里糊涂，早已愁白了头。郑氏还能指望他们帮自己什么忙？见了面大家总是唉声叹气，谁又能给谁解解心上的疙瘩，化化胸中的冰块呢？各人守着自己的烂摊子过吧，这是本分。

郑氏感到两个哥哥家那样的困难慢慢向自己逼近了，干脆说吧，已经压在身上。儿女们都到了说媒定亲的年龄，错过就会被动，可是又没法主动争取。大女儿程俊已经很被动了。程俊是个刚正任性的孩子，一跺脚离开了家，跑到了万里之遥，已经五个年头没有回过家。小小年纪，一人在外，无亲无故，那份孤独是难以忍受的。这两年，国家穷，百姓也穷，多亏了女儿的资助，但是每次收到那个大信封的时候，郑氏心里总扑扑通通好几天，直到儿子程功给姐姐把回信写好，读给她听，发走了，郑氏心里才稍稍平静下来。她总盼着女儿能在信中谈到自己的婚事，她甚至做过这样的梦：程俊领着一个小伙子欢天喜地地回家了，两个孩子都亲切地叫娘。可是这些年，女儿来过几十封信，却没谈婚事的一个字。不是时兴恋爱吗？你为什么不在外边谈？你有条件啊，孩子，难道还找不到称心的小伙子吗？儿走千里娘挂念，程俊啊，我的儿，你仍然在揪着娘的心。既然这么长时间你都没有解决切身的事，当初你就不该把马家那边拒得那样利索、那样彻底。女儿在身边的时候，对母亲提出过两条：一是马崽那孩子长得不怎么样，二是两人年纪相差悬殊，她比马崽大四岁。她倒没有嫌对方的家庭成分，因为自己出身也不好，乌鸦落到猪身上，谁还嫌谁？长得不好，我觉得马崽也算中等人才，个子不矮，五官端正，没什么缺陷，只是黑点、瘦点，不够魁梧，人哪有十全十美的？相差四岁就算悬殊？这不很正常嘛。旧社会讲究娶大媳妇，正如那支歌谣唱的："十八的大姐九岁的郎，新郎夜夜都尿床，头一夜尿了红绫被，第二夜尿了线毯一大汪。新媳妇一看心好恼，咣咣就是两巴掌。头一巴掌打得喊姐姐，第二巴掌打得叫亲娘，亲娘哎饶我吧，从今后，俺光吃干粮不喝汤。"那也不过相差九岁。拿两棵树打比方吧，第一棵树长了九年，第二棵树才发芽出土。但是时间长了你就难找差别了，后来者居上的例子多着呢。新社会当然不兴了，旧社会穿着开裆裤娶媳妇的孩子并不稀奇。我还比你爹程松明大五岁呢。郑氏十八岁嫁到程家，入洞房那天晚上，松明的奶奶也就是郑小姐的婆祖母过来了。老人家一进屋就乐呵呵的,她把松明搂在怀里说:"我这个孙子不是好脾气,你担待着他点。"然后又教训自己的孙子说:"不能照着你媳妇使性子,听见了吗?你要是耍态度,我也不依你的。她是姐姐,你是弟弟,好好听话,不能半吊子,听见了吗?"然后老人又对孙媳妇说:"这都是从小我把他惯的,唉,没法的事,就这么一个孙子。"当时程松明正在读私塾,郑小姐每天照应小丈夫起居、吃饭、上学,不忙家务,不管事务,夫妻相处也算和谐。由于年龄的关系,性生活当然不能如意。十三岁的孩子开始不懂得,自己虽然十七八了,却也不懂房事该怎么做,没法对丈夫进行技术辅导。两个人就这样默默地摸索了好几年。一切正常了,新的问题又出现了,老不怀孕。婆母、婆祖母都心急起来。为此,给郑氏请过大夫,抓过中药。直到程松明二十岁这一年,才生了程俊。

程松明的恶劣品质是他当了保长后才显露出来的。当了官不可一世了,上谄兵匪,下傲百姓,打骂群众,欺压良善,横行乡里,骂街喊巷,酗酒发疯,道德败坏。哪一样他干不上来?他站在了群众的对立面,成了人民的罪人。常言说,娇郎无孝心。程松明先天缺少教养,从小家庭就为他犯罪种下了祸根。他对家人的态度也越来越蛮横,特别对妻子郑氏表现得更不是人。有一天晚上程松明在外面喝醉了酒摇摇晃晃地回来了。郑氏对丈夫尽管一万个不满,但她还是该做什么就做什么,不做也不行,做不好她也吃罪不起。她曾整天想着劝丈夫改恶从善,可那还不是白费唾沫,他怎么会听她的?郑氏慢慢向保长大人靠过去,帮他脱了长衫,摘下礼帽,在衣帽架上放好,然后想扶他上床休息,心想,只有他睡着了,自己才踏实。他偏不上床,一甩胳膊转身坐在太师椅上。郑氏认为他口渴,于是抓紧沏了一壶茶,洗净茶碗满上。"我不喝茶,我饿。"程松明撇着嘴傲慢地说。"你想吃点什么?"郑氏温柔地问。"吃面条。""面条?"郑氏一转念马上说,"那好吧,你慢慢喝茶等着,我去厨房给你做。"那个时代没有机器做的干面条,都是现和面现擀。"不行,你得在我脸前头擀。"保长醉醺醺地说。郑氏也搞不清自己的混蛋丈夫想干什么,他喝多了,叫怎么着就怎么做吧,和醉汉闹别扭是自找罪受。于是郑氏去厨房把案板搬来,又拿了一个精致的黑瓷盆,放好面,还没有加水,她又问了句:"愿意喝鸡蛋面条吗?磕上一个?"程松明眯着醉眼点了点头。郑氏又去拿了一个鸡蛋,磕到盆里,加了一点水,一边和面团一边好声好气地说:"一会儿再磕两个荷包蛋。"面团揉好了,她又去厨房拿了擀面杖过来,刚要动手,程松明发话了:"你把衣裳给我脱了。"郑氏一愣,心想,脱衣裳干什么?这又不是上床睡觉。可是,不脱哪能行?命令是不能违抗的。好在不是冷天,春末夏初气候宜人。她把褂子扒下来放在一边。郑氏没有骂过人,现在她在心里骂道:"看你王八孙子想出什么洋相?"程松明让妻子扒个赤条条,连裤头都不让穿。时间已是半夜,深院高墙,大门紧闭,孩子们已睡成一摊泥,再无别人。她在听从丈夫的摆布和戏弄。这时,程松明从兜里掏出两个铜铃来,铃铛上各系有一个皮筋扣。程松明站起身向妻子走过去,给她每个乳头上套上一个,然后笑着说:"擀吧。"郑氏明白了,她以前听程松明说过什么响面条,今天他要拿自己寻开心。这个龟孙,他比隋炀帝还荒淫无道。郑氏含着眼泪把面条擀出来,折叠好,准备去拿刀切。这时程松明扑过来把她抱进里屋床上,他一边狂吻,一边夸赞说:"行,做得不错。"

想想爱情,想想夫妻关系,想想程松明,郑氏长叹了一声,然后又长长地吐了一口气。什么叫美满?找一个好人才叫美满。别贪财,别攀高,别望门头,更不能只看容貌,最重要的是看人的品德。自己的婚姻恰恰缺少这最重要的一条。郑氏曾经想,如果程松明在家,家庭是一个什么状况真不好说。特别是大女儿程俊那脾气,她和她爹应该说是水火不相容。土地改革那时候斗争地主,像程松明这样的小官僚地主,民愤又大,老百姓怎么会丢到脑后。可是他缺席,当时他在监狱里关着,群众没法把他揪到台上解心头之恨。有人提出让他老婆顶罪,把郑三娣拉上去。这件事在农会引起了一场争论，有人说郑三娣应该属于地主阶级的受害者，特别是程松明一直没给过她好气，他整天在外头作威作福，郑三娣可从来没有仗过势，也没有欺过人。她人缘很好，喜欢助人，接近群众，如果让她替丈夫顶罪确实冤枉了她。也有人说，郑三娣不是地主分子，她是阶级敌人，光这一条拉她上台也不屈。郑三娣上台了，和坏人们在一起，一字排开跪在台上，听那些苦大仇深的百姓揭批程松明的罪恶，一边听着一边心里想：程松明啊，你个小子，今天要是你在台上，人家会把你揍扁的。你躲了，让我来当替罪羊，我一生为你付出那么多，你给自己的老婆留下了什么？除了怨恨，还有仇债。想到这里，郑三娣愤懑心烦，满眼都是泪。人生能过几个春秋，眼看老了，得到了些什么？唯一欣慰的是，自己一生遵纪守法，教育孩子，让三个儿女都能气气派派地做人。这恐怕是给儿女们留下的最宝贵的财富了，有了这也许什么都有了。

4 程 秀

解放初期有一首《妇女自由歌》非常流行。开头的歌词是:"旧社会,好比是黑咕隆咚的枯井万丈深。井底下,压着咱们老百姓,妇女在最底层……"旧中国老百姓身上的枷锁和镣铐太重了,妇女们的苦难更深。新媳妇进门了,蒙着盖头红,最先看到的是两只脚,大脚为丑,小脚为美,越小越美。女孩子从小就开始缠足,伴随终生。那两只脚像压在石头下面的两粒种子,怎么生长发育?就是不让你正常发育,要的就是那种畸形。连两只脚都受那份窝囊气,还谈什么人身自由。新中国成立那时候喊得最响亮的两个词就是"自由"和"解放"。妇女自由了,社会才有真正的自由;妇女解放了,百姓才会真正得到解放。《中华人民共和国婚姻法》颁布了,儿女的婚姻以法律为依据,妇女的地位也有法律做保障。谁违犯了就是犯法,犯法就要受到制裁。什么父母之命媒妁之言,统统扫进历史的垃圾堆。

就是在这种大背景下,郑三娣为二女儿程秀定了亲。介绍人是原来在程家当过用人的一位老太婆。她有一个儿子叫二普,人们都称她二普娘。当初程家待她不错,关系融洽。男方是米店村的小伙子米良。二普娘的外祖家在米店,按辈分她应当称米良的母亲杨氏为妗子,米良当然就是表弟了。"大妗子，"二普娘说，"我得先说句泼嘴话，二表弟那条腿终究是个问题，那是明显的毛病，捂不住也盖不住。当初是怎么受的伤？"杨氏说："家后园子里有棵大杏树，他上去摘杏，一下子蹬空了，幸亏树底下有一垛棒子秸，要是直接掉地上把腿摔折，那也就不用再操心说媳妇了。腿没事，摔的是大胯。开始拄了一个多月的双拐，以为那条腿就废了呢。后来去找丁郝村的郝大夫，经常推拿，治到这种程度。大夫说，完全彻底不易，到顶了。我看不显呢，不细心看看不出来。"二普娘接下来说："怎么会不细心，相媒还不细心看？还不是怎么细就怎么看。"然后指着米良说："二弟，你走几步我看看。你别不好意思，老俗理，吃药不能瞒大夫，说亲不能骗媒人，你到屋门外头院子里走走。"米良去到院中来回走了几趟，重新回到屋里坐在凳子上，老长时间还面红耳赤。二普娘这时候笑了："要俺看这个兄弟倒是个薄面皮，这还没跟大闺女会面，脸就像块大红布似的；不行，兄弟，你得把脸皮壮起来，一千只眼一万只眼也不能让他们把咱看羞。咱脸膛子不丑，身个子又不矮，咱怕谁看？不过咱得想个法子把这点事遮掩遮掩。"二普娘点着一支香烟抽了几口说："我说先让女方上咱这儿来相，这样咱能主动，小良兄弟少说话，少走动。郑太太不大乐意，她说得也对，程松明家没有近门，这样的事找外人并不合适，再说外人也不知心啊。她想让咱这边过去，我也没再强求就答应了。这件事我前前后后跑了四五趟，从没听她家二闺女说过一句话。人家还是老门风老家规，不像有的人家，话不够孩子说的，大人插不上嘴，当不了家，做不了主，没家教，没修养。我看这桩媒只要郑太太没意见，那就是订妥了。"二普娘把烟蒂扔掉，掏出手帕来抹了抹嘴。杨氏又抽出一支烟递上去。二普娘接了烟，米良已经把火机打燃。她说："一会儿吸。"然后把烟放在桌上，"这样吧，妗子，我去对那头说，咱尽量凑晚上去。晚上，灯光下跟演皮影戏似的，好瞒着。白天，光街上就不知有多少人看，人多口杂，评头论足，还是晚上好应付。现在时兴穿风衣，让二兄弟穿件风衣，这个季节也正适宜。家里谁去？"杨氏回答："他哥和他嫂子。"二普娘说："很好，共四口人，骑两辆车子。二表弟会骑自行车吗？带个人行不？"米良说："我自己骑行，带人没把握。"杨氏说："他哥他嫂骑得很好，带人都没心烦。"二普娘说："那就行。你们兄弟俩一辆车，叫大弟妹带着我。一进村头，咱就下车子步行。你推着车子，叫你哥哥在你身后跟着。穿风衣推车子就是打掩护，你懂吗？进屋，你在后头，动身回来你在前头，你要有眼色。这一关闯过去了，事情就成了一大半。郑太太只要没意见，隔一段时间就去送彩礼。秋后抓紧娶过来。"二普娘把那支烟拿起来，米良上前给她点燃。她扫视了一下杨氏母子二人，笑嘻嘻地说："大妗子，这桩事要是办成了，那就是你老人家不知什么时候给上天烧了高香，许下诚愿，老天爷对你们娘俩施福呢。你上哪里找这么好的人家这么好的人才去？我在程家待了一二十年，程俊、程秀两个闺女是我亲眼看着长起来的。程秀性格绵软，很有心计，准能过份好日子。"杨氏也笑了："我可得重重地谢俺外甥女。"三个人都笑了。

　　郑三娣是个精细的人，从二普娘一提这门亲事，她就想方设法打听米良和他的家境。哪能光听媒人的，介绍人不过是牵线，要搞清真实情况还必须亲自调查。距程屯村不到三里路有一个不足二百人的小庄子，叫丁郝村。村子因为原来只有丁、郝两家而得名，也因为有一位郝姓老中医而出名。近几年郝大夫因年事过高，早已不卖药，不出诊。不过老人仍然免费看病。他自己说，我只要有口气，不糊涂，还要切脉接诊，不要钱，图积德。在乡村单独行医，虽然很讲求专长，但必须要会全科。就是说，你的医术和本领必须包罗万象，涵盖面广。十多年前，米良那条腿就是郝大夫给他治好的。

　　郝大夫的儿媳妇名叫刘禾，比郑三娣小几岁。解放前，刘禾经常在程家打工，做家政服务，不管是忙时、忙季，还是忙节、忙年，人手不够了，刘禾一叫便到。郑三娣和刘禾别看是主仆关系，感情却非常深，两个人很要好。刘禾尊称郑氏大奶奶，为什么这样称呼，从哪里论的行辈，无从考查。大概就是俗言说的，人穷低三辈吧。刘禾的娘家是米店。郑三娣心想，我去刘禾家就说最近两只眼老发涩发干，让老大夫给看看眼，顺便向刘禾打听米良家的情况。她主意打定，立即实施。这天早饭后，郑三娣洗洗脸、梳梳头、整整衣服出门去了。刘禾正在院子里水井旁边洗衣服，看见郑三娣来了，立马站起来，甩掉手上的水撩起围裙擦着，迎上去寒暄着让到屋里坐下。刘禾执意要给郑氏沏茶，郑氏坚决不让："你要是这么客气，我立刻就走，到你这里来图说说话，这么近，串门似的，别当外人待。我就是来看看眼。"刘禾说："俺爹在俺姐姐家住着，二十多天没家来了。老人家年事已高，眼色不行了，耳朵还好使，也不糊涂，就是号脉的时候手有些发颤。年纪不饶人啊！这是咱说了，大奶奶，我也不懂医道，这眼发涩发干还不是生活造成的。吃得忒孬了，糠菜、地瓜干子、地瓜秧，整天见不着一点白面，半年喝不了一顿腥汤。队里只分给那么点棉油。还是豆油香。光见豆饼，没见过豆油。咱老百姓还不知哪年哪月能熬出来。不信试试，大奶奶，每天早上一碗鸡蛋水，多滴点香油；一天一顿白馒头，两天吃一回肉，一个月下来，你的眼也不干也不涩，准跟那灯泡似的直放光。你说是不，大奶奶。""那不又过上地主生活了。"郑三娣开玩笑说。两个人都大笑起来。这时，刘禾立起身拿了一个洁净的碗放在桌上，从一个小瓶里倒了一点白糖，冲上开水说，轻易不上俺家来，哪能这么干坐着，喝点开水吧。郑氏没再推谢，喝了一碗糖水。

　　谈话转到正题上。

　　刘禾问："米良有点小毛病，你知道不？"郑三娣吃了一惊："不知道，什么毛病？"刘禾说："这得从十多年前说起了，米良上树摔下来了。上这里来找我爹看，是他哥哥米善用地排车拉着来的。左腿，嗯，是左腿。我记得当时他躺在诊床上头朝东，南边这条腿，是左腿错不了。拄着拐杖下地，那条腿一动不能动，躺下一看一摸，发现是大胯摔折了，股骨头从股窝里脱出来。推拿正骨的时候，我爹喊我过去帮忙，怕他哥哥一个人摁不住。等治疗完毕，我们四个人都大汗淋漓。米良是疼的，我们是累的。敷上膏药，临走又给了三贴，让回家卧床休养，把膏药贴完，半月以后再来。第二趟是用自行车带着来的，大见好，不用挂拐，一点一点地能自己走。因为我爹心劲手劲都不如以前，他让病人躺床上，教给他哥哥按摩的方法，让他哥哥米善慢慢给他揉搓。隔了两个多月又来第三趟，这次是米良自己走着来的。他说腿是一点不疼了，但是走路有点跟原来不一样，有点瘸。我爹说，只能治到这种程度，还抱怨他来得太晚，有些耽误。他家里人太粗心，当时立马就该奔医院，找大夫，这不是小毛病，老俗理，伤筋动骨一百天。要是能挨好，要这么多医生干吗？我回娘家的时候见过米良好几回，他走路左脚的脚板有点往外斜。"刘禾说着打了一下手势，并站起身来学米良走了两步，接着说，"不明显，不细心不注意看不出来。谁给提的媒？"郑氏回答："二普他娘。"刘禾笑了，马上说，"那行，这媒应该由她来说。她是米家的外甥女。娘俩都好当介绍人，连二普也是整天东跑西颠地说媒。"刘禾迟疑了一下又说："像这种情况，二普他娘该跟您老人家讲清楚。那边是亲戚，这边也不外啊。多年的老关系，哪能有偏有向。你说对不，大奶奶？"郑三娣没评论继续问："米良家几口人？""几口人？"刘禾若有所思地说，"米良兄弟姊妹四个，数他最小，米善最大。两个姐姐都出嫁了，他这是最后一桩喜事。米善那边几个孩子我摸不很清楚，至少两个。媳妇不是咱本地人，是米善在外头跑买卖领来的，五大三粗的个子，过日子可强了，他们单过。米良家就三口人了，他爹有名的忠厚老实，光干活，不操心。里里外外这些杂事都是老嬷嬷出面处理。倒是一家子好人家。再往上数，米良他爹兄弟三个，他是长子，继字辈，叫米继峰，老二米继峦，老三米继岭，都带山字。老二、老三都住城里。情况我不清楚，反正不是住闲，不是无业流民。姓米的大家大户，别的姓没几家。刘姓就俺一家。"摸透情况后，郑氏告辞。刘禾拉着郑氏的手亲亲热热地送出村口。

皮影戏开场了。程家大门尽开，把院子收拾了一番，腾出多的空地来，洒了水扫干净。屋内也是如此，正中方桌两边放着两把旧背椅，桌面上放着茶具，一只暖水瓶和一盒普通的香烟。一盏罩子煤油灯擦得明晃晃的。天色渐渐暗了下来，暖风习习，没有月光，星星越来越明亮。八点钟左右，客人来了，一行四人，进家停车子的工夫，堂屋里程秀已把灯点亮闪到里间屋去。程功随母亲在堂屋门外向客人打招呼。二普娘向郑三娣客气了几句上首落座，郑氏相陪，善、良二兄弟坐西边，米善媳妇万青莲坐东边。稍息一时，程秀从里屋走出来和客人们答话。姑娘没换穿着，还是原来的一身衣服，只是认真梳过头，洗了脸。先让烟，再沏茶。用开水烫过茶碗，站在一旁略一等，满上水，挨个敬。程秀落落大方，非常沉着，该做的都做了，不该做的都没做，让客人们暗暗赞叹。一切都是走过场，谁也不愿意在这里熬时间，水都没喝。只有介绍人二普娘颤颤巍巍地让程秀给点了一支烟。烟还没抽完就熄掉了，说了几句闲话就起身告辞。郑氏一家人谦恭相送。米良先站起身，哥哥米善站其身后遮住灯光，嫂子和二普娘也靠上去围在后面。这可是关键时刻，他们缓缓地往院中移动，去推车子。正在这时候，程功把握在手上的三节电池大手灯的开关推了上去，照得满院雪亮。程秀就站在弟弟身后，那是最得眼的位置。她不看别人，只看米良，特别是风衣遮蔽的那两条腿，暴露得再清楚不过的两只脚。"不用照不用照，越照眼越花，倒看不准了。"二普娘大声说。程功已经十六七岁，出智谋他不行，执行起来却不走样。他心想，你们眼花，我们不眼花，特别是二姐不眼花，你们看不准的是车子，我们看准的是米良的腿脚。姐姐和娘都看清楚了。继续往前，客人们乱了套，原来的设计都乱了，他们慌乱地把车子推出大门。程功、程秀在路旁客气地说："这一段不好走，送到村头再上车子吧。"送到村外，照着客人上了车子，又照着他们去远了，姐弟俩才折回家。郑氏在椅子上坐下，程功关上手灯，放在桌子上。娘仨哈哈地笑起来。

二普娘后悔了，光认为自己聪明，谁憨？论耍心眼子，郑三娣还不让自己三个。郑太太在那样大的家庭里混，在那样复杂的社会里熬，什么人没见过，什么事没经历过？还想忽悠她？相处那么些年，没红过脸，没发生过摩擦，关系一直融洽和谐，干吗在这个当口偏向这头，误着那边。亲戚怎么着？又不是至亲，关系又不近。真正合算起来还不如跟郑太太有老汤原味。想到这里，二普娘心里又出了一招。目前还不知这桩媒成不成，急等郑三娣表态。要是女方同意了，送彩礼的时候，我得难为难为杨氏。别整天甜言蜜语的，你得往外吐两个豆：一，彩礼得多拿，光买几件衣裳、鞋袜可不中，得拿出点现款来；二，女方家里穷，打不起嫁妆，得买一套桌子柜油好漆好送过去，出嫁那天随人过来，这多光彩，多体面。什么大妗子，你个大老嬷子，别光油头滑脑，你得办点实事。你对媒人抠门，烟不好，酒不好，饭菜也不理想，这回坚决不让你再抠，娶这么好的儿媳妇，不能便宜了你。

婚姻成了，程秀同意。她说，左脚板有那么一点斜，但长相没得说，那点小毛病不过是璧之微瑕，美中不足。郑三娣也觉得，二闺女不像大闺女那样容貌出众，自家成分还不好，米良如果不是有那点缺陷，这亲事人家也许不同意。这也叫等价交换，掂掂萝卜对对葱吧。她原打算等再和二普他娘见面的时候半真半假地说她几句，又一想，事情成与不成都没必要得罪人，没什么意义，难听的话谁都不愿意听。彩礼除了衣物，外加二百块钱现金。谈到家具，郑三娣说："送过来抬过去那是多此一举。他们想买什么咱不干涉，有了他们方便，没有自己作难，咱不图啥面子。"

杨老嬷嬷高兴，自然愿意多付出，钱啊款的，再痛也得割爱。大儿媳妇进门那时候，万青莲正和娘家闹得没法收场，她是和米善私奔来的，那头没人送，这边也没法张罗，扫扫屋，铺铺床就娶了。二儿子这回她打算把场面铺开。米氏家族这么大，亲朋好友那么多，光大儿子的仁兄弟就有十几个。城里的、乡下的来个大会师。"趁这个机会收一收，补补洞。给儿娶媳妇虽然发不了财，也绝不会赔的。"杨氏盘算着。结婚那天，米继峰家摆了三十多桌，场面之大令人咋舌。快到开席的时候了，米继峰扛着锄头才从坡里回家，一进门和老伴走了个对面。杨氏穿得干干净净，胸前还戴着一朵花。她指着米继峰笑着骂道："熊老头子，一点心不操，倒是会享福，这上席了，你回来了。"米继峰幽默地说："这心都叫你操净了，一点都没给我留，哪有你老东西这样的，这么自私，这么贪心。"这时，两个弟弟米继峦和米继岭从堂屋里走出来，兄弟三人进屋落座，喜宴开始了。

5　万青莲

城里火车站旁有一座大型的木材加工厂，厂房大，场地也大。一条铁路通到院内，车皮可以直接推进去卸货、装货。所谓加工就是把运来的原木做成板子，截成厚薄不等、长短不一的段，分类存放，按方出售。客户可以根据需要选购。货源有外地的，也有本地的。相比之下，从当地收购的木料运费低，利润更大些。

米继峰老汉的大儿子米善就是靠收购木料发了财。米善和他的一位名叫袁木的朋友合伙买了一台拖拉机，米善管收，袁木管运，按单据算账，收益平分，没出一年，两个人的腰包都鼓了起来。

木材厂往东一百多里地是山区，有一个大点的村庄叫点将村，离公路不远，方便运输。米善决定在那里设一个收购点。他求村里大队干部帮忙，大队干部给他介绍了姓万的一户社员，就是万青莲家。万家院落宽阔，大门外还有一片空地，存放货物、拖拉机进出都非常方便。万家房子不少，三间堂屋，东西各两间配房，除正房经过翻修以外，其余都很破旧，有的还露着天，很久没有住过人了。大门塌了，院墙也残缺不全。万青莲有两个哥哥，早已结婚成家，还有两个姐姐也已出嫁。万老汉说，当初这院子热闹着呢，现在人少了，房子闲起来，自己也无力维修，最小的闺女青莲也把亲事定妥，等她一出阁，光剩他老夫妇两个，三间堂屋也住不清，其余的由它去吧。

收购点定下来了，不用发传单做广告，耳听口传就是最好的广告。开始是周围的村庄，接着三里五村、十里八乡，石头击水波纹越散越宽。地排车、毛驴车、马车，往这送木料的不知是来自天南还是地北。以质论价，按方付款。卸了货，擦干汗水，钞票就到手了，不拖不欠不打白条，多好的事。米善忙起来，有时候一天也吃不了一顿安生饭。大门外靠墙放着一张小单桌，上面除了卷尺和计算器以外，还有暖水瓶、茶杯、烧饼、饼干、花生米，饿了就吃几口，有时候正吃着，车又来了，米善赶紧放下干粮，喝口水起身去张罗买卖。阴雨天场上冷清，米善也不闲着，他借这个机会请请村里大队干部，送送礼，套套近乎。在人家地界上，不巴结不行。米善出手大方，请客舍得花钱，送礼从不含糊。他自己就说，不能挣一个剩一个，要那样，你一个也挣不着，那不叫做买卖。挣十个剩三个就不错了，想大利准没利，想大钱准没钱，这就是哲理。

一天午饭时分，青莲的母亲万老太太用大海碗盛了一碗面条给米善送过来，外加一碟自家腌制的酱黄豆。老人家说："我看你每天忒辛苦了，人不喝汤水哪能行。"米善万分感激却说不出句感谢的话。"大娘，你看……"他只说了四个字。这是金钱买不到的一顿饭，只有在自己家里才能吃到。走街串巷卖烧饼的小商贩，经常给米善送烧饼。米善对商贩说："每天往院里送十个大烧饼，从我这里支钱。""好的。"多么愉快的回答。卖豆腐的往院子里送豆腐，卖油条的送油条，都不要钱，有人给钱。万老太太坐不住了："他大哥，你这样不行，挣那几个钱，哪搁得住这样花。"米善笑了，他指着堆积如山的木料说："大娘，您老人家猜一猜我这些货能卖多少钱？一会儿就来拖拉机把它们拉走。一根木头的利息，咱这一家人三天也吃不完。您和俺大爷忒忠厚了，我占着您的院子用着您的地方，我给了三回钱俺大爷都不收，我这还过意不去呢。"

时间长了，关系便逐渐密切起来。节日餐，庆寿宴，儿女看望，亲朋走访，各家各户都是如此。米善的帆布小窝棚就在门口一旁搭着，他吃住不离地守候，院内的一切动静他都看在眼里，铭记在心。他性格好人机灵，做事周到，花钱慷慨。客人来了，他会买条烟提两瓶酒送过去。儿女来了，有时带着里孙外孙，他会掏上两块钱给孩子买糖。给多了，当然不会要，买糖块的两块钱总不会不接受的。院内开起席来，总会派一个代表出来邀米善同饮，米善每次都推脱，很少参加。实在推谢不开，他就客客气气地喝上两杯酒，借故照应生意退出来。他明白，人家是一家人，他一个外人掺和在里头双方都不自在。总之，一切都很自然，很和谐，很融洽。

万青莲情绪有一些波动，当初爹娘给她订的这桩媒是男方托人来说的，受托的这个人就是自己的大姐夫。青莲怀疑姐姐家得了人家什么好处，不然夫妻二人没有那么大的劲头。特别是大姐姐，口若悬河，劝爹娘，劝哥嫂，哄妹妹，夸男方的家庭，夸男孩的长处，竭尽全力想促成这件事。后来订妥了，大姐姐才又推出一个媒婆来。老嬷子说，我这个介绍人是拾的，没有姐夫给小姨子说亲的。青莲姑娘并没看上那个小伙子：一是嫌他个子矮，万青莲身高一米六八，接近一米七，那男孩顶多一米六，比例失调，极不相称；二是，男方的长相有个明显的毛病，左耳往后抿，右耳向前罩。当初相亲，青莲第一眼就看出来了。要是女孩还好些，留上长发，两边一遮也就完了，男的怎么行，掩不住啊！这件事在青莲姑娘心中老是一个疙瘩。姐姐夸这夸那谁都没见，这两条才是第一手资料。她一直很后悔，怪自己不该吐口，没经验。其实这事谁能有多少经验，一辈子还能订几回婚。她把自己的未婚夫和面前的米善一比较，前者比后者又是矮一截子，脸盘不如，身架不如，本事也不如啊。姐姐老强调，人家是民办教师。民办教师怎么着？每天大队里给记个标准工分，一个月七块钱的补助费，还有什么？米善一个月挣多少钱？几个七块？十个、一百个七块也不止。姐姐还说，民办教师将来能转正。将来是多长时间？人别谈将来，那是气泡，那是彩虹。万青莲对自己的终身大事动摇了，就连自己家里的人也产生了不同意见。一次，那个快嘴快舌的二嫂郭菲菲对公婆说，这个米善跟青莲多般配，当初说媒咱就没挑着这样的小伙子。婆婆笑了，对二儿媳的观点表示赞同。万老汉却把眼睛瞪起来，他告诫儿媳，可千万别对青莲这样讲。

青莲的母亲万老太太养了五只老母鸡，整天在院子里撒着。鸡喜欢挠活食，蜈蚣、蛐蜒、蛴螬、西瓜虫等，就连看上眼的蚂蚁也不放过。五只鸡整天在一块，从柴堆到墙根，从破屋到厕所自由觅食，不出格，不越境。白天不用喂，直到傍晚的时候，老太太才用糠秕、麦麸、杂粮和上半盆食端出去，让它们吃饱喝足然后休息。不少下蛋，收入可喜。百姓常说，不缺柴，不缺粮，鸡屁股是银行。农业社穷，儿女们也不富，万老太太三口之家，靠这几只老母鸡吃盐打油花不清。一天中午，米善在窝棚里躺着休息，忽然听到厕所那边几只母鸡扑打着翅膀狂叫。米善一骨碌坐起来，心想，他家三口人都下坡了，别叫野猫、野狸、黄鼠狼把鸡叼走了。米善跃起身向院子跑过去，他一进厕所的门，见青莲正下着腰在小解。姑娘看见米善冷冷地笑了两声，米善扭头而回。小伙子毛了，他很后怕，全身的毛孔都鼓起来。他怪自己莽撞，粗心，这如何是好！要是万青莲怪罪下来，怎么收场？米善没有回窝棚，他直挺挺地在院墙边站着。他想等青莲出来的时候向她道个歉。万青莲从厕所里出来了，米善怯懦而虔敬地说："三妹妹，你看……""没事，没事。"万青莲大大咧咧地说着往屋里走。米善又说："我认为有猫……"这时，万青莲站住了，说话更是大大方方："怕什么的，你又不是专意的，谁不解手？"两个人才各自走开。青莲没有拿邪，没有作歪，米善把心放下来了。他想，坡野里庄稼还没长起来，没个东西遮挡，况且干活的人又多，到处都有眼。姑娘珍重自爱，不到万不得已，都会回家方便。现正是散工的时候，她一定是憋急了，走得快，把鸡轰得无处逃。米善回到窝棚里重新躺下，继续想，幸亏大伯和大妈还没有回来，要是他们在场更尴尬。还好，两个人的事全算隐私吧。她怎么那个架势，把腰猫下去。米善还真不知道女人是怎么处理自己私事的。万青莲回到屋里心想，这个米善，这么冒失，我亏了头朝外，不然暴露无遗，或者说让他偷窥了去，自己还不知不觉。

　　光阴荏苒，盛夏来临。万老汉家半亩自留田里种的全是苹果树。一天中午饭后，万青莲随父母去管理果园。他们先除草，然后用镢头给每棵树开穴，准备浇水。看着压弯枝条的累累果实，大家高兴得顾不上喝水休息。这时候，老太太扳着一根树枝说："他爹，上面生蚜虫了呢，该打药了。"三口人都围着树察看，虫子确实不少，应该喷药。地头一角有一间举手摸顶的小屋，土坯泥墙，青瓦盖顶，单扇门上着锁，挺坚固的。万老汉把它称为小碉堡，里面放着喷雾器和经常用的农具。秋天，果子成熟的季节，万老汉夜间有时也撑起蚊帐住在里面。老汉来到碉堡门口，掏出钥匙开了门，一股农药和发霉的气味扑面而来。他进屋把喷雾器提出来，再去拿农药瓶子，发现瓶子里的农药太少了。卖农药的供销总社离点将村五六里路，得翻过一座小山。父亲让青莲去买农药。"你回家拿钱，骑上车子去吧。"老汉对闺女说。万青莲说："车子漏气，打上气骑到半路气跑光，我还不如走着快。"万青莲执行任务去了。她回家取了钱直奔供销总社。六月的天，风云突变，回来的路上，西北方向乌云滚滚，电闪雷鸣迎面扑来，狂风裹着烟尘，速度之快让人震惊。坡野里干活的社员早已走光，路上的行人没命地跑，青莲也没命地跑。进了家，放下药瓶，脸上的汗水还没有擦干，疾风暴雨夹杂着尘土气息和淡淡的腥味倾天而降。

　　大门外放木料的场里，米善撑的那个帆布小窝铺，被狂风像卷一片树叶那样掀起老高又扔下来。米善把帆布拉到墙根那里，搬过一根大木头压上去，把计算器和钢尺装进钱袋子闯进了院子东边那两间破屋。他倚在门框上看看天再看看地，心想，这自然的力量怎么这么大？了不起！"哎——"万青莲在堂屋门口喊了他一声，然后又指了指东屋的房顶，意思是小心塌下来砸人。米善抬头看了看，连水带泥顺着锅口大的洞往下淌。"哎——"万青莲又喊了一声，并招手让米善赶快离开那里到堂屋来。米善双脚踏上门槛将身一跃，一个箭步蹿进堂屋。米善接过青莲递来的毛巾擦去头上的水，倚在门扇上看院中地面上雨点射起的箭头和流动的气泡。"发大水了。"米善说，"发了大水，我用木头扎一个筏子划着回家。"万青莲没接他的话茬，她说，"你最好别在屋门口站着，要打响雷呢。"话音刚落，一道闪电过后，咔嚓一声响，震天动地，吓得在西边破屋里避雨的五只老母鸡咯咯地叫起来。米善躲开了，退到正中椅子上坐下。他看了青莲一眼，笑了笑说："你赶得倒挺巧，刚进家就下起来了。"青莲也笑着说："我没有向自留地那边跑，如果向那跑，正好淋上。""大伯和大妈他们怎么着？""地头上有个小碉堡。""碉堡？怎么还有碉堡啊？前沿阵地啊！"两个人哈哈大笑起来。笑过之后都不说一个字，你看看我，我看看你，然后一同看门外的狂风暴雨。"善哥，"她喊米善哥，因为她母亲问过米善年龄，她知道米善比自己大八个月，"你这人怎么这么气派，喊你吃顿饭你都不来。"米善答得很干脆："你们家人都气派，所以我学得也气派。""那我们要是不气派呢？""那我也学着不气派。"这些话，对双方有些挑逗。万青莲紧接着说："那就从现在开始不讲气派。"门外风雨大作，屋内又无三者，两位热血沸腾的青年人，含情脉脉，眉来眼去，他们抱上了。谁占主动？好比两块磁铁，越靠越近，啪，贴紧了。两位有情人吻了多久？直到腰酸背疼两腿发麻。雨小了，雷也远去，母鸡从屋里跑到院子里抢食地上蠕动的蚯蚓。姑娘轻声说："松开我，爹娘就要来了。"他们没有越过底线，这说明他们仍然很气派，很规矩。米善走出去看木料，收拾他的小窝棚。青莲姑娘自去里屋休息，回忆刚刚的甜蜜。

　　万青莲想，如果在这个当口向父母提出来解除婚约，面前还牵扯一个米善，这场面谁都不好收拾，一定会出大乱子的。乱子的程度肯定会比刚刚过去的暴风雨还要激烈，全家人，甚至所有在圈子以内的人所付出的代价必然会非常惨重，后果不堪设想。为了躲避暴风雨，刚才我不是拼上命地跑吗？不管谁不都是这样做的吗？一走了之，只有跑掉，才能转危为安，才能取得预想的结果，损失才会降到最低。"我走了，家里不会出现电闪雷鸣，顶多细雨蒙蒙或者雾露天。隔上一两个月，一年半载，和风一吹照样艳阳高照。爹娘还能不要我？父母和儿女的关系什么时候作过废？当断不断，事情砸烂。不能再犹豫了，应该当机立断。"想到这里，万青莲一骨碌从床上起来，她想，雨停了，果树上一定会摇下来很多苹果。她拿了那瓶农药走出门，路过米善又狠狠地投给他一道妩媚的目光。

点将村万家这个破败的小院子，里外四口人，表面看冷冷清清，内里却像烈火在燃烧。一天上午，青莲去给米善送一壶水，趁机递给他一张字条，上面写着十四个字："我意已决跟着你，抓紧逃跑快准备。"米善看了毛发都竖了起来。他无暇思考，把字条团成一个小球放到嘴里，喝了一口水冲了下去。"好家伙，"米善的心血翻搅着，"这是一颗原子弹，万青莲你怎么敢往外露！"准备吧，米善静下来想，该决不决，定会砸锅。再来送木料的客户，米善借故资金周转不开没有现款都推了。下午，拖拉机来了。米善把他的朋友袁木拉到一旁低声说，刚才大队里来了一个伙计告诉我，公社税务所的人来过，现在各地方都轰轰烈烈地闹着割资本主义尾巴，他建议咱们暂停几时，等风头过去再说，不然让他们查出来，不光罚款，说不定还要扣车扣人。二人商定，今天把这点剩货拉走，找个地方把拖拉机藏起来，回家再合计。车装好了，米善把所用的帆布篷等物放到驾驶室里，然后说，税务所的人下午五点半下班，等到天黑以后再启程。米善让袁木先走，表示第二天他还要到大队里打点打点。"人家对咱这么好，咱就这么悄悄地走了，一点说法没有，以后怎么再来。要给别人留点想头，不能走一处堵一处。"

傍黑时分，拖拉机发动起来，先由米善驾着开出村去。米善告诉袁木，一直开到木材场门口挨上号，第二天一上班就可以出手卸货，在场里找个熟人，递上一条烟，把车存放到场子里，那样最保险。来到一座桥边，米善停下车下来让袁木把车开走了。桥下还有不少人洗澡，米善不愿意加入这个群体，他来到上游，在一块石头上坐下，把挎包从肩上摘下来放好，然后脱掉衣服盖在包上，把凉鞋压在衣服上。顺河风轻轻地吹着，好舒服。米善下了水。山区的河，水浅清澈，河底全是沙石，干净极了。他在水里坐下来，洗净全身，然后侧卧，让河水从身上缓缓流过去。不知泡了多久，起身上岸晾干穿戴好，将挎包斜肩背牢，探手摸摸那只小手灯，又在石板上坐下来。他在想，那场暴风雨，吹断了多少树木和庄稼，破坏性可谓大矣，唯独给这对有情人开了方便的大门，没有那场雨，他们哪里去找那样的良机。那天，他不是没有那个念头，可是，青莲没有任何表示，他怎么敢。青莲做对了，他打心底敬佩她。米善站起身，听听桥那边，人已走光，只有河水拥抱桥墩发出的微弱的细语。他缓步上岸开始往回走。盛夏的夜是寂静的，人们忙碌了一天都已早早入睡。大桥离点将村约有三里路。"用不着心急。"米善想，两人约好，半夜起身，手灯为号。

青莲也早已做好了准备，趁父母不在的时候，她用一个大棉球沾上豆油，把两扇木门上下四个枢和左右门闩全部擦了一遍，然后反复试了试，一点响声也没有。这天夜里，她和衣躺在床上，连鞋子也没脱，等待着那个激动心弦的时刻。窗口亮了一下，她赶紧从枕边摸出手灯回了一下。她慢慢下了床，将门闩轻轻拉开一道缝像猫一样走出去。米善在东厢屋里站着，两人走到一起。这时，青莲从兜里掏出一张纸递给情人，那是一封信："爹娘：我们暂时离开家，千万不要生气，多多保重贵体。您的两个孩子：青莲。"米善用手灯照着看完，青莲说："你签字吧。"米善摸出圆珠笔，他的手有些发抖。青莲说："不用紧张，没什么可怕的。"米善签上名字，把信交给青莲，青莲刚要转身，米善轻声说："慢。"他拉开包，里面有十元的大票，十张一沓，共五沓。他抽出三沓来说："和信一块压在桌上。"青莲接了款，又像猫一样回堂屋去。桌上放着爹爹的大烟袋。她摸索着将信和钱用烟荷包压好，悄悄走出屋外，带上门。两只蝴蝶飞走了。

万老汉三天没有起床，粒米没进，滴水没沾。老太太坐不住了。她把二儿媳郭菲菲叫了来。郭菲菲坐在公爹床前劝说："爹，我先提一个问题请你回答，你也许不愿意直接说出口，可是你在心里一定能定好位。我问你，那两个小伙子站在面前，让你选女婿，你挑哪一位？那还用说吗，你一定投米善的票。小姑没有做错，她很聪明，她怕事情闹大了，爆炸了，对谁都没有好处，所以她果断地约上米善出门了，暂时挪个地方，避免直接交锋，躲过错杂的冲突和那些无味的折腾。当初大姐姐提这桩媒，说心里话，我就没看上，只是你和俺娘叫你大闺女说通了。婚姻的事，图什么？只图一个人。别说他是民办教师，公办教师又怎么样？我也不是偏激，省委书记、中央的大干部也不一定好，人不能只看金钱和地位，那些都是虚的，只有人，人才，人品才是实的。要说本事，我看米善这孩子是真有本事。二十出头的小伙子，独自一个人在外头闯荡，他在咱村住了多半年，你说他哪里没混熟？大队、小队、社员百姓，包括咱的亲戚朋友，他哪里没打点到，钱也没少挣。夸他的人那么多，却没听到任何人骂他。这不是本事？不是才能？想开吧，爹。你三闺女是个孝顺的孩子，青莲临走给你留下几句话，还放了钱，她怕你焦心，烦躁。她现在人在外头，你说她不挂念爹娘？她怕你生气，结果你真生气；怕你伤身体，你还是什么都不顾，不吃也不喝。我当儿媳妇的也不是批评你老人家，你这样做就对不住孩子们，对不住你的孙男孙女。咱这么一个大家庭，五六个小家组成的这个大户，你老人家是个轴，这车轴卡住了，车轮子怎么转，车子怎么往前行？这日子还怎么过？你别糊涂了，爹，吃点东西，走走逛逛，到自留地里看看你的果树去，蹲你那个小碉堡门口吸袋烟散散心。再说，米善不是有妇之夫，人家是小伙子，漂亮的小伙子；咱的闺女不是不正派，婚姻自主，自由恋爱，全当他们旅行结婚不就完了。外人怎么说咱不管，人多嘴杂，各人按各人的观点评论。俺的两个邻居当着我的面就这样讲：你小姑子真好眼力，她抓住个财神跟着走了。另一个说，什么财神，你没见过米善，那是个人才。别人对这件事都这么羡慕，咱还有什么想不通的？眼下是新社会了，老一套不兴了，人的思想得解放，得开化。"

　　二儿媳的这些话像一潭温泉把万老汉冰冷的心暖化了。接着，郭菲菲用了激将法："爹，你说你起不起，你要是不听儿媳妇劝，我可去叫你儿了，再叫上我大哥，把你的两个儿都喊过来，把全家人都招来，跪到你床前求告你。你觉着你受不受得住？别执拗了。"她用两只手去拉，万老汉折身起来了。郭菲菲赶紧拉过一个枕头从背后给公爹倚上，然后对婆婆说："先倒碗开水来，加点糖。"老头又渴又饿，这碗水不热不凉端过来，他像牛饮一样喝下去了。

　　没过几天，万青莲给二姐发去一封信，向二姐打听家里的情况，特别是父母的情况，拜托二姐做两件事：一，积极斡旋，征得父母和全家人的同意，选择一个适当的时候，她和米善两人回家探望一次；二，到大队里开一封证明信，再去公社盖个章寄给他们，他们准备办理结婚手续，领取结婚证明。万青莲的二姐拿着信去娘家找郭菲菲商量。郭菲菲胸有成竹地说："这封信也别让咱爹咱娘看了，证明信好开，你二哥到大队里开出来就是，公社盖章更容易。关于莲妹和米善他们两个人要来的事，我看别让咱爹定时间，直接告诉两位老人，就说青莲和米善两个人来信说农历七月底一定来看他们。回信把时间定到中秋节前，八月十三那天吧。眼下村里有些风言风语，有的说，一个买树的就能把咱村的大闺女拐走，以后连个卖糖葫芦的也不能叫他进村。这都不怀好意。到那天，咱得搞点场面，放放鞭炮震一震。让那些胡说八道的人看看我们老万家，看看什么叫喜事新办，移风易俗。怎么着，我们哪里不如你们？明天叫你二哥把证明信给你送家去，你给他两个人回信吧，定到八月十三。"

农历八月十三这天一大早,米善的两个妹妹米兰和米芹把预先做好的三个篮球大的彩球在拖拉机头的正中和两侧拴好系牢,又在驾驶室周围缠上一道挂满五颜六色彩带的彩绸,把个拖拉机扎裹得简直像一只花船。院子里站满了贺喜看热闹的人。米善和万青莲胸前戴着碗口大的鲜花,兴高采烈地走出来。礼品已经装好,两人上了车,米善驾着出发了。一百多里路,用了不到三个小时,八点多钟就来到点将村万家门口。把车停好,两人下了车,搬着礼物向家里走去。两位老人笑容满面迎出来。亲人相见,那份感情难以用语言表达。青莲擦了擦泪眼对爹娘说,米善想去大队里坐一坐。

米善从拖拉机驾驶室里提出来一个双喜图案的红包,兴冲冲地在大街上走着。一进大队办公室的门,所有在场的村干部都站了起来。握手客套过后,米善把包放下,从里面拿出来两条大前门牌香烟、四袋花糖。众人又是一阵说笑。支书发话:"这还没给你送礼,先吃上喜糖了。"队长又说:"本应该今天咱们一块喝一场,这也没法留你了。"又一个人问:"还收着木料吗?"米善回答:"割尾巴割得我连坐都没法坐,要是再割得把屁股削下半块来。"满屋人都哈哈大笑起来。

米善从大队办公室走出来,看到街上有几位年轻妇女正聚在一块指手画脚地闲聊。其中一个说,新女婿过来了,衣冠楚楚,戴着大红花。说话间,米善已到她们跟前。一个快嘴姑娘说:"买木料的来了,我家还有几根火柴棒,你要吗?"米善站住了,笑着说:"你别小看火柴棒,那都是大原木旋出来的,真正的机械化产品。不信,你用刀子削几根火柴棒我看看,十块钱一根我也收。"妇女们嘿嘿地笑了,米善也笑着离开。

万家门口十几个男女正在欣赏彩车,花红柳绿的彩带在风中飘舞,这么大的彩球众人还是头一回见。米善走近,先让烟,然后打开车门捧出一大捧花糖来。烟有人不抽,糖却没人不吃。米善指着拖拉机头对几位长者说："如果坐公共汽车，从俺家到车站得走二十多里旱路，下了车往这来还要步行五六里地。这多方便，脚不着地就过来了。咱倒打算开辆小轿车过来，可惜咱没有。"说得大家都笑起来。

院子内外打扫得很干净，西厢房里特聘的厨师正在盘灶生火，案板上下堆满了蔬菜和餐具。大嫂和二嫂戴着套袖和围裙忙着帮厨。米善走过去喊了一声："嫂子。"两个人都笑着站起身来。二嫂郭菲菲对米善说："这是咱大嫂，你兴许不认识吧，最大的嫂，她是咱们这一代人的老掌班。过来，给咱大嫂鞠个躬。"米善笑着进屋给厨师敬了一支香烟走出去了。

十一时许，家人客人陆陆续续到齐了。老字辈、小字辈，上上下下二十多口人，熙熙攘攘，热闹非凡。青莲胸前的那朵大红花早被孩子们要去，他们在院子里跳着跃着追逐着耍个没完。米善把自己的花摘下来拿在手里在院中间举着说，谁蹦得最高就把这朵花送给谁。于是，抱腿的，攀臂的，搂腰的，孩子们乱成一片。米善从兜里抓出一把糖来，往空中一抛，引得孩子们一阵哄抢。米善把那朵花交到最小的一个小女孩手里说："快跑，找你妈妈去。"

十二点多，上席了。一共四桌，每桌十个大盘。有白酒，有红酒，有饮料，大家各取所需，开怀畅饮。一挂火鞭从树杈一直垂到地面。郭菲菲叫丈夫从大队里借来三只大火铳，开席之前，三声炮响，震天动地。火鞭点燃，纸花迸飞，烟雾升腾，人人笑逐颜开。

6　杨　氏

米店村包括老村和新村。两个村子应该是母子结构，说祖孙关系也行。米继峰老汉和他的两个弟弟米继峦、米继岭都在老村。米家街路北三处院子，一字排开，一样的样式。都是三间堂屋，两间配房，起脊的门楼。房子墙体厚实，梁橡粗壮，顶盖原来是缮草，后来都换成了板瓦，结实得很。这房子是什么时候盖的，没人知晓，祖上哪一辈留下的遗产谁也搞不清楚。米继峰住中间的一套。东边一套的主人是二弟米继峦，他解放初进城在酱菜厂里当了工人并安了家，大门屋门整天锁着，钥匙在大哥手里，米继峰想用就用，给二弟照管着。三弟米继岭在一九五八年"大跃进"时被县农机公司招工，当了售货员，家属随即搬走。西边那套房子，一直由村供销社长期借用。

米善结婚的事来得很突然，家里一点准备都没有。要不是二弟那套房子闲置，米继峰和杨氏老两口还真是抓瞎。他们五口人搬到东院去，把自家的中院让出来。这是杨氏的主意。她说，儿媳妇说不定一年半载就生孩子占房，生和死不能借屋用，这是一忌。一次性安排好，免得再折腾。老人的计划是正确的。大儿媳万青莲在这里一连生了两个孩子，搬到新村以后又生了第三胎。米继峰家庭这么多人口，又找不到一条生财之道，他是真正盖不起屋，连最孬的三等房子也盖不起。眼看二儿子米良也像竹笋拔节似的一天天壮大起来，老汉带领全家，脱坯伐树，自己动手，咬紧牙关在米店新村接连盖了两个院。这件事出乎众人预料，米继峰因此名声大震，成了周围学习的榜样。

单说万青莲结婚以后，和婆母杨氏的关系一直不和谐，有时还很紧张。良好的品德素养中，最重要的有两条：口稳和手稳。文明、诚实、守秘、担当；该取的取，该施的施，公私分明，不图名利。而杨氏恰恰在这两方面都相当欠缺。她说话粗鲁，口头语很重，在家在外和人交谈都带脏字。特别是别人得罪了她，或发现自家的什么东西被偷被盗，不管是公场还是私场，都不论行辈祖宗八代地骂。听谣、信谣、传谣的人，往往自己也造谣，杨氏就是这样的人。比方说她听说甲的东西少了，根据案情和环境，她敢猜测是乙所为，并把自己的推断公开宣布，或暗中传播。她不怕吵嘴，无惧打斗，拿发誓赌咒当儿戏。再比方，听说或者看见某家公公婆婆和儿媳妇之间生活上有摩擦冲撞，她会借题发挥，大肆渲染，甚至把那个最龌龊的字眼——"扒灰"加进去。她嘴里没有秘密，口头没有门扇，什么都往外讲，往外捅。大到国情、案情、法律、政治，小到一顿饭、一碗汤、一撮盐、一粒米，她既抓住了西瓜也丢不了芝麻。她是平头草民，言论自由，撒谎不会坐牢，吹牛该不上犯罪。她的那些话，没有记录，没有录音，像臭气、雾霾那样污染一时，随风飘走。厌恶归厌恶，也实在没法。所以平时和杨氏对质的人并不多。好鞋不踏臭屎，惹她干什么？明知道斗不过她，甘拜下风就是了。所以杨太太一年三百六十五天倒是大抵都在寂寞之中。在外，她偷、摸、拿，捎带捡，赴坡下地没有一次不糟蹋集体和外人的东西，折根玉米秆，摘几穗麦子，捋地瓜秧，提蒜薹，掐葱叶，挖菜心，等等。即使去自留地摘几个辣椒，也要捎带些别人的，特别是地邻的。多方便啊，侧手一伸的事。对于集体和外人来讲，那点东西不过像身上掉下一根毛发，微不足道，杨氏拿了也走不了运，发不了财，只能向众人展示,她有贱癖,手脚不干净。

  对于杨氏来说,为儿女操心,最终是为了摆脱他们。娶了儿媳妇就分家,闺女嫁出去就不管。大儿媳万青莲是最热的夏季结的婚,时过两个月到秋天,生产队开始造分配方案的时候,杨氏就对生产队长和会计说,让大儿子另立户头。米善小两口买锅支灶,再为难也得单过。一年以后,万青莲生了儿子米亮。出了百日,她得下地干活挣工分。照看襁褓中的婴儿,当奶奶的义不容辞。儿子和媳妇都不在家,杨氏瞧瞧这里,翻翻那里,角落旮旯,没有遗漏。大东西她没法拿,小东西能掖的就掖起来。零钱碎币、卫生纸、一根针、一绺线,就连火柴,她也要抽开盒捏出几根来带走。虽是一家人,分家两条心,谁有谁方便,不拿白不拿,拿了也白拿。别说孩子们不知道,知道了又怎么着。一天下午,社员干活休息的时候,万青莲想给孩子喂奶,就急忙火速往家走,在大门口正碰上婆婆端着一筐地瓜干走出来。万青莲什么也没说,心里暗暗吃惊。杨氏说话了:"你爹想喝酒,我看你的地瓜干子还不少,我想……"没等婆婆说完,万青莲跨步进了屋。隔壁就是供销社,地瓜干换酒如囊中取物。晚上,万青莲对丈夫谈起此事,说:"米善,这是你娘办的事,我要是说半句谎言,就老天爷天打雷劈。"米善笑了:"这不稀奇,她老人家就这样,她是俺娘,我能有什么办法?"

  米继峰是个忠厚老实的人,出手大方,不占小便宜,为人处事,两肋插刀,和杨氏根本过不到一起去。年轻的时候两口子不少吵闹,也打过血架,抢过家伙,整天剑拔弩张,谁也不服谁。比方说种地,播种之前,最好和地邻商量一下种什么。人家种大豆,你偏种玉米,作物长起来,把人家的庄稼罩住了,这就是不道德。想种高秆的也行,下种的时候,你离地界远点,多闪点空。人要讲团结,讲义气,尊重别人,也就等于尊重自己。杨氏不那样,她总想多种,该种两行的她种三行,甚至把种子播到界线上去。两口子干活就吵,那不叫种地,那叫种气。和杨氏同龄的妯娌们有时也和她开玩笑:"大嫂,你和大哥怎么在一张床上睡觉来，还生那么多孩子。"杨氏笑着骂起来："拿着脸上，都是强迫。"众人哈哈大笑起来。一位小婶子说："是强奸吧，那你上法院告他去。"众人又是一阵笑。人口增加，家大业也大，事多繁杂，千头万绪，闹乱子吵嘴总不能当日子过。随着年纪增长，血气不再那么盛，锋芒也不再那么利，迁就忍让着也就过来了。米继峰常想，人生一世，草木一秋，这都过了半辈子了，二十多年的夫妻，谁又能改变谁，不是白折腾吗？她想操心，叫她操去。好孬没自己的责任，出了漏子埋怨不着自己。不如一心一意下地干活，种好自留田，和土地庄稼打交道，多自在啊。米继峰想开了。这也叫磨合，叫适应、妥协也行，惧内、"妻管严"又怎样，不生气才是最高享受。儿女的婚姻全靠杨氏操心张罗。小儿子米良结婚那天，场面那么大，老头照样下地干活，也就是陪着两个弟弟和几位亲戚吃了一顿饭而已。

　　米继峰带领全家人在米店新村盖的两口屋，一口在第一排，对着大街，由大儿子米善一家人居住着；另一口在第四排，屋后头是公路。二儿子米良和程秀的婚礼在这里举行，仪式完毕入了洞房以后，万青莲领着新媳妇和程功等几位送亲的客人越过两排房来到自己家里稍休息了一会儿，便用一辆胶皮大车由一头牛拉着他们去老村赴喜宴。杨氏为什么这样安排？她早有自己的打算。老村和新村是两个生产队，这就意味着，二儿子米良从娶媳妇那天开始就算和爹娘分了家。这回她做得干净利落，她是一天也不愿意和儿媳妇在一块过，一顿饭也不愿意和儿媳妇在一起吃。

　　俗话说，八十老太还恋娘家，程秀觉得新家好舍，旧家难离，一时半会儿还不习惯，所以结婚后大部分时间还是住娘家。母亲郑三娣也感到，男孩子离开自己，并不多么牵动娘的神经；女孩子走了，少了诸多陪伴和帮助，时时处处总那么别扭。特别是程秀不在身边造成的孤独和寂寞实在不好受。闺女每次来家，她总要把程秀搂在怀里，眼含热泪，叙旧谈新，交流感情，谋划生活。只有这样那颗牵挂的心才能暂时得到满足。一天早上刚刚起床，郑氏对女儿说："妮儿，你这趟来，转眼又是十多天，今天是个好日子，天气又好，你该回去看看米良在家怎么生活的。他也是个孩子，又不会做饭，我也总放心不下。"吃过早饭，程秀用一方花格子布打了一个小包，里面不过是几件替换的衣物、木梳、卫生纸之类，往胳膊上一挎出门去了。路上也无心观风看景，老想着娘讲的话，谈的事，不知不觉就到了米店新村。路过米善家门口时，侧目一看，嫂嫂万青莲一个人在院中面朝里套棉被，程秀没停步，一闪就过去了。米良听到拨门闩的声音，大步迎出来，开了门，小两口亲亲热热来到屋里。新婚不如久别，双方那股劲非常浓烈，搂啊，抱啊，吻个没完没了。夫妻情，异性的爱是那样甜蜜和奔放。等情绪稳定以后程秀问丈夫："这十来天你怎么吃的？""打游击。"米良说。"游哪击哪？"米良扳着指头算起来："队里一眼机井打了八天，一天管两顿饭。在建筑队给户家帮忙盖屋，吃了两顿。今天去城里拉化肥，一吨化肥，两辆地排车四个人。每辆车上一千斤，记一个标准工，另外补助六毛钱。饭店里的蒸包五分钱一个，每人吃了十个包子，喝了一碗粥，拉车往回走。来回四十来里路，五六个小时。我这刚回来，洗了洗才要上床躺一会儿，就听门闩响。汇报完了，领导有什么指示？"程秀笑了："你睡一觉吧，刚才我见咱嫂在院子里忙针线活，我去给她帮帮忙。"说完向丈夫告别走出门去。

万青莲一看是弟媳站在面前，站起身来说："你什么时候回来的？我要知道你在家早喊你去了。套被这活一个人还真不好摆弄。""刚回来，从你门口过时我看见了，放下包就来了。两个孩子呢？""瓜地，他爷爷那里。他们要是在家，我能干这活？什么活也干不成。这几天队里不忙，在家抓紧点，秋收过后，北风一吹，说冷就冷，还能拉棉花套子盖。"程秀脱掉鞋子，穿针引线，妯娌二人坐下来开始工作。万青莲穿着汗衫和大裤头，光着脚丫子。程秀用手指头按了按嫂嫂腰间裸露的肉说："你怎么这么胖！块头又大，有二百斤吗？""还不到，"青莲说，

"一百八挂零。你戳的那里还不跟屁股上的肉厚。我真是胖得发愁。我经常对你哥说,进了老米家的门,吃的什么好东西,这几年,年景不好,要说我挨饿谁相信。人家说,庄稼人没好饭,芋头瓜子山药蛋。我吃地瓜从不胃酸胃疼,黄豆扁儿烧糊糊,每顿两大碗,不吃菜,连个咸菜条也没有。你哥说我属猪的,越吃孬越发膘。""俺哥干什么活去了?""沤绿肥。生产队里没有没活的时候。过去说,干到腊月二十九,吃了包子再下手。后来挨饿了,吃不起包子了,又说,干到腊月二十九,大年初一窝窝头。当社员的年头到年尾,别想安生一会儿。沤绿肥管什么用?铲草皮,捋树叶子,用土掺起来泼上水。三天以后,水蒸发掉了,草还是草,土还是土,种麦子的时候,用车子拉到地里当底肥,有肥效吗?尽胡折腾。早晨起来,你哥哥问我,你今天不去干了?我说,干也行,到时候全家人的棉衣棉被跟你要。吃完早饭,我叫他把两个孩子送到菜园里去找爷爷,收工的时候再把他们领回来,我好忙这点活。爷爷不孬,不嫌烦,不怕乱。孩子们吃甜瓜吃够了,老人家就用甜瓜给他们换油条,换烧饼。前天,到吃下午饭的时候了,孩子们还没回来,我就想着到地里看看去,看看他们给爷爷乱成什么样。走到一看,窝铺跟前放着一个打碎的生西瓜,煞白的瓤,煞白的籽。我说,这还不熟怎么就摘了?亮子说,妈,这是小贞摘下来的。这时咱爹手里拿着瓜铲子走过来,指了指贞子说,她可有本事了,这么大的瓜,她从地南头滚过来的,连瓜秧都带断了。爷爷告诉贞子说,这瓜不能吃,还没熟透,并用铲子切开让她尝,她咬了一口吐了。我说,你不会打她两巴掌。咱爹说,打她干什么,你给她讲明白,她就懂了,打了,她也不一定明白。老人家这么好的脾气,我都感动了。"程秀说:"孙男孙女,另一代人,人家都说隔辈疼。"万青莲说:"当奶奶的不是隔辈?个人的德行,说别的都假。那天你哥想到老村去,小贞子跟在他后头,一边哭一边喊。我过去说,你就带她去一趟呗。回来后我问贞子,你上谁家去了?人家。——奶奶家成人家了。记得有一年,那时还在老村住,麦收完了,队里连麦秸都垛起来了，不少人家把自留地收的那点麦个子都运到场上来。队里派技术员用大骡子套上碌碡给社员轧。扬场是技术活，基本上都干不来，咱爹拿着小簸箕挨家扬。各家都把麦子装走了，他才扬自家那一堆。我心里话，你老人家可真是个老好人。娘家俺爹就有名的忠厚，我觉得这一套他也做不来，亲家俩走的一条道。"

套完一床被子，万青莲说，今天就干这些，一会儿孩子来了又是吃又是乱，我得赶紧做饭。妯娌二人收起摊子来到屋里坐定，万青莲说："刚才评论了男老的，咱再评论评论女老的。我刚进门的时候，老婆婆就给我来了一个下马威。她逢人就讲，你哥贩木头挣的钱都归俺娘家了，那么多钱，万家还不起才拿闺女来抵债。好像我这个儿媳妇是米善花钱买来的。好家伙，她真厉害。那时祖母还在世，时隔不久，是她老人家的生日，亲朋好友满满地凑了七八桌。我心里话，你有嘴我也有嘴，你给众人说，我也能给众人讲。这就叫反宣传，也叫辟谣。我当众质问她，你儿买了一台拖拉机你知道不，你给了多少钱？贩木料的本钱你出过多少？他一共干了七八个月，两个人分红，还上借款，他能剩多少钱？在座的亲戚朋友都是明白人，你找个会打算盘的核计核计，你大儿到底剩了多少钱？怪不得你当娘的守着那么多人能掏你儿的布袋。你光看见钱了，没看见他在外头受罪作难冒风险。投机倒把违反政策你懂不懂？你不担心出事，光怕钱捞不到手。你看我这个儿媳妇来得忒容易了是不是？钓的鱼你不喜欢，偏想花钱去市上买是不是？那你拿钱吧，彩礼钱。别说彩礼，我连个见面礼都没贪你一分，当我的婆婆你不配。这时众人都劝，赞成我说得有理，一个劲说她的不是。咱不能一棍打十八家，不能得罪众人。我说，本来今天我不该说这些话，可当老人的太不顾惜我的面子。米善不是有妇之夫，我嫁给他不是来当二房，背后插手搞三角坏着良心来拆散人家的家庭，我有什么错？你说说我的不是给大伙听听。从那以后她就躲着我。她憋了一肚子气，一年多不和我搭腔，我也不主动和她搭腔，各人过各人的日子。后来我怀孕了，生亮子的时候，她终于找到了茬口。本来可以在家里生，但我对你哥说，咱上医院，让医生护士侍候咱。生完孩子回来，得报喜吃喜面，你哥去和她商量，她说她不管。要她管也行，万青莲得磕头赔礼，喊三声娘。你哥也没法，那是他娘，他能怎么着？你哥对我说，先别急着吃喜面，等你出了月子身子硬朗起来，大人孩子都担事再报喜也不迟。我想这边的亲戚不报喜，娘家那边怎么也要说一声。那天，点将村来的人可真不少。俺二哥从大队里借了一台拖拉机自己开着，俺娘、俺姨、两个嫂、两个姐姐、大姑、二姑，再加上孩子们，坐了满满一车厢。他们来到问明情况，都道我的不是。是大不服小，是官不服民，你还能不跟婆婆搭腔，叫你磕头赔礼也应该。凑今天这个机会，当着这么多亲戚的面，你跟你娘和了吧。你站当院里隔着墙头喊你娘，喊一遍不答应，再喊，紧喊。我喊了足足半个钟头，她连屁都没放。我也很委屈，后来我哭了。这时大姑出来说话了，她老人家说，这样做不行，青莲大月子里，不担事，别让孩子生了毛病，这才给我松了绑。你说这顿饭他们能吃舒畅吗，最后不欢而散。客人都走了，我一个人站在院子里，心里五味杂陈。这时候，老婆婆从墙头那边院子里露出头来了，她站得高高地向这边张望。我可气坏了，心肺都要炸，下腰拿起一块砖头扔了过去……"

这时，街上有小孩喊妈妈，是米贞的声音，大部队来了。程秀站起来说该走了，等以后再来，说着来到院中。万青莲说："明天早点来，不去请你了，也不留你吃饭了，明天管你饭。""管饭我不来。"程秀笑着走了。

程秀来到家，见米良正躺着翻看连环画。"睡醒了？"她问。"没睡着。""怎么回事？""你一在家我就睡不着。""你那是不困，起来干点活。""什么活？""上菜园拔点菜去，捎两棵葱来，给你做炝锅面条喝。""西间里有一把油菜，好几天了，你看还能吃不？葱倒有。"程秀拿出那把油菜来一看说："这不都洗好了，你怎么没吃？""咱爹洗好的。""咱爹？""那天，我上瓜地去了一趟。一走到，他就知道我想吃瓜。他给摘，他摘的个个保甜。我坐窝铺里等着，他提个竹篮子去了，弹弹这个，拍拍那个，一会儿就摘来多半篮子。我吃了两个，剩下的给咱哥哥家捎来了。两捆油菜，一家一捆。咱爹有一个小铁桶，附近有一眼砖井，提水很方便。他都是把菜洗好晾干才给。""菜园地在哪里，我也没去过。""就在村西边，顶多三百米。抽空你去，走到保证能吃上甜瓜。""当儿媳妇的跟你当儿子的能一样，走到坐下就吃！""你这是说的什么话？咱嫂不是儿媳妇？送孩子，接孩子，走到也吃也拿。""咱嫂和咱娘的关系怎么这么僵？"程秀把刚才万青莲讲的话简述了一遍，然后问米良："咱哥哥家到底有没有存款？"米良说："他哪里有存款？贩木料挣的钱还借贷了，后来又把拖拉机卖了，买砖修理房子。没看见他家的屋，新熟皮。依咱哥，当时想拆了盖全砖的，咱嫂不同意，咱嫂说，你哪有这么多钱？也不能盖完屋挎着篮子要饭去？到现在他恐怕还欠窑上钱。"米良接着说："闹乱子时我在场，奶奶的生日，有吃有喝，谁不偎。哎哟，万青莲好口才，咱娘说不过她。连咱奶奶也训咱娘，你这样的，跟儿媳妇处不好。你说婆婆和儿媳妇这关系怎么这么难处。咱娘和咱奶奶过去也不少闹，打过架。我记得最清楚的一次，也是夏天这个时候，咱奶奶光着脊梁，手里拿根棒槌，在院子里边骂边追着她跑。""咱娘敢跟奶奶对打对骂吗？"程秀问。"不敢，她要敢还跑？后来二婶子和三婶子一娶就好了。没见她俩跟咱奶奶闹过。说句良心话，吃喜面那事的确怨咱娘。她不光自己不过去照应客人，连咱两个姐姐她也不让去。后来咱嫂隔着墙一个劲地喊，咱爹看不下去了，让咱娘过去。娘说，她喊一千声一万声也是白放屁，今天我非治够她不可。气得咱爹扛着锄头下地去了。那一砖头砸到哪里了，你猜？茅房门口放着一个积尿罐，满满一罐子尿。那一砖头把罐子砸开了，满院那个臊气味。你说这要是砸谁头上那不麻烦了。现在好了，老村离新村这么远，谁也见不着谁，想闹也闹不上。咱和咱哥哥离得这么近，咱两家得处好，谦让点就完了。你刚才说去给咱嫂帮忙，我很赞成。"停了一下米良接着说，"你走这几天有一场大乱子你没看到。"程秀正在和面,马上立起身吃惊地看着丈夫。米良压低声音说:"前边继贤婶子家,也是婆婆和儿媳妇。"本族的一家,老两口和一个闺女住第三排房,就是米良前边,小两口住第二排房,就是米善后边。儿子不在家,儿媳妇用麦子换了二斤杏,让老婆婆看见了。继贤婶子告诉她儿说媳妇用麦子什么都换,豆腐、油条,问他捞着吃没有。闹大了。儿子把他媳妇狠狠地揍了一顿。儿媳妇跑了,三天找不着影。实际上,儿媳妇在她娘家窝着呢。娘家找了一帮人偏偏上这里来要人,可把老嬷嬷吓坏了。"夜里,继贤婶子爹来娘来地哭,我站在她家后窗下头听,夏天的窗户又不关,听得特准。儿媳妇在娘家窝了七天,前天才回来。我一看继贤婶子的脸,哎哟,那个难看,害一场大病也不会那么难看。看来气不好生,还是和为贵。"

7　朱大美

朱大美，智障，是个可怜的女孩。人们说她不是姓朱，而是像猪，因为她的智力比猪强不了多少。猪会觅食，大美也会；猪知道去什么地方休息，大美也知道。猪随地拉撒，大美不这样，她拉撒有固定的地方，知道遮掩一下。这是她强于猪的一个方面。屋后面垒了几块土坯，蹲下去连下半身还挡不严。大美不管那一套，她知道自己没有找错地方，那里是她的包厢。见过朱大美拉撒的人不在少数，特别是小孩子，一边看一边向她刮脸皮。后来，大美长大了，每次将那硕臀靠近地面，便牵来大人的目光，特别是男人的目光，犀利而贪婪。那不是很解馋吗？朱大美的智力是怎样残的？据说是胎里带，文明说法叫先天。大美成人了，嫁的问题摆在父母面前。众人谈论，她最好找一个老光棍，哪怕有些残疾，瘸腿、一只眼什么的。因为这类人身残智不残，大美需要的是智，有个透彻的人引领着，她才会不偏不斜走得稳。大美的父母采纳了众议，让女儿像一只雌蛾那样默默等待着，说不定什么时候就会有雄蛾光临。他们不发愁，因为那个愁早已发过去了，他们期盼着甩掉这个包袱，肯定能甩掉的，只是想找一个适当的时机和适当的人。

雄蛾飞来了，他就是马家寨过去那个联防队长马标的儿子马崽。一天，马太太去赶集，二普老远向她走过来说："大婶子，有一桩媒，我老是窝在心里，没好意思对你老人家提。你家俺兄弟这些年一直没订妥，越往后也就越难。社会上的事就是这样，谁该站高枝，谁该落低枝，好像是命中注定的。人不能太犟了，不能跟命争，太犟准会吃亏……"没等二普把话说完，马太太急切地问："谁家？""老拼的闺女大美。"二普终于捅出来。马太太听了，像劈头泼了一瓢冷水，怔住了。朱老拼是个游手好闲的破落户，整天赶集串城四处游荡，很少参加农业劳动，家里只有三间破屋，不光没大门和院墙，连个厕所也没有。附近有一个土坑，周围长满荆棘和刺槐，那里就是他两口子的天然茅房。老拼的媳妇好吃懒做，生产队只要分了油，当天就得炸丸子，吃不上夜里就睡不着觉。天天消费，东西哪里来？朱老拼少不了坑骗，媳妇经常偷摸。"我的天，朱老拼两口子做我的亲家，憨妮朱大美给我当儿媳妇？"马太太心里激烈翻腾着，忽然意识到面前的二普等她回话呢，马上说："这样吧，我回去跟你马权叔商量商量，还要听听你兄弟的意见。"马权的态度很明朗，马嵓的婚事再往下拖，恐怕连这样的也找不上。回家对儿子谈及这件事，马太太说："孩子，当今世上有许多冤大头，比方说，到手的钱丢了，到口的粮被人夺了。该得的你得不到，不该要的偏偏有人推给你，这就叫冤大头。这回这个冤大头轮到咱身上了，该咱当了，为了不绝马家的后代，咱认了吧。"马太太给二普回了话，媒人索要二百元聘礼，一百元好处费。马太太倾尽所有花了三百块钱，事情总算办成了。

　　马嵓是一棵独苗，娇生惯养，至今衣食由马太太操心，出门叫马太太挂心，每时每刻都让马太太分心。马太太活得很累，实指望给儿子找一个精明强干的媳妇，自己也好退居二线轻松轻松。她曾想过单过，哪怕在漫坡里搭一座小窝棚，一天喝两碗稀粥，她也心甘情愿。她需要静，不愿和世人打交道，也不愿和世界挂钩。哪知道娶了这么个儿媳妇，衣食住行，吃喝拉撒，事无巨细都得管着。她认为自己是双料的冤大头。

道路坎坷不平,生活波澜起伏,有低谷也有高潮,有忧心忡忡,也有兴高采烈。朱大美给马家做了一件好事,她生了一个男孩。第二年又生一胎,又是男孩。邻里都说,朱大美别看皮毛不咋样,尽掉好犊子,真是天照应。两个孩子一天天大起来,挨着肩膀比着长。人们吃惊地发现,越长那四只不爱转动的眼球里越透出来那种呆瓜似的光。坏了,都是白痴。开始马太太和儿子不敢相信,等到孩子入学的年龄去小学报名,老师伸出两个指头,兄弟俩都不知道是多少。特别是那个老二,口水整天从两嘴角往外流,衣襟湿得透透的,不知道每天需要喝多少水。兄弟二人还没出校门,便都得了绰号:大傻和二傻。学校没法收留,哪个班主任都不接,悲哀!马太太心凉了,气也泄了。天没有照应,这一步棋又输了。

8　徘　徊

中国人民过了三年的苦日子。中央制定了"调整、巩固、充实、提高"的八字方针。严冬过去，春风送暖，国民经济开始复苏。食品公司也渐渐兴旺起来。以党总支书记兼厂长荣香慧为首的领导班子研究决定，投入一大笔资金，办好职工福利：扩建职工食堂，改造职工宿舍，新建工人俱乐部，发放工作服，上班时间统一着装。程俊从上小学时就喜欢打乒乓球，休息日、节假日她总泡在俱乐部里，她觉得食品公司真的像自己的家了。俱乐部不仅是健身的场所，更是驱赶思愁和忧伤的地方，能把人从沉沦和迷惘中唤醒，让人以充沛的精力和信心去工作，去战斗。

一次，市委组织部召开入党宣誓大会，程俊应邀列席参加。她很受刺激，回来以后想，那些在台上举手宣誓的二十多个人肯定都是各单位的精英了。他们的事迹是什么？怎样为自己加入组织创造了条件？其中有本公司的两位女职工，程俊认识她们，却不知道她们在工作中和为人处事方面有什么独到之处，是怎样把自己塑造得那么完美、积极进取的。当时荣大姐在主席台上坐着。程俊明白了：自己不了解别人，可是了解厂长，荣香慧就是榜样，就是楷模，自己应该像她那样做人和工作。她不也是平常女人嘛，又没有三头六臂，她能做的，自己为什么不能？荣大姐比自己年龄大，工作时间长，经验一大套，成绩一大堆。这就应了毛主席他老人家教导的那句话，"一个人做点好事并不难，难的是一辈子做好事，不做坏事"。永远有益于党，有益于人民。看来，这个永远，对任何人都是高标准，都必须为之奋斗到最后一息，只有这样，才配做一名共产党员。

程俊想写一份入党申请书，想着在哪里写合适。宿舍里当然不行，那么多同行姐妹，就是写一封信都不是地方，何况是申请书，入党的申请书。俱乐部里人更多更乱，更不适合。最后她决定去餐厅里试一试。下午饭后，伙房工人都已下班，餐厅里空无一人，只有桌凳。几只麻雀在里面吵吵闹闹，更显得寂静。她在一个角落里坐下来，掏出一张纸在桌上抚平，摘掉笔帽，却没有落笔。她犹豫了：什么格式？没见过，也没找明白人指教。又一想，不是内容决定形式吗？怎么想就怎么写。先写标题吧。"入党……"哎哟，这两个字怎么这么刺眼。党好比一棵参天的大树，我能攀上去吗？我能成为树上的一枝一叶、一朵花蕾、一枚果实吗？我够格吗？我得认真地考量一下自己才能做决定，鲁莽怎么能行？在家里对母亲莽撞了，可以赔礼道歉，请求宽恕，对组织要是做冒失了，对谁去说，向谁去讲。什么样的人才能做一名共产党员？对这些我还知之甚少，理解得很肤浅。想到这些，程俊把那张纸折叠起来，盖上笔帽，放回兜里。她站起身，隔着窗户向外面看去，一个人影也没有，然后她走出餐厅。她心情很沉重，也很复杂，不知道这件事该做还是不该做，是思维正确还是误入歧途。她在院子里漫步，天色暗下来，路灯亮了，那棵高大的松树显出宽阔的影子。树下有几条石凳，她坐上去，想稳定一下情绪。稳定什么，又什么都没做，越没什么可稳定，偏偏想稳定，这才是真正的不稳定。她探手到兜里摸摸那张叠得板板正正的纸，心想，睡觉的时候要是从口袋里掉出来让工友们发现，别人会怎么看自己。她觉得内心有些羞涩和畏惧，自己成了一个怯懦的人。她把那张纸拿出来打开，用舌头舔舔指头把那两个字搓掉了。稳定了，好像什么都没做。脑子里那段影像也已删除。她起身回宿舍去。

姐妹们正在谈天说地，见程俊来了，一个姓东方的同伴问她："程姐，干什么去了回来这么晚，谈上了是不是？""对啊，"程俊笑着回答，"我来拿件褂子，还得马上走，他在外面等着我呢。""真的？"东方姑娘问程俊，"外面哪里？""屋山那边。"东方信以为真，跑出去了。这时程俊把门关牢，上了闩。东方到屋山头一看，知道上了当，折回来，进不了屋，向程俊央求。程俊说："喊三声姐姐才给你开。""程姐，俊姐，程俊姐，再加一个，亲姐姐，这下行了吧？"程俊打开屋门，把东方放进来，满屋人都哈哈大笑。

熄灯后，夜静下来。程俊怎么也睡不着，想想婚姻，想想家庭，她觉得有一股寒气向她袭来。她拉过被角盖上半截身子，暗暗耻笑自己：我这样的家庭状况和社会关系还想入党！母亲是地主分子，父亲是劳改犯，外祖家两个舅舅都是地主分子。我还敢写申请书，真是太没自知之明了。参加一次会议，没人笑话，那是厂方邀请的，所有车间的主任差不多都到了。要是别人知道自己写申请，会说自己精神不正常，吃了迷魂药。算了吧，死了心吧，不要冲动，不要偏激，存下心来做一个正常人。又一想：我这样的人怎么能提拔当车间主任？这不是组织和领导的决议吗？党的政策从来就是出身不由己，道路可选择，从内心说，入党是我最理想的选择，难道我做错了？路漫漫，征途远，刚踏上一只脚怎么又抽回来，为什么犹豫了？别人怎么看？你怎么看自己，别人就怎么看你。只有自尊才有他尊，哲人讲，走自己的路，让别人说去吧。这不正好套上了吗？梦想上大学失败了，难道要重蹈覆辙，再来一次失败，迷迷糊糊，她做着纷繁的梦睡着了。一夜的梦境全是团聚，还梦见了离世的祖父、祖母、外祖父、外祖母。起床铃打响了，洗漱完毕，去吃早饭，刷完碗筷，随大队人马去上班，这一切都按部就班，好像是本能。程俊脑子里只有一念：回家探亲。

9　省　亲

接到大女儿要回家探望的信,郑太太马上对儿子程功说:"抓紧给你大姐回信,告诉她,你二姐怀孕了,让她捎些婴儿用的东西来,其他的什么也不用买。我正愁这件事呢,现在物资这么缺,布和棉花都不好买,我想做能做也没法做。还是城里货物全,样式也好看,小衣裳、小包被、小枕头,舒适耐用。她信上不是说接到家里的回信就起身吗?抓紧写,今天就发出去。哎哟,她不说来我还不心动,我可想她了。"

虽然睡不好觉,郑三娣却来了精神,每天早起打扫卫生,里里外外,上上下下,房子破没法,收拾干净她有招,从来都不邋遢,闺女来更得像个样。她有一身人面场上喝大茶的衣裳,黑色的确良休闲裤,天蓝色的纺绸褂,内里穿一件粉红色的紧身,这么一映衬,显得年轻有活力。平时在家里穿得破破烂烂,补丁就补丁,露肉就露肉,闺女来了可不能那样,得让闺女第一眼看到她娘并没有落时,还有当年那风度。穿好戴好,梳好头,盘好发髻,对着镜子照照。程功在一旁发话了:"听说姐姐来,俺娘讲究起来了。"郑氏笑着说:"俺儿这么知娘的心,我就是为你姐姐打扮的。"一天过去,晚上卸了装,第二天照样如此。

最近几天,郑三娣耳朵老发邪,听到街上有人说话,特别是女人说话，就仔细辨别那声音，有时还要到街上瞧一瞧。一天一天过去，突然有一天中午，她听准了，是大女儿程俊的声音，虽然六七年没听这声音，但是一传进耳朵里，就辨出来了。她快步迎出去，在门槛处碰上了。"娘。"程俊喊了一声，郑氏没有答应，她觉得喉咙被哽住了，一个字也吐不出来。程俊手里提个大提包，进屋放下，娘俩坐下，好几分钟谁也没说一个字。郑氏先问："刚才你和谁说话？""蹬三轮车的，我雇了一辆三轮车过来的。"又是沉默，母女俩相互打量着。"娘，你并没有老，比我想象的还年轻。"程俊站起身来，向娘走过去。郑氏把女儿搂住，这时两个人的眼泪都下来了，亲热了好一阵，才重新坐下。程俊抬起头满屋查看了一遍，然后说："我看街上有扯的电线，咱家怎么没安电灯？"郑氏说："前段时间，大队里买来一台发电机，用汽油机带起来发电，谁家想安电灯，得拿二百块钱安装费，另外每月再交电费。我觉着，点煤油五年也花不了二百块钱，就没张罗。"程功烧了一壶水，冲了茶，坐下陪大姐说话。程俊说："别看我这么多年不在家，咱这一带并没多大变化。出了城一路走过来，周围的村庄跟我原来的印象差不多。一进咱们村，看到街上有几根电线杆子，我以为是电厂里通过来的，原来还是自发电，光能照明，这没多大意义。"程功说："天快黑的时候发动起来，十点半就停，一停就没电，所以你就是花二百块钱扯过来，还是离不开煤油灯。再说，发电机还经常出故障，电压也不稳，忽明忽暗。发电机的响声震得半条街都颤。咱这里离得远还较好点，大队周围那些人家，意见可大了，他们说，晚上吃饭连筷子都拿不住，汤都不敢盛满碗。松友大娘才会说哩，她说大队支书，您这是给社员造福还是造孽？"娘仨大笑起来。程俊一惊，说："我刚才在村口见松友大娘了。她倒是先跟我打招呼，可我哪里还敢认她，怎么老成那样了，头发已经白了一多半。我记得小功写信告诉过我，松友大伯去世了是吧？"

"那怎么不是，"程功说，"两三年了。他还是大队农协会主任，人家都说他当时不管从哪里抠点沾点也不至于饿死。他太实在，一点没贪，没偷没摸，饿死了。"

喝足水准备吃饭。程俊说："咱院子里新打了一眼井，这是最大的变化。地下水好啊，比井水河水强百倍。"母亲做了四道菜——凉拌黄瓜、红烧土豆、炒虾米、炖豆腐，烙了一个发面大饼。开始用餐，程俊说："六七年没吃娘做的饭了，街上还来请你做菜吗？"郑氏说："娘已经打出村了，外村也有来请的。人家看我小脚走路难，都是拉着地排车来叫，干完活一直送到家门口。眼下你兄弟也接上了，他是帮人家写信，有时候晚上我们娘俩都不在家。"程功说："有的人自己能写，也来叫，他们说我写得好，亲切。只是有一件，咱娘在外头能混顿饭吃，我可是连一碗咸汤也没捞到。"娘仨又是一阵大笑。

饭后，程俊把提包打开，首先拿出来的是一包婴儿用品。郑氏看后说："这么好的包装，咱也别拆了，拿到小秀家里叫众人都看看，一拆再想装这么好不容易。我打算，过上两天，咱娘俩到米店去一趟，先到老村她婆婆家一落脚，然后再去新村。小秀的大嫂和她家隔两排房，到了以后，你一个人再到她嫂那边坐一坐。""拿什么礼物？"程俊说，"我带来五包坚果，有松子、榛子，每包一斤。我打算到两个舅舅家去一趟，每家一包坚果，再给十块钱，不吃饭，坐坐就回。外甥女混了这么多年的东北，这是当地的特产。去米店要不要带坚果？"郑氏又说："小秀的婆婆那里我打算买五十个鸡蛋、四斤挂面，不坐大会儿，点到为止。她嫂家你可以给孩子带一包松子，再买一斤花糖，咱轻易不去，别失了礼。小秀添娃娃的时候，我得在那里住一段时间照应照应，孩子出了百天就好拉扯了。"这时，程俊从提包里拿出一个钱袋子，三口人看了以后都默不作声，内心感到酸楚，回忆起当年的苦痛。程功首先说："俺姐姐还保存着娘的钱袋子。"程俊说："母亲的东西任何时候都不能丢弃。当初拿了你四十块钱，这里面给你装了一百五十块钱，还给你。"然后把钱袋子放在郑氏面前。郑氏苦笑了一下："你总是那么任性，至今没有改。妹妹都要生孩子了，当大姐的自己的事是怎么处理的，为娘怎能不挂心。"程俊也苦笑了一下，幽默地说："请娘不必挂心。结婚不是人生的唯一选择，我已打定主意，不准备再走那条艰难的路。你一生养育了三个孩子，哪一个让你轻松，你得到了我们姐弟三人的什么？你得到了父亲的什么？你有真正的爱情吗？你和父亲真正相爱吗？屈辱、惊吓、穷困、操劳，至今你没有摆脱这些苦难，什么时候能摆脱连你自己都说不准。我好比一个算命先生，给你算了一卦，我娘要受一辈子罪，你的最后一口气仍然是冤气。为什么有的人出家，当和尚，做尼姑，隐居深山，与世隔绝。我明白了，这种人高明，把红尘看破了。世上最聪明的人，是会安排自己的人，随波逐流不行，落入世俗也不行，人必须走自己的路，创造出自己的风格。这才叫独立。"说到这里，程俊看见母亲脸上有些怒色，她心想：刚回来就惹老人家不高兴，这是最大的不孝。娘那颗心不知受了多少创伤，我不应该再用这些话来刺激她，老人家最需要的是抚慰，是敬重，做儿女的应想尽各种方法来给她提神，我为什么翻箱倒柜陈谷子烂米地乱拾掇。想到这里，程俊立刻转了话题。她说："娘，请不要生气，原谅我说了这些不三不四的话，我是你最大的孩子，在你面前我向你保证，永远孝敬你，你的幸福就是我的幸福，你的苦难就是我的苦难，我们同舟共济，我永远当你的帮手，做你的后盾，做你老人家的护身符，绝不让你老人家失望。"郑三娣心里像江水在翻滚，想想女儿自从踏上社会，一心一意顾家，顾命，在外省吃俭用，救家庭燃眉之急，想想那些钱和粮票，一次一次的大信封，她的内心像烈火在燃烧，浑身战栗起来，两行热泪一直流到唇边。她一把将程俊拉过来再一次搂在怀里，泣声说："孩子……"母女俩泪如雨下，程功也哭了。

第二天程俊去外祖家看望，往返不到三个小时，回家就对母亲说："小时候住姥姥家，大舅当人梯让我站到他肩膀上摘枣子，他怕我站不稳，又让我骑到他脖子上，他驮着我再登到板凳上；下雨天，二舅给我披上蓑衣，我跟着他去河边钓鱼……这些事就像刚刚过去一样。两个舅、两个妗子都老了,家庭败落,光棍好几条,尽管他们那么热情地留我,也不想多待,更不想吃饭。"

第三天,程功用地排车拉着母亲和姐姐去米店看望。杨氏正在街心十字路口拉呱,忽见客人来,她有些惊奇,不知所措,万万没有想到亲家母拿着礼物来看她。落座后,她一个劲地打量程俊:哎哟,天仙一般,穿着素雅,没有浓妆艳抹。早已听说,难得一见。程俊把婴儿用品拿出来让老人看,然后说:"这是从东北给您儿媳妇买来的,留到您这里还是带给她?"杨氏笑眯眯地开口说:"直接拿给程秀吧,放我这里,我也得送过去啊。"程俊笑着说:"您老人家是一家之长,您说怎么着我们就怎么做。"四个人都笑起来。杨氏非常热情,实心实意留客人吃饭。程俊说:"大娘,本来今天我不该说走,见到您老人家了,在一块多坐一会儿,只图说话、交流、谈心,只可惜,假期太短,时间太紧,有很多事实在安排不开,我又这么长时间没见我妹妹了,很是想她,今天打算用地排车接她回去团聚团聚。等我上班走了,再把她送回来,在您老人家面前我替小秀请假了。大娘,您是批准还是不批准?"众人都大笑起来。杨氏哪里受过这样的敬奉,心中暗暗佩服程俊到底是有文化,有修养,让人爱不够。

程秀正在院子里站着,看天、看地、看风向,百无聊赖,忽然看亲人进院,她的两只眼瞪得大大的,惊讶地向大姐走来。姊妹俩抱在一起热泪盈眶,久久不想分开。每个人心里都热乎乎的。进屋稍一停,程俊说:"我先去看看你嫂子,回来再谈别的。"她拿了一包花糖和一袋坚果由妹妹陪着向万青莲家走去。青莲正在给孩子做棉鞋,见了程秀就判定另一位肯定是程俊。她放下活计,不慌不忙地站起来说:"是喊姐姐,还是称呼妹妹?"程俊笑着说:"我喊你嫂子,谁知道你该称呼我什么?"几句客套过后,青莲听说郑氏也来了,马上说:"俺大娘来了,我得过去和她老人家见个面。"万青莲很会做事,并不啰唆,向郑太太问好请安过后,不过五分钟就告辞了。接下来程俊说:"咱怎么安排?我看咱还是回家吃饭去吧。她这里没法待客,看那小锅,烧两锅也不够咱吃的。还是回去叫娘炒几个菜待她孩子们吧。"她又问程功累不累,如果饿的话,先吃个窝头应付下。程俊看看表又说:"现在是两点五分,回到家也就三点左右。"程功惊奇地说:"姐姐买手表了,回来两三天了,我怎么没见到?"程俊说:"在提包里放着,你上哪里看去。在火车上我没戴,今天才拿出来。"说着摘下来递给程功:"国产的,百十块钱,你要不要,送给你?"郑氏先发话了:"他要这有什么用,又不上班,下坡锄地还用看时间?"商议已定,立即动身。程俊又对弟弟说:"这车子还得你拉着,要不我替你拉一段也行。"程功笑了:"你这大工人,哪能劳你大驾。"这时,米良散工回来了。略坐闲话之后照计划执行。米良是个实在人,非要拉车送他们。争执了十多分钟。程俊最后对妹夫说:"你要是拉车,只有母亲一个人能坐,我们姐弟俩都得步行,不然,外人笑话。"米良只好作罢。娘四个启程了。一路上谈话的主题都是米家的那些事,重点发言人当然是程秀,她滔滔不绝,不给别人插言的机会,谈家境,谈公公婆婆,谈婆媳关系,谈万青莲的性格和处事为人,不知不觉来到了家门口。

　　进家没有坐,郑氏问程秀:"妮来,你想吃点什么?娘给你做。"程秀光笑不回答。程俊说:"小秀,你别不好意思,咱娘前天买了虾米和两条大鲫鱼,看你不在场,我们光吃了虾米,鱼用盐腌好给你留着呢!咱娘还说,等小秀来了,我用大大的醋炖烂,让她压压馋虫。你要是想吃,赶快点点头。"程秀像鞠躬那样深深点了一下头。全家人都大笑起来。吃罢晚饭,程功拉了一天地排车乏了,钻到自己小屋里睡去了。母女三人两张床,一顶一横。以往是程俊自己一张床,程秀和娘合铺。程俊向妹妹发话:"你睡我床上吧,你情况特殊,我跟咱娘睡。"为说话方便,程俊把两个枕头接起来躺在母亲身旁。

　　"几天假期?"

　　"探亲假一般都是一周。厂长这回开恩了,她说,程俊,看你这么长时间没回家,对你进行特批,准你十天假,如果过不够,还可来信续假。除了来回坐车,在家不过待五六天。领导对咱宽,咱自己不应该对自己宽,按时回去就是。"

"厂长是男的是女的?"

"女的,四十多岁,很能干,待人也很好。我进厂第一年中秋节,她从家带着月饼和水果去厂里陪我,还一块住了一宿。我们这个厂亏了由她执掌,由一个不到二百人的小小汽水厂发展成了近千人的大公司。是她提拔我当了车间主任。"

"托厂长给你介绍一个不行?"母亲又把这个中心课题提出来。

一阵沉默后,程俊叹了口气说:"娘,我现在的心情很复杂,说不考虑这个问题是瞎话。那天,就是我刚来的时候对你讲的那一番话,我并没有胡说八道。那是我深思熟虑后才下定的决心,找一个称心如意的伴侣不容易。就咱所了解的,自己人也好,亲戚朋友也好,周围熟悉的人也好,谁的婚姻是美满的?找不出一个像样的例子来。既然为难,而且又不是非做不可,那为什么一定要去做?像我们平时走路一样,明知道那里有陷阱,是深渊,还不绕开道,那就是愚蠢,宁愿掉进去也不回头,那就是谬种,是傻瓜,是一个精神失常的人。我认为选择独身是最理智的做法。"说到这里,程俊轻轻推了母亲一下:"你没有生气吧,娘,你如果不爱听,那我们就睡觉。"

"我没有生气,我在听。你说下去吧,把你该说的、想说的,都原封不动地倒出来。娘的心好比大海,什么都能容得下。你说吧,孩子。"

"我们这个家现在处在最底层,对这一点,我们必须清醒。前段时间,长春市委组织部举行了一次入党宣誓大会,我和厂里一部分人列席参加了。开会回来,我很激动,或者说很冲动,下决心创造条件入党。可当我拿起纸和笔想写一份入党申请的时候,我退却了,心想,我这样出身的人还想入党!台上那些举手宣誓的人,出身和社会关系绝对不会像我这样。厂长荣香慧是党员,还是总支书记,她肯定不会有出身问题。她肯定是工人或者贫下中农的后代。伟人讲，出身不由己，道路可选择，原则上是这么说，可执行起来却不是那么回事，复杂得多。吸收一个工农子弟入党是顺理成章，批准一个出身不好的人进来就要承担风险。做事情，谁不拣好做的做，都愿走平坦大道，谁肯涉激流险滩。关于我们的家庭情况，我很早就向荣厂长讲过。不光组织上了解，恐怕群众也知道。这对我的婚姻也有一定影响。看中一个人的外表，不一定看中一个人的政治面貌。我想找一个称心如意的对象，可我称心了，别人不一定会称心，我如意了，别人不一定会如意，凑合着结了婚，感情怎么会好？那还有什么幸福？人不能在屈辱的阴霾中度日，只有不做不为才会心舒神畅，找对象这么艰难，干吗去做那件事？"

"姐姐，"程秀在另一张床上插话了，"你可以去谈，把自己和盘托给对方，找一个不计较这些情况的人，真心爱你的人，不就成了吗？"

程俊说："我以为你睡着了呢，原来还醒着。你说的倒也是，但事关切身利益，有哪一个不计较呢？有愿做赔本生意的吗？门当户对，掂掂萝卜对对葱，不都是讲的等价交换吗？我们做不到，其他人也难做到。干脆说，谁都做不到。社会是一个错综复杂、纵横交织、盘根错节的整体，忍了吧，认了吧，聪明地做出自己的决断，不要糊糊涂涂，又说人生难得糊涂，那我们就永远做一个糊涂的人。"

郑三娣对大女儿这一套理论没法反驳，更不知道怎么劝，就把话题岔开了。她说："你离家后不久的一年年底，不记得是哪一年了，大队会计的媳妇来叫我去给她家炸菜过油。会计对我说，你们厂里寄过来一张调查表，叫大队里填好再寄回去，人家连回复的邮票和信封都装在里面。会计说，那张表就是调查你的。"

程俊说："这件事荣厂长对我讲过，主要牵扯工人转正。后来还有一次，把公函发到县公安局，目的是起动户口。现在我的户口在东北了，我不是咱们这里的人了。"程俊翻了个身，叹了一口气说："厂里满对得住我的，荣厂长是我的榜样。我知足，好好干吧，对得住单位，对得住领导，对得住自己的身份，对得住那份工资，对得住自己的家人，对得住我亲爱的娘。"郑三娣把女儿搂在了怀里。

刚想入睡，程俊又说话了："今天我很兴奋，恐怕一夜也难入眠，说到天明，打总白天睡午觉。我再嘱咐你一件事。娘，小功一天一天大起来，不管什么人来提媒，你可千万要把结实，媒人都是图吃图喝图利，千万别上当。小功的事情怎么解决，我们还得耐心等。那些媒人，云里雾里胡扯八卦，指山卖磨，梦梅解渴，可会编造骗人了。你上了他们的当，赔东西赔钱是小事，你心里多烦。精神上的损失，不是东西和钱能补上去的，你永远都会后悔。你整天教育我们，人要顺潮流，我们顺潮流吧，避风险吧，我们是弱势群体，要避锋芒，避风浪，像乌龟那样耐心地生存，慢慢熬……"

转眼程俊回到家已经六天了，加上行程的时间假期已经过去了八天。午饭后，必须动身返程。吃得舒服，睡眠充足，看看表，接近九点。她伸伸懒腰，打了个哈欠，运足劲翻了几个身，笑眯眯地自言自语说："六天八天，转眼之间，不想走，也得走啊！"家庭是温馨的港湾，舒适、宽容，能排忧解难，养心提神，给人注入活力，让人生机勃勃，空间虽小，却海阔天空。和家人在一起是最美的精神享受，在娘身边是最幸福的时刻，万里迢迢奔家为的就是这份甜蜜。

母亲正在厨房忙饭，程秀烧锅。大锅里小米稀粥已经熬好，小锅里两个比圆月还圆的大油饼刚刚烙熟，凉拌豆角端上餐桌，再炒一个辣椒土豆丝就可以开饭了。程功打扫院子，泼水驱尘降温，看见大姐走出来，风趣地说："下楼了。"程俊笑了笑说："家里真干净，这么热的天，没蚊子，也没苍蝇。"弟弟说："我三天两头用敌敌畏打，屋内外、墙旮旯，不留死角。后来苍蝇见了我就飞跑，它们都认识我，知道我对它们不客气，所以就不再来了。"姐弟俩笑起来。

堂屋住着一窝燕子，四只小燕羽毛已经丰满，两只老燕正把孩子们领出来，落在院中的一棵枣树上乘凉，梳理羽毛。程俊出神地看着它们那悠闲的姿态、娇柔的动作，再看树上的枣子，才只有莲蓬子大小，绿绿的，挂满枝条。她想，等枣子成熟的时候，这些小生灵就要迁徙到南方去。据科学家考察，它们飞得很远，能穿过非洲的大沙漠，真是伟大！一边吃饭，程功对大姐说："今天你不能乘三轮车了，你坐两轮车吧。""我自己走就行，不用你送，以前上学来回跑，这还不是老熟路嘛。""那你来的时候为什么要雇三轮？""我有提包，我嫌沉。""你走照样有提包，比来的时候还沉。"郑氏说，"家里有去年晒好的干枣，我又让你兄弟从集上买了五斤柿饼，这两样东西都是咱当地的土产，见了同事和领导，给他们尝一尝，是个热闹景。"饭后喝足水，程功把地排车拉出家门，程俊向母亲和妹妹告别："现在又到了唱那支歌的时候，再见吧妈妈，别难过，莫悲伤，祝福我们一路平安吧……"她把提包放在车上，走出村去再上车。母亲和程秀看着地排车走远了，才默默回到家里。母亲说："妮儿，咱们躺一会儿再起来拾掇，依我不让你帮忙，你也偏偏起这么早。"程秀说："姐姐还是那脾气，那么刚强，那么任性。"郑氏说："她是做事不顾人，说话不饶人，困难不求人，谁有难处她还能帮人。总而言之，她是个好人。她心眼好，心境好，就是脾气不好。还有一件事我没对她讲，你知道马家寨朱家胡同有个人叫朱老拼，他有一个憨宝子闺女叫朱大美，就是这个朱大美嫁给马崽了。"程秀说："我在马家寨集上见过朱大美，走路翻眼看天，见人就傻笑。朱大美给马家生了两个男孩，据说都是傻瓜，一个家庭有一个傻瓜就够收拾的，别说三个傻瓜，以后有马太太的罪受了。"郑氏又说："这生孩子的事可有几等几样，这是女人的一个大关口。妮来，我嘱咐你几件事：一，时时处处加小心，别干重活，别提重物，走路的时候慢着点，千万别摔了跟头，保住自己的身子稳稳当当的。十个月的时间还不好过，现在已经三个月了，还有七个月，你赶的正是好时候，二月初，春暖花开，坐月子的人也少受罪。酷暑严寒，生难育难。生灵们也是这样，你看这燕子，开春抱蛋，天一热，人家把任务完成了，把小燕领走了。二，你得增加点营养，上趟去，我看你竹筐里净蒸的窝窝头，光吃那哪能行。院子里这棵枣树去年我晒了十来斤干枣，你姐姐刚才拿去了一半，这一半我给你留着。每顿饭煮上几枚，喝汤的时候就着吃下去。你走的时候，从我这里拿五十块钱……""俺不要你的钱，俺有钱。"程秀打断母亲的话说，"俺姐给你两个钱是孝敬你的，俺怎么能拿你的钱。""你看俺闺女，一家人又说两家话了，什么你的我的，都是大家伙的。娘的钱你就不能花？你姐姐的钱你也不是花不着。你哪里有钱？生产队不分红，你又没有粮食卖，这小日子才开头，艰窘着呢。你姐姐给我一百五，我自己手头还有一部分，这些款子，我一时半时也用不着。你拿五十块钱去，叫米良进城给你买些核桃，经常吃点，补补胎，家里别断鸡蛋，一天吃上一个。肚里这么个大肉球，你拿什么供他长？不是吃好点就行了。我说这些都不为过，肉山酒海咱不需要，普普通通的这些咱还能做得到。还有回家以后，你叫米良用地排车拉着你进趟城，到大医院里让妇产科大夫检查检查。问问医生应该注意什么，该怎么做，如果胎位不正，人家还有办法整治。临月之前，就是春节前后那几天，还得去一趟。经经大夫的眼，咱心里就踏实了。公社医院里有接生员，住院也行，在家里也行。我还得特别嘱咐你，千万不能让米良用自行车带你去，他骑得不稳，你上下也不方便。地排车多好，多保险。两个人，一个拉，一个坐，玩儿似的，说说笑笑不当回事就回来了。有人问你干什么去，就说下地干活。别张张扬扬的。你听见了吗？"程秀深深地点了点头。

10　凝　聚

程秀顺利产下一女婴，取名单字"芬"，米芬。婆婆杨太太说，大吃喜面，喝喜酒。报喜近二十家，待客十几桌。郑三娣半个月前就来闺女家长住，料理家务，照顾产妇，昼夜祈着，黑白盼着，总算一块石头落了地完了一桩大心事。客人走后，老人对喜上眉梢的闺女和女婿说："有人就有财，看这满屋满眼的东西，鸡蛋、大米、小米、白面、红糖，过去为穷发愁，现在为富焦虑。这么多东西，时间长了要发霉，要变质，留足自己用的，剩余的抓紧处理。我把意见拿出来，你们两人参考。米良去老村给你母亲送一百个鸡蛋、五斤大米、二斤小米、二斤红糖。今天这个场面全靠你娘张罗、操办，她经历的事多，也有经验。来的这些客，大都是这边的关系，姥姥家、姑家、姨家、两个姐姐、城里两个婶子，还有堂姐姐、表姐姐，这都是你娘以前为下的。礼尚往来，该来人家还能不来？今天你娘很高兴，给客人压篮子，她上屋来跟我商量，我笑了。我说，亲家，你是主人，我是客人，大权你握着，你怎么计划就怎么处理，怎么想就怎么做，你这多年的老掌班，咱姊妹俩在一块你还客气什么。她笑着说，咱每个篮子里压五个红鸡蛋、五个核桃、一包大米、一包糖，你说行不行？我说，咱做事别小气，别寒碜，鸡蛋这么多，不够咱再煮，核桃买的也不少，每个篮子里十个鸡蛋、十个核桃，外加两块钱压篮礼。你娘哈哈地笑起来，说，啊呀，俺亲家真大方。再说，你嫂子那边，也同样送这些东西。相处这些天，我摸清她这个人的性格了，知礼道法，有教养，有修养。咱举一个小例子，今天坐席，我们那桌上都是老班儿。你娘、大姑、小姑、两个婶子六个老嬷嬷。我知道你嫂子和你娘婆媳俩有隔阂，我心想，何不凑这个茬口让她娘俩和睦和睦，又没多大仇恨，不过是闹点气，还能老这样僵着。我得先跟你嫂子商量，问她愿不愿意来我们这一桌。我把她喊到一旁对她说，俺这桌上都是有年纪的，斟个酒，倒个茶的，得有个年轻人才好，数你最长，你愿意坐这桌吗？她欣然接受了。大家客气，推我坐首，你娘主陪。斟酒先斟我的，给你娘斟的时候，当婆婆的也认认真真把酒杯扶一扶。大家说说笑笑，一团和气。你嫂子很会照应，叫人又口甜，我们几个老嬷嬷都从内心竖大拇指称赞。她到底有心计，看这个事做得还不到家，于是找个茬口拿起酒壶，对你娘说，娘，你是主人，你得让俺大娘喝一个。然后对我说，要不这样也行，大娘，你老人家把杯子端起来吧，你和俺娘老亲家俩同饮一杯。又环顾着众人问，俺婶子和俺姑们，你们同不同意？满桌人都站起来共同祝福，大场欢起来了。整个饭局都看我们这边老年人唱的一台好戏。你看你嫂子，对婆婆喊妈了也叫娘了，以后就没什么了。谁愿意跟谁闹别扭，人都是憋着一股子气，把气破了就好了。给你嫂送东西不能叫米良去，她是个耿直人，要是不收，把东西再返回来就不是味了。这件事得我亲自去，我这点老面她还不好意思驳。"于是，郑太太拿过一个竹篮来，把计划好的东西放进去，提了篮子向万青莲家走去。万青莲大吃一惊："哎哟，你老人家这是做什么？你想折煞你侄媳妇不成。"万青莲坚决不收。郑三婶说："他嫂子，这点东西本应该让你兄弟送过来的。我知道你性情耿直，做事认真，所以我没让米良来。自从成了亲戚，我还是头一回进你家的门，这点小意思算是我当姥姥的给两个孩子的一点见面礼。这行不行？你别客气了，都是一家人，还有比亲兄弟再近的吗？你要是客气那就是见外。再说，你不是没看见，他家收的那些东西，他们也消耗不了。时间长了，鸡蛋闪黄，米面生虫，你这算帮帮忙行了吧。你大娘进你这个门了，你要觉着你大娘有这个面子，就把东西收下，您要是不顾这点面子，我把东西提回去也不费劲。你说，你是留下还是让我提走？"一席话让万青莲无言以对，她会心地一笑，一边拾掇篮子一边感慨地说："怪不得俺程俊妹妹和俺兄弟媳妇都这么懂事，人家的娘忒好了。"

从万青莲家回来，郑太太说："前面邻居那个继贤婶子也送礼了。那是生芬芬第三天，米良不在家，程秀没起床，她用衣襟兜着进门笑嘻嘻地说，俺听说生娃娃了，来给侄媳妇贺贺喜，进屋一样一样把东西摆放在桌子上。她看我忙，没坐就告辞了。我一看是二十个鸡蛋、两包大米、两包红糖。今天坐席，你嫂子去喊了她两趟，她高低不来。她是觉着自己的礼物太薄，不好意思来吃饭。我心想，那不行，礼薄人情重，越是这样越得把她请过来。我直接去了。我说，大嫂，再忙今天你也得到那边去照应客，那边忙得不可开交，你不能在家里蹲着。我连笑加拽把她拉来了。吃完饭走的时候，就是刚才，她专门到这里告辞。"她没有篮子，但咱压篮子的礼不能少。一会儿我按数拿了送过去。"郑氏帮米良收拾好东西去老村走了以后，用个手帕包了十个红鸡蛋、十个核桃、一包大米、一包红糖，里面又塞上两块钱去到前院。回来以后对女儿说："你继贤婶子可激动了，一个劲地拍我的肩膀。"最后，郑太太对程秀和米良夫妻二人说："今天的事做得圆圆满满，皆大欢喜。只是有一件事我没讲清楚，在场的客人全都是米家这方面的，老程家那边没来一个人。为什么？老程家没有人，小秀没有姑，没有姨，没有叔叔大爷。外祖父那边，两位老人都已去世，大舅二舅两家都穷得四壁空空。大妗子还一身病，没法来。要是给他们报喜确实也是难为他们，平时连吃盐的钱都没有，他们拿什么给你买礼物。我一想，算了吧，别让他们再作难了。如果真报喜，只有你二妗子能来，可是她连一件出门的褂子都没有，非得出门时，她都是借衣裳，你说可怜不可怜。"说到这里，郑三娣的眼圈红了。

11　倾　诉

　　程俊回厂时恰好是星期天，厂里空荡荡的，她碰到的第一个人是门岗，那是一位不足花甲的老人。老人开口问："回来了，家里都挺好吧？""好，大叔。"传达室门口放着一条高机子，程俊把提包放在上面说："大叔，你拿个家什来，我给你留点枣子尝尝，我从家乡带来的干枣子。"说着她把拉链拉开了。门岗不好意思，伸头看了看又向后退了两步。程俊把两只手伸进提包里捧了一捧，送到屋里放在那张小单桌上，第二次又拿过去四块柿饼。老人高兴得两腮像柿饼，两眼比干枣还甜。宿舍经过改造，职工不再住通屋通炕。每八人住一个单间，四张高低床，室内有暖气，另设洗澡间。女工宿舍共四个房间，都上着锁。程俊把房间门打开，洗完手脸，梳过头，然后拿了五张废报纸，把干枣和柿饼分成五份包好。她打算每个房间一包，去厂长室销假时再带一包。回来时车上的乘客不多，她躺在座椅上枕着提包睡了一觉，直到列车员敲着茶几把她叫醒。所以她不乏也不累，进厂来倒觉得精神饱满。她拿了一包夹在腋下向厂长室走去。一窗一门的房间，墙上钉着一块木牌，上写五个红字：厂长办公室。门虚掩着，程俊轻轻走进去。荣大姐正伏案阅读，听见动静，抬起头笑了。

"我知道今天你得来。"

"为什么?"程俊把包放在桌上,在荣大姐对面坐下。

"你历来遵守时间,这次也不会例外。"荣厂长拿杯子给程俊倒水。

"还真有点渴。在车上我不愿意喝水。公用的带路徽的厚瓷杯,我不想用,自己又没带杯子,干脆不喝。"程俊倒了一杯水放在自己面前。

"包里是什么?"

"干枣和柿饼。"

"探亲有什么感想,说给我听听。"

"回到家就不想来,来到这里还想走。"两个人都笑起来。

"还有呢?你不是说厂就是家吗?既然以厂为家,为什么还想家?"

"厂不是家,厂是舞台,家是后台;厂是前线,家是后方;厂是航船,家是港湾。舞台受拘束,后台多自由;前线有风险,后方获安全;航船乘风破浪,港湾避风栖身。"

荣香慧听了哈哈大笑起来:"好啊,你这不成大诗人了!以《厂和家》为题目,你写一首诗吧。我们搞文娱联欢的时候,你朗诵给大家听。"说着话,荣大姐把包打开了,"这是自家收的吗?"

"枣是自家晾晒的,我家有棵大枣树;柿饼是从集上买的。我原打算下了火车从商店里称二斤糖块带来,哪知道出发前我娘已经给我把东西都准备好了。这多有意义,多有味道。这里面饱含着家乡的风、家乡的水、家乡的情、家乡的绿色,还有家的温馨和思念。"

"又来了,"荣香慧笑说,"大姨身体好吗?"

"好。"程俊回答,"荣大姐,我曾想,像我这样的家庭,背景这么差,在别人眼里,简直有些肮脏,我还如此眷恋,家对我还有这么大的吸引力,人家革命家庭,红色家庭出身的人,会是什么感触,什么心情,这一点我体会不到。我很羡慕他们。眼下来说吧,我就很羡慕你。"

"怎么羡慕?你谈谈。我体会不到你的体会,我想听听你的感觉和体会。"

"我们这个国家,好比一座高楼大厦,摩天楼,你是这幢楼上的一块红砖,纯红的砖,没有杂质,没有杂色。"

"你这样比喻很不恰当。世界上的物质,纯是相对的,不纯是绝对的。哲人讲,金无足赤人无完人。我可以讲一个故事给你听。"

然后,她滔滔不绝地讲起来。解放前,日本兵入侵我国东北那时候,长春这个地方有一对夫妻带着女儿向南逃到青岛去了,就是山东的青岛市。开始,他们租赁了上下都是单间的两层小楼,上层居住,下层开设一个小门面,夏天卖冷饮,冷天卖副食。用那点薄利维持一家三口人的生活,还得供女儿读书。兵荒马乱的,那小姑娘十岁才入小学,十六岁小学毕业,再读三年初中,足年也有十九。这个年龄在当时来说已经算是大龄青年。父母有自己的打算,学不能再上了,得给孩子找婆家。学业并不重要,耽误青春是最不合算的事。女儿辍学在家,忙家务,也照管生意。一天中午,一个小伙子走进来。他要了一瓶汽水,在柜台一旁坐下来慢慢消暑。小伙子长得挺帅气,举止也很沉稳,并不东瞧西望,只是静静地饮水驱汗。走的时候把空瓶轻轻放在柜台上,付了钱,用眼光向主人隐隐表示一点谦恭之意,然后离开,让主人觉得他有些气度不凡,给人留下深刻的印象。从那以后,小伙子经常来,每周至少一次,有时甚至两次。店主人当然盼他来,因为他是顾客,特别讨人喜欢的顾客。偶有时日拖延,便觉空白太大。过了足有半年时间,从盛夏已到严冬,那小伙子到这里来买东西至少也有几十次之多。他总是那样,来匆匆,去也匆匆,不多说也不多坐。春节过后,天渐渐暖起来,一天中午,小伙子又出现在店门口。店主见了他笑嘻嘻地打招呼,才意识到他老长时间没来了。店铺中央放着一个小火炉,虽然燃着也几乎成了多余。青年人没去柜台边,他拉过一条凳子靠着火炉坐下来。店里不忙,也没其他顾客,男主人搬条凳子过来说话。这时,小伙从外衣口袋里掏出一张字条恭恭敬敬地递到男主人手上。"大伯、大妈,我叫邹平凡,是外语学院四年级的学生,今年暑期毕业上岗。我想对你们提一个要求……"就这两行字，没了下文。主人暗暗吃了一惊，马上明白，这是求婚的信号。他没有动声色，把字条折叠好放进衣袋里，悄声说，"年轻人，请你明天再来，给你回话，好吗？"邹平凡站起身深施一礼，走了。

男主人上得楼来，把字条拿给妻子和女儿看。三口人都认为，没有必要再了解，只学历这一个条件就够了。虽然没经过恋爱，认识的时间却并不短，观其外，知其内，观其行，知其心。做女儿的也早看中了他，只是心思埋在心底，没有表露，也没法表露。第二天，邹平凡如期而至，男主人把他领到楼上去，"下一步你猜怎么着？"荣香慧风趣地问程俊。"下一步，那还用说吗？"程俊煞有介事地说，"都上楼了，门面上让人家偷了个精光。我看这个邹平凡是个大骗子，装得道貌岸然，实际上别有用心。"荣大姐笑了，她笑程俊幽默，机灵，脑子转得特快。她接着说："邹平凡还没坐稳，店主人也拿出一张字条来给他，上面写着五个大字——同意你要求。这时邹平凡扑通一下子向男主人跪下了。做女儿的抢先上前一边拉一边说，你这是干什么？你什么意思？那上面写的同意你要求，是让你提要求，你还没提要求呢？"

让人没有想到的是，邹平凡这孩子很有来头，他姑父是驻外国大使。经姑父的介绍和推荐，毕业以后邹平凡被安排在外交部礼宾司国际旅行社当翻译。爱人也跟着沾了光，被国防部招去当了职员。夫妻二人双双北上，在北京这个国家政治、文化中心上班。不久他们又生了一个男孩，组成标准的小康家庭。夫妻俩先后又入了党，这是连做梦都想不到的。

一九五七年，邹平凡被错划成"右派"，从外事口这个重要部门清除了，往哪调都不接收。最后，靠着他岳父在老家长春的人脉，托人求情，一家三口被安排到了长春。

听到这里，程俊腾地站立起来："荣大姐，你这是讲的故事，还是现实？"荣香慧什么也没说，静静地坐在那里，表情严肃而苦涩。过了很长时间，荣厂长拉开里面的抽屉抽出来一张履历表递给程俊。那是一张草稿，因为经常填表，为求得内容一致长期保存的一张底子。上面清楚地记录着荣香慧爱人的名字邹平凡，政治面貌一栏内写着"右派分子"。程俊把那张表慢慢放在桌子上，她不敢相信这一切。两个人静静地坐着，程俊的面部比荣香慧表现得还痛苦。这件事完全出乎程俊的预料，而荣香慧已经习以为常，麻木了。

"荣大姐，难道这是真的吗？"

"我会骗你吗？我骗过你吗？"

"那么，邹老师现在在干什么？"

"在家待着，每月十八块钱的生活费。"

"还有呢？"

"还有很多：我父母在青岛买了房子，成了常住人口，这么多年过去，他们已经融入那个城市，不准备再迁回来了。"

"孩子呢，就是表上写的，你们的邹荣，他应该也不小了。"

"他在读高中。"荣香慧叹了一口气说，"孩子大了，知道的事多，觉悟也高了。有一次，邹荣对我说，妈，我不愿接收爸爸。我说，他是你爸爸，不存在接收不接收的事。这个没有选择的余地，你怎么能这样说话。我可以不接收他，可以跟他离婚。你没有这个权利，你这样说是不对的。"

"那，你是怎么调到这个厂子来的呢？"

"我是共产党员，国家正式职工，政府没有理由不安排我。进这个厂，我比你早来还不到一个月。在这个厂的工龄我们两个是一样的。当时组织上对我讲，两个单位，棉纺厂、汽水厂任选一个。我选了汽水厂。从小卖冷饮，我还有那份旧情。"

程俊深深叹了一口气，喝了一杯水，倒满后又坐了下来。

荣香慧继续说："咱们再回到你刚才那段话上来。我们的祖国是一幢摩天大楼，应该说，这幢楼上所有的砖瓦连一块纯质的都没有。但它们有区别，有的坚硬，有的松脆，有琉璃头也有糠心。从外表看，有的排面齐整，有的则缺角少棱。这些建材都有用，建筑师傅根据需要让它们各尽所能，在楼上都能找到自己的位置。奠基时砌在地下的第一块砖和竣工时垒在高空的最后一块砖，它们的意义和作用是一样的，没有高低、贵贱、优劣之分，它们组成了一个整体，人们看到的是一幢楼，欣赏的是整座高大建筑的雄伟和壮丽。任何一块砖瓦想显示自己的威风和作用，都是不明智的。这就告诉我们，离开了整体，就失去了生存的意义和空间。我觉得，任何时候都不要羡慕个别人，崇拜个别人。无论何时何地，都要为我们伟大祖国的繁荣富强而骄傲，并做出自己应有的贡献。"

食堂那边铃声响了，到吃中午饭的时间了，程俊喝了那杯水，两个人一同走出来。

12 离别情

最近几天，程俊发烧，咽喉疼痛，四肢大关节不适，行走困难，伴有疼痛感，有的关节还有红肿现象。她以为自己感冒了，到厂卫生室要了几片药，但吃后并不见效，反而更加严重了。去厂卫生室问，大夫提出让她去医院检查。医院确诊为风湿性关节炎，建议病休，并嘱咐，要经常活动关节，按摩肌肉，常热敷，洗澡不用冷水，用温水。要特别注意保持精神愉快，摆脱精神压力。心情怎么会愉快，精神压力一时也难以摆脱。她带上病历到厂长室请假，第一眼看到的是墙上的横幅标语，"打倒走资派荣臭灰"（香慧），名字上还打了红叉。程俊撇撇嘴，露出一种轻蔑的神色，心想：这么几条泥鳅就想把船打翻吗？真是丧心病狂。把权让给你们，你们能干得了吗？一千多工人的命运的担子，你们敢接吗？挑得动吗？几个不自量力的家伙。走到门口，门上着锁，荣大姐不在。程俊决意去家里找她。虽然没有去过，她知道荣香慧家的位置和门号，要了一辆三轮车，一支烟的工夫就到了。按过门铃，一个淡眉细眼、瘦高个的男人走出来，他挽着衣袖，带着围裙，显然正在忙饭。程俊马上意识到自己来得不是时候，此人肯定是邹平凡。

"哪一位？"

"我叫程俊。"

"噢，知道，我听说过你，快请进。"

还没进屋，荣大姐已经迎了出来。两人在院中站定，男主人进屋去了。那是一个农村样式的小院子，三间正房，拐角一个套间做厨房。东墙根栽有两棵石榴树，红的、黄的花争相怒放，蝴蝶和蜜蜂在其间飞舞，墙角那里静立着一棵粗而矮的香椿树，树冠很大，枝短叶茂，能看出主人的细心照料。院子很洁净，地面不干燥。西边放着一张水泥板桌面的方桌，是晚上赏月观星、喝茶乘凉的地方。两人进屋还没坐下，男主人从厨房发过话来。

"今天有客人，外加两个菜。"

"我不在这里吃饭，荣大姐……"

"那你就走吧，现在就走。"两个人都笑了。

两人坐下把芹菜择完，洗好后送过去，这才进入正题。程俊掏出病历递给荣香慧，她看了一阵子说："这种病属于慢性病。你不要焦躁，静下心来疗养。"踌躇了一下，她又说，"你不用害怕，别紧张，保持乐观的心态是治好病的基础。我家老邹也有慢性病，可是他整天乐呵呵的，从不把这事放在心里，也没吃过药，隔个一年半载去医院查一次。一会儿他过来，让他跟你谈谈。"说话间，邹平凡端着两盘菜，拿着一把筷子走过来，放在屋当中的小圆桌上。荣香慧把病历递给他，他习惯性地在围裙上搓了一下手，接过去看了看说："我们边吃边谈。"

席间，邹平凡侃侃而谈。

"病这个东西，都说它是魔，病魔，病魔，这种说法本身就把病给曲解了。有的人害怕病，谈病色变。没病怕得病，有病吓得失魂落魄，所以称病是魔。一提魔都害怕，魔鬼嘛，谁不怕。其实，你仔细想想，真有魔鬼吗？谁见过魔鬼？那不过是一种幻觉，自己吓唬自己。这也是一个人意志不坚强的表现。这种人，没病会吓出病，小病吓成大病，那要是得了重病，麻烦了，治也白搭，他得吓死。所以一个人活在世上，精神是最重要的。精神不衰，人就不会衰，精神不倒，人就永远不会倒。反之，精神倒了，活着也是白活。所以不能称病是魔，我认为它是朋友。为什么这样讲？比方说，感冒，这是人人都容易得的常见病。感冒告诉你，注意气温变化，增减衣物，不要晾汗和闪汗，讲究卫生戴口罩……你看它不是朋友吗？谁对你这么关心，这么周到？你怎么能说它是魔呢？我得的这个病是脉管炎，也属慢性病。从一查出来，我就没把它当回事，翻翻药书，看看《内科学》，认识它一下，和它交上朋友。敞开心胸，加强锻炼，注意饮食，遵医嘱，听大夫的话。我并没吃多少药，也没见它加重。去年查查没好彻底，今年查还有点，但愿明年查体，它还在。痊愈了可不行，如果好彻底了，不就失掉一位朋友了吗？"三个人同时哈哈大笑起来。

邹平凡继续说："笑归笑，我说的一点都不假。要知道，健康和长寿是不能画等号的。有的人依仗自己身体很健康，不会生病，就什么也不注意。那他不一定能活过有病的人。这就如老百姓常说的那句话——破罐子一样熬过柏木筲。所以说，人生点病并不可怕，可怕的是你自己怕。谁能不生病，生病的人占百分之百，不生病的是零。况且有不少人，反复生病，生多种疾病，但照样长寿，活得很带劲，这是心态的事。"

三个人喝干一杯酒后又满上。邹平凡兴致勃勃地继续说："我这个人心坎窝子很大，就我目前的处境，精神有压力，身体有压力，我早应该垮台了，但是我总觉得自己并没有垮台，而且很有活力。一九五七年就被判为'右派'，接着查出脉管炎，这两件事陪伴我已有八九个年头。但我并没有衰老，还是觉得很年轻。我能吃、能睡、能玩，体育场我几乎天天去。乒乓球、台球、象棋、围棋，我都喜欢，动静结合，有板有眼。每次回家来都精力充沛，想干点什么就干点什么。读也行，写也行，搞点研究也行。再不就忙忙家务，教教孩子……"

"哎，你们家邹荣呢？"程俊突然发问。

"他中午不回来吃饭，晚上放了学才回家。"

邹平凡最后对程俊说："程俊，恕我直言，你最好回家休养，不要待在厂里了。我们山东多么好的地方，冬天不用烧火炕，生个小炉子就度过去了。东北这地方气候不行，对你这毛病特别不利。再说，目前乱成这样，运动发展下去，对你也不利。老子英雄儿好汉，老子反动儿混蛋。有个好老子，就有了老本；家庭是黑屋，人就是黑人。现在你什么都别想，只想平安两个字。别说还有病，即使什么毛病都没有，也要回家待着去。厂里停产了，还守在这里干什么？我已经跟香慧说好了，准备挨整，挨批判，挨斗争。造反派们爱怎么着就怎么着吧，不要反抗，不要申辩，不要苦恼，把心放宽。任何运动都有结束的那一天，要相信群众，相信党，相信这两条根本的原理……"

饭后，程俊告辞。荣香慧把程俊的病历拿在手里说："我们一起回厂，章都在办公室放着。"邹平凡把她们送到门外。路上程俊说："邹老师真是个豪爽的人，摊上一个这样的丈夫，应该是你一生的福分。"荣香慧语重心长地说："我们是夫妻关系，也是师徒关系，我跟他学了很多东西，生活方面，工作方面，怎样做人，怎样处事；就连我们工厂的管理他也没少出谋划策想点子。往往很多情况下，我在台前，他在幕后。我们已经成了一个战壕里的战友，我离不开他，少了他不行。"走了半个小时，两人进厂来到办公室门口，看到那幅标语，荣香慧笑了："别臭灰了，臭狗屎吧。"开锁进屋，她在程俊病历上签了字，盖上公章和私章，然后把病历交给程俊说："去财务科办手续。"

"科里有人吗？"程俊。

"各科都有人值班。"荣厂长说，"厂子虽然瘫痪了，心脏还在跳。办完手续你再回我这里来。"

程俊去到财务科，主任说，两个月给你寄一次工资，在家花的医疗费，把单据邮到厂里来，全部报销。办好手续后，程俊又回到厂长办公室。荣香慧站起身紧紧握住程俊的手说:"俊妹,永远记住,有你荣大姐在,就有你在;有我们食品公司在,就有你程俊在;有共产党领导,就有你程俊一个公民应当享有的权利。回到家来封信,厂子这边有什么情况,我也会给你发信。好好休养,争取早日康复。我不送你了,准备启程吧。"两人洒泪而别。

13　马太太之死

　　马太太熬够了,她弱不禁风,本命难保。朱大美母子三人像三根寄生的藤缠绕着她,终究会将她的汁液吸干,让她叶败枝枯,无法生存。还得重复那句话,马太太走错了一步棋,她不该接受这门亲事,别说让花三百块钱,就是倒贴三百块钱,也不要朱大美。宁愿给儿子找一个瘸子,一个双目失明的盲人,都比朱大美强。她们缺陷的是肌体,朱大美丧失的是灵魂。错一步输了满盘棋。儿媳妇和两个孙子只知道憨吃愣喝。以往她和儿子都能下地干活挣工分,人头粮虽少,工分粮却优厚。精打细算,量入为出,一年到头,虽然没有吃好,也没挨过饿,不求过得好,只求过得去,平平静静,安安稳稳。现在可倒好,一头猪生了一窝猪,马太太实感力不从心。她应付不了,整天疲惫不堪,昏昏沉沉。她没法筹划和安排,只能熬一天是一天。生活的担子太重,精神的压力更大,她实在难以支撑。

　　儿子马崽非但不能撑梁主事,而且终日摔摔打打,骂骂咧咧。她理解儿子,知道他心不甘,一块膏药贴身上已经揭不下来,紧接着又贴了两块膏药。马崽说不定什么时候就暴发,说暴发就暴发。当母亲的不愿劝说,俗话说,劝人劝不了心,她知道劝也是白费口舌,更不敢训斥。

儿子顶着一头火，他到底摔的谁？骂的谁？三个憨傻都怕他，他发疯时挨个揍他们。他咆哮起来，当娘的岂不胆战心惊！

"把他们一个个扔到大河里喂鱼去，要这么多王八孙子干什么！"谁是孙子，谁是王八，马崽骂到全家人头上来了。每当这时候，马太太一声也不吭，只是鼻涕一把泪一把，撩起衣襟擦个没完没了。儿子见状也才渐渐平静下来。马崽不和妻儿在一块睡，他有自己的床铺。他没尽自己应尽的义务，反而在生活给母亲造成的创伤上撒了一把盐。要儿都没用，要孙子还有什么意义？何况还是这样的孙子。马太太的心凉透了，也活够了。她考虑过自杀，不过还没做出决定。她本不打算主动去阎王那里报到，她想让阎王派人来请她。可是人到了这个份上，活着还有什么意思，死了，死了，一死了之。

还没等马太太主动采取措施，她病了。什么病？弄不清楚，没去过医院，没看过医生，谁能说准是什么病。没钱治，也没人张罗给她治。别说马崽不孝，孝也无能为力，他既没有心也没有钱。他是个无情的不肖之子，是个混蛋。眼看自己的母亲一天天消瘦下去，不过百日，撂倒了，归天而去。

母亲去世以后，这个家塌了架。别看这根柱子不怎么强壮，没了她家可就散了。马崽能做什么？从小他没学会独立生活，更不懂自立自强。他不会操持家务，没法收拾这个烂摊子。他像对待猪狗一样对待他的妻子和两个儿子，吆三喝四，说打就打，想骂就骂。他气急败坏，随手操家伙揍他们。笤帚、棍棒，甚至专门准备了鞭子挂在墙上，让家人望而生畏。早有人把信息传到朱大美的父亲朱老拼那里。老拼骂道："马崽，你个狗熊养的，你怎么能这样对待他们，天底下都没你这样的孬种！"于是他找了一帮青皮打手，气势汹汹地来到马家寨，在大庭广众之下，一伙人上去把马崽按倒在地，用马崽自造的那根鞭子狠狠地抽打。马崽身上多处流血，四五天不能起床。朱大美站在床前，带着鼻音说："你以后别打俺娘仨了，你看他们揍得你这么狠。"这时马崽丧心病狂地高声骂道："滚，你去告诉你爹，早晚提防着我点。"吓得朱大美一个箭步蹿到院子里去了。马崽心想，我和这一窝子缠，什么时候是个尽头啊，没有尽头，我肯定也熬不到尽头。要不是这窝蠢猪，母亲也不会死这么早，生活也不会落到这个地步。听母亲说，父亲马标就是在兵荒马乱之中，舍下我们母子二人奔逃在外的，眼下自己的处境比兵荒马乱还厉害。往后的日子怎么过？没法过。他暗暗下定决心，远走他乡，永不回来。哪里黄土都埋人，别在家受这份罪了。

马崽从县城坐火车北上，打算走得越远越好，别说没人找他，就是找也不易找到。中国地域这么宽广，哪里都能窝藏一个人。人家都说东北好混，就上那里去混。各人挣着各人吃，给谁家干活不管饭，给哪里打工不给报酬。说不定在什么地方混得时间长了，落个户头，孬好找个女人都比朱大美强。他像一只断了线的风筝，随风漂泊，落到哪里是哪里。

朱大美的娘家首先伸过手来。姥姥把大傻揽过去。朱老拼说大傻长大后能干活，反正比一头牛一匹骡子好驯养。经济方面，朱老拼没能力两个都揽过来，也只能做这些。

马崽本家的叔叔马权，就是出主意让马崽去东北并借给他皮鞋穿的那一位教师，他有一个儿子叫马岩，此人好朋好友，在当地颇有声望。虽然上级一再号召打击投机倒把，马岩靠着黑白两道，还是敢铤而走险。他公开讲，人想发财，没点胆量是不行的，咱尽量做得隐蔽，暗中使劲，挡住官家的眼，众人的眼你怎么捂得住，也没必要去捂。话又说回来，真要是走了风，露了馅，罚款就罚，坐牢就坐。又没杀人放火，不过是想搞几个钱，该当什么罪？你们定罪吧，只要把我放出来，我还继续。马岩在村里设了一个门头，卖杂货。实际上这是幌子，后院广阔，铁门宽大，马车可以进出。他在后院收购粮食和当地的土特产，转手倒卖，挣大钱。马岩的媳妇乔玉珠，惜苦爱贫，乐于助人，看在本家本族的分上，经常向朱大美施舍。买卖大，下料也多。乔玉珠每次见收废品的上门，就把卖破烂东西的钱全部送给大美。大美虽然憨，也懂远近和亲疏，跟在乔玉珠身后嫂子嫂子地喊得蜜甜。马岩媳妇笑着向众人说："这样的憨宝子还和她近不得，烦死人。"然后转过身骂："滚，离我远远的。"朱大美龇牙咧嘴地笑着后退两步说："这行了吗？看你穿得多好！老板娘。"众人听了哈哈大笑起来，乔玉珠也笑得很开心。

朱大美满脸是灰，全身是土，那一头又脏又乱的长发真可吸引鸟儿来做巢孵卵。她不洗脸，不洗衣，整天窝窝囊囊，又在家里待不住，喜欢串人群，凑热闹，让人见了恶心。儿子二傻，不上学，不劳动，走街串巷，捡破烂，扒垃圾，凡地上认为可吃的东西都要捡起来尝一尝，整天吃，整天饿，也不生病，从来没和卫生所打过交道，没吃过一片药。朱大美母子二人还不如鸟兽禽畜。鸟兽日出离家，日落而归，雌雄双双，群居团聚，有爱情，有温馨。家禽家畜则更加得势。主人为了榨取利润，不仅提供优质饲料，还给它们晒日光，透空气，防寒保暖，它们一个个膘肥体壮，不亦乐乎。朱大美一家呢，靠什么？靠救济，靠施舍，靠乞讨，后来她也去偷。上级发放救济款是有钟点的，每到春节，朱大美才觉得有盼头。看到大队干部拿着钱物走家串户慰问军烈属的时候，她知道她也能得两个花花。到年了，她看到了彩灯，听到了鞭炮，闻到了油香，有时还有铺天盖地的大雪。她慌了，心里急，一大早便冒着严寒到大队办公室门口蹲着。尽管有不少人耍她，说今年没有她的救济款，但她不信。她有自己的经验，总会给的，这不是一年两年了。钱到手了，她花起来没有节制，又常上当受骗。她只知道钱是买东西用的，哪张票的面积大哪张买的东西就多。至于五十元比五元多多少，她不懂。大队里往往从救济款里抽出一部分交到面坊，让朱大美到面坊直接取面，取了面她还要提着去馒头坊换馍馍，钱是多少，面是多少，馒头又是多少，她一概不知不究。街坊邻里看朱大美一家人穿得破破烂烂，经常送给她衣物和鞋袜，大美则得寸进尺，蹬鼻子上脸，趁机索要干粮和蔬菜。有时她竟放肆地跑到别人家里去，连葱、蒜、辣椒都要，看见鸡蛋也要抓一个掖兜里。渐渐地，众人对她害怕起来。那条街上，白天关大门的习惯就是这样形成的。所以，朱大美生活的主要来源还是乞讨。由走街到串村，然后扩大到外乡去。那时候红白喜事时兴放高音喇叭，早上起来，朱大美就站在街上细心倾听，听到喜乐或哀乐，便带上二傻一起去混顿饱饭。撒下来的残汤剩羹实在具有强大的诱惑力！朱大美主要在盛夏和严冬偷窃。不管白天还是黑夜，只要生活极度无着落，她就行动。大田里的玉米、土豆，别人房前屋后的柴草，她弄到自己家里明搁明放，也不懂得销赃，失主也很少来追。朱大美一家成了人们谈笑的材料。

　　好种子出好苗，肥田沃土才发庄稼。别人家的孩子有可能成为未来的爱迪生和牛顿，但朱大美和马崽生的孩子，一棵是黑穗，另一棵则是莠草，让他们继续生准会出现三傻和四傻。所以计生委的工作人员对朱大美抓得特别紧，不但为她戴了节育环，而且每次给育龄妇女查体都不放过她。一次查体时发现朱大美的节育环不正，医生想给她调整一下，她喊叫着说疼。医生感到奇怪，问她怎么回事，她说是大星的爷爷弄的。大星的爷爷？大星的哪个爷爷？大星有两个爷爷：一个是亲爷爷老木，六十多岁，去年媳妇去世，是一个二茬子老鳏；另一个是他二爷爷，也就是老木的弟弟老本，已近六十，一生未娶，是一个彻头彻尾的光棍汉子。医生猜测，这事十有八九是老本所为，便问朱大美，是大星的二爷爷老本吗？大美回答不是，是大星的爷爷。那肯定就是老木了。这可是一则爆炸性的新闻，刹那间朱大美成了风云人物。院子里众多妇女把她围了个不透风，争先恐后进行采访。她告诉大伙，她和老木在外间屋案板上睡，把二傻留在床上。众人问，老木给你的什么东西？朱大美说，老木每天都给她带吃的，煎饼、地瓜，还有窝窝头，还答应给她一块花手巾。大家盘根问梢，精神得到极大的满足和愉悦，说笑着骂着一下子散了。于是全村乃至整个公社都被这新闻覆盖起来。马岩忍不住了，一天夜里十二点，他拿了一只三节电池的大电棒子直奔马崽家，见朱大美在门口站着。"你站这里干什么?"马岩厉声喝问。"俺等大星的爷爷,他说给俺拿花手巾来。"马岩二话没说,用手电筒照她的头狠狠砸了一下,心想:好老木,你看马家没人了是不是?老木也许嗅到了什么气味,这一夜没有动。马岩冲到他家里,把他叫起来,不由分说,给了他两记响亮的耳光。老木心里明白,他给马岩跪下了。

14 育 雏

郑三娣打发女儿出了月子,让她喝了天麻、生姜、红糖水,捂上被子把汗发透。第二天程秀起床站在她面前深施一礼,说心里舒坦,全身轻松,感谢老娘的精心照顾。郑氏一只手抓住程秀的手,另一只手抚摸着女儿的腮帮说:"俺闺女俊了,也胖了,脸吃得像个银盆似的。"母女二人一同看看襁褓中的婴儿,一股幸福的暖流袭上心头,流遍全身。母亲对女儿千叮咛万嘱咐,她走以后要和米良好好团结,好好过活,要把这个家像燕子造巢那样,一口泥一口泥地垒好。也别指望婆婆来给看孩子照应家了。新村老村相距这么远,来回都不便当,又不是一个生产队,各有各的活,各有各的事。俗语讲,有山靠山,没山独担,自己能独担的就独担。遇上这样性格的婆婆,也犯不着生那份气。郑氏又说自己离家快五十天了,留下程功一个人在家不放心。第二天,米良用地排车把郑氏送回了程屯村。

米良家的外门是木质的单扇门。门洞不窄,没有门槛,地排车可以直接进出。但是门框和门扇不配套,框宽扇窄,关上以后中间闪开一指多的缝,门闩插在框上,从外面可以把门拨开。送完岳母回到家,米良拨开门,把地排车拉进来,关门上闩,又将地排车横挡在门里头。这样，即使有人从外面拨开门闩也推不开，进不来。大白天的，米良想干什么？此时此刻，妻子程秀正在外间屋坐着，她看着丈夫做完这一切，笑了，笑得那样甜蜜，那样陶醉。米良进了屋。

"你笑什么？"

"你要猜准我笑什么，我就知道你要干什么。"

米良没猜，他靠上妻子把她从椅子上抱起来进到西间里去。里面有一张单人床，他把她放上去发疯似的亲她吻她。

"怎么，解禁了？谁给你放的行？"

米良一个字也没回答，并且加大了力度。

"怎么，馋狠了？"

"不是馋，是饥。"

"好吧，那就让你吃顿饱饭。"

他解开她的衣扣，吮吸那两只肥大的乳房。

"只准你这一次，那是你闺女的饭碗，以后没你的事了。"

他去解她的腰带。

"你得把身子欠起来，压我这么结实，抽开又有什么用？"

他起身帮她褪下裤子和裤头，两人进入高潮。他们过了一次难忘的性生活。事后，整理好，休息了片刻，程秀说："你快把地排车拉到一边去，这要是有人来，人家会怎么说。"米良出去挪了车子，回屋又躺下，看看妻子，程秀又笑起来。

"又笑什么？"

"笑你遵守纪律，是模范；这么长时间，我不知多少次可怜你。我想破这个禁，你却坚守着。我应该发给你一张奖状。"

"你想破，并没表示出来；我不坚守，也没办法啊。我要奖状有什么用。"

"是我娘勉励咱们坚持。老人家告诉我说，妮来，你把房事暂时断断吧，都临月了，要等生完孩子出了满月。你看，今天不就放开了。她老人家多么关心孩子们，多么关心孩子们的健康啊！"

两人躺着，余兴未消，不时亲昵一番。

程秀说："俗话说，有一痛快就有一疼，过后并不好受，辣椒抹了似的。生了这么个大肉球，刚刚恢复，你太猛了，报复似的。按说都得洗洗才合适，看你猴急的，连天黑都等不到。"

"要不，我们这次不算数，晚上重来。"米良得意地说。婴儿在襁褓中啼哭，孩子醒了。两人一同回到东间。程秀抱起女儿来喂奶，米良挨着坐下观赏。小米芬大口大口地吮吸着乳浆，妈妈用指头抚摩着女儿的嫩腮说："丢，丢，丢那个偷嘴的馋老鸹。"

程秀决意下地劳动，不管米良怎么劝阻都不顶用。生产队里分东西，粮、油、柴，甚至大白菜、水萝卜等物都要按人头和工分两项进行预算。比方说分一百斤粮食，七十斤按人，三十斤按工分，这叫人七劳三。为了刺激积极性，体现多劳多得，近期又改成人六劳四，据说还要改成人五劳五。不干活哪能行，不挣工分吃的亏可大了。考分是学生的命根，工分是社员的命根。再说，生产队里那么多妇女劳力，家里有缠手孩子的也不是一个两个。人家都能干，自己有什么理由不干。长期待在家里，队委会也不会同意。你的孩子娇，谁家的孩子不娇？生在农家，长在农村，死心塌地和土地打交道，不想干农活当工人去，当干部去，当专家、教授去。你又没那本事，没那才能。雷锋是干一行，爱一行，钻一行，咱庄稼人也得学雷锋。春种有兴趣，秋收有欢乐，翻坷垃头的人一样能抱金砖发大财。当前"抓革命促生产"的口号提得这么响，谁偷懒就可能挨批判，挨斗争。

妈妈下地干活，婴儿放在家里怎样安排，做母亲的各有各的招数。特别是那些上了年纪有点老资格的母亲，在抚养孩子的过程中有喜有悲，有欢乐，有哀痛，有幸福也有苦难。儿女大都已经成人，个别中途夭折，一共生了几胎，存活率是多少？成功的经验是什么？失败的教训怎样查找？她们大部分是长辈，最有发言权，给年轻的妈妈们上一堂课是不用拿备课本的。首先是安全。第一，怕掉床。小点的，五个月以下的婴孩，不会翻，不会滚，用枕头和被子挡好就可以了。孩子啼哭的时候，两只小脚丫会一个劲地蹬，很容易把后跟磨破，最好给孩子穿袜子或用布包脚。大婴儿，特别十个月以上的，会爬、会坐，要站立，要学步，掉床挨摔的多是这些孩子。"狠心"的妈妈往往用砖头、石块、木板把盖被压结实，不让他们蹿出来。有的还要在床下铺层草苫或麦秸褥子，以防万一。还有的在屋角那个部位放床，两面靠墙，另两面用木板围起来，这样就能万无一失。第二，怕意外伤害。婴儿身上都有一股奶腥味，很好闻，那是任何迷人的香气都无法替代的。这种气味，对野物，特别是老鼠和猫也有很大的诱惑力。孩子不会反抗，或反抗力很弱，如不周密设防，有时候也出事。被老鼠啃过、猫咬过的也不是没有。其次是季节。冬季严寒，坡里没活，一般情况下，母亲都不外出，在家守着。条件好的，点上火炉；贫寒之家用谷糠或锯末扒上燃灰生个火盆子，给孩子烤烤鞋袜，烘烘衣被。这是婴儿最幸福的时段，哭有人抱，笑有人逗，有玩具，有奶吃，睡着了，妈妈还在身旁。春、夏、秋三季就不行了，妈妈要下地干活挣工分，劳动的时间和陪伴孩子的时间成反比。这时候如何把孩子安顿好，做母亲的则是八仙过海各显神通了。有的用摇篮，找一个用白蜡条编的荆筐，或四个角用绳子拴住吊起来，里面铺上短被，这是放孩子的理想选择。也有人将棉被折叠成靠背椅的形状把孩子放里头，屁股下垫一软垫，然后围好、压牢，让孩子坐着睡。这样做有两大不足之处：一是时间长了，屁股下有便溺，容易造成皮肤不适和损伤；二是影响发育，容易引起脊柱变形。这是知识渊博的人说的。还有一种方法是干脆让孩子睡在篓子里，底部铺上麦秸，周围用棉被围起来。大便连同被污染的麦秸一起拿掉，小便直接流到地下。孩子不睡的时候，把篓子放在太阳下晒晒，时间长了换新的麦秸。这样，大人省事，孩子也舒服。以上方法只适合春秋季节。夏天，孩子只穿一件露裆裤衩或只戴一个兜肚，不用铺，不用盖，但必须放在床上，孩子想滚就滚，想翻就翻，满床碾轧也行。有孩子的自由，可没大人的自由了。

程秀和丈夫商量，让他把窗棂封起来。白纸糊窗，只能隔风、隔虫，要想挡住那坏东西，普通窗纱都不行，必须用铁丝纱。再就是要查看一下房子周围，从基础到墙体，有没有那东西打的洞、掏的窝，屋子内部更要认真对待，特别是隐蔽的地方，床底、桌后、墙根、屋角，就连地面都得逐一排查。都说那东西会通地道借土遁，对它可不能小觑等闲视之。

"说一百遭，道一千遍，你说的不就是老鼠吗？"米良说。

"跟你说过，不要说清道明，那东西邪乎，你就是记不住，听不进去。你是专门找别扭是不是，你什么意思？"

"老鼠有什么邪乎的，难道它真的能掐会算，有仙有灵，神通广大？它是刘伯温的弟子还是诸葛亮的门生？"

"米良，你欺负我。"程秀恼了。米良却笑了，说："我不是欺负你，我哪会欺负你，我也不敢欺负你，我是在破除你的迷信，干吗那样神乎其神的。防鼠就防鼠，灭鼠就灭鼠，我一定照你说的去做，明天用一天的时间把你嘱咐的这些事情办好，买上几包耗子药，让它一进屋就先来一顿小吃。不可怕，它没有那么猖狂。"

"你还得把屋门检查一下，凡是有缝的地方都要用木条补一补，门槛下面的猫洞，白天堵牢，夜间放开，让猫警长钻进来巡逻巡逻。"

"好的，我明天一定把这些事情都办妥帖。你放心好了。"

春夏之交是燕子最繁忙的季节。幼雏出壳，食量越来越大，羽毛逐渐丰满，它们的爸爸妈妈天明到天黑穿梭不断，盼望着有一天把孩子领出野外，攀上高枝，翱翔蓝天，练就本领，等秋风袭来，飞到南方去。

程秀和米良也像两只燕子，整天忙得不可开交。身在田野心在家，一到休息时间两个人都往家跑，爸爸如果先到家，就把小米芬抱起来，用奶瓶喂点水,等妈妈回来再哺乳。如果进家门听到孩子在啼哭,他会一个箭步打开屋门,把女儿搂在怀里,察看脸上身上有没有磨破擦伤。孩子在哽咽,大人在落泪,孩子吃到奶了,不哭了,妈妈的眼泪还没有止住。约莫时间到了,舍不得放也得放,看看女儿刚刚呈露的笑容,想想又要大哭大叫,心里酸溜溜的。时间长了,孩子也有了自己的经验,知道爸妈无奈,自己也无奈,只哭一声,有时一声也不哭,慢慢入睡。这是乖,也叫配合。农家的孩子就是在这样的境遇下慢慢成大的。收工了,夫妻俩抓紧回到家里,一个看孩子,一个做饭,经常是把孩子喂饱了,大人还没有吃完。上班的铃声响了,来不及收拾碗筷,放好孩子,关门上锁一直干到太阳落山,下午没有休息。家里的这一套,只好等掌灯以后再料理。大人盼黄昏,孩子等过夜。这就是幸福,就是农家乐。米良和程秀两个人吃不好也睡不好,别说家里没东西,就是有肉有鱼也来不及做。每天的饭食都是烧糊糊煮窝头一锅出,吃块老咸菜。小锅小灶倒是有,但从来没有用过。女儿白天睡足了觉,夜间当然不好好睡,一夜不知醒多少回,换多少次尿布。桌子上那盏小油灯彻夜不息。米芬除了在妈妈身边翻上翻下地玩,就是没遍数地抓挠着吃奶。有时候程秀困得都打起呼噜来了,嘴里还和女儿说着玩笑话。她愿意让女儿这样黑白颠倒地过,大人吃点苦没关系,只要孩子少折腾就行。程秀明显地消瘦了。妈妈描述的银盆似的脸,早已变成刀刻似的柳木猴子。她身材瘦小,力气单薄,集体干活,比方说收割、锄地什么的,都是一顶一,她往往力不从心,跟不上。嫂嫂万青莲每次到头,总是倒过来迎她,或两人挨垄,中间给程秀捎过一段去。程秀深受感动。

15　程　功

程功在本村读完高小，没有考上初中。初中太难考了，全县只有一中设办初中，每学年招八个班，四百多人。扣除城里各小学优胜、优先所占去的指标，剩余的分到下面各公社的名额实在少得可怜。往往一个公社十几处高小，一届毕业生六七百人，能考取初中的就个位数。哪个学校要是能考上一名，那真是学校光荣、校长骄傲、班主任和任课教师扬眉吐气。就全县农村小学来说，在这方面被剃光头的班级、学校不在少数。个别教学质量差的公社，全社被剃了光头，教育组长、教研室主任丢人现眼，抬不起头来。程功没有当年大姐程俊那么优异的成绩，也不具备大姐那种拼搏精神。再说，程屯小学和马家寨小学相比，是小巫见大巫，规模、师资都相差甚远，教学质量上不去，不足为怪。

在一个学校或一个班级中出名的学生，归纳起来不外乎以下几种情况：一，学习好，成绩优秀，每次考试排名前五、前三或多次得头名；二，有爱好，有特长，例如喜欢唱歌，嗓音好，兼会某种乐器，或擅长体育，跑得快、跳得高，是校体育队的重要成员或骨干，或画得好，字写得漂亮；三，学习差，不遵守纪律，和同学打过架，和老师吵过嘴，甚至受过校方的通报批评；四，不务正业，不干正事，拉帮结伙，寻衅滋事，或厚脸皮，不知羞，经常骚扰女同学。真正的好生和差生各校各班都不多，程功应该属于榜上有名的那一种学生，其他方面都平平，唯独写得一手好字。程功家里住房的案头放着两种指导书法练习的小册子，包括毛笔书法和硬笔书法。硬笔书法中又分怎样写好钢笔字和怎样写好铅笔字。那两本书都是大姐程俊在城里上学时从新华书店购的。由于当时忙于学业，为圆大学梦而终日奋力拼搏，虽然买了也没细细研读。书在抽屉里沉睡了六七年，程功上学时才又把它们翻了出来。从刚认识汉字笔画部首学写第一个汉字开始，程功就认真练写，用笔在纸上，用棒在地上，用指头在腿上，用脑子在琢磨，总之，有点入迷的感觉。所以从上一年级开始，程功的方格本就经常被语文老师拿给全班同学传看。表扬和鼓励催人奋进的力量是无穷的，形成的积极影响往往是终生的，偏爱和偏才容易出大智慧。初小（四年级）毕业时，程功的字已经被全校老师都看上眼了。进入高小，程功受校方委派，负责刊登学校的几块黑板报。少先大队辅导员老师送给他一本《怎样写黑板报》的书，上面有花边设计、版面结构和各种美术字等等，让程功又眼界大开。可惜，偏爱不能加分，偏才对升学无助。如果程功把精力全用在语文、算术两门课程上，他或许不会落榜，考取初中，为学校争得一份荣誉。程屯小学是一所被剃了光头的学校，程功没有成功，别人也没有成功，升一中太渺茫了。

　　母亲想让程功回校复读，补习一年再考。那还用说，程功是男孩子，郑三娣心中仍觉得男女有别，当初她把程秀拉下来，强调这理由那理由，如果是程功，那肯定咬紧牙关也供。程功却不这样想，他对母亲说，自己的算术成绩很差，又没兴趣学，一摸课本就头疼，在校期间考及格的时候都很少。考初中他有些畏难发愁，信心不足，他不敢奢望，失去攀登的勇气。人们常说，"学好数理化，走遍天下都不怕"，数学学不好，物理、化学更难，也别走天下了，在家老老实实蹲着吧。他不想再上了。

程功很喜欢读小人书。《三国演义》《水浒传》《西游记》，他几乎有一整套，十几本、几十本，甚至上百本。每一种版本他都按照封面的编号排列起来。如果不全，缺哪一本第几号，他总惦记着，想方设法买到。他手头没有多少钱，母亲给他的零花钱，他都用来买书。他像一个喜欢收藏的人，细心、专注、着迷。他有骄傲的资本，那就是连环画的积累。对那些小人书，他不是一般地读，而是熟读、精读，三遍、五遍，甚至十遍、八遍地翻阅。除参加生产队集体劳动和做必要的家务以外，剩余的时间他都用在这上面了。他不读原著，看不懂，太吃力，拦路虎太多，一句话，他的水平达不到。除此之外，他还看一些电影连环画，《南征北战》《东进序曲》《一江春水向东流》等等，也积攒了几十本。农村电影放映队来了，演什么片子，他就买什么书，看完电影再看书，或看过书了，再去对照电影，兴趣浓浓，其乐无穷。后来，他开始读现代小说，《青春之歌》《林海雪原》《红日》《家》，部头大的也买了七八本。长此以往，程功觉得好像有了什么底气。他那点学问在农村人看起来亦不一般。他喜欢和有文化的人交谈，特别是那些老儒生。他们评价他，年纪轻轻，知多见广，再加上一手好字，程功成了秀才班子里最年轻的一个。红白喜事蹲账桌的人也有新老交替，程功顺理成章成了座上客。这是受人尊崇的、体面的位置。

郑三娣对儿女没有过多管束，也没有超乎寻常的疼爱。这是程俊、程秀、程功姐弟三人对母亲一致的看法。她只是告诉孩子们什么该做，什么不该做，该做的一定要做到，不该做的绝对得避免。这就叫严。在母亲的教育和培养下，程功的品德和修养也有不少闪光点。他热爱劳动，在生产队里给集体干活，程功从来没有因磨滑、不负责任、不注重质量受到批评或被扣工分。他是一位值得信任的社员。队长也好，作业组长也好，把活分派给他，用不着反复检查和过多担心。完成了，讲清楚，哪里还没做好，说明白。双方沟通，商议下一步措施。在家里，打扫卫生、整理内务，几乎是程功一个人的活，屋内、屋外无不收拾得井井有条。特别是近期，家里打了一眼水井，饮水卫生，用水方便。程功对母亲说，柴草干，院子不要太干，屋里干燥，地面也适当洒点水。打扫起来只见地面光，不见尘土扬。他每天就这样精心整理，连一根柴火棒放在哪里都很讲究。原来家里只有两间土屋、一间厨房，后来姐弟都大了，需把程功分出去，就又在东墙大枣树旁盖了一间土屋，把锅灶挪过去，程功搬进原厨房去住。他不光把自己的住屋收拾得利利索索，堂屋里更加讲究。他有时也帮娘叠被子，整床铺，他说娘的内务不合格、不规范。

程功家种着二分多的自留地。按照国家政策，自留地六十年不动，所以大姐转正，二姐出嫁，生产队也没张罗抽地。自留地大多是靠村近、地势高、有井可浇灌的优质田，不仅可以解决自家吃菜的问题，多余的蔬菜还可以上市换钱。程功很勤快，刚下学的时候，多访多问，勇于实践，经过几年的摸索，他种的蔬菜长势就超出一般，后来更是学会了兼作套种，提高了产量增加了收入。马家寨五天一集，赶早市不抗价，卖菜回来还耽误不了生产队里干活。他总是把钱如数交给母亲。这是规矩，他一直坚守着。他把那些零钱碎钞一把从兜里抓出来放在母亲面前说："存银行。"母亲笑，他也笑。这是一种感情的交融，也是家庭的和谐。程功想，母亲的年纪越来越大，脚又小，无论如何不能让老人家再推磨推碾了。二姐当时能独立担当，自己更应该如此。

家庭生活母亲安排得很妥当，冬季两餐，夏季三餐，有菜有汤，干粮多样化，虽然清淡，吃起来舒服。农家没那么多鱼肉腥荤，现吃现买谁也舍不得，除非有客人或特殊庆典。郑三娣经常外出帮厨做菜，本村她从来不收回礼，外村来聘，地排车接送，往往都带回点小礼物：两条炸鱼、一包炸肉、干木耳、鲜蘑菇等等。每逢这种情况，母亲就拿出真本事做上两个菜让儿子解解馋。娘用地瓜干从供销社换上一瓶酒，拿出酒杯让儿子自斟自饮。开始，程功不好意思。娘说："你长成大人了，又不上学，喝一杯不要紧的。"程功没有多少衣服替换，但总是穿得很整洁。冬季穿什么，夏天穿什么，春秋怎样着装，做娘的老早给儿子打算好，准备好。程秀出嫁以后，洗衣服的活，母亲重新接过来。特别天热的时候，从来不让换下来的衣服过夜，月光下能洗，摸黑也能洗。一夜晾干，摸在手里，舒服在心里。

想到儿子的婚姻，郑三娣胸中涌出一股寒气，心头蒙上一层阴影。程功的年龄已经二十挂零，而且这个零头逐年往上增。还有三年的最佳黄金时段，过了就失去了良机。谁都说她母子二人的小日子过得舒适，让人羡慕。这么可观的一棵梧桐树，就是招不来金凤凰。郑三娣心里发慌，为自己发愁，也为儿子担忧。儿媳妇是一盏灯，没有，家庭就失去光明；儿媳妇是一团火，没有，家庭就显得冷落；儿媳妇是一汪水，让家庭生活不那么枯燥乏味；儿媳妇是一方土，那是培养幼苗、稚芽的神圣福地。在这个重大问题面前，郑三娣一筹莫展，程功也只好听天由命。郑三娣感到社会对他们母子、对她的家庭不公平，嫁到程家四十多年来，她没有压迫过人，没有剥削过人，在丈夫程松明手下，她比奴仆强不了多少，甚至有时候还不如奴仆。如果让她诉苦，她应该指着程松明的鼻子痛骂，她有自己的苦难，自己的隐痛，程家对不住她，她对得住任何人。她给程家顶罪，给程松明顶罪，实在冤屈。再说儿子程功，年纪轻轻，没继承老一辈的任何遗产，唯有那个地主成分是老爷奶奶撇下的，而且紧紧箍在身上摆脱不掉。什么时候是尽头，他们很茫然。

16　病　休

程俊下了火车做的第一件事就是给厂长荣大姐回话。车站附近有邮政局，长途电话没打通，她干脆发了一份电报过去。天色将晚，她想雇一辆三轮车回家。提着笨重的行李顺大街慢慢西行，张望之间，身后驶过来一辆马车，两匹骡子拉着一车化肥，一个络腮胡子的车把式赶着，化肥袋子上面还坐着一个人。程俊认识那位车把式，他是丁郝村的技术员。还未开口，程俊先笑了笑。

"搭个车吧，同志？"车把式倒先发话了。

"叫你问准了，大叔，正想搭车呢。"程俊笑着说。

"上哪去？"

"程屯。"

车上的两个人都笑起来。赶车的说："真叫我问着了，也该你有运气，我们正好是一路。上车吧，先把行李递上来。"轻车熟路，一小时左右来到一岔路口，一条通往丁郝村，一条通程屯。马车停下来，程俊说着客气话要下车，赶车人看看她那硕大的行李包却犹豫了。他说："这样吧，我们绕一绕，天也晚了，还有三里路，你还拿这么沉的东西。"说着话把鞭子一甩朝程屯方向驶去。程俊十分感动，为自己没法表示一点感激之情而自责,哪怕有一盒香烟也好,可是她没有。太阳在地平线上露着半张脸,放着橘红色迷人的光,马车在程俊家门口停下来。程俊下了车,接了行李放在地上,执意让两位好心人到家里喝足水再走。争执间,郑三娣在家里听到动静,急忙走出来。"哎哟,他大哥,"郑氏一看这情势说,"你是怎么遇上你妹妹的?你看看,天底下有多少巧事……"络腮胡子笑着说:"噢,大奶奶,我知道了,这是你家姑娘,哈哈!"说着一扬鞭子赶车走了。程功手里拿着一盒烟和火柴走出来,还是晚了一步。进到家里,母亲惊喜地说:"妮来,你怎么没提前来封信?哎哟,我这回可是做梦也没想到俺闺女会来。你知道赶车的是谁吗?他就是那个刘禾的对象,郝大夫的儿子。"程俊说:"我认识这个人,因为他长相特殊,印象比较深。我也认识刘禾,就是不知道他们是夫妻关系。这人真好,倒是他先让我搭车的。"

  程俊没有对母亲讲回家的原因,怕败母亲的兴头,让老人家的心像坠上一块石头那样沉重。她打算以后再慢慢向母亲解释这件事,只说"文化大革命"乱得工厂停工停产。母亲说,现在农村虽然也乱,生产倒是一直没停,谁不干活,就不给记工分,到时候分不到粮食。工厂停产工厂还在,农民要是不干活连土地也没了。地要是荒了,全国的人都得喝西北风。

  农村的习俗还是一日两餐。郑氏母子二人已经吃过下午饭。母亲给程俊擀了炝锅面条,炒了两个鸡蛋,饭后喝足水,便准备休息。程功帮姐姐挂好蚊帐,说了几句闲话后回自己小屋里去了。这中间的主要话题是程秀和孩子米芬。夜深了,静得舒服,虽然一路劳顿,程俊并没有睡着。她在回忆前天在荣大姐家中邹平凡说的那些话。邹平凡性格洒脱,是一个乐天派。他之所以能那样整日无忧无虑,关键是遇上了一位贤惠的妻子。程俊和荣香慧相处了十个年头,荣大姐的品德和性情她摸得很清。一直以来,她把荣大姐当成自己的榜样。荣大姐是程俊心中最尊崇的人之一。邹平凡的前途倒了,经济倒了,身体倒了,千倒万倒,只有一样没有倒,那就是爱情。邹平凡是荣香慧的后盾,荣香慧则是邹平凡的脊梁。坚不可摧的夫妻感情是他们永远立于不败之地的可靠保证。有了这,惊涛骇浪,狂风骤雨,香风毒雾,激流险滩,则等闲视之。人生选择错了,也许什么都会错。邹平凡好眼力,他没有在最高学府里挑,没有在权势者中选,没有看重经济实力,没有把外貌作为追求的唯一标准。在别人看来,他选荣香慧也许是误碰,是巧合,是屈尊,是猎奇。邹平凡心里明白,他没有莽撞,没有草率,他是经过细心观察、长期思考,而且在假期里征得父母同意后做出的选择。他瞄准了,巴不得一箭射中,不然他怎么没等回准就扑通跪下了呢。对照别人,联系自己,回忆以往,看看目前,程俊轻轻吁了一口气。她不敢长叹,不确定母亲是否睡着了,睡沉了,老人家很警醒,如果听到女儿唉声叹气,心事马上就会提上来,不能入眠,影响健康。程俊想,人生坎坷,有时也会出现拐点,出现转折。坏事可以变好,好事也能转坏。这就叫辩证法。解放前,外祖家是那种不起眼的小地主,像外祖家这样的地主,当初如果遭遇一场大火,烧成灰烬,全家人流离失所,土改时划阶级定成分肯定就是贫农,分财产也分土地,身价也高上去了。这不是坏事变成好事了吗?再说自己的家庭,当初父亲程松明如果是个败家子,抽大烟,赌博,把家业折腾个精光,肯定要比目前境况好百倍。弟弟程功也不会老打光棍,早就娶上媳妇生儿育女了。再想到荣香慧夫妇,他们也是从天上落到地下,"文化大革命"正如火如荼,荣大姐走资派的帽子不知什么时候能摘除,她丈夫邹平凡的问题怎样了结。人生多灾多难,灾难就是修炼。唐僧师徒西天取经,历经九九八十一难修炼成佛,凡人可就难了。程俊从枕下摸出夜光表看看,两点已过,她努力抑制住思绪,迷迷糊糊睡去。

五天以后的一个中午,程秀来了。她一手领着已满两岁的女儿米芬,一手提着一包鸡蛋,挺着大肚子进了家。程俊愣了,足有半分钟才反应过来。母亲从屋里迎出来,大家进屋落座。郑氏说:"妮来,你怎么还往这儿拿鸡蛋,我有鸡蛋吃。"程秀说:"三个老草鸡……""三个鸡一天顶多才下三个蛋,你们还不吃了,怎么还往这儿拿?"程俊抢先指责妹妹:"别太会过了,生活不讲奢侈,也要说得过去。"程秀说,米良用地排车把她们娘俩送到村头,抓紧回去了。家里养着鸡和兔子,离不开人。听说姐姐回来了,专程来看看,下午就得回去,并不能在这里住。"你听谁说的?"程俊问妹妹。"刘禾,她去走娘家,专门到俺家告诉我的。""你看这刘禾夫妻俩多热心。"郑氏说。

"既然这样,抓紧做饭。也别让米良再来接了,吃了饭,让程功送你们回去。自留地里有韭菜,热水焖点粉条,包水饺吧,不用再做菜。"郑氏说。人多手稠,除米芬随便自找乐趣以外,四个大人有调馅的,有和面的,水饺包到尾声,程功放下手里的活,主动去烧大锅,下午饭很快就做好了。正热闹时,米良拉着地排车来了。大家让米良一起吃,米良说已吃过。郑氏说:"年轻人,搭也能搭一碗。"老人盛了满满一碗水饺放在他面前。米良没再客气,说笑之间吃光了。程俊笑说,这是多搭的一碗水饺。程功笑说,多搭一碗水饺,我可是少跑一趟腿哩。全家人都笑起来。

郑氏忙活了一天,早早睡去。程俊躺在小床上听母亲轻轻地打着鼾,心里感到丝丝甜意。她在考虑妹妹的事,日子过得那样艰窘,连个鸡蛋都舍不得吃,又要生二胎。小米芬也不健壮,好像有点营养不良。一双眼睛炯炯有神,看来智力不差。程俊可怜妹妹,想资助她,当时掏出来二十块钱。程秀说:"姐姐,你这什么意思,我们不穷,不像前几年,吃不上穿不上,我们不但生活得好,还有一定的积蓄。"那钱,程秀坚决不收。程俊只好抽出一张五块的给米芬作为见面礼。回忆程秀的形象,程俊用三个字来概括:瘦、皱、锈。一进家门,她差点没认出程秀来,这是在自己家里,要是在外边,肯定会视若路人,擦肩而过也不会注意。她身上哪里有肉?满脸的雀斑黑痣,身上也没了那嫩嫩的迷人的肌肤，发黄发暗，好像蒙了一层层水花。程俊懂得，人像植物一样，花败结籽肯定不那么鲜亮，但是，作物要靠肥田沃土才能结出硕果，获得丰收；人要生个理想的孩子，难道能离开一身膘吗？母体不强，孩子怎么会壮。程俊看看表，又快两点了。她想，这是不是习惯性失眠？于是把心一横，锁住思考的笼子，迷迷糊糊又是一夜。

　　程俊慢慢找到了自己的定位，除了整理个人的内务，她经常去自留地摘摘菜，拔拔草，间间苗，捉捉虫，干点力所能及的低技术的活。她懂得了，摘豆角最好用剪刀，把蒂留在秧上，如果硬摘硬拽，扯坏母藤，震掉花蕾，得不偿失，那是最不合算的做法。她还懂得了，判断庄稼上有没有虫子，首先要看叶子有没有被咬坏，再看地面上有没有虫子的排泄物。程俊自幼上学，然后进工厂，虽是土生土长的农村姑娘，但对农业这一套，实在知之甚少。农活有无限的乐趣，农业是一篇永远写不完的大文章。她要好好学，认真体验。三十多岁的老姑娘了，才开始爱农业，学农活，她有些自惭形秽。一天早饭后，程俊戴上一顶草帽去了自留地。干什么，无目的，该干什么自己也不知道，总之，就是想去，想亲近那些作物，那些蔬菜，那些幼苗。她在地里站着，有时蹲下来仔细观察。她甚至发现黄瓜的须，在向外长的时候，不是直直地伸，而是缓缓地左右绕圈子，碰上附着物或架材就缠上，还要做一个螺旋，方便缩伸，狂风吹来不会挣断脱落。程俊不去大田，集体农活她干不了，去自留地成了她每天的必修课。家里养着几只母鸡，她每天总会给它们带回一些青草来。那些鸡对她格外热情，见她推开大门，便拍打着翅膀欢迎她。

　　这一天，街上来了一位磨菜刀的老人。郑三娣花一毛五分钱修了一把剪刀。她只有八分硬币，拿一张十元的让老头找。老人笑了："老嫂子，你这是出难题考我还是用大票子吓我？"他把一个小袋子从腰间抽出来说："我这里面满打满算不过三块钱，这是我转了三天的薪水。怎么办？"郑三娣心想，这回我得掏掏闺女的皮包，看里面有没有零钱。

钱找到了，随之摸出来的还有几瓶子西药。打发磨刀老人走后，郑氏看着那几个药瓶发呆。她不识字，看不懂这些药是治什么病的。闺女为什么要买这？生的什么病？这些天，她一直没有说，把自己的心事压在心里，不让别人分忧。郑三娣的心情沉重起来。她把药放进去，打算慢慢来解这个谜。人都有隐私，她不打算让儿子程功看那药瓶，在没有弄清楚事情的真相之前，她不想让别人知道。晚上，母女俩刚刚睡下的时候，母亲发话了。

"大俊……"

"哎，娘。"

"你是不是有什么心事没对娘说？"

"有。"

"什么事？"

"你发现什么了？"

"你怎么还吃西药？"

"你怎么知道我吃药？"

"我修剪子，零钱不够，从你包里摸了……"

"哈哈……"没等母亲说完程俊大笑起来，"小事情，不值一提。既然你老人家察觉了，我就告诉你。"她把事情的原委一五一十向母亲讲清楚了。母女俩沉默了足有二十分钟，郑氏叹了一口气说："你这么做可不对，这么多天，你在自己心里闷着，要是早对我说了，别的我帮不上，我可以每天给你做点可口的补养补养。你这样做对不住娘。"

"看你老人家说的，你那么大年纪了，生活上都不搞特殊，我年纪轻轻……"

"你不是需要嘛，不是讲各取所需嘛。"

"我不需要，不是什么大不了的事。那药我也不经常吃。最近好几天我一粒都没服，凡是药都有毒性，万不得已才用一点。娘，你不用把这事放心上，我在家生活得很好。也许正因为这件事，上帝让我们娘俩长期生活在一起，我很愿意和你在一块。"

"我不愿意和你在一块，你和娘不交心，拿我当外人。"说到这里，母女俩开怀大笑起来。郑氏接下来说："你认为娘的心眼小是吧？"

"不是，我认为娘的心胸大，什么都往里装，什么都装得下，装得下天地，装得下日月，装得下宇宙。这就是做母亲的伟大和高尚。母爱好比一艘航行的巨轮，承载着千万吨的货物，孩子们的那点心意，不过像从巨轮上卸下一只箱子减轻船体的负担而已。那又能起什么作用！"

"如果天底下做儿女的都像你这样，每个人都经常从这只大船上往下卸箱子，船身总有一天会彻底轻巧起来，不再负重。当娘的也许永远熬不到那一天。"

郑氏好像诗兴大发，她说的这段话，女儿程俊并不好接。程俊看看表，又快到一点了，说："娘，咱们睡吧，别把你累着了。"

"怎么？你又要卸一个箱子？"

母女俩亲昵地笑了一阵，慢慢进入梦乡。

17　米继峰

夏季，农民起得特别早，抢收、抢种，抓紧田间管理，一百样子农活在地里等着。上半天，不那么炎热，人也有精神，全天四分之三的任务要在这个时段完成。不像城里人，不管太阳高低，按钟点上下班，白天越长，起得越晚。米继峰老汉自留地里种了三畦大青豆，正逢开花结荚的盛期，却生了不少豆虫。他不愿意喷药，怕伤了那些心爱的花蕾和嫩荚。农作物害虫夜间活跃，特别是早上，叶面附着一层露水，吃起来甘爽可口。害虫大都在庄稼表层匍匐蚕食，捉起来容易，效率高得很。鸟儿捉虫，天亮才行动。米继峰老汉起得比鸟还要早。他提上一只小陶罐，准备把那些捉到的虫子带回家作为鸡和猪的饲料，那可是上等的饲料。他出了家门，踏着那条灰白的路，兴冲冲地走着。他去战斗，要打一场胜仗，歼灭众多的敌人，正好穿过生产队的麦场。麦收已过，生产队的大麦秸垛在场边高高矗立着。场上空荡荡的，已长出片片杂草和麦芽。周围几棵粗大的梧桐树，像朵朵乌云一样遮天蔽日，看了让人提神。树下密密麻麻有无数小洞，每个小洞都是一只蝉龟的家。他下意识地看着，大步流星地走着。突然一个红包闯入视野，米继峰站住了，他弯下腰仔细看了看，不假，是一个红布包。他把布包捡起来，放下陶罐，两只手小心翼翼将包打开。那是一条完好的红领巾，钝角上裹着一卷钞票，粗略过目，面值有十元的、五元的，还有两元的。他没有数，原样卷上裹好，系上一扣，环顾周围，空无一人。他把包放进兜里，提了陶罐继续往自留地走。他心里翻腾着：这是谁掉的钱呢？不会是小孩子，小孩子没这么多钱，也不会存放得这么细心，更不会用自己心爱的红领巾当钱袋子。这钱一定是一个妇女丢的。你说她心里该有多难受，多着急。心坎大的还好些，要是心坎小，还不得晕过去。丢钱如丢命，这样说并不过分。估计这钱有百元左右，是一个大数目，让人心尖子疼得难忍的数目。唉，什么人这么粗心，这么大意。来到地里，米继峰老汉无心看虫，心里老翻腾那卷钞票，老替失主担忧。米老汉干不下活去了，不行，他想，丢钱的人要是到场里去找，哪里能找得到？钱在我兜里呢。我得去看看，还给人家。他放下活计急忙火速向麦场那边赶去，来到一看，仍然空荡荡的，一个人影也没有。仔细一想，自己刚离开这里才多大会儿？天这么早，村头、路边、田间、旷野还没见到几个人。又想起要捉虫，于是又折向自留地去了。他抑制情绪，集中精力，一畦子地查下来也就捉了几十条虫。他那起伏的心潮仍然难以平静。他打算提前一会儿回家，路过麦场看个究竟，如果风平浪静，吃了早饭再回来干活也不迟。第二次往回走，很远就听见有人在吵架，走近一看，出事了。

米店老村有一老翁，一生未娶，独居在两间土坯房里，没院墙，没大门。屋门前的空地上杂草杂柴，猪屎羊粪，鸡挠狗扒，一片狼藉。老人从来不去打扫，他知道打扫也是白费劲。两扇破旧的屋门，漏风透气，老人外出时就用一把薄皮铁锁把门锁上，将那一个齿的钥匙，挂在腰间。锁挡君子不挡小人，他那把锁不用钥匙，用力一拽就能拽开。其实，再卑鄙的小人也不去破他的门，干那无聊的勾当，因为他没东西可偷。他连一只像样的碗都没有，三只黑碗，不知哪朝哪代的传世宝物，有谁能看到眼里。舀水用水瓢，他有两只水瓢，是从别人家葫芦架上拣来的。有一把铜勺子，一九五八年大炼钢铁向党交心的时候，他把它藏了起来，没有上交，铆钉已经松弛，勺子头摇摇晃晃，盛饭洒汤，所以也不常用。左边屋门后有一只小锅腔，上面放着一张双耳小铁锅，锅口一旁的墙壁上挂着一把刷帚，那刷帚是用高粱穗摔掉颗粒后捆绑而成的。右扇门后头倚着一把笤帚，地面虽然不甚平坦，倒是扫得很洁净。东间靠山墙有一张床，上面的铺盖、席子等物整理得有板有眼，不像屋门外头那样杂乱无章。窗台下放着一张二屉桌子，看上去很陈旧，封闭倒很严，里面放点食品，老鼠、蟑螂不易钻进去。窗户是用砖垒的，四个窗棂，冬天用杂草、麦秸塞上防寒，夏天除掉这些杂物算作开窗通风。为防麻雀往里飞，近几年，老人往往一年到头也不开窗，就这么堵着。床头下放着一只木箱，是物流上装货用的那种木箱。他原来有一盏煤油灯，是用盛止咳糖浆的瓶子做的，内有半瓶油，在桌腿里侧放着。因为一个人，白天收拾停当，不看书，不写字，不做针线，灯的意义不大，慢慢蒸发干了，也没再买煤油。这倒利于消防，干脆利落。

老人年近八旬，姓米，排行老二，辈分很高，米继峰这么大岁数的人都称呼他二爷。其兄夭亡，他应该是米氏家族的族长了。村上的人当面没人称他爷，都喊老鳏，或鳏二。老人胡须花白，长年不剪，算作美髯公。鳏、关二字同音，所以都称他关二爷。老人明白，汉朝关羽，桃园三结义，是忠良的典范，仁义的楷模，亘古一人，流芳百世，被叫作关二爷他自然高兴。所以他老人家的真名再无人追究，只有到户口册子上查找了。

那钱包就是鳏二丢的。他怎么这么多钱？这不为奇。他每年吃救济，上级发给他三十块、二十块，他舍不得花，三年五载攒起来。他曾养过母鸡，下了蛋，舍不得吃。他说，那东西没盐味，没甜味，没香味，还腥气，里头含那么多的水，吃起来嚼起来怎么也赛不过老玉米。至于营养价值，什么叫营养，这个词太高贵，太奢侈，太虚无，太缥缈，老百姓哪懂这个。他把鸡蛋拿到集上去卖。聚少成多，集腋成裘，鳏二积攒下了这么一笔巨款。款子原来用一块旧布包着,后来他拾了条红领巾。他知道自己的房门和锁等同虚设,便整日把那钱带在身上。他有一件毛蓝的粗布褂子,内里缝了一个兜,钱在兜里放着,用别针把口封上,万无一失。褂子不离身,夏天披着,在肩头挂着,冬天贴身衬袄,表象是衣不离身,实质是钱不离身,货不离身。炎热的夏季,鳏二很少在屋里就寝,他有一个破旧的藤席,往胳肢窝一夹,哪里凉快他就上哪儿去。别看他这么大年纪,身子骨很硬朗,露宿对他来说并不算冒险,而是一种锻炼。他转悠了那么多地方,经过体验和考察,得出了一条结论,在哪里睡觉都不如在麦场里舒服。特别是麦收以后的大场,平平坦坦,空空荡荡,哪向的风都能吹过来。高大的梧桐树遮露避潮,他更愿意在树下铺席。晚上到场上来享受的人不少,男女都有,可在这里过夜的却只有鳏二老人自己。昨晚,天气很好,蓝天银星,棉絮样的薄云在和月亮赛跑。老人心情也很好,晚饭后不久,他就到大场上来了,铺好席子躺下来,把褂子放在身边,没有枕头,也舍不得枕他的褂子,宁愿枕块半头砖。街上有一位同宗的年轻人,名字叫大敬,家境贫寒,父母没有本事,三十多岁了还打着光棍。物以类聚,人以群分,老少两个光棍经常接触。每逢一起下河洗澡,大敬总是搀扶着关二爷,还要给老人搓搓灰。感情很是融洽。不多时大敬来了,坐在二爷身边闲扯。夜深了,鳏二一觉醒来,发现大敬不知什么时候走了。场上当然只剩下他自己。又睡了一觉,已到了后半夜,月亮也下去了,天黑得很。老人坐起来,挠着痒看看周围,西北方向有闪电,似乎能听到闷闷的雷声,风也比上半夜刮得猛了。民谚说,夏至东南风,当时就搬兵。老人怕挨淋,再睡着怕走不脱。他懒懒地站起来,到场边放了小便,回来下腰提褂子,结果抓错了地方,如果提的是衣领,那肯定没事,可他抓的是衣襟,布袋口朝下了,那个包很顺溜地就掉了出来。布袋口不是有别针封着吗?这要怪老人失误。布袋内,红包外有几枚硬币,中午他在街上买了一个甜瓜吃了。拿完钱他没有把别针别好,只别了外层,没有别住里层，智者千虑必有一失，丢了钱他能怪谁呢。老人把褂子翻转了一下，找准领口披在身上，卷起席子走了。

在外露宿毕竟不解乏，老人每天都是很晚才起床。准备打火做饭，发现盐不多，火柴也所剩无几。这才想到钱，一摸衣兜，慌了，全身都觉得冰凉。老人没怎么在家里找，只看看床上和地下就快步直奔大场。他回忆自己活动过的地方，挨个仔细看了一遍又一遍，包括小便的尿窝子。他在一只碌碡上坐下来，心想，那钱一定是让大敬偷去了，我得直接去找他。大敬不在家。当然不会在家，农活这么忙。他娘说，他和他爹都去给队里玉米上化肥了。老人又找到坡里，看到几十个劳力正忙得热火朝天。他在地头上喊了一声："大敬在这里吗？"有人传话："大敬，关二爷找你，叫你给他扛大刀去！"大家笑起来，有人幽默地说，大敬成老鳏的周仓了。大敬来到地头上，"二爷爷，找我有事儿？"

"大敬，我的钱丢了。"鳏二耐着性子说。

"钱？多少钱？怎么丢的？"

"上百块，不是掉了，是叫人偷去了。"

"偷？你把钱放哪里了？什么样的贼会去偷你？"

"钱就在这里，"他指了指衣兜，"一直都在这里。"

"你在人多的地方玩过吗？口袋里有钱不能钻人窝。"

"昨晚上，咱俩在大场上凉快，你走以后我就发现钱没有了。"

"也许不小心掉到场里了，走，我帮你去找找。"大敬跟队长打了个招呼，随鳏二飞快地来到场上。鳏二并不积极去寻找，大敬倒是很认真，草地上，垛跟前，树荫下，各个旮旯儿，他都仔细察看。

鳏二发话了："别找了，那钱跟伶俐人跑了。"

这一句话让大敬停下了，他听出，老鳏话里有话。他说："二爷爷，你的意思是我把你的钱拿去了？"

"拿没拿，自己心里明白。老天爷爷看得清。"

换第二个人这样说话，大敬得跟他拼命，上去就揍他。鳏二，八旬老人，如之奈何？大敬憋了半天说："鳏二爷，我发誓，我大敬要是偷了你的钱，叫我一家人都死光！"

"骂誓赌咒要是这么灵，偷东西的人早就没有了，早死绝了。"

"鳏老头子，你欺负人！"大敬翻脸了，咆哮起来。

"小子，你良心坏了，我没看透你！"老人丝毫没有退让。

就在这时候，米继峰出现在大场上。他是个非常幽默的老人，当他把事情的原委搞清楚以后说："二爷，你的钱包让玩魔术的取走了，看我吹一口法气给你拿回来。"他对着太阳读诀念咒，振振有词，然后大喊一声："到！"把红布包从口袋里拿出来抛在地上，鳏二和大敬都惊呆了。足足过了三五分钟，鳏二爷抖着手，把他心爱的钱包捡起来，打开看看，又赶紧包好。老人像一只泄了气的球，不知如何是好。他把钱包放进口袋里，这回用别针别牢靠了。

"二爷，你光放不行，你打开仔细点点够你的数吗？"米继峰开玩笑。

"我不用数，"老人感激地说，"你要扣我的钱，就不会给我了。"

又过了好几分钟，大敬扑通一下给米继峰老汉跪下了。米继峰很愕然："你看，你……"他伸出两手去拉大敬，但是拉不起来。大敬哭了："大爷爷，幸亏碰上你这样的好人，要不我得背一辈子黑锅，我可丢不起这个人！"

鳏二走过来拉大敬："孩子，你二爷爷该挨劈脸揍，我错怪了你，我混蛋，你要是再不起来，我可要跪下给你磕头了。"

"大敬，快起来！"米继峰命令道，"老族长给你磕头，你担得起吗？快起，起，快！"大敬站起来了。

第二天，大敬的娘专门去找杨太太表示感谢，同时对米继峰大加赞扬，对鳏二那老东西痛加鞭笞。杨太太冷笑了一声："天底下没有你大叔这样的冤种，还有拾钱不要的。"大敬的娘愣了，也冷笑着说："大婶子，要不是俺大叔这么积德，俺儿可是跳进黄河也洗不清了，你说屈不屈?"杨太太说:"哪个庙里都有屈死的鬼。你说,又不是偷人家的钱,拾的钱还能不要。"她又把话题转到老伴身上去,甚至有些动怒。大敬娘看事不妙,连忙告辞。

吃饭时间,米继峰老汉回到家中,杨太太问他:"你拾了多少钱?"

"你怎么知道我拾了钱?"

"你不说我就不知道?我知道的事可多了,哪一件是你说给我的?到底多少钱?"

"不知道。"

"我不信你不知道,拾了钱还有不数一数的?"

"我就没数。我没有必要知道有多少钱。"

"你是憨熊,拾了钱都不知道掖起来。"

"你是孬熊,人家的钱想往自己袋子里放。"

杨氏知道拿自己丈夫没办法,继续发泄说:"鳏二一个穷光蛋,他哪来那么多钱?"

"你去问问他,采访采访,向他学学先进经验,了解一下他怎么搞的勤俭节约,怎么积攒了那么多钱?你管得着吗?"

"他要那么多钱有什么用?除了死的时候买棺材。"

"我忘了把那些钱交给你了,到他死的时候让你去操心给他买棺材。"

"不跟你个熊老头子拧肠子。吃饭!"

"我倒想继续和你拧肠子,肠子拧干净了,还能多吃点。"

18　米玉出世

谚语云：吃不穷，喝不穷，盘算不到就得穷。程秀不仅会盘算，善谋划，而且勤俭节约，舍不得大吃大喝。一分钱往往在手心里攥出水来，花的时候还要看看能不能分成两瓣。这与她从小砍柴、割草、拾遗、捡漏有关。她知道财富来之不易，懂得积累的重要性，拿富日子当穷日子过，所以这样的人一般不会受穷。程秀足有半年没有参加生产队集体劳动，怀孕时恰逢初春，她买了二十只小鸡，养活了二十一只。多出来的那一只是哪里来的呢？她一直也没弄明白。是邻居家的鸡走失了跑过来的吗？她问继贤婶子，婶子说，她买了五只小鸡，死了一只还有四只，都在笼子里关着。婶子的儿媳妇和嫂子万青莲没养鸡。右边邻居，隔着胡同和两道院墙，即使有小鸡跑出来，也到不了这边来。是买小鸡时，卖鸡的查错数了吗？还是看客户买得多，有意多给了一只？如果是搭头，卖鸡的贩子肯定有话，看来没这回事。现在的鸡苗都是清一色，红的全红，白的全白，哪一只是混进来的，弄不清。二十一只小鸡都已全毛全翅，体重一斤有余。草鸡十五只，公鸡六只，开始学唱，奇腔怪调，惹人发笑。她还买了三只家兔，两雌一雄，用一只木笼喂养。哪里知道这小生灵繁殖力这么强，半年没过，已见三代。八只木笼靠墙一字排开，下面用砖垫起来，便于清扫兔粪和垃圾，上头用油毛毡搭顶，防日晒雨淋。鸡圈那边用绳网围起来，内里有栖木，上面用石棉瓦盖顶。三只老母鸡在院子里走来走去，一副尊贵的模样，等小鸡长起来就把它们送到网圈里合群。她还想养羊养猪，把家院办成规模养殖场，她有计划，有蓝图，要慢慢实施。销路不用发愁，当地供销社收购站，什么都要，生猪、生羊、活兔、活禽、鲜蛋、猪皮、羊皮、狗皮、禽毛等等都能拿去卖钱。一只幼兔在集上能卖到一块钱。庄稼人不大计算成本，遍地是青草，生产队分粗粮，只要勤快就能生财。力气是成本，力气不能用戥子称，不能用斗量，只看你用不用，没听说过"劲"多少钱一斤。自从母亲不去大田干活，小米芬彻底解放了，再也不受被关、被围、独自一人被锁在家里那种孤寂的折磨。跟着妈妈多幸福，外出打草、拾柴，亲近大自然；在家管理鸡兔，学习劳动本领。妈妈干什么自己就做什么，妈妈怎么做自己就怎么着，母亲是学习的榜样，是自己的第一任老师。

程秀的身子越来越重。她整天忙里忙外，把生孩子的事忽略一边，产期忘得干干净净。外出割草蹲下起不来，有时跪着割，起的时候，两只手撑着地才能站直身子。小米芬很体贴，看到妈妈那样艰难，两只手拽住妈妈的胳膊用力拉。两岁多的孩子能有多大劲，但妈妈每次都会夸奖她有劲，把妈妈拉起来了。一天，母女俩从外面割了满满一筐草回到家里。鸡喜欢吃叶，兔子喜欢吃茎。程秀慢慢摸索出了经验，她总是用刀把草剁碎，放在食槽里，让鸡把叶挑光，剩下草茎再用小筐盛起来端给兔子。这样利用率高，可以减少浪费，生灵们也吃得舒服。她让米芬看着它们吃，吃光了再添。自己则给鸡圈兔笼清理粪便和垃圾，把这些污物堆起来，捂成上好的杂肥。忽然间，她感觉肚子疼得厉害，赶紧去屋里床上躺下。阵痛过后，堵得难受，摸摸下部，羊水溢出。身边有早已准备好的衣片，铺在身下，没有怎么折腾，一用力，孩子出生了。自己摸索着给婴儿拭去黏液，一边用布片包着，一边探手腿裆，是男孩。

痛苦中，程秀心里透出一种甜蜜，脸上掠过一丝笑影。她一直有顾虑，怕第二胎再是女孩，这下实现了自己的心愿。听到婴儿的啼哭声，小米芬吃惊地从外面跑进来，她瞪大眼睛看着妈妈，心里很害怕，她想哭。这时程秀告诉她："芬芬，妈妈给你生了个小弟弟，你赶紧去前头把你大妈叫来。如果你大妈不在家，就去家东坡里叫你爸爸，快去！"米芬飞快地跑出家门，来到大伯家，万青莲正在院子里忙活。"大娘，我妈妈生小弟弟了，叫你快去。"惊喜之余，万青莲下腰把米芬抱起来，快步跑到程秀家中，她把米芬放在院中，自己进到屋里。"怎么？生了？""孩子没事，只是衣胞还没掉下来。"程秀说。母子俩只盖着一床线毯子，万青莲掀开看了看说："这活我干不了，别看我也生了两个孩子，我自己真不知道是怎么回事。你老程还真有种，了不起，身边连个人也没有。"万青莲给程秀把毯子抽掉，换上一床棉被，然后说："你稳住，既然孩子下来了，就不用害怕了，我去看看继贤婶子在家里没，老人有经验，她或许懂这一套。"万青莲把继贤婶子叫来。老太太挽挽袖子洗了手，把衣胞牵引下来了。万青莲从窗台上拿过来半瓶子白酒，给老人洗净手，又拿了一把剪刀也用白酒消了毒，然后剪断脐带，用消过毒的带子包扎妥帖。一切处理完毕，老人在床边坐下笑着说："行了，没事了，等着喝米饭吧。家里有鸡蛋吗？没有我上俺家里拿去。"又说了几句闲话，嘱咐了几点注意事项，告辞了。

米良的母亲杨太太打算，这回老二家生孩子，自己亲自到场和儿子两个人伺候产妇。先在家里生，百分之九十九是顺产，真不顺条顺绺再设法或去医院。自己过了那么多月子，也没当回事。孩子生下来，躺个三天两天，把东西拿好，把水放在跟前，自己做着吃还不行？再过六七天，顶多十天，自己就能洗，就能刷，拾拾掇掇那些零星活也累不着人。哪能像亲家母郑三娣那样，照应二儿媳过第一个月子，足足在这里待了成百天。你是在这里干活还是养老？是来吃苦还是享受？特别是吃完喜面以后，家里满满当当的东西，米、面、油、鸡蛋，应有尽有，放着幸福院不住，老早回到家里受罪去？那些东西虽说不归我老嬷子支配，但儿家里的东西也有我的份，你在这里喝一碗水，吃一口面，都是我们老米家的。一个老娘们，整天在这里消费，谁不心疼？还好我有修养，不然我早开口撵她走了。看在众人的分上，我给她留足面子了。这一回无论如何不能让她再这么着，打着伺候闺女的旗号，假惺惺的，我看那人一点忠厚气都没有，沾光是能手，她是真会看门道，找窍门。

这一天吃罢早饭，杨氏从老村出发直奔新村二儿米良家来。她不走大街，打算从村后头绕过去。大儿家的大门冲着大街，她不愿遇上大儿媳万青莲。这几年，她和万青莲见了面能说句话了，但那只是佯和意不和。俗话说，打败的鹌鹑斗败的鸡，她算输给大儿媳了，而且是在大庭广众之下败下阵来的。她还是长辈，是婆母，你说这多没尊严。她怕万青莲，恨她，越怕则越恨。自从万青莲嫁过来，婆媳之间较量过多次，杨氏始终没有占上风，以后也没什么胜算，不甘心也得甘心，不服气也没法。杨太太顺着村后的大道慢慢地走着，绕到二儿家屋前敲门。米良答应着把大门打开，一看是母亲，他什么表情也没有，什么话也没说，把母亲让进来重新把大门关好。杨太太一眼看到晾衣绳上的那些布片和席子，傻眼了。"怎么？生了？"这问题不用别人回答，她自己就能知道答案，不生哪用得上这么多尿布？所以米良也没答复，仍然不言不语，一副冷冰冰的样子。"几天了？""五天了吧。"米良心里好像在计算着回答。"您大娘（岳母）在这里吗？""没有。""那你怎么没上家里喊喊我？"母亲略带责备地问。"哪来得及来，当时俺嫂在这里，还有前边继贤婶子，等我家来的时候，什么事都完了。"

"男孩子吗？"

"对。"

这时，程秀从屋里走出来说："奶奶来了，来看看您孙子吧。"杨太太走进屋坐在床边掀掀被头看看熟睡的婴儿。她有些赧颜，不知所措。

这时小米芬正在屋门口站着,看着奶奶发愣。为打破这尴尬的场面,杨氏喊了小芬一声:"芬芬来。"米芬没有回答,扭头上院子里玩去了。程秀把话接上:"你看小芬这孩子。奶奶喊你,怎么不答应?"杨太太心里明白,自己对孙女不关心,她才不和自己亲。杨太太从屋里走出来坐在外间椅子上说:"按说男孩子得大喝喜酒。上回有小芬咱的场面就不小,这回别再搞那么大了。姑家、老娘家,八天报喜,十二天吃喜面。过两天我来张罗。"又说了几句闲话,走到院子里观赏了一阵子鸡和兔子,告辞走了。米良、程秀把她送到大门口。

米芬正在院子里玩沙土,程秀把她叫到身边说:"那是你奶奶,你知不知道?"米芬一个劲摇头。米良说:"孩子两岁多了,连个奶奶都不会喊,可不可笑?"程秀说:"喊不喊都无所谓,奶奶怎么做的自己心里明白,她不会怪罪孩子。只要咱不惹老人生气就没事。还是我娘嘱咐的那句话,千万别像咱嫂子那样,打了闹了管什么用?"

报户口的时候给孩子起名叫米玉。

19　程松明

（1）

青海湖北岸有一所监狱，程松明就在那里服刑。一九五九年到一九六一年，国民经济特困时期，全国人民都在挨饿，监狱的经济当然也极为艰难。口粮定量少，粮色粗糙，副食品奇缺。犯人吃不足，情绪很不稳定。监管方商定，靠山吃山，靠水吃水，准备了十几条船，找技术高熟悉水性的一部分犯人下湖捕鱼，解决饥饿之困扰。三人一条船，一个撒网，一个摇橹，一个做勤杂捡捡鱼、清清垃圾什么的。撒网和驾船是技术活，必须精心挑选，或者自荐。勤杂工的条件是：身体好，不晕船，敢下水。程松明自荐撒网。他年轻时候就喜欢水旱两猎，不仅箭射得好，土枪打得准，而且撒得一手好网。老百姓好说，捞鱼捉虾，耽误庄稼。程松明生在那样的家庭，后来又当了个小官，他根本不去种庄稼，也不懂庄稼。他不管农业那一套，练就了打猎那些本领。

程松明这条船上，驾船的是一位老者，年近古稀，满脸的胡须和忧愁。老人也是自荐上来的，他是渔民出身，小时候脊背上绑着一只宝葫芦，生活在船上，在水里长大。老人嫌儿子不敬不孝，打爹骂娘，不务正业，就想把儿子除掉，结果没有除掉，造成儿子重伤。他被判得很重，活着熬出监狱不太容易。勤杂工是一女性，四十多岁，沧桑巨变，面部虽然刻上了许多皱纹，但仍残留着诸多动人之处，眼睛、睫毛、口型、牙齿都在告诉别人，她当初不丑，就是现在也还有相当的吸引力。老人双手把橹，只管自己的工作。他不仅熟悉水性，而且谙详鱼情。第一网拉上来以后，第二次该在哪里下网，他心中有数，不用别人指点，早已到位。他很少说话，自思也无话可说：由于年龄的差别，不适合开玩笑，罪孽在身，又失去了幽默感。倒是程松明和那位女狱友谈得不住腔。

"大妹子，犯的哪一科？"

"骗。"她回答了一个字。骗有多种多样，欺骗、诈骗、哄骗、坑骗、拐骗、色骗……她犯的哪一条哪一款？还是兼而有之？不能再问，只知道她是一个骗子，女骗子。

"你呢，大哥？"

"我是保长，解放前当保长。"

"哦，你是官。"

"不乖就行了，不乖就得挨整。"程松明笑了笑，朝对方飞去两道媚光，接着问，"你贵姓？"

"我姓尤。"

"哪个字？"

"我叫尤绦。"

"油桃。哈哈，这个名字真不孬，那一定很甜、很好吃了？"

"什么油桃，尤其的尤，丝绦的绦，尤绦。怎么，你想吃油桃啦？再甜你也吃不上。"

"你让我吃上，我就能吃上。"

两性对犯人来说已经绝缘，长期的饥渴在一对相互接近的男女身上所产生的碰撞力是非常强的。幸亏有第三者在场，如果两人一条船，程松明和尤绦一条船，他们肯定会暗地下手。他们谁是守规矩的人？谁不是那种偷偷摸摸的人？谁没干过那种偷偷摸摸的事？两块乌云接近了，一个炸雷就会大雨倾盆。这时候，摇橹的老人把眼闭起来了。他心想，你们想怎么着就怎么着吧。他回忆起自己多年没见的老伴，心里一阵酸痛。

程松明得知，尤绦的刑期还有一年半，自己再过半年就要被释放。他产生了一种念头——想和她结婚，他想占有她。他打算出狱后找个地方卧下，等她一年。这个主意在他心里好像很坚定，他一定要这么做。

程松明、尤绦和老人一条船下海只有三次。第四天，他被调到另一只船上去了。这时他才知道三天一调换的规矩。在这只船上合伙作业的是两位年轻人，三十岁左右。两人都会划船，争着划，谁都不愿干勤杂。他们说话粗鲁，对人也不礼貌，张口闭口称程松明伙计，有时喊老伙计。程松明尽管心里很不满，却不敢说出口，甚至连不悦的表情都不敢显露出来。他知道，犯人中好对付的不多，小青年尤为难缠。"伙计"怎么着？"老伙计"怎么着？好在就三天，谁认识谁？打那以后他换了不知几条船，一直没有再见着他心爱的尤绦，包括收工上岸在狱警的监管下排队回归的时候，也一直没见着她的身影。

一九六一年春，程松明被释放。他像一只长期被关在笼子里的鸟，自由了，反而不知往哪儿飞。他觉得双翅有些退化，飞不高，飞不远，只想在地上走走跳跳。他还留恋那只笼子，那里面还关着他的朋友，关着他喜欢的尤绦。他早已下定了决心，要等尤绦出狱后一块离开，共同谋生。山东老家、妻子儿女在他脑子里非常淡漠。他一九五三年从家里逃出来，一九五五年被捕，接着被判了七年徒刑，被装在大闷罐车里不知走了多少个日夜，拉到青海这地方来。他只知道青海离家远，到底有多远，并没有数字概念。年轻时，他没出过远门，直到解放了，政府缉拿他，他才逃出来过了一年多的流亡生活，才知道疆土之大，天地之宽广。眼下他真的不知往山东老家该怎么走。他慢慢游荡，无目的地走着。他心里很愉快，自己是正儿八经的人了，不再是一名被通缉的犯人，七年刑期，服了六年。他不欠百姓的了，也不欠政府的了，他赎清了自己的罪过。再过一年，或许还要再短一点时间，尤绦也赎清了自己的罪过，他们就可以结合，开始改天换地的新生活，真正的人间生活，做真正的人。他美美地想着，不住地咂着嘴，自己走了多少路，全然不知。前面有一座小山冈，山脚下散落着几户人家，他打算奔那里去，奔有炊烟的地方去。天色将晚，他不了解这里的地情地貌和周围环境，不敢随便住，更不敢在露天地里住。他怕贼人劫道，也怕野物伤害，这样想着，心里一发毛，脚步加快了。村庄接近了，房舍似乎比从远处看稠密得多。再走一程，眼前出现一片空场，场旁边有一间石房，一扇破损的木门虚掩着。程松明心里一亮，决定住到那石房里面。他轻轻把门推开，屋子是空的，这多好，他就盼着它是空的，免得低三下四地求人。他断定这里肯定是生产队办公的地方。全国都人民公社化，这里也不会例外，肯定也有生产队、生产大队。公家房子好，求干部求村官比求个体户强得多。他把简单的行李卷放下。石房周围有很多枯草，他走出去抱了一些回来铺平，可以安身了。他觉得条件非常优越，流亡时，他住过破窑、桥底、石窟、山洞，对比那，这里是天堂。有地方住了，接踵而来的就是吃饭问题。怎么解决，白手成家慢慢来，眼下只有靠乞讨。出狱时，监管方给了他一部分钱，不知是路费还是什么报酬。他不问，接了揣在兜里，他准备用这点钱打造新的生活，实现那美好的憧憬。

　　想到未来，还必须面对现实。尤绦不过是一只希望的肥皂泡，就算如愿以偿娶了她，那种水性杨花的女人也往往是靠不住的。她不会对他有感情，产生爱。她是一个骗子，谁不能骗？谁不敢骗？她会变好吗？能改恶从善吗？但愿如此。程松明对监狱的时间安排，什么时间放风，什么日子可以探监，了如指掌。他选定了一天去监狱里看她，探探情况，摸摸底细。或者说去做一次占卜，预测一下有没有中标的可能。他怀着一颗惴惴的心来到监狱女牢。狱警把尤绦领出来，她一看外面站着的那个人，心里禁不住咯噔一下子。半年前，他在船上许下的诺言，他兑现了。当时他说出狱以后一定来看自己，他真的来了。他们离得很近，只隔着铁丝网。

"你是撒网的那位大哥吧？"

"对，我叫程柏亮，以后你就称我柏亮或亮哥好了。你是我的妹妹，有什么困难直接告诉我。"

"没有什么困难，那些坎都过去了，我也快熬出来了。"

"等你出狱的时候，我一定来接你。"

两名警察就在近处，两人没有多少话要说，更没法说私话。程松明带给尤绦三包香烟、两包点心，通过警察转给她。尤绦很惊奇，点心她没放在心上，那几包香烟却深深打动了她。他怎么知道自己会吸烟呢？自己有多少天、几个年头没过烟瘾了？柏亮哥这人还真够贴心的。女犯十有九人不会抽烟，尤绦拆开一盒让了一遍，独自一人坐在地上一连抽了两支。她觉得神清气爽，飘飘忽忽，脑子里闪现着程柏亮的影子。她很高兴，直挺挺地站起来，拿出点心和狱友们分享。

"尤姐，谁来看你？"

"我哥哥。"

不到一年的时间，程松明到监狱探望尤绦五次，每次带给她的礼品都不相同，干果、茶叶、风干牛肉、简易化妆品等等。但内里有一样东西总是少不了，那就是香烟。有一次里面还包了几支雪茄。

程松明和尤绦在一条船上捕鱼，她那两只手他几乎看了千遍万遍，就差没有数清手上的毛孔了。他发现，她右手的中指和食指末节和指甲是酱色的，多少年了竟还没有褪净。他料定她是长年抽烟而且烟瘾很大的人。他观察细密、体贴入微到了极点。

（2）

按政府规定，人民公社的行政机构是三级所有，队为基础。三级就是人民公社、生产大队和生产队。队为基础就是以生产队为基础。但是在偏远的山区往往就不那么健全。村庄稀，居民少，为方便管理，一个村就只有一个生产队，也算一个生产大队，这叫一篮子组织。生产队长也是生产大队队长。一处人民公社由好几个村子组成。因为党员少，一般情况下，公社只能建支部，到县一级才建党委。

　　程松明找到村干部，讲明情况。他没说原住哪省哪县，谎称自己带着老娘逃荒躲饥饿，半道老娘染病身故，独自流落到此，想暂时在村里借住，让队长帮忙，给找一个地方，自己也好有个安身之处。那位队长没有认真听他讲述，也没怎么表示同情，说："你不是在场院屋里住着吗？你就住那里好了。一个人好安排，你又没有千军万马。收获季节，打的粮食当天都运到村里仓库里来，那小屋也用不着。"得到许可，程松明心里一块石头落了地。经过一年的修补和整理，场院屋基本上像个家了，炊具、餐具、床铺、桌凳一应俱全。谈不上富居，倒也方便。每做一件事，他脑子里总闪现出尤绦的影子，他为了她，其实完全是为了自己的私欲，在这里待了下来。不然程松明早远走高飞了，他在这里待个什么劲，穷山窝，异地他乡，有什么可留恋的。尤绦是他唯一的追求。

　　终于等来了这一天。尤绦出狱时，正值春夏之交，气候宜人。他把她从监狱里接出来，帮她拿着行李，两人肩并肩地走着，都心花怒放，兴高采烈。要知道，他们都是色坛老手，而且长期饥渴。他们谁也存不住气，走出来不到十里路，在一个半山腰的羊肠小道上不约而同地停下来。路旁有一块巨石，日晒雨淋，被冲刷得很光滑。他们在石头上屁股靠屁股坐下来，接着搂在了一块，互相摸着探着对方隐秘的部位，亲吻着，拧着脖颈。他们都想干真的，这时尤绦霍地站起身来整理了一下头发和衣服说："亮哥，这里不行，是路口且不说，还怕有大石头滚下来。这块石头是从哪里来的，说不定就是从山上下来的。我们赶紧走吧。"太阳落山的时候，余晖把蓝天染成橘红色。他们到家了，进到那场院屋。程松明把门闩牢,两个饥渴的人终于滚在了一起。互相满足后,他们稍息片刻,整理好,开了屋门,掌上灯,开始烧水做饭。

忙活的是程松明。尤缘什么也不干,走出屋门,抽着香烟,在空场上转着,站着,观看黑油油的旷野、深蓝的天空和闪烁的星星。她心想,本以为程柏亮很有来头呢,原来是个穷光蛋,还说是什么保长,吹牛而已。其实,解放前的保长不过是一只死老虎,早烂掉了。他什么家庭出身?哪方人士?还想把我留在这里,也不拾个马粪蛋子擦亮眼睛看看我是干什么的。她是一只猫头鹰,你能关得住吗?

过了两天,程松明拾掇起自己的老营生,担着货郎挑赶集串乡,用些针线、蛤蜊油、纽扣、领钩、钥匙挂、丝线、绒线、棉线团之类的日用小百货,来换取百姓手里的废品、杂物:破铜、碎铁、烂麻、旧布、头发、辫子,甚至还有些锡酒壶、银烟嘴、玉器、翡翠等贵重物件。有的人觉得这些东西并没什么用,也没有保存的价值,还不如换点用得着的东西实惠。程松明的货郎担,出门时是轻的,回来时是重的。他有一辆手推车,隔一段时间就把那些换回来的废物、陈货装上车推到大镇上的采购站卖掉。真正的古物古玩,要带到小城去处理,然后批发一部分小百货用包袱背回来。他不少赚小钱,有时候也能赚大钱。每次回家,尤缘都把饭做好等着他。看样子她很疼他,做的饭可口、香甜,只是过于铺张。过了不到一个月,有一天,程松明从小城批货回来,不见了尤缘,饭桌上放着一张字条,上面写着几个歪歪斜斜的字:"再见了,亮哥。"尤缘不辞而别了,远走高飞了。程松明苦笑着摇摇头心里想,走就走吧,知道你也在这里待不住。好在她没带走什么东西,只是几个零用钱让她全部拿走了。大钱,程松明私放着,秘藏着,她也得不到。

和尤缘过了二十多天的姘居生活,程松明精神上得到了满足,经济上也没受多大损失。她带走的是他留在家中的生活费,只是些碎银子,她应该得到那么一点点报酬。全算他在家养了一个婊子。程松明就这样在偏远的山区混,腰里有钱,走哪儿吃哪儿。饭馆、茶社、酒庄,从不大吃大喝，可以小吃小喝。他很少在家打火做饭，只是偶尔烧点开水。时间长了，钱积攒得多了，留下本钱和生活费，就到小城银行把钱存起来。他也找女人。程松明就这样混，一月月，一年年。逢年过节，他都到村干部家送送礼，行行贿，住着公家的房子，又不收房费，不索地皮款，干部对得住他，他也领这个情。长此以往，他融入了农村，成了当地百姓的一员。村子里个别孤单的寡妇，轻佻轻狂的老妇少妇，他也敢靠上去戏耍几句。

　　盛夏的一天，程松明一大早起来，洗刷完毕，简单收拾了一下，锁上门，准备到小城去。一来腰里有几张整钞，不能老放着，需要存银行；二来有些小商品缺货，要进城搞点批发。今天不赶集不串乡，不挑担也不推车，五十多里的路程，趁凉快赶到把事情办完，往茶社或饭馆里一蹲，消闲多半天，等太阳偏西了再往家赶。城里的煎包、羊汤、烧酒实在诱人。光挣钱不享受是傻瓜，光享受不挣钱是蠢货，他今天要去做个聪明人。进城和赶集串乡不一样，赶集串乡挑着货郎担在街边路旁一放，把货郎鼓摇上几下，然后坐在马扎上等生意。这就是休息。算起来，一天挪不了几个地方，走不了多少路，饭点转悠到哪里在哪里吃饭喝水，回到家并不觉累，不影响他搂着相好的睡觉。进城可不行，五十多里山路，得走三四个小时，毒辣辣的太阳像个大火球在东南方的上空放射着烈焰。约莫十点光景，他又饥又渴，头脑发沉，两眼发涩，已觉精疲力竭。"火车到站要加水加煤，我得先解决当务之急。"他走进一家小饭店，要了一盘花生米、一盘炖豆腐、半斤炒糖、四两白酒。"今天不用慌，慢慢享用，我也算过个星期天。"心里这样想着，可是肚子却等不及。他饿透了，不多时，喝光了酒，也吃光了下酒的菜。他又要了五个煎包，吃饱以后趴在桌子上休息。他睡着了，睡得很沉，不时发出鼾声。不知过了多长时间，突然间一声炸雷把他惊醒。他猛地抬起头来，擦着汗水和口水，定睛看了看。店主人就站在他对面，"下起来了，连风加雨。"可不是，是狂风暴雨。别说没有伞，有伞他也出不去，风太大了。他有些后悔,不该先下饭店,应该把事情办完再说,什么是当务之急,存钱、批货才是最要紧的。伸手摸摸桌上的茶壶,是冷的,他料定自己睡的时间不短,让店家重新把茶沏上,心急也没用,索性喝足水再说。过了一段时间,风似乎小了,可是雨反而更急,遍地都是水,街道成了河道。下水道不光不下水,还往外冒水。"它喝足水了,我还没有喝足。"程松明得意地想着,然后端起茶碗呷了一口。店铺的条几上放着一只闹钟,程松明看看,接近三点。雨还在下,程松明出不去。他先结了账,然后去到后院解手,对着屋檐水把手洗干净,重新回到桌前休息。他不想坐了,坐的时间太长了,水也喝足了,站在桌旁和主人闲扯,看主人忙活。雨终于停下来,程松明把鞋子脱掉,并在一起夹在腋下,光着脚从店铺走出来。街上泥不多,水还不少,他舍不得泡自己的这双布鞋,要等水耗尽了再穿上。他先到银行,存了三十块钱。办完业务,再去县供销总社批发部那里。走到一看,大门紧闭,不知什么原因提前下班了。他猜不透,也估不准,反正是关门了。他用拳头在门上砸了几下子,那也无济于事。事是办不成了,他轻轻骂了一句:"他妈的,这么高的部门也不按时作息。"心里想,今天是黑道日,以后还真得看看皇历再往外跑,要不怎么这么倒霉。山区的路,下去水就是沙石。他涮涮脚把鞋穿上,大踏步往回走。

(3)

程松明情绪饱满,精神抖擞,走在路上把肩膀都晃起来了,出了城,往西看看,太阳从乌云里露出半个脸来。"太阳倒照,晒得猫叫,明天是大晴天,"他想,"我干吗不明天进城,偏偏选今天?"走了不到一半的路,天黑了下来。他从地上捡了两个石块掂在手里,继续往前走。石块在手里攥出水来,拿它干什么?是对付贼人还是打击野兽?主要是为了壮胆,多少年没走过夜路了。他庆幸腰里没有几个钱了,该存的存了,无非是没有批成货,还有几个本钱。

山区的羊肠小道弯弯曲曲，走向往往和河道并行。他翻过几座山岗，再过最后一道岭就到自己的家那个场院屋了。离家不到二里路，路旁是他经常来提水的山沟，路上的碎砾石在脚下沙沙作响。他愉快地走着，将手中的石块投到河里去。河水奔腾咆哮，"幸亏昨天提了一桶水放在家里。河水要等三天以后澄清了才能喝，"程松明想，"回家还要做点吃的，今天毕竟才混了一顿饭，吃什么呢？家里还有什么？"他后悔没从城里买几个大烧饼带回来。他一边想着很快就来到岭底，未曾料到这里有陷阱。此处最低，是一水口，岭上的雨水都从这里汇流到河里去。路面虽平，可是下面已经被水冲刷淘空。打个比方说吧，这段路像跳水的跳台一样，在半空悬着。可是跳台多么坚固柔韧啊，而这段路面说不定哪一个瞬间就会坍塌下去。上面别说走人，蚂蚁爬过也难保不会出事。这种地方应该绕道而行。程松明毕竟不是山里人，他哪里懂这个，大步流星地走着，眼看着自己的小屋不知不觉踏上了这块脆弱的路面，刚一踏上，轰然一声，他坠下深涧去了。在刹那间，或许只有零点一秒的时间里，他脑子里像闪电一样闪过一个字——死。他大喊了一声，和那些泥土碎石同时落地，响亮的撞击过后，也像一块土坯那样瘫在沟底。天黑了，别说没人路过，即使有人路过，也不会想到大雨冲出的一个坑下面会有人。说来程松明命不该绝，沟底有一堆烂泥碎沙，飞流而下的水奔走了，把泥沙留在这里，沉积成一个大大的沙堆，就是这个沙堆救了他的命。程松明没有死，心肺还在继续工作，只是脑子休息了，不省人事。人死如灯熄，哪里有阴间，阴间如何如何，全是阳间的人设想、猜测、虚构的。不知过了多长时间，程松明苏醒了，渐渐恢复了意识。这时候，一个人求生的欲望极为强烈，为逃命所释放出的能量也是超常的。他明白自己现在是蹲在了火山口上，必须马上离开。他动了动脚，两只脚都在水里泡着。大水穿出的那个坑里，水还没有耗尽，他的腿掉那里边去了。如果倒栽葱下来，他肯定会在不知不觉中被淹死，被呛死。眼下，他的上身在沙堆上呢，所以他还活着。他想站起来，重复了几次都是徒劳。爬吧，他不会爬错路，这条道是他打水经常走的那条道。二百多米，他爬了不知多少时间，两只手都磨出血来了，终于爬到家门口。他想开锁，摸摸钥匙还在腰带上吊着，没有丢。他把钥匙摘下来，往上伸伸手，够不着锁，趴在门口歇了一阵子，用尽全身的力气扶着门框，颤颤巍巍站起来，哆哆嗦嗦摸准锁孔，插上钥匙，用力一拧，锁开了，然后他摘下门挂，门开了。他爬进屋，两道门闩，只有力气插下面的一道，然后爬到床上，找到了归宿，睡沉了。醒来以后，他不知自己睡了多长时间，不知道什么时间睡的，只知道当时是黑夜，不知道眼下是什么时候，根据光亮判断，这是白天。他想起床，但是身不由己，怎么也动不了。借着光线，他看看自己的两只手，泥土和血污混在一块，整个手黑乎乎的，掌心和指尖有好几个地方还流着血水，需要认真洗一洗，但是他做不到。全身都疼，所以也没感到两只手疼得有多么厉害，一个极端掩盖了另一个极端。他动动两条腿，能伸也能蜷，有意反复做上几次，他料定自己的腿没有断，如果发生骨折，绝对无法动弹。裤子还在身上穿着呢，膝盖部位全都磨破，膝盖也十分疼，上面肯定也有血污。两只脚是光着的，鞋子弄到哪里去了，他搞不清楚。是丢在事发现场还是带回家了，说不准，反正脚上没有，斜眼看看，屋里也没有。床下面有吗？头抬不动，视线达不到，暂时还是个谜。他口渴得要命，没法为自己烧一壶水喝。柴火和水壶都在门旁边放着，只能干看；陶罐里有满满一罐子生水，喝生水也行，他试了试，可惜够不到，也只能干看。他也饿得难受，在小城饭店里吃那顿饭到现在多长时间了，反正现在肚子在发告急电报。他记得还有一块干烧饼，在布袋里放着，为防老鼠，挂在墙上。想到吃东西，满口牙都疼。用水泡泡吃也行，哪怕用陶罐里的生水。这些都是空想。总之，一句话，程松明瘫痪了。他怀疑自己的大梁骨摔折了，内脏严重受伤，怎么办呢？屋门上着闩，一个人也见不着。程松明哭了，他不敢放声大哭，也不敢抽噎，因为那样身上会疼得更厉害。他直挺挺地躺着，任凭眼泪如泉涌。

他开始想家,想山东省程屯村子自己离开多年的地方,想妻子郑氏、儿子程功和两个闺女程俊、程秀。离开故土和亲人多少年了,他要扳指头细心算一算。"树高千丈叶落归根,我不能把骨头扔在这里。"他产生了回乡念头。

村头那边有一处三间房独门的小院子,这里住着姓冯的老汉和他的老伴夫妻二人。这天一大早,老太太对老头说:"眼看秋粮要收下来了,去年剩下的玉米和谷子应该趁伏天晒一晒,卖钱也行,储存也行,反正有虫不行。你去大场那边看看,如果程咬金在家里,借他的手推车用一用,免得肩挑背驮,也省你一些劲。把大场扫出一片来,就在那里晒好,别的地方还是不如那里宽绰。""程咬金"是谁?这是程松明的绰号,背后也有人称他"程妖精",总之有点不尊重、戏耍他的意思。一个人的口碑是群众对其高尚品德的称颂,与人的地位和身份无关。凡是认识和了解程松明的人,对他的看法都不好。第一,他好巴结干部;第二,乱搞女人。这两件事都是百姓深恶痛绝的。所以村里村外,十里八乡没人拿他当回事。当下冯老汉扛上一把大扫帚来到大场,他一眼就看到老程的屋门关着,再看,并没有上锁。"难道老程不在家?"老人想,"为什么没锁上门?大白天为什么还关门?"越发猜不透。来到门前一推,推不动。老人高声问了一句:"屋里有人吗?"

"有,老程在。"

"大白天怎么还插门?"

"我听准了,你是冯大叔。我起不来了,请你老人家把门拨开,进屋来,我有事求你。"

"起不来了?"老人想,"怎么了?病了?"于是他把扫帚扔在地上,顺手折了一根扫帚棒,把门拨开了。冯老汉进屋大步来到程松明床前,大吃一惊:"哎哟,程咬——老程,你怎么了?"

"大叔,"程松明眼含热泪,"那天下大雨,我掉山沟里了,我摔坏了，劳烦你老人家从那个罐子里舀点水给我喝。"

"罐子里是生水，那怎么能喝。你等着，我回家去给你提水。"冯老汉出了屋门弯腰拾起扫帚，扛着，疾步回到家中。他把刚才的情形讲给老伴，然后说："老程这家伙不讨人喜见，我并不愿意帮他忙。"老太太说："别说是熟人，就是生人这种情况也得帮。小狗小猫有口气，还想方设法救活，别说是个大活人了。没听人家讲的故事，一条蛇在雪地里冻僵了，那个好心的农民还把它放在怀里暖呢。"

"那条蛇在农夫怀里苏醒过来，咬了农夫一口，农夫中了毒不是死了吗？那是告诉人们：坏人、恶人不能救。"冯老汉说。

"老程不是坏人。"

"他在干部面前，巴巴结结。"

"他一个外乡人流落到这里，不巴结干部能行吗？他占着公家的地基，住着公家的房子，当队长的一句话就能把他撵走，他就得买买他们的账。他巴结你管用吗？你说了算数吗？他也难。"

"听人家说，他还乱搞女人，伤风败俗。"

"其实，有的女人也不自爱，见了男人就嬉皮笑脸，眼珠子都带钩。哪有不想搞女人的男人，别说老程连个媳妇也没有。两厢情愿，这也算不得什么。"

"照你这么说，我应该给老程送水去喽。"

"应该去，抓紧去，行善积德。人都有难处，老程到难处了。今天别晒粮食了，以后再抽时间。你抓紧去吧。"

20 十字街口

　　米店老村，经纬两条大街的交叉道口相当宽阔。每个直角和四处的房舍构成四个等腰直角三角形。四个等腰直角三角形形成一个巨大的方块。远观这里是十字街口，身置其中就觉得是一片广场。街道由此向四方延伸出去，房屋和树木都为广场让位。这一片空地是公家的，神圣不可私占。村上镇里有什么大型会议、纪念活动，都把地点设在这里。逢年遇节农村那些舞蹈、小戏、秧歌、高跷、杂技等等都在这里演出，城里的大剧院下乡慰问、义演，更是借这片广场。每逢有活动，周围到场的村民不知比本村人多多少倍。戏台设在正中，喇叭扩音，离得远也看得到听得清。人员易集中，好分流，不拥挤。可见当初设计建造的人多么高瞻远瞩，谋划周密。这应该是前人的杰作。

　　米店村的十字街口，是时代的晴雨表，历史的记录簿。

　　平常时候，十字街口是村上一些闲散人员聚集的地方，其中老年人和少年儿童居多。青壮男女，白天忙吃穿，夜晚忙人烟，整天累得精疲力竭，谁有雅兴到这里来消闲。特别是傍晚时分，孩子们被爷爷奶奶领出去了，留下难得的清静。整天在坡野里忙活，出门反不如在家里舒坦。

　　物以类聚，人以群分。有这么一个群体，她们是街口的常客，那就是以杨氏为核心的一伙老太婆。这地方，阳光充足，冬天可以晒暖；南风北风，四通八达，夏季可在树荫下乘凉。蹲在这里，一年四季，从早到晚，可以观景致，看行人，更能了解天南地北的趣闻轶事。消磨时光，消闲，这里是最佳选择。她们自己也找乐趣，最好的形式是拉大呱。

"我家一只瞎母鸡都下三个蛋了。"

"怎么瞎的？几只眼？"

"买小鸡的时候，我蹲在鸡筐边认真挑选，其中有一只小鸡老歪着脑袋看我。我心里想，这个小家伙挺可爱的，于是就把它买下来了。后来，都开始扎扁毛了，我才发现它是一只眼。"大家听了都笑起来。

"后街还有件稀奇事呢，三条腿的母兔，一窝就下了六只兔崽。"

"啊？"大家聚精会神地听，都用眼光向她发问。

"这家的兔子是笼养的。夜间母兔睡觉的时候，把一条腿伸到笼子外头来了，结果叫黄鼠狼给拽住了。它没保住腿，只保住了命。"

她们就是这样寻开心，据说这样也能强身健体。

杨氏的家离街口最近，不到三十米，站在街心口就能看见家门口。她很清闲，从不下地给集体干活。老头子米继峰整天在自留地里泡着。那片自留地是大儿家四口人、二儿家两口人和他们老两口子八口人的地。（米芬、米玉和米节三个孩子年龄小，暂时还没分到自留田。）一天杨氏把两个儿子米善和米良叫家来商量："那片自留田接近二亩，地块并不小，满够你爹一年到头忙活的。除了种粮食，你们还想吃菜吃瓜，俗话说，种地不上粪等于瞎胡混，瓜长这么好，菜长这么好，小麦、玉米、花生长这么好，哪来的力量？没去你们家要过一袋子化肥，推过一车粪，全靠他积点土杂肥，积点尿肥，种麦铺底肥还要自己出钱买尿素，买复合肥。一家人不能讲这么真切，亲父子，孙男孙女，谁跟谁，亏光还到了外人？话又说回来，我和你爹的工分谁来挣？没有工分生产队怎么分给我们粮食？我们靠什么生活？反正不能喝西北风，所以你们两家每家拨出一口人的标准工分来，记到你爹名下，算我们两个人的收入,我们也好参加分配。不然的话,你爹一年到头光在自留地里忙活,生产队也不愿意啊!你们回家跟自己媳妇商量商量,同意就这么做,不同意咱就把自留地分开,各人种各人的。我们还不算老,将来老了干不动了,你们兄弟俩不负担谁负担?"

这条意见米善能够接受,他满应满许同意了。米良有些迟疑,没有当即表态。杨氏看出来了,接着说:"老二,你别觉着自己吃亏了。你没有吃亏,我说的这件事顺天理也顺情理。我们家穷,没有财产,要是搁过去,大户人家分家,并不按人头,按支份。有几个儿就分几份,并不管哪家人多人少。"米良没话可讲,也答应下来。杨氏又大声叮嘱:"回家和自己媳妇商量,不能顶撞,不能吵嘴,谁的老婆有意见叫她来找我。"这话还是说给米良听的。万青莲沾光了,她不会闹腾。程秀要是闹腾,老婆婆杨氏可不怕她。

全家十一口人,谁的负担都不轻,只有杨太太除外。她有什么事干?不看孩子,不忙家务,不养生灵,做饭也很简单,更别说老头子中午饭还经常不回家来吃。他经常自己带上一个大锅饼或两个窝窝头,在窝棚里用壶烧点开水对付。夏天地里有甜瓜,吃个大面瓜不渴也不饿,也就混过去了。自留地离新村不远,两个儿媳妇去地里拔菜、摘瓜,往往给公爹捎带一点吃的喝的。老头过得舒服,主要是精神舒服,心情好。人活在世上还不都是为儿女。别看米继峰老汉弯腰驼背精瘦,他有劲头,整天乐呵呵的。杨太太可是个大闲人,三里五村,满街满队比上她的人也不多。不知多少人羡慕她把家庭的事处理得这么利利索索。她可是个有福的人。

有一天,这一帮老嬷嬷正在说笑之际,突然有一位对杨氏说:"善他娘,我怎么看见有一个人跑你家去了?"

"谁?"杨太太疑惑地问。

"有一个妇女。"另一个女人证实说。

"我得回家去看看,"杨氏说,"我光觉得离家近,出来时连门也不关。"

21　杨氏的烦恼

　　正值农历八月，农村不算忙，盛夏已过，气温也比较舒适。此时，整个中国大地正孕育着一场大的战役，那就是三秋，秋收、秋种和秋季田间管理。农谚说，麦忙不算忙，一直忙到豆叶黄。收秋种小麦是一年最忙的季节。这一仗打下来，哪个人都得掉几斤肉，不拼可不行，时间不等人，季节不饶人，天气还时时刻刻敲着警钟吓唬人。干了种不下去，要想法浇水抗旱；连阴雨没法收没法种，让人等得心急火燎。老天爷让人如意的时候不多。每年的三秋怎么过，各人有各人的打算，各家有各家的计划。各生产队都必须及早拿出方案来。

　　杨太太是怎么考虑的呢？她总想在孩子们身上揩油。中秋节快到了，她和老伴都已年近花甲，再不让孩子们做点什么或者拿点什么，这一生拉扯孩子好像有点不够本。天底下真正的孝子有几个？二十四孝里的人是公认的孝子，多少年多少代才出了那么几个典型。现在的人越来越不如古人了。谁愿意为父母做贡献，谁心里整天想念着爹娘，能拿出关心自己孩子十分之一的精力来照顾父母，这就算孝顺了，但能做到的人也不多。杨氏想开了，琢磨透了，她下定决心，从今年开始，让四个孩子来送节礼，送年礼，并且每到他们老夫妻俩的生日孩子们都要来祝寿，拿寿礼，出钱或者送东西都行。不能再犹豫了，靠自觉，没人自觉。杨氏的这些打算在脑子里转悠了不是一天了，只是还没找到时机公示出来。这一系列的大政方针，怎样实施，她得想个妙招出来，既能保证贯彻执行，还不会惹出乱子。不出乱子是根本，不然的话，将会落空。

　　杨氏急忙走进自家院子，看到堂屋门开着。她感到奇怪，明明出去的时候关上堂屋门了。她怕那些野鸟野猫随便上屋里作腾，糟蹋干粮、蔬菜和粮食。她吃过这方面的亏，所以外出从来不忘关堂屋门。"谁来了呢？不会是老头子。还能是俺闺女来给我送节礼了？"她边想边进了屋。床上躺着一个女人，用被单捂着头，从鞋袜和衣裳辨认，应该是大女儿米兰。杨太太环顾四周，没有什么礼品，她马上想到了钱，"闺女可能来给我送钱了？"有可能。这两年政府管得不那么严了，政策有些松动，对农村小商小贩、手工作坊等的限制不再像过去那样经常罚款。米兰家一共六口人，公公婆婆独丁一子，娶了这么个儿媳妇，三年生了两胎，一个男孩，一个女孩。多好的小日子，做梦都觉得心里甜。米兰的公爹很能操劳，在家开了个豆腐坊，做豆腐兼做豆腐皮。自己有一台手摇的打豆浆的机子，每天半夜就起来推磨。每天做两个豆腐，外加豆腐皮，由老头用胶轮车推着串村赶集，很快就卖光，不耽误回家准备第二天的生意。卖豆腐养猪，这好像是一个产业链。米兰家每年能卖三头大肥猪，成了村里的暴发户。杨氏在床前站了半天，见女儿一动不动，心里马上生出一种不祥之兆：闺女怎么蒙着头？听见我进屋怎么也不起来？以往来的时候都是带着两个孩子，这回孤身一人，是怎么回事？准是生气了。跟谁生气？杨氏知道，米兰的公公婆婆从来不虐待儿媳妇，遇事总是对米兰高看一眼。

　　"米兰，怎么来到倒床上就睡？"

　　米兰把被单掀掉，一骨碌下了床笑起来。

　　"这……"杨氏更不解。母女俩坐到外间椅子上，米兰开始慢慢释疑解惑。

　　米兰的婆家姓王，丈夫叫王大炮。这孩子从小就喜欢大呼小叫，因此小学的班主任给他送了这么一个绰号。其他老师甚至还说，倒过来念更有力，那就是炮大王。上了八九年学，读到初中毕业，王大炮在学校里只喜欢两件事——早操和打篮球。因为在操场上可以无拘无束地喊，放开喉咙叫，像大炮轰鸣，震天动地，把自己的兴致发挥得淋漓尽致。很多人有时候不看篮球，光看王大炮，不是看他的球技，大家对他的呼喊很感兴趣。那真是"炮大王，一声响，校园操场都在晃"。一个人的嗓门也是天生的。

　　米兰和王大炮结婚以后，感情一直不错，特别是后来接连生了两个孩子，男孩起名王实，女孩王惠，可谓龙凤双全。米兰更受公婆的器重，丈夫也愈加宠爱。小两口跟着爹娘过日子，衣食柴米什么都不用操心，小日子很舒坦。近几年米兰的家境好起来了，靠豆腐坊致了富，财货，财祸，这就出了问题。王大炮从小不光爱咋呼，更爱赌博。上小学时用几张废纸叠在一块斗宝，赢了也不白赢，葵花籽、橡皮擦、铅笔棒，大到练习本、圆珠笔、水彩盒，总之不白来、白斗，要有东西做抵押。他哪里买过什么文具，光赢的这些东西他也用不清，有时还慷慨送人。他叠的宝格外大，有时候将两只、三只用针线缝在一块跟别人打。一边打一边吼，声势浩大。他打翻别人的容易，别人想打翻他的难上加难。王大炮从幼年就尝到了赌的甜头，懂得了钱的魔力和万能。农业社困难那些年月，人人兜里都没钱，连银行都亏空，赌博场自然歇业了。近几年，社员的日子有点抬头，农村的冒尖户多起来。王大炮重抄旧业。他问家里要钱，骗钱，甚至偷了钱进赌场。半夜不算晚，通宵达旦才尽兴。有一天夜里，他把腰里的钱输了个精光，回到家点上一支蜡烛喝了一碗开水便倒下呼呼大睡。妻子米兰夜间照管两个孩子，又困又乏，也不知什么时候蜡烛燃尽了，桌面上的蜡油燃烧起来。这时候米兰的公公婆婆老两口已经早起开始做豆腐，闻到烧焦的气味，发现了火灾，用水把桌面上的火浇灭，王大炮和米兰才被惊醒。大炮的母亲说，还算有时运，免了这场灾，否则烧了房屋不说，还有两个孩子，要不是起这么早，大祸临头了。这都是做买卖带来的福，"我要给财神爷烧香上供呢"。王老汉说，这都是儿子惹的祸，赌博场是杀人场，没什么好处。他下决心把儿子痛打一顿，被老太太苦苦劝阻了。"神仙把灾给免了，你为什么节外再生枝。平安即是福，以后多加注意就是了，把钱管好，别叫儿子摸着一个子。他兜里没钱怎么去赌。"王老汉一想也对，俗话说儿大不由爷，孩子从小娇生惯养，结婚生子到了这个年龄，打只能加剧矛盾，不解决实际问题，不过山水好改，性格难移，儿子这坏毛病，一时半会儿也改不掉。"我必须想个软法子，给他套个紧箍咒。"王老汉让老伴把儿媳米兰叫到跟前说："你把两个孩子留在家里由你娘来照管，你挪个地方躲起来。我和你娘对他说，你哭着走了，坚决不跟他过了，嫌他赌博，败坏家业。"

米兰没有走远，头天晚上她躲到隔壁大婶子家说明情况，大婶子很乐意帮这个忙，米兰在她家住了一宿。平常米兰被两个孩子缠得精疲力竭，难得舒服和清闲，一觉睡到天大亮。大婶子可是整夜都没合眼。老人又一考虑：我的娘来，我这是做好事还是帮倒忙，要是让大炮知道了他媳妇在我家里窝藏着，他那发炮弹打过来我可招架不住。众所周知，那孩子动不动就翻脸，我放着好日子不过，这是何苦呢！没事干点什么不好，单捅马蜂窝。老人等米兰醒后，让她抓紧离开："你走娘家去，那里担事，也保险。"大婶子把米兰打发走了，并暗中向王家太太透过信息去："大嫂，你儿媳妇上她娘家去了。"

媳妇跑了，王大炮很担心，当天夜里他骑自行车几乎跑了一夜。三更半夜喊姑家、姨家、姥姥家这些至亲的门，还不好意思照实说，只说米兰打孩子，被训了几句，生气走了。王大炮打算第二天组织一帮人，包括米兰家那边的所有亲戚朋友，到坑里、河里、井里进行拉网式排查和搜索。他哪里会料到自己的媳妇就在隔壁，这叫灯下黑难找寻。

再说大炮的娘王老太太，一个老人夜里弄两个孩子，她可有些招架不住。大孙子王实还好说，哄睡就完了。那小孙女王惠，一岁多，刚刚学步，有时候还吃奶，离开娘怎么能行。老太太报怨老伴王老汉，这一计实在不高明。她不忍心让儿子第二天再搞大的行动，暗暗告诉儿子，媳妇回娘家去了。王大炮不是没往那儿想过，可是他怕丈母娘，怕杨太太，他觉得老岳母比自己还难对付。他打算把媳妇找回来向米兰认个错，夫妻没有隔夜的仇，米兰还能不原谅自己，何况自己这不算大错误，又不是有什么第三者，在外头胡搞八搞，暗中央求米兰别把事情告到娘家去。这下可好，但愿不如所料，却偏偏正如所料起来。他只好硬着头皮去登泰山之门。

为给儿子说媳妇，当初王大炮的爹娘实在是饱受了折磨。一般媒人提亲后第一步是相亲，男女双方谁也不认识谁，先见见面，双方满意再说下一步，只要有一方不同意就作罢。可到了他们这儿，女方的当家人，也就是米兰的母亲杨太太却要求男方在饭店里待两桌客，男女各一桌。这件事介绍人二普当场就推了。他说，这亲事八字还没一撇，我也不好对主家提，相亲的地点或在男方家庭，或在女方家庭，或选一个茶馆、休闲场所也行，不过是烟茶招待，顶多提供点糖果，根本不需要下饭店。杨太太说，你这叫中间人说的话？我怎么听着你不知得了那边多少好处费？吃顿便饭能花几个钱？双方为好才能成亲，开头就这么吝啬，谁不往好上努力？钱算什么，不过是一点情分罢了。媒人没话说了，回去对王老汉夫妇谈及此事，王老汉满口答应了。他说，烟茶糖果照样有，吃顿饭不过是上上档次。定亲的时候，杨氏提出要三百块钱彩礼，这让王老汉吃了一惊。怎么要这么多钱，一斤小麦才卖一毛多钱，这个数要两三千斤小麦呢！夫妻俩打退堂鼓，不干了。媒人劝他们，按说三百块钱可真不算少，这是放到咱穷人眼里看。要是大户人家，三千五千的还能算钱！你不想想，人家一个孩子从小擦屎刮尿拉扯这么大，中用了，嫁出去了，才要三百块钱，这能算多吗？给儿说媳妇送彩礼这是老风俗，人在社会上应该随风就俗，千万别搞逆流顶着风浪走。就算这个数多点，这一辈子能操几回彩礼钱？王老汉夫妇被媒人说通了，三百块钱一分不少拿出来送过去。事情过去还不到半年，杨太太又向媒人提出要男方给女儿买"三转一响"（自行车、缝纫机、手表和收音机），二普有些挠头。我的天，那个三百块不知费了多少口舌才把王家老两口说通，这一回恐怕再来三百块也不够，要买上等品牌的得五六百块钱。王老汉肯定不会答应。二普想，这一回我得先找杨老孀子打打折扣。他说，舅姥姥，这件事你提得对是对，不过你想想，咱庄稼人一年到头和坷垃打交道，全身上下手脖脚脖流的都是汗水，当老农的不按钟点上下班，整天跟着太阳转，你说咱买块手表套手脖子上有什么用？买辆自行车，进城赶集走亲访友还能驮点东西，轻巧轻巧；买台收音机早晚能听听新闻，关心国家大事，听听戏曲娱乐娱乐。依我看，这缝纫机买回家也是白放着。你老人家要知道，裁缝这是技术活，十年八年学不成一个服装设计师。孩子真愿意学这一套技术，成家以后，家庭还能不支持吗？王老汉两口子就这么一个孩子，他们对自己儿媳妇还能有二心！二普又对王老汉说，买台收音机，买辆自行车也算添两件家业，自家用起来方便。经过媒人两头穿凿，确定出嫁前买好"一转一响"（自行车和收音机）。结婚的日子到了，杨太太又有了"创新"，她对媒人说，好多地方都兴离娘肉、离家礼，咱也不能跑到圈外去，得叫那头拿过一百块钱来，我这里才能放人。二普对王家说，这么多关口都过来了，就剩最后这一道槛了，咱也别跟她拗了。结婚那天，新媳妇进门了，看热闹的邻居议论纷纷，这一斤肉得值多少钱啊！长得也不算出色，原以为是九天仙女呢。鞭炮响了，王老太太坐在自己卧室的床上长长叹了一口气，幸亏只有一个儿子，要是兄弟三四个，老早就被折腾死了。鞭炮带来的不是兴奋，而是眼泪。王老太太洗了洗脸，抖抖精神出去接待客人。

  杨氏听女儿把事情讲述完把脸一板说："兰妮，这件事谁都不怨，怨你，你为什么让他三更半夜去赌博！"

"我也管不住他，他都是问他爹娘要钱，后来输得多了，也从家里偷。"

"管不了男人的女人不算女人！既然管不了他你还往外跑干什么？"

"这是俺公公婆婆的主意，让我吓唬吓唬他。"

"只要能吓唬住他，就说明他怕你，你就能把他管住。要知道，你不能总是和老的在一块过，谁家的老人也不能跟儿女一辈子，将来单独过日子了，家里有这么一个败家子，你的日子怎么过。孩子这么小，日子才开头，趁他还没有扑棱开翅膀抓紧摁住。不然以后有你的麻烦。"

今天，杨氏把外门关结实了。

如果王大炮知道妻子米兰确实在她娘家，他也许不跑这趟腿。他想确定下母亲告诉他的话是否属实，如果属实，他就放心了。他一宿都没合眼，骑着自行车跑了一夜，第二天仍不愿意睡，因为心里不踏实。早上在家吃了一点东西，给自行车上上油打打气，他就急忙火速地奔米店老村来了。

杨太太听到敲门声，一边答应一边给女儿米兰使了一个眼色，让她躲起来。米兰把门帘放下来进到里屋，在床上静坐，杨氏走出去开了大门。"娘。"大炮轻轻喊了一声。杨氏没有回答，面部阴沉沉的。王大炮吸了一口冷气，心想，这么难看。不过这倒给他透出一个信息，妻子米兰一定在这里，丈母娘什么都知道了，等着挨训吧，我这门炮顶不过她那门炮。他把车子提过门槛在院子里停好，进到屋里。杨氏没有让他坐，他自己在米兰刚离开的那张椅子上坐下了。椅子上还有余热，起码不凉。王大炮不是个粗枝大叶人，他在想，这是谁坐的热凳子，这里不是主位，难道米兰刚刚离开吗？再看房门上吊好的帘布，他断定米兰就在里面。他不敢吭声，静坐着，不时抬起眼偷看岳母那像子弹上膛待发的怒气冲冲的表情。此时此刻他心里倒亮堂起来，人找到了，还有什么比这更能提精神的。王大炮和岳母杨氏就这么静坐着，谁也不发言，各人在心里盘算着怎么打破僵局。

米兰心想,我为什么躲着他,是我得罪了他,他并没有得罪我。公婆扎了个圈套,拿我当炮筒,上当的是我,并不是他。结婚这些年,我们没吵过嘴,没红过脸,他疼我,爱我,我干吗这样对待他。他和母亲在外间默默地坐着,母亲那样的脾气,他不一定能受住,娘俩闹起来不好收场。想到这里,米兰从屋里大步走了出来。王大炮看见爱人眼睛一亮,心里也一亮,梦想成真了,他怎么不高兴!此时此刻,杨氏心里那股怒气也消了大半。米兰拿了一个大海碗,倒了一碗开水放在丈夫面前。王大炮觉得口干舌燥,从昨天下午几乎二十个小时他没有正儿八经吃喝东西了。水不热不凉,王大炮端起来一边喝一边说:"惠惠闹腾了一夜,不知道哭了多少次,咱娘后来也哭了,她心疼。"米兰眼圈红了,她对母亲说:"娘,我跟他走吧。"

"谁不让你走了,"杨氏说,"好像是我把你留在这里的。"王大炮巴不得赶快离开,他放下碗站起来说:"娘,俺走了。"杨氏把女儿和女婿送出门外,看他们上了自行车一溜烟远去了。

杨氏看看十字街口,空荡荡的,一个人也见不着,偶有几只鸽子落下来迈着方步。她回到家里躺在床上想心事,眼看中秋节就要到了,大闺女家又是这种情况,二闺女米芹约莫半年没来了。清明节前,她来了一趟,是她两个婶娘把她邀来的。她们都住城里,关系处得不错,约她来给爷爷奶奶上坟扫墓。三月初到八月中可不是快半年了。那天她陪两个婶子在这里坐了一会儿,大家共同在饭店里吃了饭她就回城了,没给爹娘带来任何礼品,也没给一分钱,闺女心里哪里有父母?二闺女家可得算是富户、大款。公爹在县磷肥厂里当厂长,整个县城谁不知道丰厂长?米芹和女婿丰收都在磷肥厂里当工人。他们是中学时的同学,恋爱结婚,不久又生了一个男孩子,取名丰硕。老婆婆住到厂里看孩子做饭照顾家。谁有二闺女过得自在,磷肥厂还不是丰家的磷肥厂,挂个县磷肥厂的牌子罢了!什么丰厂长,人事不懂,你看我们是老农民瞧不起是怎么着。年节上也不打发儿媳妇来看看她爹娘。我们家没人当官,要是有个当官的,而且官职比厂长还大,你看他巴结得紧不紧。包括女亲家米芹的婆婆在内,都是狗屁不通!杨氏心里想着,暗暗地骂着,心血都上头了,血压也高起来。

米继峰老汉回来了,手里拿着一捆韭菜,一进屋把韭菜放在桌上,摘下草帽,在门后的盆架上洗了洗脸坐下来休息。午饭时间已到,杨氏下床准备做饭。

"今天是八月十四,你打算这个节怎么过?"她问老伴。

"怎么过?那还不好过,人家怎么过咱就怎么过。"

"人家肉山酒海,你有吗?"

"谁家?"

"二闺女家,米芹家。"

"那是城里,农村谁拿中秋节当回事!常言说,八月十五好大节,高粱煎饼赛猪血,盼着下午吃张饼,鏊子顶上猛一揭,还是高粱煎饼。"

"你闺女家肥得流油,你老东西瘦得像用秕谷糠捏成的,用榨油机都挤不出一滴来,你不觉得难受吗?"

"难受什么,没病没恙,健健康康。人家有是人家的,自己没有是自己的。你认为男亲家那个厂长就那么容易干吗?他厂里工人都发不下工资了,经常停产,产品销不出去,仓库里塞得满满的。厂长只好跑到各公社送礼、请客,还要讲明帮助销多少给多少回扣,让书记往下派。甚至对下面生产大队的支书说,你们不去拉,也要从你们的公粮款里扣。你说这一袋子磷肥上到地里被扒了几层皮!更别说肥效那么差,质量上不去。说来说去吃亏的还是生产队,挨宰的还是社员百姓。叫我看,这个事很不正常。全厂工人都穷,光你当厂长的富,这可是个大问题。"

杨太太不愿听这些,她把话题转了。她看了看桌子上的那捆韭菜说:"靠它过节是怎么着?"

"一畦子韭菜一共割了六斤多，按人头分开，老大家二斤半，老二家二斤，咱这不到二斤，包水饺这不是好馅吗？你看这韭菜长得多好，路上竟有一个人问我拿的是什么。他以为是蒜苗子呢，真是长得像蒜苗子那样粗壮。"关于韭菜的话题，杨太太仍然不感兴趣，她说："今天中午怎么回家了，两个儿媳妇都没给你送点吃的吗？"

"她们自己还吃不上喝不上，哪里还能照顾我！明天要在公社大院里召开三秋战役动员大会，要大忙了，一年一回。"

"大忙也好，二忙也好，还能累着你，转一百周，不过就是那块自留田。"

"最清闲的还是你，蹲到大街口，看蚂蚁搬家、知了爬树，芭蕉扇子你不知扇烂了几把。其实，话又说回来，到你这个年纪也该享几天福了，你也值了。"

"我享的什么福，没吃好，没喝好，没有钱花，一年到头你给我买过什么？孩子们给我买过什么？这要算享福，那什么叫受罪呢？"

"钱倒是有，只是你不去拿。"

"你老东西大白天说梦话，哪里有钱，你去拿来我看看。"

"你这不叫过日子，叫混日子，熬年月。你看人家老二家，满院的兔子满院的鸡，哪月都能进个百八十块的。你在家里干什么了？"

"你上老二家去干什么了？"

"那天，芬芬上自留地里喊我，说她妈妈让我去她家里吃大包子。我进她家大门一看，哎哟，程秀真是过日子的好手，心里比吃大包子还高兴。你如果在家里喂上两只老母鸡，每只鸡隔一天下一个蛋，你还天天有鸡蛋吃呢。毛主席教导，自己动手丰衣足食，你干吗不动手？"杨太太更不愿谈这些，又把话题岔开了。

"刚才你大闺女兰妮来看你了。"

"她怎么有空，家里不是忙着做豆腐吗？还得养猪。"

杨氏把事情的来龙去脉讲了一遍，米继峰听后说："这个事怨老头没安排好，做豆腐这活应该由他爷俩干，让老嬷嬷管家务。豆腐做出来，一个上街去销，一个去生产队里干活，这样大田、自留地、家庭副业三不误，把活安排得紧紧凑凑的，哪里还有闲心去赌博。人不能整天闲着，一没事干就胡思乱想，走邪门歪道的大多数都是闲人。要不人家说呢，劳动不光能创造财富，还能改造人。所以说劳动人民最伟大。"这时杨太太把脸一扭，不满地说："我整天闲着也没胡思乱想，什么叫胡思乱想？"

"什么叫胡思乱想，你现在就在胡思乱想。还说你没享福，不知足！人家说，知足者常乐，不知足你就不乐，不乐你就胡思乱想。"

"不跟你谈了，点火做饭，吃了滚蛋。"她本来想引导着跟老伴谈谈让孩子们送礼的事，结果越谈离题越远，怎么也谈不拢。老头子是个老顽固、死脑筋，算了吧！

22　中秋节

这天是一九七二年的中秋节。早晨起来，郑三娣对儿子程功说："今年的八月十五咱不买肉吃了，去年的今天，我到供销社排队买肉，站了两个多钟头，两条腿直棍似的，疼得受不住，好不容易挨到了，要了六两肉，卖肉的用一根小绳穿好递过来，提在手里像一只死老鼠似的，里面还有一块骨头，肥瘦两掺，还有膘油。回到家来，你姐姐发火了，嫌我去排队，去挨号，'想吃肉，有钱什么时候买不行，非得这一天去那里排长串。站了那么长时间，亏你有那气力'。你姐姐是心疼我。我这力还没白出，买上了。没买上的占多数，骂着咒着离开了现场。后来我也发誓，一辈子不吃肉也不去受那份罪。俗话说，有钱能买手指肉，现在做不到，刀把在人家手里攥着，一刀劈下来，爱要不要。不要有人要，只怕买不着，不怕卖不光。我打算今年的中秋节咱这么过，生产队里放半天假，你扛上扒网到河里捕点鱼来，我给你们做两个菜，比吃肉强多了，还不用花钱，不用排队。"

"河里的鱼不好捕，河水是活水，有时连网杆子都能冲走。家里不是有盖网吗，我去撒盖网。"

"家里那盖网还是你爹以前用的，时间这么久了，还能用吗？要不你去坑里弄几条鱼来？"

"坑里有芦苇，鱼都在苇丛里藏着，不好捉。"

程功背上网，提了一只小陶罐出发了。

"慢着点，小心别掉进河里了！"郑氏叮嘱着。

"我又不是三岁小孩子，你把心放宽吧。"

只过了一个多小时，程功用一根干树枝挑着渔网，手里提着陶罐回来了。他拿过来一个大盆放在院中，里面倒上半桶水，把陶罐里的鱼往盆里一倒。郑三娣和程俊都过来观赏，全家人笑逐颜开，心花怒放。巴掌大的鲫鱼四条，鞋底大的鲤鱼一条，勺子头大的螃蟹一只，还有不少红眼鱼、大虾小虾，在水盆里撞来撞去，啪啪地翻着水花。

"只撒了三网。多了吃不了。这东西又不能搁，烂掉多可惜。"程功说。

程俊没有接弟弟的话，用指头敲着蟹壳说："它不是藏在洞里吗，怎么也入网了？"

"还有很多小蟹被拉上来，杏核大的、核桃大的，我都放生了。这小东西别看横着走，爬得可快了。"

"你经常去捉些来多好，既方便又不花钱。"

郑氏说："庄稼人主要是油稀罕。生产队分那点油，要吃上一年，如果用来炸鱼，吃不了几回。离了油做鱼还有什么滋味，所以平时也没多少人下坑下河去捕鱼。"

程功动手把鱼整好洗净，撒上盐末，调匀，自言自语道："这几条大鱼肚子都掏空了尾巴还翘呢。"

郑三娣准备做六道菜：凉拌黄瓜，凉拌豆角，调莴苣，炒鸡蛋，炸出来的鱼，小的吃干的，大的炖出来。程俊说："最好别做这么多，吃不了。"

"那就把这几条大鱼留下吧，明天再下锅炖，今天还有水饺。"

几条大鱼虽然没炖还是端上来了，还是六道菜。程俊指着那条干炸鲤鱼说:"这条鱼有一斤重,得一年的时间才能长成这样。"

郑三娣从条几上拿过来一瓶酒放在桌上,程功刷了三只酒杯,打开瓶塞斟了满满的一杯放在母亲面前。

"我不喝,这么多年,都没沾过一滴。你姐弟俩喝吧,今天让你姐姐也破破例。"母亲说。

"不喝也得给你倒一杯放那里,这是规矩。"程功说。

"什么规矩,家不叙常理,不必讲究。"

不知有多长时间,生活质量没有改善过,这一桌子酒菜实在具有强大的诱惑力。程俊和程功姐弟俩端起杯子碰了一下,各自饮了吃起菜来。郑三娣用筷子夹起一只干虾放在嘴里慢慢嚼着。一家三口人好久没像这样一起围着圆桌吃饭了。程功爱看闲书,吃饭都要摸书本,一只手拿着窝头,或用筷子挑着一块熟地瓜,边吃边读,吃完了,喝上一碗汤,就点老咸菜或其他菜,一顿饭就结束了。程俊不参加生产队劳动,平时还好吃零食,煎饼、烙饼什么的,吃饭更是简单。娘仨就这么安静地过,所以今天这个场面还真显得热闹异常。姐弟俩开怀畅饮,郑三娣看着面前的一对儿女,一个三十挂零没有娶,一个接近四十没有嫁,一股热浪涌上心头。郑三娣把眼睛闭上了,她觉得有眼泪往肚子里流。

"娘,你眼睛怎么了?"程俊问。

"我剥完姜皮没洗手,一揉眼角……没关系,你们先喝着,我去把水饺煮出来,酒饭一块下。"郑三娣起身到小厨房去了。

人的一生有无数的梦想和追求,这应该是人类奔腾不息勇往直前的动力。随着时代的不同和年龄段的变换,那些美丽憧憬和向往也不断地变化。人这一辈子能做成一两件事就算不错了。心想事成实在少,万事如意不可能。

郑三娣青春少女时期,也想着找一个如意郎君,吉祥鸳鸯比翼双飞,亲亲热热,甜甜蜜蜜。结果怎么样?程松明是个什么样的人?他眼里哪有自己的老婆,郑三娣守了多少年空房?她曾想过上好日子,金山银山，家豪大富，轰轰烈烈；她还想登上祖母的宝座，孙辈满堂。这一切都成了镜中花，水中月。

如今郑三娣老了，六十多岁了，她在想什么？是否想过长命百岁，当一名老寿星？没有。人活百岁也是死，她希望早一天找到归宿。俗话说，好死不如赖活。她认为说得不对，应该把这一条颠倒过来。她确实是在挨日月熬岁数，消极颓废得很。人生无味，她常这样想。今天不能想这么多，大过节的，在孩子们面前自觉一点吧。锅里的水开了，她把水饺煮出来，用碗和盆盛上，端到饭桌上去。她在灶前哭了，眼睛肯定是红的，但没什么关系，她烧的是地锅，燃的是柴草，烟火并放，孩子们绝不会多想。每天烧火做饭，不知道掉多少眼泪。想暗地里哭一场，这里是最好的处所。

程功喝了点酒，饭后去自己屋里倒在床上睡着了。程俊也离开饭桌回到她和娘住的小房间。郑三娣收拾完毕觉得腰腿发疼发软，也想早点休息。她一进房间的门，看见女儿还在床沿坐着。

"还坐着干吗，不躺下睡一觉？"

"喝了点酒，有点兴奋。以前光听说过酒，不知道什么滋味，上中学的时候，学过古诗，李白的'花间一壶酒'，还有什么'葡萄美酒夜光杯'，老师还让背《醉翁亭记》，让默写。老师说这都是古文化的精华，应当记熟，终生不忘。可现在早先学过的那些东西我已记不起来了。城里有条酒仙街，娘，你说人得喝多少酒才能成仙，那是一种修炼，对吧？"

"酒是酒，仙是仙，酒仙也不一定喝酒，人喝得再多也成不了仙，是个酒鬼罢了。"

"我现在才体会到酒是好东西，能助兴，能壮胆，能解忧，能浇愁。发明酿酒的人，了不起！"

女儿程俊从来没有像今天这样说这么多话，怪不得人家说酒多话稠。郑三娣说："你躺下睡一会儿吧，睡醒了喝点水。你不睡，我可要睡了，我累了。"

程俊去外间脸盆里洗了脸，进屋来梳过头，搓上油脂，坐到母亲床边，母女俩靠得更近了。程俊说："娘，我心里一直有数，我就这样过下去了，但咱绝不能让小功也这样过下去。我手头有积攒的一部分钱，上次厂里来人看我，捎过来半年的工资，还原封放在那里。什么时间用，我就把它拿出来。我们全力以赴解决小功的问题。"郑三娣挪挪身子向程俊靠过来，母亲把女儿搂在了怀里。过了好一阵子，娘俩一顺头躺下："我们歇一会儿吧，孩子。"

程俊逐渐染上了酒、烟、茶的嗜好。她懂得吸烟伤肺，所以不大往里抽，吸到口里就往外吐，吐雾、吐云、吐烟圈。一朵朵烟圈旋转着从口里闯出来，慢慢升腾，好几秒钟不散，非常有趣。日子就这样波澜不惊地过着，五一国际劳动节这天上午，程俊的家门口停下一辆脚踏三轮车，车上下来两位女士，衣冠楚楚，穿戴非同一般。稍高的那位，短发，雪白的太阳帽，银色的耳钉闪闪烁烁，她是程俊的同事，复姓上官，三十六岁，比程俊小两岁。当年共事，虽不在一块住，但关系融洽，很要好，有深交。矮一点的那位，头戴红色遮阳帽，一条粗壮的马尾辫从脑后帽卡里伸出来，黑得发亮。她当年和程俊住在同一间宿舍，整天蹦蹦跳跳，嘻嘻哈哈，像一只喜鹊让人喜爱。她们都挎着一个样式的人造革的皮包，包的上盖镶嵌着鲜红的铜质五角星和"为人民服务"五个大字，底部黄漆写着"长春食品"的字样。显然，这是公文包，是厂里发的包。两个人都穿着软底皮鞋，也是一个样式，这也是厂里发放的福利。总之，上官和东方二位女士通身协调，怎么看怎么顺眼，非常漂亮。二人受厂方委托，带着厂长荣香慧的亲笔信来看望在家病休的职工程俊。一进村，打听准确，来到程家门口下了车直奔家来。她们从大城市出发，中途穿过首都北京，眼睛像照相机那样，把那些高楼大厦、宏伟建筑拍下来存入脑海；雇辆三轮车出得城来，再看看农村的瓦房小院、树木庄稼，实在是破败。特别是一进程家的门，看到那土坯土墙，更觉得有些荒凉。程功不在家,去生产队了。郑三娣和女儿程俊一起迎出来。

"哎哟,俊姐,这才六七年没见你,怎么老成这样子,这是在家里,要是在外头,我可真不敢认你了。你好可怜!"东方抱住程俊亲热地说。

"怎么可怜!一直住在家里,时时在娘身边,这是一种福。你多长时间能见一次自己的母亲,是按天算还是按月算,还是按年算,这一方面你就比不上程俊姐。"上官比较懂事,马上接过话茬讲了这么一通。东方自知失言,立刻转了话题:"程姐,荣大姐好想念你,派我们两个人来看你,还给你捎来一封信。"说完,她赶紧从包里把信掏出来递过去。四个人一起进到屋里,分宾主坐定。程俊把信打开。

俊妹:

好久不见,异常想念。忆起在厂里那段岁月,你的高尚品德和忘我的劳动精神仍感动着我。祝你尽快康复,重返岗位。盼着你。

顺祝大姨身体好。

你的荣大姐香慧
1972年4月29日

郑三娣端过茶壶来要下茶叶。上官说,我们来不及喝茶,跟蹬三轮的师傅协商好,只等一个小时,给我们每人来碗开水吧。郑三娣于是倒上两碗开水冷在那里。上官从包里拿出来一个大信封说:"俊姐,这里面是你半年的工资,五至十月份的,共计二百一十元。从十一月份开始,还是每两个月给你寄一次。据厂里说,从下半年起,退休、病休人员,每人每月增加五块钱的福利金,随工资一块邮过来。"上官把信封递给程俊,要程俊拆开数一数。程俊说,封得这样好,盖着公章和私章,我没有必要再做那无谓的事。接着她们又谈了一阵子厂里的情况。上官说:"俊姐,你离厂那时候,厂里已经停产,我们半年没发工资。后来一部分老工人不干了,他们联合了一部分退休人员,召集了三百多人建起了一个红卫兵组织,叫老年保卫团。大家把造反派的办公室围起来,提出三个条件:一,交出所有钥匙;二,交出公章;三,亲自把老厂长荣香慧请来。前两个条件他们答应了,把一串钥匙和几枚印章一块用茶盘托出来,交给老年保卫团的团长。第三个条件只答应一半,自己下台,荣厂长他们不去请。"东方接着说:"保卫团的团长你知道是谁吗?就是一车间的老主任经阿姨,平时大家都称她经妈妈。她老人家真是头破了还用扇子扇,连老本都拼上了。她把自己的儿子、儿媳、闺女、女婿都叫过来,加到队伍里助威。她说,这一回我要不把造反派这几个小子弄下去,就把我的经字画去,我是拼上老命了。"上官接着说:"经阿姨说,你们不去请老荣,我们去请,谅你们也请不来。老人家带着一帮人去到荣大姐家生拖硬拽把她拉到厂里来了。当时,我们见到荣大姐就感动得哭了。厂子转起来了,活跃起来了。老客户凡是还能站得稳,都过来联系业务。开始还是干来料加工,对口销售,一年以后又大批地出自己的品牌。荣大姐说,先把工人的工资挣出来。上来就补发了两个月的工资,又向全厂宣告,以后每月发双薪,连发四个月。"东方竖着大拇指说:"还是人家荣大姐有威信,让人拥护,受人尊重,谁不愿意跟这样的领导干!"

三轮车师傅手里提着铝水壶从门外进来了,让他屋里坐他推辞了。程俊搬过来一把椅子放在树荫下让他坐下休息,接过师傅的水壶,灌了满满一壶水。上官说:"我们说好只等一个小时,喝完这碗水我们走吧。"三轮车师傅说:"没关系,你们多谈一会儿吧,好不容易见着,都是老工人、老朋友。"她们又谈了一些闲话和接下来的安排:一,回城她们还是住县招待所,明天早饭后坐火车返程。二,荣大姐说,早晚她得回青岛,父母都在青岛,她要去和他们生活在一块。到那时候程俊想见荣大姐就不难了,坐火车去青岛只有一天的路程。

上官、东方端起碗来把水喝光,依依不舍地离开程家小院。程俊和母亲把她们送出街口,二人回头打着招呼,上车远去了。

23　跌倒，爬起来，站好

　　程秀的丈夫米良在打麦场上不幸猝死，丧事过后第二天，程功拉来一辆地排车，把程秀、米芬、米玉三人接走了。临行前，程秀拿着大门和屋门上的两把钥匙找到嫂嫂万青莲，含着眼泪说："我并没打算去娘家，是母亲和姐姐要我们去一趟。我不会待太长时间，会抓紧回来。娘让弟弟转告我，把钥匙交给你，让你暂时照看着家。"万青莲接过钥匙，别看是两个铁片片，她觉得沉甸甸的，只向程秀说了句："问大娘、大姐好。"妯娌俩含泪而别。

　　程秀走后，万青莲心想：程秀把家交给我，这是她对我信得过，她娘家也对我信得过。常言说，破家值万贯，我得给她管好，料理好。她这一去还不知要住多长时间，不太长是多长，万青莲心里没底。但决心她有，不管多长，她一定坚持到底。她觉得这副担子比她自己的家那副担子重得多。万青莲不敢怠慢，程秀走后她就拿着钥匙过来了。她要先看看实况，然后确定重点，把这篇文章作好。打开大门一进院子，她发现右边的兔笼和左边的鸡舍里面那些生灵都在蹦跳骚动。特别是鸡舍食槽那边，十几只鸡挤成一个疙瘩，几乎要把网子挣破。万青莲有些慌，真怕它们一个个钻出来。鸡舍一边有一只化肥袋子，里面有剁好的碎草，一只加盖的小陶瓮里面有麦麸、糠秕和豆粕混在一起做的饲料。她把这些东西取出一些放在原来准备好的盆子里，加适量的水搅拌均匀，倒进食槽里，十几只鸡都争着抢着，贪婪地吃起来。固定鸡网的几根木柱子上，都有用铁条缠成的铁圈，铁圈上放着饮水瓶，口朝下，瓶口上盖着奶瓶上的奶嘴，鸡想喝水了，一啄奶嘴，就有水流出来。这样既节约水，又清洁卫生。万青莲看看几只水瓶里都有水，这才转到右边去照料家兔。兔子住的是木笼，安稳得多，兔笼一旁有一只木架，上面有准备好的青草和树叶，往每个木笼里塞上点就行了。万青莲小时候养过兔子，懂得喂食"宁少勿多"的道理。兔子怕撑，少吃点才恰当。一切做完，她站在院子里左右观察着，欣赏着，暗暗佩服程秀是过日子的好手、高手，自愧比不上她。她细心地挨着查看笼子和网子，确信没有漏洞，才慢慢走开。程秀到底养了多少鸡，多少兔子，万青莲数了好几遍，也没得出一个确切的数字，只能估算，一百只左右吧。饲料不能缺，万青莲背上粪筐，到外面拔了一些青草，捡来一些树叶，依样画葫芦办好，心里才略放宽。她想小解，进到厕所里一看，里面打扫得干干净净，粪池里覆盖着一层干土，给苍蝇断了生存的路。角落里用砖头垒了一个台，上面放一石板，三只陶罐整齐地排列着。人家那是什么便罐，里外洗刷得一尘不染，用了这么多年却还像新的一样。这样的小罐子，放在被窝里也耐人用，无异味，更不会把被褥弄脏。想想自己家的尿罐子，又脏味又大，更觉得自己比程秀差得远。万青莲从厕所里出来，看见网子后面有一些鸡蛋。这时她才注意到鸡舍的地面是往后倾斜的。母鸡下了蛋，从网子下面直接滚出来，后面用木条挡上，下面铺了一层薄薄的干草，拾鸡蛋不用触动网子，也不会惊扰母鸡，设计得真是高明。网子顶上扣着一只小瓢，万青莲把鸡蛋拾到瓢里，共十二枚。她端到堂屋门口，开了屋门，进到屋里。条几上有一只纸箱子，里面已经有一些鸡蛋，万青莲把瓢里的鸡蛋也放进去。她坐在椅子上环视整个房屋，虽然刚刚经历了那场塌天大祸，程秀还是下功夫收拾了一番，就连抹桌布、擦脚布都有模有样，干干净净，不是万青莲想象中一片狼藉的破烂摊子。观察着，细看着，万青莲的目光扫到东屋的窗台上。那上面放着两件东西：一个玻璃的罐头瓶，一只梳妆用的奁盒。万青莲立起身走过去，拿起玻璃瓶对着窗户的光照了照，里面是一些零钱：硬币，小面额的纸币，有一分的、二分的、五分的，一角的不多，五角一块的大票更没有。程秀心细，把这些零用钱放在这里面，加上铁盖更是万无一失。那些纸票，如果乱搁乱放，有可能被老鼠拉去铺窝，撕个稀巴烂。木匣子是程秀结婚时娘家陪送的。难道她还有胭粉、口红和黛笔？万青莲小心翼翼抽开盒子盖，里面真是一个万全店：骨扣、衣扣、扣鼻、衣钩、裤钩、鞋带子，黑白红绿线团各一个，剪刀一把，衣针两包，锥子一把，铜顶针两枚，还有一些像翡翠一样的绿色的球球棒棒，不知是从什么东西上面拆下来的宝物。用指头再往下一扒拉，底部还有不少大头钉、回形针、鞋钉、铁钉等物品。程秀真是心细，她怕针和锥子生锈，这两件东西都用锡纸裹着，还上了油。整个屋子收拾得有条有序、干净整洁，万青莲自愧不如。

傍晚时分，万青莲对丈夫米善说："程秀临走的时候把钥匙交给我了，老二刚没了，白天我都觉得影影绰绰，夜里我还真不敢在那里住。没人照看是不行的，说不定有人趁火打劫呢。你得把这件事担当起来。你也不用住到屋里，咱家里有一张折叠床，你带上，再撑上一挂小蚊帐，在院子里睡比在屋里凉快得多。程秀把家业托付给我了，我再转托给你。不管她娘仨在程屯住几天，咱都要负起责来，做到万无一失。"停了一下，她又对丈夫说："你也该抽空到家里看看两位老人，这次打击太大了，这么突然，这么猛烈，他们能受得了吗？挺得住吗？"

"我已经去过了。"米善回答。

"怎么样？"万青莲追问。

"咱娘在椅子上坐着，我进屋都没人吭声。过了足有十多分钟，咱娘指了指里间屋说，三天了，你爹只喝了一碗鸡蛋水，还是我喊着骂着硬灌下去的。我就说,长胳膊拉不住短命的。这么多人在场上打麦子,全队的劳力给集体干活,怎么偏偏摊到他身上,天上掉石头,正巧就砸在了咱们头上,也不能因为这件事把自己一气折腾死。你想跟二儿一块走是怎么着?要不是你就把心放得宽宽的,七灾也好,八难也罢,塌天大祸又怎么样?人不能老钻在里头出不来。不管怎么说,反正你还得活下去!听到这里,我起身到里屋去了。咱爹面朝里躺着,我喊了他一声,他翻转过身来对我说,我主要是挂念两个孩子,小芬和小玉下一步怎么办?咱娘在外间屋说,你也不用想这么多,挂念也是多余。他们有他们的娘,当爷爷奶奶的还得摆到次位上。咱爹对我说,程秀要是能守得住还好点,要是她把心一横走了,两个孩子可就苦了。咱娘说,她走不走谁也当不了家,只能等着瞧。咱爹什么也没再说,屋里还是一片寂静。最后我说让爹来新村住两天,咱爹摇着头和手拒绝,说离得越近越难受。我没法再劝,又坐了一会儿就回来了。"

听到这里,万青莲长叹了一口气说:"老二这一走,咱家里三大不幸可都占全了:少年死父,中年丧夫,老年失子。还有什么祸能比这再大!"米善说:"我认为还有一大不幸,我们失去了一位好兄弟。二良这孩子,从小我就很喜欢他,他那性格和咱爹有很多相似的地方,忠厚、善良,说话做事快快乐乐,风趣幽默。那年摔伤了腿,我用地排车拉他去看,路上他对我说,哥,神话故事中有个铁拐李,我想当个当代的铁拐米,我们就别去花钱治了。如果不是当年我坚持给他治,结果还真是麻烦。其实最终还是没有完全治好,虽说没大碍,也说上了媳妇。依咱娘的意思,不治,她说不用看,时间一长就会好。俗话说,黄金有价药无价,大夫的手指头比胳膊都长,有病没病只要经他们的手一号脉就狠命地要钱。你看,她老人家光疼钱,并不疼孩子。眼下咱兄弟就这样走了,扔下这么一个摊子,往后……"米善一边说一边掉眼泪。万青莲说:"我觉得程秀没有二翻身那意思。事情刚过去三天,她把家仍然料理得一是一二是二,依然把生灵们照顾得那么好,目前来看,她还想守住这个家，盼着两个孩子一天天长起来。咱们是一家人，眼下咱们的处境比他们好些，咱要尽到自己的心，尽到自己的力。咱们到后边去吧，你提上折叠床，我给你拿上小蚊帐、线毯和枕头。天快黑了，我去照应照应鸡和兔子。"

程秀连去带回共三天，就是说中间只隔了一天。在这短短的时间里，应该说她又进了一次培训班，上了一堂政治课。姐姐程俊开导她说："秀妹，你们这个家好比两间屋上有一架梁，两根顶梁柱支撑着。现在顶梁柱断了一根，为预防垮塌，我和咱娘两个人给你把断柱的那一端顶上去。我向你保证，姐姐会一直陪着你，有什么事情解决不了，有什么困难不易克服，你到娘家来，找母亲，找兄弟，找我。我们携手并肩把这个家维护好，把两个孩子拉扯大，培养小芬和小玉成为真正的人。目前，你失去的是爱情，这是一项巨大的损失，两个孩子失掉了父爱，绝不能再让他们失掉母爱。我们要下大力气培养他们成为有用的人。我和母亲商议过，你不能离开这个家，为了两个孩子你必须守住。有多少带孩子改嫁的人最后自食苦果，甚至酿成灾祸。人的一生是非常短暂的，折腾来折腾去人就老了，孩子也长大了。功不成名不就，到那时后悔也来不及了。我们还是少走弯路，努力争取不摔跤，不再跌倒，避锋芒、避风险、避悬崖，顺着一条光明大道走下去，不回头，不胡思乱想，下定决心，不怕万难，争取最后的胜利。这条路就是培养孩子。等到小芬和小玉学成了，就业了，我们这个家也出一口气。我上学半途而废，你因为家穷中途辍学，小功没赶上机会。这些都是很大的遗憾。不等待，不观望，不犹豫，就得这么做。"

母亲对程秀说："以后别养那么多生灵了，把兔子处理掉，鸡也不能喂那么多。老母鸡不能超过五只，养几只鸡图个方便，别指望赚钱。你没有那么大的精力。你以后只做两件事，首先照顾好两个孩子，再就是适当参加生产队集体劳动。人家都好说某某人属穆桂英的，阵阵到。穆桂英也是光管带兵打仗，家务她就不管了，连孩子都生到阵地上了。

打着仗坐月子，你说穆桂英艰不艰难？谁也没有三头六臂。我虽然已经六十开外，像你姐姐说的，我这根顶梁柱还很硬朗，很结实。我觉得我能让俺闺女放心，让俺闺女信得过。孩子，娘家有人，别看大都是女流之辈。我们千军万马齐上阵，围着一件事去做，还能做不成！你一定要挺起来，站得直直的，走得稳稳当当，找准方向，奔着一个目标。小芬、小玉是米家的根，也是咱程家的根。保护好这两棵小树，培养他们长成大树。"

第三天早饭后，程功把地排车收拾好，准备送二姐一家三口回米店新村。动身之前，程俊对妹妹说："小秀，你家的兔子送给我一对，不要大的，越小越好，我喂着玩。那小东西挺讨人喜欢的，再给我一个笼子，它们很弱势，狗、猫、野狸和黄鼠狼都敢欺负它们，没有笼子不行。你把两只小兔子装到笼子里，叫程功用地排车捎回来。"

郑三娣发话了："让你姐姐有点事做也不错，省得整天在家里百无聊赖的，一会儿到屋里喝杯酒，一会儿抽支烟。天明看着太阳起，天黑看着太阳落，一天到晚不知干点什么好。这件事还要怪我。去年中秋节，是我让她第一次喝了酒，从那以后，她上瘾了，天天喝，一天没遍数，又没有肴，吃根咸菜条，剥两个花生米，养成毛病了。"

程俊去屋里拿出来一只小酒盅在大家面前晃着说："都看看，这也叫酒杯？鸽子蛋壳一般大，这叫酒瓯子，三瓯酒还不到一两，那一斤酒三天五天喝不完，这叫喝酒？不过是喝着玩。咱娘又批评我吸烟，一支香烟，我都是凑三次，一包烟吸四五天。没事干什么去？研究研究吐烟圈的技巧，找点乐趣而已。像人家吹口哨打响指一样，这是个小爱好，不应该受到责备。"

郑三娣说："你再这么喝，我把你的酒盅子扔掉，把酒瓶砸碎。喝酒吸烟有什么好处，没事喝个闲茶倒可以，我也好随着喝点茶卤。"满屋人都笑起来。

程俊不让人："大家都听着，老人家说天天喝茶卤，在众人面前我得把这件事讲清楚。你说我每天泡好茶，哪一回不是先给你倒一碗放那里，喊你来喝，你说一会儿就来，结果茶凉了，还得给你重新另倒。你这样讲，好像你大闺女对你不尊似的，叫你喝茶卤。你得给大伙说清楚。"然后她看着米芬和米玉说，"要不然等你们走了以后，我跟你们姥姥闹乱子。"大家又是笑。

米玉问程秀："妈妈，什么叫茶卤？"

"就是茶根。"

米芬接上了话题："茶根才好喝，人家都好说，听话听音，喝茶喝根，听话听腔，吃菜吃汤。茶根好喝，菜汤也好喝。"众人又是一阵大笑。

郑三娣板起面孔说："你姐姐以前还好去自留地里拔拔草、捉捉虫什么的，她不长性，好久没出门了，整天在家里蹲着。酒不是好东西，那么辣，伤胃。"

程俊还是不让："那人家吃生葱、生姜、大蒜、辣椒怎么来着？"

郑三娣对着两个外孙说："听见了吗，孩子，你大姨的嘴比刀子还厉害，谁都说不过她，我一会儿就撕她的嘴，叫她跟我犟。"

米玉说："姥姥，你撕我的嘴吧，我替大姨挨。"全家人又笑起来。

动身了，母亲和程俊把车子送出门外，郑三娣对程秀说："你经常回来看看，免得我挂着你。孩子大了，一手牵着一个，一阵小跑就回来了。"车轮转动，洒泪而别。

程秀手上有一套钥匙，是丈夫米良的遗物。一行四人来到家开了大门，看到院子里比自己在家时收拾得还利索，心里自然高兴，对嫂子万青莲暗暗感激。她随即动手腾出了一只兔笼，抓出两只兔崽鉴准性别装进去。想再往里多装，程功说话了："二姐，你趁早别给她多带，咱姐姐不过是一个兴头，不出一个月她就够，两只兔崽喂不起来，白糟蹋了。"听程功说得有道理，程秀没再坚持，她把笼子架到车上，程功拉着立即返回程屯了。程秀开了屋门，看看条几上纸箱里添了许多鸡蛋，嘱咐好两个孩子，就到大哥家去找嫂子万青莲说话。

没过多久，有一天，公社收购站的人开着机动三轮车走村串乡采购土产品，程秀忍痛割爱，把全部的兔子连同兔笼一起卖掉了。嫂子万青莲赞同地说："你做得对，做得果断。养这么多张嘴货，我都替你发愁。"程秀说："鸡，我也打算处理掉，等下过秋蛋入冬的时候联系个饭店，一起推出去。"

把家兔处理光，程秀一百斤的担子减去了五十斤，她觉得轻松多了。看着满箱满瓢的鸡蛋，她忽然有了一个念头。她曾听姐姐程俊说过，东北那地方有一种加工食品，叫茶叶蛋，她们厂里也生产过。到底怎样做，程秀没有细打听，心里没底。单凭想象，还不就是把煮熟的鸡蛋磕破，放到用花椒、茴香、酱油、食盐、茶叶熬好的卤汁里腌一段时间，然后出售。她想试试。生鸡蛋三分钱一个，如果加工成茶叶蛋就可以卖到五分。火钱不用算，她可以下坡去拾柴火，一次拾来的柴能烧好几天。作料成本也很低，花椒、茴香用不了多少，食盐又那么便宜，茶叶也不用高档的，谁也舍不得拿西湖龙井去泡茶叶蛋，不过是用些廉价的品种。加少量酱油浸泡的卤汁，多放食盐不会腐败，不会产生异味。或许越是老汤腌出来的鸡蛋反而越好吃，像烧狗肉一样，没有老汤还不出味、不诱人、不受欢迎呢。程秀这样想了，接着就这样做了。她第一次腌制了二十个茶叶蛋，放到一只搪瓷盆里，拿上一把椅子，把盆子放上去，椅背上放着写有"茶叶蛋五分一个"七个字的硬纸板。屋后隔一排房子是进城的大道，一大早，骑自行车、摩托车和步行的人尤其多。她把摊点设在路旁。当地人没见过这东西，不知道茶叶和鸡蛋能有什么联系。不出一个小时，二十个茶叶蛋就卖光了。开市大吉，旗开得胜。第二天，她加了一倍，煮了四十个。磕破的鸡蛋好入盐味，头天晚上泡上，一早上市，正合口感。来往的顾客也为自己算细账，特别是那些进城打工的人，在工地上买一份菜要花四五毛钱，夹不了几筷子就光了。茶叶蛋多便宜，谁心里都会盘算，任何人都讲实惠。"实惠"是买卖双方成交的底线。就这样,程秀每天能卖掉五六十个茶叶蛋,赚一块多钱的利润。不要小看这一块多钱,那个时候,一个中学教师每月的工资还不到四十块钱,程秀每天挣一块多钱有多不容易。即便后来,程秀不养鸡了,她也收购鸡蛋,坚持卖茶叶蛋,赚取差价,一直坚持了好多年。那些调皮的小伙子,从家里出发前就把买茶叶蛋的零钱准备好,口里还叨念着,从米店新村捎着程寡妇的两个蛋。

24　归　根

（1）

人的身体像一只气囊，前面讲了，程松明从那么高的地方摔下去，气囊并没有漏气；人的身体又好比一条装满杂物的袋子，那一次袋子也没有被撕破；人的身体也似一个笼子，程松明虽然摔得那么重，可笼子并没有散架。他要感谢河底那堆烂泥沙，不过笼子的各关节和扣环都受到了重创。他从昏迷中醒来后，一时无法动弹。好在腿没断胳膊没折，如果那样，他连爬着回家的可能都没有了。躺在床上，他需要的是体能的恢复和疼痛的消失，需要有人照顾和护理。

冯老汉为程松明做了什么？送饭，送水，用程松明的小陶罐去那个老地方提水。过了几天，老人看看程松明手上和身上的伤口，并没有感染，多处已经结了干疤。他拧了几个毛巾让病人自己擦拭面部和身体。病人够不着的地方，老人就帮着擦洗。这么一洗，程松明才露出了真面目。冯老汉的老伴每顿都做三个人的饭，做好后用一个小盆把病人的饭盛好，盖好后再蒙上一层保暖的布。老两口抓紧吃完，然后冯老汉给病人端过去。水烧开以后灌到暖壶里给病人提过去。每次冯老汉从场院屋回来，老伴都要细细打听：恢复得怎么样，体力怎么样，气色怎么样，有没有什么险情，特别是生命的险情。

"我敢保证，老程死不了。"冯老汉说。

"那就好，那就好。过一段时间，咱设法帮他联系他的家人。他家里得有人啊！咱一定尽力让他好起来，慢慢好起来。"

老太太非常慈善，家里没有好饭，他们吃什么，就给病人送什么：杂面条，疙瘩汤，咸糊糊，豆扁，煮熟的鲜土豆搅上玉米面。有时还特别照顾程松明一下，病人嘛，应该受到优待。哪天老母鸡下了个蛋，肯定会给病人带过去。她还经常劝慰和鼓励冯老汉，耐住性子别急躁，过上九九八十一天，老程就会好起来。

没过八十一天，只一个星期的时间，程松明就从床上坐起来了。十多天以后，他开始下床走动。一天上午，冯老汉提着一瓶开水刚一进屋，看到程松明在床前站着，老人高兴得眉飞色舞。

"哎哟，慢点，慢着点。"老人放下水瓶想去搀扶程松明。病人用手轻轻推了他一下说："不用，不用，我已经在屋子里走了好几圈了，还扶着门框往外看了好半天呢。"程松明扶着床边慢慢地在地上跪下了，无比虔诚地给冯老汉磕了一个触地的头。"哎哟，可不行，可不行。你看，你这……"冯老汉这回可是非去扶病人不可了，把程松明架起来扶到床上休息。

"大叔，你和大婶子是我的再生父母……我……"程松明泣不成声。

"你这说到哪里去了。"冯老汉也热泪盈眶，"以后别这样称呼我，咱们的年纪差不多，我比你大不了几岁，咱们兄弟相称。"

程松明渐渐硬朗起来，生活可以自理了，没过一个月，身体基本痊愈如常，可以继续担着挑子摇着货郎鼓去走街串巷了。不过，他并没有这么做。他在做一种准备，回家的准备。他什么也干不下去了，他想念远在东海边的山东老家，想念老家所在的那个小县城，想念生他养他的那个程屯村。想到妻子和儿女，他心惊肉跳。足足十五年没给家里通过信，他不知道家里的情况。妻子郑三娣和三个孩子怎么样了？最大的女儿程俊现年也不过四十岁，应该是多个孩子的母亲了，有的孩子可能已经成器了。二女儿程秀也早该出嫁生子了。想到儿子程功，他的心怦怦乱跳。他不敢想，儿子能娶上媳妇吗？我有做祖父的运气吗？他马上否定了，有九成的可能他没有孙子和孙女。想到这些，他痛心疾首，不由自主地打了自己一个响亮的耳光。"啪——"这一巴掌抽得很重，很疼，眼前似乎冒了一阵子金星。"我不是人！"他骂了自己一句，是高声地骂，不是在心里骂。"真的，我真的不是人！"这第二句是在心里忏悔。我回到家，他们会怎样对待我？他们认可我吗？妻子郑三娣改嫁了吗？再次想到妻子，程松明可是在心底深处骂自己了："我实实在在地不是人，地地道道……我对得住谁了？谁也没对得住。我是一个不忠不孝不仁不义的家伙。"越这样想，回家的愿望越强烈，不能再拖延了。

　　程松明在这片土地上生活了多年。这里是他的第二故乡，熟人多的是，他应该向谁说一声，应该向谁辞行。和他相好的几个女人，在他生病期间，一个来看他的都没有。向谁辞行？程松明首先想到的是村干部，那位支部书记兼大队长。"我每年都去看支书，而且不止一次。"中秋节和春节必去，平时还施些小恩小惠：一瓶酒、一条烟、俩猪蹄、一包花生米、一只烤鸡等等。但那位官老爷从来没拿自己当回事，眼里根本没有他。

　　思来想去，程松明决意不去向村干部辞行，没什么意义。等我老程走后，他肯定会骂我，连个屁没放就滚了。这些年，你收了我多少礼，我没喝你一碗水，没抽你一支烟，没得你一个笑脸，点头哈腰送过去，低三下四退出来。你眼里没我，我眼里也没你，不打招呼就是对你最有力的报复。有什么了不起，不过是一条地头蛇。

　　程松明进了一趟城，就是他经常去发货卖货的地方。他把存款全部取了出来。他没有多少积蓄，盘算了一下，这点钱够他回家的路费。这些年他挣的钱并不少，都让他挥霍掉了。想想自己这几年做的荒唐事，程松明又暗暗骂自己不是人。他连鸟兽都不如，鸟兽都懂得积攒，蚂蚁都懂得囤粮。事情到了这一步，他是非回家不行了，回到家重新做人，向家人当面认罪。有一天一大早，程松明包了一个小包裹提在手里，向村头冯老汉住的那个小院子走去。他不是去向冯老汉夫妇辞行的，是去谢恩的。自己要远走高飞永远离开这里，其他人的情都不欠，唯独欠冯大叔和大婶子的情。若是一声不吭，一走了之，那可真的不配做人了。进门后，他直接说："大叔大婶子，我程柏亮要走了，回我的老家了，我永远忘不了你们，包裹里这点东西，算作给你们的一点纪念品。"说完，他放下包裹含着眼泪向两位老人深深鞠了一躬，扭头走了。

冯老汉老两口有些吃惊。他们赶紧把包裹打开，里面有一软一硬两个小包。他们先取开那个软包，里面有尖脚女袜一打（十二双）、男袜四双、发网六只、发针四根、发卡一宗、五色丝线两扎、方手帕四块、白手套四副，还有零碎的衣扣、衣针等等。

"这，我可有袜子穿了。尖脚的袜子不好买呢。"冯太太笑嘻嘻地说，"这么多丝线咱可没有用，我又不会勾花描云。老程还算有良心，其实世上没良心的人能有几个呢！"

紧接着他们又打开那个硬包，两口子都傻眼了：中华民国时的大洋（银圆）十二枚，银烟锅一支，铜烟嘴两只，大烟枪、水烟枪各一副，还有一些铜币。另外还有一把钥匙。

"钥匙？"冯老汉疑惑地说，"还能是他门上的钥匙？不行，我得到场院屋那儿看看。"他一边说着抓起那把钥匙就要往外走。

"慢着，"老太太说，"你把那个硬包带上，还给人家，咱要这么多贵重东西干什么。"

"等我见了他再说，把他请家里来吃顿饭。"

冯老汉大步流星来到场院屋前一看，门锁着，他将钥匙插进锁孔轻轻一拧，门开了，摘下锁和门挂，推开屋门进去一看，一切照旧如常。当门靠墙放着一副货郎挑，一头一只破荆篓，上面都用木盘覆盖着。这些东西程松明用了多年，早已绳捆麻缠破烂不堪。只有压在上面的那根扁担，泛着枣红色，发着亮光，让人喜爱。货郎鼓在墙上挂着，除此之外就是几件低劣的不干不净的餐具和炊具。床上光溜溜的，被子和蚊帐都带走了，只剩一个油包枕头。冯老汉赶紧走出来，站在空场上四下张望，哪里还有程柏亮的影子。追，沿哪条路追，他奔向了哪个方向？无奈之下，冯老汉只好转身把门锁好离开了。

（2）

程俊卧室的桌面上摆放着酒瓶、酒壶、酒盅、酒杯，后来她又买了一个青花瓷的小酒坛子，能装五斤酒，上面用一只装满荞麦皮的猪尿泡盖着坛口，一旁放着漏斗和酒端子。茶壶两把，茶碗一套（六只），茶叶盒一个，香烟、火柴，后来又添置了打火机、香烟嘴。看见这一套摆设，不了解情况的人会认为程俊的耗费可不得了。烟酒茶她全好，得多少钱？每月那几个工资花光恐怕不够。其实她买这些东西只是为了消遣，找乐趣。酒，她不是天天喝，烦闷的时候喝上一点，高兴的时候就忘掉了。再说，母亲就在身旁，她真过量饮酒，郑氏肯定会强行干涉。前面也说了，程俊吸烟只是为了练习吐烟圈，没有烟瘾，自然耗量就少得很。她没有好茶叶，三角钱二两的茶叶末子，不知道能喝多少天。集市摊子上的茶叶用布口袋装着，风吹日晒尘土飞扬，不知是哪年哪月的陈货，不喝也好。她还是习惯到供销社去买。好茶叶买不到，高档一点的茶叶，前台见不着，都从后门走了。亲戚、朋友、村干部，有头有脸的人，说话难听的人，总之，这些好东西该供给谁，不该卖给谁，业务员心里都有数。所以程俊的茶壶里也没泡过什么好茶叶。

老百姓没有喝茶的习惯，也不需要喝茶。饭食孬，粗粮还吃不饱，整天不见油腥，每顿饭喝两碗稀菜粥，喝茶干什么？郑老太家里当然也没好饭。程俊编成顺口溜整天唱：卷大葱，蘸大蒜，高粱煎饼地瓜面，吃到胃里就发酸，越吃脸上越难看；想喝酒，没有肴，野菜茎子咸菜条，吃得心里像火烧，你说烦躁不烦躁。唱完以后她对娘说："你老人家可别生气，我不是嫌咱家的饭孬，我是在作诗，找点乐趣。"郑三娣笑了："我生什么气，你唱的都是实际情况，胡编乱造我才生气。你想吃好，你买去，买来我给你做。你又不是不知道，大桌子摆席，十个碟子八大碗，娘也不是做不来。"

郑三娣和程俊母女二人住东边一间屋，靠窗户放着一张二屉书桌，东北墙角架着一个木柜。这两件家具都是郑三娣出嫁时娘家陪送的。"土改"时没有处理掉，主人和它们相伴已经四十个年头。顺东山墙那张床是母亲的，程俊的床铺靠后墙，就是说，对着窗户和书桌。程俊有时看看书，也写几个字，但更多时间是摆弄她的酒具和茶具。原来她们点的是一盏小油灯，墨汁瓶做的，冒烟起火，不卫生。后来程俊从供销社买来一盏罩子灯，又亮又干净。她天天把那盏灯擦拭得锃光明亮，不光没灰尘，甚至连煤油的气味都闻不到。做这些事，她需要在母亲的床边，很不方便。郑三娣看出来了，她提出和程俊换床。她说，自己不大用桌子，坐在屋里还好关照外头，看看院子和门户什么的，根据需要，把床换过来最合适。程俊是两耳不闻窗外事，只喜欢听广播。县广播站给免费安装的那只杯子盖大小的喇叭，别看不起眼，音量也不大，听起来却很清楚。早中晚一天三遍播放新闻和音乐，程俊很少漏掉，除非有特殊情况。听母亲说起换床的建议，程俊也没反对，就把床换过来了。白天母亲忙里忙外，要照顾全家三口人的吃喝，盘算收入和开销，在屋里闲坐的时候很少，只有到了晚上母女俩才会说些闲话：家长里短，谈古论今，海阔天空，漫无边际。只是别谈自己的事，一牵扯到自家自身就伤感，越谈越悲哀。那一桩桩一幕幕，都是伤身的猛药，害体的毒箭，干吗自找烦恼！烦恼是瘟神，是逼命鬼，越远离越好，包括米良丧命那一声炸雷，她们也很少提及。

"熄灯了，你老人家盖好了没有？"女儿问。

"俺早收拾好了，磨磨蹭蹭的总是你。"

煤油是按计划凭购物本定量供应的，点这么亮的罩子灯，十天得有八天摸黑睡觉。

晚秋时节，中午这遍茶不必在院子里喝了。屋里光线和气温都很宜人，桌凳和茶具都"现成"，不用挪动，在屋里喝茶非常惬意。

农村的土坯房，每间屋只有一个窗口，窗户是木棂格子那一种，入冬以后从里面糊上一层纸，夏天一到就把窗纸撕掉。那时候玻璃窗是奢侈品，很少人家用，有的还没见过。郑氏母女房间的窗户外面多了一层窗纱，是程俊从供销社买来后让弟弟程功钉上的。

一天中午睡完午觉，程功去生产队参加劳动，郑三娣和程俊正在卧室里边饮茶边听广播。忽然，院子里有个人影一闪，向东边去了。郑氏心里一惊，好熟悉的身影啊！

"大俊，我怎么看着外面有个人，像你爹似的？"郑三娣脱口而出。

"谁爹？我没有爹。"程俊也脱口而出，然后开玩笑地说，"怎么，想男人了？"

"混账闺女，你这是和娘说话！"郑氏半真半假地骂了一句。

此刻，边上的窗棂处那个身影又闪动了一下，像照相机的快门，只是一闪。郑三娣目不转睛地看，程俊下了床向院子走去。大枣树下边确实站着一个人，挎着一个包，一身秋装，干净，体面，正在打量那棵树。

"你找谁？"程俊问。

"我找我自己。"那人转过身来笑着慢慢回答。

郑三娣紧接着跟出来，她惊喜地上前对程俊说："我说是你爹吧，我没有看错。"是啊，虽然二十多个年头没见面，但是这个身影太熟悉了。

三口人进到屋里，程松明把挎包放下，坐在椅子上。程俊把茶具端到外间来，重新泡上一壶，斟满一杯放在父亲面前，然后又倒了两杯，端给母亲和自己。三口人静坐着，谁也不说一个字。每个人心里都如翻江倒海，怒涛滚滚。这是一种错综复杂、难以名状的情景。郑三娣上下打量着自己的丈夫：程松明面色黑黄略显浮肿，看上去三分病态，他怎么老成这个样子了？

"你一点也不显老。"程松明把目光从妻子脸上移开，苦笑着说。接下来又是一阵沉默。程俊一直没说话，像用问号造句一样，疑问句，反问句，设问句，她脑子里出现了一连串的问题。无数道难题等着她去破解。她苦苦思索着。郑三娣也沉默。还是这位新来的人，打破了僵局，小心翼翼地谈论着：从青海到家走了多少路，家乡没有多大变化，只是比他离开的时候多了几根电线杆子、电话线杆子、广播线杆子，有的人家盖了几口瓦屋，自己的家还是老样子，只不过草顶换了瓦顶，倒是那棵枣树，没料想到它会长这么高大。

"枣树虽然长得慢，岁数并不小了。"程松明在解释自己的话。他瞟了程俊一眼，他不敢问女儿，不知该对女儿说些什么。他怕闺女冷不丁顶他几句，程俊不是好脾气，他心里早有数，女儿目前什么处境，他又一无所知。还是郑三娣化解了尴尬，做好了午饭三人边吃边慢慢熟悉。

傍晚，程功收工回来去自留地里摘了些青菜，下午饭也很随意，都是自家人，不必太讲究。晚上安排休息，每个人都动了脑筋。现在是四口之家了，只有两间堂屋，外间是公共场所不能搭铺。程俊和母亲住东间；屋山西边是后来接上去的一间小土屋，和正房不是一体，儿子程功在里面一直住了这么多年，从外表看虽然简陋，内里收拾得倒是挺干净。除此之外就是那间草棚，也就是厨房。郑三娣对儿子程功说，把厨房清扫一下，把里面的锅灶搬出来，在大门一旁临时搭个棚子做饭。家里有长条凳和席子，架起一张床来。具体怎么住，郑三娣心里翻腾着：常言说，一日夫妻百日恩，百日夫妻似海深，不管怎么说，自己生的三个孩子都是他老程家的血脉！程松明这一回来，她心里也热乎乎的。但是程松明在外二十多年，只是在判刑之前，从监狱里发过来两张明信片，打那以后十七八年音信皆无，且不说在家时他整天胡行浪荡，单说出狱后这么多年，他到底干了些什么？明信片上写得清楚，判刑七年，出狱以后呢？这里面不知还有多少文章。面对自己的丈夫，她感到非常生疏，非常费解。程松明是一个猜不准的谜，是一个估不透的瓜，破解、查清需要多少时间，花费多少代价，只有天晓得。按理说，长期脱离夫妻关系就该算作自动离婚，还谈什么同床共枕。年轻时都不行，老来更无味。再说，大闺女程俊，品行端庄，孝敬母亲，二人在一块相依为命生活了这么多年，孩子目前又这等处境，命运之神又那样无情，那样残忍。作为母亲，自己又怎么好意思把她抛开。再者，儿子程功住那间小屋应该是雷打不动的。我郑三娣还想盼个儿媳妇。如果程功打一辈子光棍，作为母亲自己死也不能瞑目。思来想去，郑三娣斩钉截铁地说："叫你爹先住那间厨房吧，等来年开春，咱找几个人从东边再接一间堂屋，到那时候就宽绰了。"全家人鸦雀无声。

25　两头牛

（1）

一九七八年十二月十八日，中国共产党第十一届中央委员会第三次全体会议在北京召开，拉开了改革开放的大幕，农村也在悄然发生着变化。米店村所属的马寨也不例外。

人民公社这个庞然大物经历了二十多年的风风雨雨，随着农村土地联产承包的兴起，寿终正寝，像古化石一样被放到博物馆里去了。马寨公社改成马寨乡，米店大队改成米店村。米店老村有六个生产队，新村有两个生产队，八个生产队其实就是原来的八条街，现在全改成街道名称。生产大队和生产队的集体财产都要进行处理。大东西，能够看上眼的东西，如房屋、车辆、牲畜等，作价，拾阄，谁抓住谁出钱；钱归集体，然后按人头平均分下去。作价也很低，打八折、七折、半价或者更便宜。总之，快刀快斧地处理掉，说散场就散场了，并没有人怜惜这个大集体。小东西，如耕耙犁套、杈子、扫帚、扬场锨，那些坛坛罐罐、碎木烂草等，编上号抓阄，得到的是手气好，也发不了财；得不到的也只是哈哈一笑。靠了二三十年的集体，还不是都受穷？各人过各人的了，这才要看真本事。土地分配的时候，众人倒是把眼都瞪圆了。土地是农民的根，是人类的本，谁离开了土地都没法生活。众人协商评议把所有地块分成上、中、下三个等级，按抓阄顺序，按人头丈量，这样搭配就基本合理了。

这里要提及米店新村后街也就是米善那个生产队，在分牲口的时候发生的一件事。队里共有七头牲口：两匹骡子、一匹马、一头驴、一头母牛带着不满一个月的犊子，以及户户都想要、家家都想得到的那头黄犍。骡、马、驴都是快牲口，跑长途搞运输好，真正放到地里拉犁、拉耙，并不好使唤。再说，这样的牲口脾气不好，说踢就踢，说蹦就蹦，不好对付，一时性发，撒起欢来，牵不住，拽不牢，如果脱了手，只好任其冲撞、踩踏庄稼。大家提议，这四头牲口不要再抓阄了，直接算给三个技术员好了。他们有技术，有胆量，除了他们能使唤这样的牲口，别人谁行？谁敢？那头母牛眼下还不能下地干活，因为它带着犊子，抓到它们，也只是暂时养着，等个一年半载再想别的法子。唯独那头黄犍，成了众人心目中的爱物。它全身杏黄，浓墨的尾梢，朱红的四蹄和花岗石般的两角；它才生出两颗牙齿，就像一个青年壮小伙子；它是今年春天才阉割的，戴着角环和鼻桊，走起路来高高扬着头，显得威武雄壮；它老实听话，训练有素，干活非常卖力，不管是妇女还是小孩子牵着，都表现得极其温顺。它为米店新村的社员做了贡献，出了大力。如果每天只有一头牲口干活，那肯定是黄犍。只有阴天下雨它才能和它的同伴一样休息。得到了它，那几亩承包田还愁什么？

有人提议，全队四十多户人家专为黄犍抓一次阄，看看这个彩球最终落到谁手里，看谁有那份运气。程秀对万青莲说："大嫂，咱们两家拾到一块吧，真抓到那头小黄牛，咱合伙养着它。"万青莲说："拾到一块，也得各人抓各人的，这样多一次机会，也就多一次准头。"抓阄分两个程序，先抓顺序阄，然后按顺序再抓实物。程秀抓到五号，万青莲抓了十八号。妯娌俩手里捏着小纸条嘿嘿地笑起来。程秀落空了，万青莲却一发射中。当万青莲把那张写着"黄犍"字样的纸阄举到空中让众人看的时候，全场沸腾了。"你看那个万青莲那么个大块头，还真是有那福分啊！"米善把黄犍牵到家里，拴在院子中央。两家全体成员围着观看、欣赏。程秀有点后悔，心想，不该老早对万青莲说那句话，这头小黄牛应该完全属于大哥家，自己没有拥有它的权利。正在这时，公爹米继峰从外面走进来。老人走到牛跟前说："自从上级布置搞联产承包，我就整天梦想得到这头小牛。它正适合咱们家用。活好，脾气好，口又轻，你就是到市场上也不一定能买到这么满意的。行了，这个活包给我了。"米继峰把牛牵走了。政策变革，社会变革，人也在变。米继峰摇身一变成了饲养员。一个人侍候一头牛，草有余，料有余，精力也有余。半年的时间还不到，小黄犍就长得滚瓜流油，全身放光，更让家人爱慕，外人羡慕。

再说当米继峰牵着牛背着耕套走进米店老村自己家中时，老伴杨太太看到吃了一惊。

"怎么让你牵来了？这牛……"

"我不牵谁牵？他们谁能侍候它？谁能照顾好它？"

"你把它放哪里？"

"放到我床前头，我在哪里它就在哪里。"

"你在自留地窝棚里，你把它牵那里去吧。"

"我现在是饲养员了，我不种地了，我养牛。那个窝棚，明天我就去拆掉。那块地要评等定级重新分配呢。"

"你有空照顾牛？"

"我怎么没空？我去干什么？"

"你什么都不干也不要给自己找麻烦。草啦，料啦，屙啦，尿啦，你不嫌乱不嫌脏？"

"谁不吃谁不喝？谁不拉谁不尿？脏和乱是人造成的，是懒人造成的。"

"你这么喜欢这头牛？"

"对，我很喜欢它。我已经和它结拜成仁兄弟，我是老大，它是老二。你同意加入吗？咱来个桃园三结义。"

米继峰的脾气很犟，他想干的事，谁也拗不过。他把家里小厨房腾出来支好牛槽，把黄犍牵了进去。杨氏没办法，只好另找地方做饭。

"你不要整天噘着嘴，我保证给你再造一口厨房，保你满意。牛喂不好是不行的，它顶四五个劳力干活呢。孩子们的庄稼种不好，收不出粮食来，你老嬷子的裤腰也得扎紧，挨饿的滋味难道还没尝够吗？"

（2）

米店新村有一个小伙子，名叫米力。很多人都称他"米粒"，也有喊他"厘米"的。他是新村两个生产队在大队部唯一的代表，其余大队班子成员都住老村。米力的父亲是个精明的人，米力在当地联办中学就读期间，他一看儿子学业平平升学无望，便打定主意，叫儿子初中毕业后去大队里干点差事。靠着米力父亲多年来对村支书的巴结，米力如父亲所愿，初中毕业后进了大队帮忙。

一天中午，米力到米善家传信："善哥，大队里想拍卖那台拖拉机。"米善听了一拍脑门子说："你不说我倒忘了，那台机子早该处理了，却一直拖到现在。""文化大革命"之前那几年，正值"农业学大寨"的高潮时期，前县委书记在米店新村搞试点，给当地大队购买了一台拖拉机。那时候农业机械化程度很低，拖拉机还很稀罕。也就是县委书记这种级别的能买来，公社党委书记都不一定能办成。拖拉机买来了，没人会开，县里又派来一名技术员，帮忙在村里培养了两名拖拉机手。米善有幸被选中，学会了开车这门技术。每年三夏和三秋大忙时节，八个生产队的队长都到大队里来抓个顺序阄，两名驾驶员开着车按照顺序赴生产队协助干活，拉麦子、打场、耕地、耱地等等。一个生产队干一天，八天轮一遍，像下普雨一样每个生产队都能享受那么一点点好处。所到生产队要管司机一日三餐。晚上那顿饭，还要多做几个菜，还得有酒有烟。社员们意见很大，说，这不叫帮忙，这叫帮倒忙，越帮越忙。吃喝花费不说，年终结算，大队还要问生产队要油钱。第二年便没有人再想用拖拉机干活了。就这样，这台机器在车库里被闲放了十几个年头。

米善兜里掖了两盒烟一路小跑来到大队部，开门见山对支书说："你说价吧，多少钱？"

"咱这是新车，别看买了这么多年，并没怎么用。"支书说。

"新媳妇出嫁之前值一千金，只要一进婆家的门，入了洞房，再找主，还有人要吗？"米善一边开着玩笑一边给众人分烟。你一言我一语，嘻嘻哈哈，半真半假。米善问大队会计要了钥匙，开了车库，他连车身上的尘土都没来得及擦，就把拖拉机开走了。也就是他，别人要了还真没法往家里弄。

万青莲听到拖拉机的突突声，从家里跑出来。车已在门外停下，米善从驾驶室里跳下来说："从家里把大镢头拿来，我得把大门刨开，以后要盖宽大的门。"

"多少钱？"万青莲问。

"要多少钱给多少钱，反正现在我没钱。"

米善早就想买一辆拖拉机了。这下好了，他心里比妻子抓到那头小黄犍的时候不知要高兴多少倍。众人议论说，米善要发大财，这还没下海他就有了两头牛——黄牛和铁牛。

26　乱　局

程松明回家那天，从县城下了火车，想稳定一下情绪，于是走进候车厅对着一面大镜子照照自己，顿觉心灰意冷。自己这个熊样，怎么回家见乡亲，见家人？蓬乱的花发，毛刷似的胡须，黝黑的脸，紫色的嘴唇，浮肿的眼皮，完全是一副病态模样。身上的衣裳上全是汗渍污渍，再加上洗不掉的灰、弹不去的土，让人误以为是沿街讨饭的乞丐。他找了一张凳子坐下，低头看看两只脚，那双鞋倒是有八成新。在那场劫难中，他把鞋丢了，就换了一双新的。他把背上的包放下，包里面有被褥、蚊帐和几件秋冬穿的衣裳。包袱皮是一块正方形的蓝布，上面有不少老鼠和虫子咬的大洞和小洞。

"不行，我得把自己包装一下再回家。"程松明心里想。

走出候车厅，来到百货大楼，他买了一身衣裳，蓝裤、灰褂，在更衣间换下来，又买了一个淡绿色的帆布大包，把所有的东西都装进去，又去理发店修剪完毕，再次对着镜子看看，心想，人配衣裳马配鞍，这回行了，自己不折不扣像一位下基层劳动锻炼的老干部了。在大街两旁的货摊上他又买了太阳帽和太阳镜，这才大踏步出了城。多少年没走这条路了，家乡的路还是老样子。他一边瞪大眼睛辨认着近处远处的一切，一边仔细回忆着它们从前的模样。来到家门口，程松明把眼镜摘下来放进兜里，把太阳帽折叠好塞进包里，他怕家里人认不出自己。

程屯村的大街小巷在风传。

"程松明回来了。"

"谁是程松明？"

"程松明就是程功他爹。"

"程功有爹吗？"

"你这是什么话？谁还能没有爹，私房孩子也有爹，只是没弄清楚而已。程松明以前做过保长，解放后被捕入狱，多年无音无信，都认为他死在外面了。没想到他还活着，还活得那么好。那天来的时候，眼镜礼帽，挎着大提包，好像混阔了，说不定发大财了。"

"他所以能保住这条命，应该感谢程松友。公安局来抓他时，是程松友提前把信透给他，让他逃了。"

周围的几个村庄也有传闻。程松明不是一般的人物，既是财主，又是官僚，在当地是有声有威的角色。小时候和程俊整天在一块玩的那个叫小珠子的女孩，现下已是三个孩子的妈妈。小珠子的婆家在丁郝村，她把这件事告诉了丁郝村的刘禾。刘禾是个热心肠的人，去米店村走娘家的时候，她专门去程秀家里把这件喜事告诉给她。

"二姑，大爷爷从外头回来了，你知道吗？"

程秀还真不知道。正在她准备去娘家看望一下的时候，程松明到她家来了。这是程松明归来以后做的第一件事。对于二女儿的遭遇他非常伤感，高度同情。他给两个外孙买了一斤馓子，另外给了女儿二十块现钞。父女生疏得很，能说些什么？又从何谈起？程松明没坐多长时间就告辞了。临走时他对程秀说："你公婆离这里远些，我就不去看望了，见了你家哥嫂代我问个好。"

家里也有变化。程俊把桌子上的酒具、茶具等物都收拾起来放进抽屉里。母亲郑氏说："俺闺女做得很好，你爹回来了，我看咱这个小茶场也撤了吧。你想喝茶就自己用杯子泡，其他人都喝开水，酒和烟都要忌下。"程功在大门一旁靠院墙支了一个棚子，把锅灶垒在下面。他说等秋后用秫秸做一堵墙，用泥巴一糊，冬天可避风御寒。穷日子穷过，慢慢向前熬吧。

接下来几天，程松明将村里村外、街道胡同、周边田野，实实在在地走了个遍。他见谁都打招呼，先说话，主动问候，不管是老人还是娃娃，他都要攀谈一阵，聊上几句，或者至少说上几句风趣的话。认识的不认识的，都成了熟人。他的那身穿戴确实也能把人唬住。夏季，老百姓都戴草帽，谁见过太阳帽？大家都知道老花镜，很多人连近视镜都没见过，更别说墨镜了。后两件东西大概只有城市里地位高的大腕才配用。人也像商品一样，一张包装的纸、一张特殊的商牌就能让你身价倍增。程松明走街串户，谁知他是真老虎、布老虎还是纸老虎？不过眼下他显得挺威风，说话也与众不同。比如，老百姓都说"下坡干活"，他则问"下田吗"；大家习惯说"吃饭"，他则问"用餐了没有"；走过别人家的门口，大家习惯问"这是谁家"，他则问"哪一位的门户"；还有更深层的"请问令尊台甫？""府上哪里？"等等。程松明大概混阔了。俗话说，披着蓑衣走娘家，不看吃的看穿的。别说还有传说中那个大提包，人们都认为那是金包银包，绝对不是草包。程松明也力图给人营造一种假象，自己是大马金刀回来的。谁了解别人？谁知道其他人家的事？看表面现象的人多，火眼金睛的人少。

在村里待了没几天，程松明有些恶习复发，有一天他去以前的相好大乖娘家里喝酒。

等喝下四两白酒，守着大乖他们母子二人，程松明的嘴可就没有把门的了。本来嘴就不严，再加上酒劲上头，就更加胡吹海放，云山雾罩，越发没有深浅。他说，他这次归来是探家，不久还要回青海。他那里还有一个家，媳妇的名字叫尤绦，跟前还有一个小儿子。他打算在家盖起房子来，去青海把他们娘俩接过来一起住……大乖娘俩可不给程松明保守秘密，一传十，十传百，很快，这特大新闻便在村里村外传开了。

程俊也在上集买东西时从以前的朋友小珠子那里得知了这些传言，回到家，她对母亲谈及此事。郑三娣说："这件事我早听说了。在他没去大乖家喝酒之前，后街上有一个老嬷嬷在坡里拔草遇见我，问道，大俊的娘，听说你老头子在青海有这个，是真是假？她伸出两根手指头在我眼前晃。紧接着，我伸出三根手指晃着回答她，我说，大嫂，不是那个，是这个。我们两个人都哈哈地笑起来。孩子，人家笑是发自内心，我却是满肚子苦汁、泪水，在那种场合，也只能笑。你爹这个人……"

"谁爹！他是程松明！"程俊面带怒色地抢白道。

"我也曾想过，"郑三娣继续说，"刑满释放以后，这十多年他到底造了多少孽。他心里哪里还有这个家，还有我们娘几个？可以说，他现在已经不算我们家的人了，就是一个长工，吃饭干活。家里什么事情都不能同他商量，更不能让他做主。我们应当时时处处加小心，他能突然出现，也会突然消失。咱如果整天为他生气，是不是太不合算？咱要沉住气，看他最后耍什么把戏。把你结存的几个钱放好，我也有几个存钱，早已放妥当，别让他冷不防给我们一下子端了窝。"郑三娣嘴上说不生气，眼下愤怒的阴云早已笼罩全身。她长长地吐了一口气继续说："程松明也许没有多少招数，我不过是往最坏处推断。如果他什么事都没有，只是觉得自己老了，在外头没法混了，不管怎么说，家里还有这么一帮人可依可靠，他也算想对了，也算做恰当了。不过，这一切都要经过长期考验，一时半时我们还弄不清。"

"负心的陈世美。"程俊说。

一天中午，程俊、程功姐弟俩都不在家，程松明拿着自己的杯子从那个小厨房走出来去堂屋里倒开水。郑三娣在椅子上坐着。大桌子前面放着案板，热水瓶就在案板上。程松明倒完水，把杯子放下，往旁边的一条矮凳上一坐，抬眼看了看妻子。这时候，郑三娣终于忍不住了。

"你打算什么时候回青海？"

"啊？"程松明吃了一惊，不知道如何是好。

"如果需要盘缠的话，我可以给你准备几个钱。"

"我什么时候说过回青海？我还回青海干什么去？"

"干什么去？去照顾你的油桃啊！还有水蜜桃！"

程松明慌了，他低下头，两只手反复地搓着。

"你那里不是还有个儿子吗？你把他们搬过来可以，这院子虽小，还能想法子让他们住下。既然有这打算，你这次为什么不和他娘俩一块来，这又不是下象棋，怎么还一步一步的呢？"

过了一阵子，程松明扑哧一下子笑了："我不过是说着玩的，这是谁传给你的！"

"说着玩，你为什么专这样说？你觉得这样光彩、威武，显得你有本事？你从家里出去这么多年，只是在监狱时给家里来过两张明信片。从那以后音信全无，这一二十年，你都在哪里闯荡？是美人留住你还是妖精缠着你？天下这么大，地域这么广，家里人上哪里去找你。你不挂家，家里人倒一直牵挂着你。你拍拍心口窝，能对得住谁？是对得住老婆孩子了，还是对得住你死去的爹娘了？眼下家里，大女儿这样，二女儿家那样，一个儿子三十多了还没成家，你到底乐的什么？还开这样的玩笑！你还有良心没有，还配不配做人……"郑三娣哭了，泪水湿透了衣襟，她全身战栗，手和腿剧烈地抖动，她竭力抑制自己，没有哭出声来。此时的程松明，痛心疾首，他扑通一下跪在地上，面对自己的妻子，低下了头。

郑三娣眼睛瞪得圆圆的，说："你这是干什么？你赶快起来！别在这里折腾我，我担不起。我没这么大的架子。"程松明一声不吭，仍然不起。郑三娣撩起衣襟擦干眼泪说："你不起，我起，让你跪老天去！"她走出屋门，去收拾满院金灿灿的玉米棒子了。

又过了一段时间，消息灵通的二普打听到甘肃一个偏远的小村庄有不少未出嫁的女孩。于是，他带上程功去了一趟，经过一番沟通，把聂老汉家的二女儿聂小锦介绍给程功。虽说聂小锦有点先天性耳聋，但也满配得上程功了。这总算了结了郑氏的一桩大心事。程功带着媳妇回来后，程松明找了个时间，搬到外面一处废弃的机井房去住了。

27　马　标

（1）

　　一九八七年以后，冰封几十年的两岸关系出现了转机，台湾方面允许非党、政、军人员赴大陆探亲、旅游，大陆方面积极回应，对台湾来大陆祭祖、怀旧、游山观景的人员想方设法提供帮助。坚冰已经打破，航线就要开通。这是两岸关系史的重大转折，具有里程碑意义。

　　次年春，马寨乡迎来了第一位台胞。他就是解放前的联防大队长马标。临行前，马标做了自我鉴定：在家乡当了六年的联防大队长，没犯什么大罪大恶，杀人放火、欺男霸女、残害良民这档子事一点也没有；但有小罪小恶，徇私枉法、吃请受礼、断案偏激、打骂群众等，确实得罪了不少人，这些人恨我，骂我，和我记仇完全应该，到了家乡，我应当向他们谢罪，赔礼道歉，打骂也好，一切听便。

　　让马标万万没有想到的是，回家探亲，大陆方面给予这么优厚的待遇。他从高雄市登机，飞到香港，再飞济南。一下飞机，山东省民政厅的包车就在机场等候，然后安排他住进高级宾馆，一切招待从优。这让马标极为感动，自己是什么人，有这样的福分！他感到内疚和惭愧。在济南休息了两天，然后民政厅的两位工作人员陪着他，乘火车软卧来到他家乡的那个小县城。当天住在县招待所，第二天由县民政局一位负责人陪同，两名警察保护着，用吉普车送到马寨乡政府。

这天上午，马寨乡的老百姓看到大街上出现了一位老者，鹤发童颜，精神矍铄，看上去不过五十多岁的样子。也有人评论说此人是少白头。虽然马标已经七十多岁了，但面部滋润，保养得非常好，西装革履，一身呢服，一副庄严的面孔，像富翁，又有点大亨的派头。老人由乡政府的民政工作人员陪同，众人猜测，他可能是下来视察的老首长、老领导。二人沿街打听一个人的名字：马奔腾。谁叫马奔腾？无人知晓。最后问到一位退休的老教师马权，他说，马奔腾就是我本家一个侄子，别人都称他马崽，其实他哪里叫马崽，大名是马奔腾，户口册子上写得清清楚楚。马标和马权两人四眼相对看了两三分钟，才认出彼此。马权把马标领到自己家中，一条一条地向哥哥讲述家庭的那些事，故乡和中原大陆翻天覆地的变化。中午由乡政府安排台胞及包括马权在内的陪同人员统一就餐。虽是农村饭店，饭菜做得也相当丰厚。席间更少不了觥筹交错，客套连篇。饭后马权陪着先到马标儿媳妇朱大美那里看了看，然后去林地扫墓祭祖。依照县民政局的安排，下午五点乘车返城，回县招待所居住。

(2)

马标一夜不眠，他悲凉、沉痛，万念俱灰，早知如此，他肯定不会回来。牵挂会带来希望，悬念会造成梦想。真相大白了，那种美丽的憧憬烟消云散，脑海也就成了一片空白。突然间，他感到自己老了许多，朝气蓬勃猛降到日薄西山。没了向往，没了目标，人生还有什么意义？他觉得，这时候自己倒是死了更好。

一进儿媳妇朱大美住的那个破落的小院子，马标就惊呆了。肮脏，这是第一印象，满院的柴草和垃圾。柴草都是朱大美从别人家前院后坡地偷来的，没有人和她计较，不过是秫秸、谷秸、麦秸之类不值钱的东西。从当院到厨房全都铺得满满的，如果做饭时不慎失了火，整个院子都会燃起来。其实，她很少生火做饭，也不会做饭，整天在街头和外村流浪、乞讨、索要，甚至随便拿。她连开水也没烧过，讨饭时也讨水，夏季经常喝生水。以往朱大美出门总是带着二儿子。眼下，二傻一天天长大，可以离开妈妈单独行动了。集上的烂菜、烂果，饭店的残汤剩羹，他把肚子混得溜圆，晚上回家，有时还给妈妈带点吃的。厨房里有些餐具和炊具，摆放得杂乱无章，上面盖满了尘土，不知被老鼠爬了多少遍，看了让人恶心。院中厕所的土墙全部坍塌，中间有一个粪池，里面有很多屎壳郎掏的洞，清晰可辨。此时早春，苍蝇的势头还没起来，如果是盛夏，空中地上准会是一座乱营。三间堂屋的屋顶凹凸不平，雨天肯定会漏雨。两扇木门虚掩着，光线不足，里面什么也看不清。听到有人进门，朱大美从屋里探头出来，两只眼睛眯缝着，刚刚睡醒的样子。她看着马权问道："大叔，你来干什么？"

"大美，过来，我跟你说，"马权指着哥哥马标告诉朱大美，"他是你爹，快过来喊个爹。"

"他是你爹，俺爹是朱老拼。"大美不承认，反戈一击。

马权无奈地笑了，接着说："这是大傻的爷爷，不是你爹吗？"

"你才是大傻的爷爷，他是狗屁。"

兄弟俩无声地离开了。不知是谁告诉朱大美，那个阔老头是她老公公，喊个爹他准给钱。朱大美这才认了，跑出去追到街上，口甜地叫道："爹，你给我钱吧。"很多人围着看，马权的儿媳妇乔玉珠也正巧在场。她伸手抓住朱大美的胳膊说："别这样，人家笑话你，走，跟着我上俺家去玩。"朱大美不听，把胳膊甩开又挤到公爹和叔公面前，还是要钱。马标苦笑了下，说："钱我倒有，可都是台币，我还没来得及去银行兑换，给了你也不能花。"说着，他随手从兜里掏出两枚戒指交给马权，让她妯娌俩一人一个。马权把金戒指分给乔玉珠和朱大美。大美把戒指接在手中说:"这是顶针,我不要这东西,不能吃也不能喝,我又不会做针线活,把它给俺嫂吧,俺嫂对我那么好。"朱大美把那枚金戒指扔给乔玉珠了,仍然不住声地问马标要钱,惹得众人一片哄笑。

马权告诉过哥哥马奔腾离家出走的事,当时马标气得咬牙切齿,怒不可遏。现在他明白了,他同情儿子,像这样的一种局面,任何人都不好收拾;他更加明白了妻子马氏为什么老早离开了人世。马标长叹一声,又想到那两枚金戒指,刚才真不该拿出来,结果全部落到乔玉珠手里。自己和马权是堂兄弟,拿这么贵重的东西送他,合不着。

马权、马标弟兄俩还去了马家的老林。过去那片地方栽满松柏,冬夏常绿,里面布满了石碑、石桌、石凳,列祖列宗的坟茔有序地排列着。眼下林地变了麦田,暖风吹来,麦浪滚滚,是另一番景象。马权告诉哥哥,"文化大革命"一开始,破四旧,立四新,拉碑平坟势不可挡。整个麦田中间,有一棵柳树,高丈余,刚抽出新芽,在漫坡里非常显眼。马权告诉哥哥,奔腾娘的骨灰盒就葬在柳树下。

兄弟二人顺着麦垄来到树下,马标双手把柳树抱住。他热血翻滚心潮难平,两行热泪不由得夺眶而出,久久不能自已。马权劝哥哥说,这都已成历史了,不必过分悲伤。但对马标来讲却是现实。他抽噎了几声,掏出手帕把泪水擦干,举手折下一根柳枝做成三炷香,马权陪哥哥一同跪在地上磕了三个头,然后起身默默离开。

马标的母亲在解放前得了一种黑热病,为了给母亲治病,父亲卖掉了几亩地,结果人财两空。母亲四十来岁便离开了人世。父亲续弦,娶了一个小老婆,比马标的媳妇马氏还小两岁,后生一女,和马奔腾同龄。马标夫妇从家里分出来,各居另饭。一九六〇年前后,人民公社建食堂吃大锅饭,父亲饿死了。继母无依无靠,心想,在家守着,那沉重的地主帽子连脖子都能压弯,不知什么时候能熬到尽头,不如一走了之,于是带上女儿远走高飞了。据说她流落到东北改嫁,后来闺女也找了主。

解放战争全面爆发,共产党领导的中国人民解放军自北向南势如破竹，锐不可当。蒋介石撑不住了，失败已成定局。马标逃亡前并没有知会父亲。后来父亲觉得长时间没见着儿子了，便来追问儿媳。马氏说，她也不知道马标到底是怎么回事，终究没有把实底掏给公爹。父亲最后说，跑了倒好，在家守着不准头。马标是在一个漆黑的深夜里出逃的，马氏送丈夫到村外，二人坐在路边一块石头上，妻子偎依在马标胸前，轻轻地抽泣，她不敢哭出声来。后来马标把妻子推开，直挺挺地站起来说，我不走了，该死该活随他们的便。马氏坚决地回答，不，你得走，坚决得走。性命要紧还是家要紧？家永远在那里放着，我和孩子永远等着你，你逃命吧，保住你自己才有你的一切，才有你的老婆孩子。她离开了丈夫的怀抱，泪水湿透了他的前胸，他觉得冷飕飕的。他没命地跑，没日没夜，渡过长江以后发现逃难的人像百川汇海一样渐渐多起来。终于有一天来到了沿海一处口岸，看到几艘大火轮船在码头一字排开，很多军警荷枪实弹把守着，大家都不敢动。不知过了多久，人群骚动，有人开始登船，刹那间就乱套了。不让抢也抢，不让挤也挤，摔打碰撞，哭喊号啕，逃命嘛，谁也顾不了那么多。军警维持不住了，喊破喉咙也白搭，向天鸣枪也镇压不住，不叫超载照样超载，不让超员依然超员。轮船一声长啸，离开了，远去了。余下的人望洋兴叹，只好再等下一班。

台湾岛突然膨胀起来，这么多难民涌过来，没法承受，政府也无能为力。生活的一切，一切的生活，靠谁？靠自己。人流像摊大饼，像水面滴油铺展开去，为了生计，去打工，当用人，做家政，总之，怎么挣钱就怎么干，谁给饭吃就跟谁干，还有的沿街乞讨，偷摸拾抢，顾不得了。大家都等待着政府出台新政，得到救护和帮助，盼望着有规律的生活。

（3）

劳务市场，人员济济，供大于求。有人招聘，大家都眼巴巴地盯着，巴不得被选上用上，挣得一碗饭吃。马标从早到晚在这里蹲守着，一连熬靠了五天，兜里快没钱了，眼看就要吃不上饭，心里好像滚油煎，做好乞讨的准备吧。一个星期天早饭后，走进来一个女人，五十上下，高高的个子，块头很大，高鼻梁，蓝眼睛，金色的烫发，穿着考究，行头华丽。很明显，这是个外国人，是一位贵妇人。她微笑着向马标招了招手，马标立刻挺起身，大步跨到她面前。

"你愿意做家政吗？"

"愿意，当然愿意。"

"那可是体力劳动，很累的。"

"我就是一个体力劳动者，不怕累。"

"那你跟我来吧。"

马标跟着那位太太来到一处门面，门楣上边写着"布匹成衣"四个字。她开了门，店铺很宽大，左边是成衣，右边是布匹，货架和衣架上都摆得满满的。她用手在屋里指指点点地说："收拾干净摆放整齐就行了。"妇人从后门出去了，马标一个人开始干活。整整一个小时，马标把这个铺面里里外外收拾得干干净净。妇人进来环顾了一下说："行，很好，就这样吧。你跟我到后边来。"她把店门从里面关上，二人一同从后门出去。这里是另一番天地，另一幅景象。宽大的庭院，阳光普照，院墙四角各有一棵塔松，高出墙顶，像四座绿色的角楼。院中央靠后矗立着一座通廊的两层楼房，雕梁画栋，装饰精美，虽算不上金碧辉煌，但也非同一般。院中左侧有花池，芳香四溢，右侧有鱼池，用铁丝网覆盖着。马标心想，这不是一般的人家，不用再看屋里的内容和摆设，就足以证明她是一位很有钱的人。妇人让马标用一天的时间收拾院子，马标认为怎么好就怎么摆弄。"这要看你的审美和创造力。"女主人微微笑着说。

下午五时许，马标把整个院子清扫整理完毕，在对着楼房正厅的大门旁坐下来休息，等着主人来验工和付酬。

"多少钱？"女主人笑着问。

"多少都行，这没价，您看着给吧。"

女主人从兜里掏出一把票子递到马标手中。马标接过去数了数，恭敬地说："您太大方了，用不了这么多。"于是，抽出两张想返还给女主人。

"你看，你让我看着给，就不要客气了。"

马标不再谦让，把钱装进口袋，正要走，女主人发话说："咱们订个口头协议好吗？每个星期天你都来这里做这套活，别让我再去请了。"

"好好。"马标高兴地说，"一言为定，我保证不误事。"说完以后，女主人开了外门，马标走了。

打那以后，马标不管在哪里打工，星期天都到布店老板这里做家政服务，从来没有拖延过。他没想那丰厚的薪酬，虽然女主人每次给钱都很大方，有好几回他不想要那么多，都被挡了回去。

在这里干活，主要是舒心。女主人从来不验工，不挑剔，想怎么干就怎么干，做多少活，干成什么样，全凭自己的良心。马标不偷懒，诚心实意，该做的一定做到。光阴荏苒，半年多过去，马标来这里做家政至少也有三十多次了。有一天下午，收工的时间还不到，女主人从楼上下来了。

"马先生，你整天给我帮忙，太辛苦了，为了表示感谢，我请你吃一顿家常便饭。"

看着女主人诚恳的表情，马标微笑着说："好好，谢谢您，太太。"

就是在这次吃饭时，马标得知了这位女主人的身世。原来她是波兰人，因为战乱失去了亲人，后来她带着一些钱财来到台湾，买下了这家布店，做起了生意。虽然生意越来越红火，但她孤身一人在此打拼，也有些孤寂之感。女主人看马标做事负责，便想邀请他来店里当雇员。

马标考虑了一下说："谢谢您对我的信任，我一定全力以赴地做好您交代的事。"

"就这样吧，从明天开始，你来上班。这算我们第二次口头协议。"

(4)

　　马标终于找到了一份工作，碰上了这么一位慈善的老板。他再也用不着这里干两天，那里干三天，打鱼不如晒网的时间长，像打游击又像耍流星。看看劳务市场上一个个都像热锅上的蚂蚁一般又焦又躁，他暗暗告诫自己，一定要珍惜这份工作。

　　在接下来的几年里，马标认真负责，做事兢兢业业，帮着女主人把生意越做越大。他也靠着自己的诚实敬业打动了女主人的芳心，两个漂泊在外的人最终走到了一起，他们结婚了。两块饥渴的心田迎来春雨，得到浇灌和滋润。他们静悄悄地耕耘，培育着爱的果实，享受着人生道路上的第二个春天。

　　海峡两岸破冰以后，没等他提出来，她先发话了："你乘第一艘航船，回大陆看看故土和亲人。不过不能留得太久，我已耄耋，你逾古稀，我们都是老年，谁也难离开谁，特别是我更离不开你。如果有可能，把家眷搬过来也行，买上一套房子，在这里安居下来，也算是我们的依靠。"

　　回乡后的见闻让马标心灰意冷，万念俱灭。他决意不再逗留，立刻返程。

　　两枚金戒指的事很快传到朱大美的爹朱老拼的耳朵里，朱老拼拿了一块砖交给外孙大傻说："孩子，你把这砖头拿在手里，跟我去做一件事，我让你用砖砸什么你就砸什么，让你砸谁你就砸谁，只要姥爷不发话，你就在手里拿着，不准乱扔！"大傻深深地点了一下头，跟着外祖父径直来到马岩和乔玉珠的商铺柜台前。两口子一看这阵势，早已胆怯三分，没等朱老拼发话，马岩对妻子说："快把那个戒指拿出来交给老朱叔。"乔玉珠从兜里把两枚戒指抓出来在手里掂了掂说："看到了吗，两个一样的，给你一个，俺要一个。"朱老拼赶忙把戒指掖起来笑着说，别跟大傻一般见识，随即呵令大傻，把砖头扔到公路边的沟里去。

28 误 区

为促进广大农民增加收入，鼓励少数人先富起来，政府采取了一系列措施，其中一项是奖励万元户。谁是万元户？评，人人参与，民主评议。俗话说，家有黄金千两，邻居比舍是戥秤。谁穷谁富，掖不住藏不住。米店新村米善榜上有名。集体开会庆贺，又披红又戴花，吹吹打打送到家。全家光荣，全村光彩。米善心想，胸前这朵大红花真是来之不易，吃了多少苦，受了多少磨难，冒了多少风险，一笔一笔历历在目，惊心动魄。一个人开着拖拉机搞运输，谁雇车就给谁干，叫拉什么就拉什么。首先是路不好走，那时候别说村与村之间，就是乡镇之间也不通公路。城里几条大街延伸出来的主干道，横竖就那么几条，所有的分岔全都是泥路，土基打底，沙子路面，难走的地方铺点碎石渣就算不错了。这么重的车，拉这么多的东西像在皮垫上打滚根本跑不起来，甚至走不动。而且，护路工人看见这样的车会把铁锹或镐头往路当中一横，站在那里把车拦住。每当遇到这种情况，米善就从驾驶室里下来躬身施礼，又掏烟又赔笑，好话一箩筐，人家让走，就厚着脸皮再启动；遇见那种铁面无私的养路工那可真得挨罚。罚多少，没标准，又不开罚单，受不了也得受。一次中途遇雨，车轮光转不走，把路面搌出了坑。没办法，只得就地停车。用帆布把车厢蒙严盖妥，自己守在驾驶室里靠两个干烧饼一壶开水待了整整一天一夜。第二天放晴了，路面渐渐晒干，这才小心翼翼把车开走。上了主干道，米善长叹一声，心想，满打满算不过五里路，老天爷就不给这点面子。把货送到卸了车结了账，回到家已是傍晚。妻子万青莲看见车灯听到车响从家里迎出来说："俺的祖宗，你这是陷到哪里了，我一夜都没合眼。以后出车要先听听天气预报，拿准了再出门，别光贪挣那几个钱。"她一边说着，一边掉下泪来。再者，路上并不安全，劫车、抢东西、诈钱的事随时都有可能发生，特别是夜间行车更是提心吊胆。一次，由于装货延迟，直到下午六点多钟，太阳在西天边都说再见了，米善才把车发动起来。车上是给城里面粉厂送的小麦，跑出去不到十里地，公路壕里蹿出两名歹徒，抓住缆绳爬到车上用刀子把篷布割开就往下掀袋子。米善不敢停车，只好壮着胆子加大油门开得快些。进到城里停在路灯下，上车厢查看发现少了四个袋子。结算的运费，还不够四袋子小麦钱，这一趟算白跑了。唯一的收获是，夜间别上路，天晚了就住。还有一次，也是夜间，送货回来，开的是空车，飞驰之间，车灯照见三条汉子手里各执一根棍棒站在路中央，不管米善怎样按喇叭，他们就是不躲。没办法，只得把车停下来。米善心想，他们不过是想诈几个钱，应该不会伤害自己，便从车上跳下来掏烟让烟把他们引到路边。三个人都不接烟，其中一个说，"哥们，经常从这里走，得留几个买路钱啊！"米善装出恍然大悟的样子说："哎哟，弟兄们，我以为是查车的呢，倒把我吓得不轻，先吸着。"再让烟，他们接过去了。米善一边往兜里放烟盒一边探着口袋底说："兜里没钱了，我上去拿。"然后把打火机递给一个人说："你们吸着。"米善登上驾驶室身子还没坐稳脚已踩上油门，把车开走了。其中一名歹徒嘴里骂着把木棍扔了过来。棍棒钻进车轮底下，咔嚓作响，不知轧成几截。米善握住方向盘，心和手都在颤抖。

　　万青莲非常关心丈夫的饮食，米善洗刷完出去收拾车回来，妻子已将早饭用搪瓷盆盛好放到饭桌上冷着。眼下不是前几年了，吃一口少一口，吃了上顿谋下顿，整天给肚子打算盘，为柴米油盐结总账。物质丰富了，手里有钱什么都能买到。拿早点来说吧，点心、麻花、馓子、油条随便吃点，就把一天的底子都打下了。中午饭从家里带上，枣卷、糖面角、烙夹馍、单饼，外面买来的不放心，自己做的既好吃又干净，再给丈夫灌一暖壶开水放车上，一直到天黑渴不着也饿不着。丈夫上路了，再照应三个孩子起床。实际上，两个大的孩子米亮和米贞，不用妈妈操心。只有最小的女儿米节，才入小学，需要帮着穿衣，忙着喂饭，还要把书包整理好，把红领巾戴上，亲吻一番，然后跟哥哥姐姐一起去上学。孩子们上学走了，万青莲才能坐下来吃口东西，收拾锅灶，洗刷餐具。晚上这顿饭连三个孩子都盼望着。孩子们吃饱喝足，腆着胸脯，打着饱嗝，抹着油嘴上床睡觉去了，万青莲这才坐下来和丈夫一起用餐。她有时也陪着丈夫喝点酒，想想米善在外面也不容易，一天到晚在外风吹日晒雨淋，不吸烟，晚上回来喝点酒算是解乏吧。吃完喝完，米善坐在椅子上休息，万青莲则手脚麻利地洗刷。就寝以后，她总是把他紧紧地搂在怀里说："这是我最舒坦的时候。早晨起来你开车一走，我的心就提到嗓子眼上来了，直到傍晚听见咱的车响，我这颗心才扑通一声落下来。我整天想，在家里待着打悬锤，倒不如跟着你押车好受。话又说回来，咱俩都在外头跑，家里这一摊子谁来照顾啊！当奶奶的不管不问，咱爹牵扯着一头牛，还要挤出时间帮老二家照应地里，看来什么人活在世上都不容易。"

"怎么不容易，你心壳子太小，一辆车都装不下去，整天胆战心惊的。过去不太平时，那些山寨大王，提着脑袋拼杀，人家的压寨夫人生活得可自在了。"

"我不配当压寨夫人，只能当押车夫人。"两个人甜蜜地笑起来。

"有个事我还没来得及问，大队那里咱欠的车钱你还人家了吗？"

"现在哪里还有大队，牌子都改成村委会了。"

"公社改乡镇,大队变村委,出来进去还是那些人。你当时一分钱没交,把车开家来到底怎么着。"

"去年,就是评万元户之前,我去村委会交了一半的钱给米力——他现在是村'两委'的主管会计了,然后又去饭店花了三百多块给他们结了结账。过一段时间我再拿几百块钱给他们再结一次账就算两拉倒。"

"咱总这样也不行,我琢磨着,早晨起来打发孩子们上学走了再出车,中午给他们准备好吃头,烧足开水,让他们兄妹三个一块吃了饭去上学,下午咱回来再做饭,全家人一块吃。我再跟他婶子打个招呼,叫程秀抽空帮着照看下孩子。我去给你当押车夫人,这样既省时,你也省力,装车卸车我不次于你。"

"咱试试。"米善同意了。

"对,试试,不行再换法。告诉孩子们出门把门锁好,小亮拿钥匙。有特别的事去后头找他们婶子。没有翻不过去的火焰山。"

米善和万青莲出门挣钱虽然没有发疯,也算着了迷。赚一个盼俩,拉一趟看看天早总想再拉一趟,恨载多装,超重上路,人心无尽,没有封顶。殊不知这些行为具有潜在的风险,埋藏着祸根。后来,他们和城里一处建筑工地挂上了钩,负责给那里供应沙、砖、钢筋、水泥等。工地上地面狭窄,料多了放不开,影响施工,最好是用多少来多少。夫妻俩就这样整天忙活着。时间一长,发货员收货员都成了老熟人,递条烟,塞瓶酒,暗地里也做些手脚。发货少算,收货多算,发票外的那部分折成钱,双方分成,或三七,或四六,或对折,袖里来,袖里去,黑色交易。再者,沿途有些专卖沙、砖、水泥的小店面,有时也加价把货倒给他们。这样不仅能多赚一部分钱,还省了油。人不能光一个心眼,总之,钱是一个子一个子地赚来的,必须把网眼织得密密的才能鱼虾不漏,攒得快,聚得多。

为方便孩子们就近入学,米店新村原来有一个小学班,两年招一回学生,只收一年级,上到二年级就转到老村联办中学那里去上三年级。

以往每次还能收二十人左右,由于计划生育搞得很严,眼下一次还招不到十个学生。一位民办女教师,家里拉扯着缠手的孩子,忙里跑外,放羊式教学,学科开不全,一点也不正规。家长们意见很大,宁愿多跑几步路也不让孩子上这样的混乱班,这个班慢慢地消亡了。米亮、米贞、米节兄妹三人都得去老村联办中学读书。米亮十五岁,上初中二年级;米贞十二岁,上五年级;米节七岁,上小学一年级。自从万青莲当上押车夫人,程秀这边的砝码加重了。以往她只照应自己的两个孩子米芬和米玉,现在每天中午她必须把五个孩子组织到一块,再三嘱咐、叮咛,还经常把他们送出村老远,站那里看着五只飞鸽进村了,估摸着入校了,再去忙自己的事。下午放学时间到了,自己的孩子回来了,她还要去前边看看暖壶里是否有开水,火柴、打火机有没有乱放,别让孩子们摸到,玩火玩出事来。就是中午,嫂嫂这边家里没人,孩子们上学走了,她也过去看看门锁好了没有。街坊邻居们都说,这当婶子的做到家了,妯娌间处得这么好,是众人学习的楷模。

一天中午,程秀从前边回来,看到邻居继贤婶子在自家门口站着东张西望。

"婶子,我在这里。"

程秀和继贤婶子一块来到堂屋里坐下,婶子说:"芬她娘,有三毛零钱吗,借给我用一用?"

"你看俺婶子说得多可怜,三毛钱我还能没有?三块我也有……"

"不,我只借三毛,我的一把剪子钝得不能用了,整天来磨剪子磨刀的,我就是没有三毛零钱。我说给他两个鸡蛋,他不要,说不好带。我不是没钱,十块一张的大票,我有好几张,都在窗台上破茶壶里放着,因为磨一把剪子拿出一张来换成零钱我舍不得。你说我多没出息,放着几十块不用,到这里来借三毛。"

程秀去屋里取出一沓零钞让继贤婶子随便拿。老太太到底还是只拿了三毛,手心里攥着钱把拳头插在衣襟底下说:"我家里不能放钱,俺那个小孙子只要一来，在屋里到处乱翻，有多少钱他都能拿走。只是那个破茶壶放得高，他还够不着，也没人注意那里面会有钱。你如果用钱的话，就直接跟我说，搁着也是搁着。"程秀心想，这老人家多实在，每到夏天，她家的后窗户就大敞四开从来不关，窗户上连个护网也没有，她的钱如果丢了，我不就有嫌疑吗？于是程秀说："婶子，你可不能这么大意，你屋门锁得再牢靠，如果有人从后窗钻进去，半夜三更你睡着了，贼人专挑那个时候动手。"后来老太太支使老伴米继贤在后窗的框上横竖砸了几根木条，那破茶壶的影子才慢慢从程秀脑海中抹去。

继贤婶子继续说："你刚才是到你嫂那边去了吧，你哥你嫂舍下孩子去打狼，连家也不顾了，被万元户迷住心窍了。那天上午，我见小亮书包里背着不少地瓜干。那孩子倒挺懂事，每次见我都喊奶奶。我问他拿的什么，他说用地瓜干换酒喝。我以为他是给米善换的酒。隔了两天学校的班主任来家访，问我他家的大人干什么去了。我说，开着拖拉机跑买卖。老师说，大娘，麻烦你老人家告诉米亮的爸爸妈妈，叫他们到学校去一趟。米亮在班里经常喝酒，怀里还揣着个小酒瓶。我没好意思告诉你哥和你嫂，真要让他们知道了，发起脾气来，把孩子打出毛病来，显得我这当奶奶的扯老婆舌头似的。"听到这里，程秀突然醒悟说："噢，我知道了，那天小芬放学回来对我说，妈妈，俺亮哥在学校里上早操的时候挨揍了，被校长踹了一脚，不知道什么原因。小芬说她离得远没听见校长说的是什么。那可能就是因为喝酒的事。这事怎么能不告诉他爹娘呢，孩子要学坏，那还了得！"继贤婶子说："我觉得他们不该这样安排，三个孩子大的不大，小的不小，都不懂事，搁到家里就这么放心？挣钱还不是为了孩子？孩子管不好，钱挣得再多又有什么意思。再不然把你老婆婆接过来也行，当奶奶的，给三个孩子做做饭，料理料理，照看着别让孩子走了下坡道。"

每到星期天，万青莲就很少外出，并且叮嘱丈夫，早出早归，不要贪活，宁可少挣几个钱，也要在家里陪陪孩子。每逢这时候，她就去程秀那里拉拉家常，沟通沟通，并随手给米芬、米玉捎一点小吃小喝。这回她给孩子带来两个芒果往桌上一放，问程秀："你知道这是什么吗？"程秀摇着头问："是吃的还是玩的？""这叫芒果，是水果。""什么味道？""我也不知道，看城里大街上有卖的，就买了五个。兄妹五人，一个孩子一个，不图吃，只图开开眼界。这不你也开眼界了，这就叫芒果。"然后妯娌两人聊起了孩子，程秀把米亮偷偷摸摸喝酒的事一五一十全盘端了出来，并特别强调，要耐心地对米善讲，不要把他的火激起来，孩子的坏习惯不是一天养成的，这要怨大人粗心大意，管教不严，要慢慢说服教育，千万不能简单粗暴。"如果因为这件事把米亮痛打一顿，不光我当婶子的心里不好受，连前边继贤婶子脸面上也不好看。最好让俺哥先去学校找找班主任，了解一下情况。"

回家后，万青莲把米亮在学校的情况告诉了米善。隔了几天米善专门抽出时间去了学校。米善一进校门暗暗吃了一惊。母校大变样了，变得他都认不出来了。在办公室里他见到了很多老师，其中有几位是他小学时代的同学。六年级毕业以后，人家考入城里的初中，之后有的继续上高中，有的考取中专，学问比自己高深得多，对比之下，米善自惭形秽。还有两位老教师，是米善的启蒙老师。米善是经过场面的人，做事稳重大度，他自己虽然不抽烟，但是兜里总少不了三盒两盒的香烟。他拆开一盒首先走到两位蒙师面前把烟递上，然后按顺时针挨个让，一盒烟不够，两盒烟有余，然后把烟盒放在桌面上。

"今天万元户光临，财神爷驾到，米善你请客吧。"一位老同学说。

"我是学生家长，三个孩子都在这里上学，我早该请老师们去喝一场，你说咱上哪个饭店吧。"

"你回去告诉万青莲，叫她生个好孩子，好教的孩子。"另一位老同学说。

说笑间，米亮的班主任单老师向米善走过来，把他领到校长室去了。见了校长，米善掏出一盒烟来。校长说："你别拆，我和单老师都不会抽，你把烟收起来吧。"客套过后校长说："米亮是个聪明的孩子，但是他不好好学，上课精力不集中，作业也完不成。那天我把他叫过来个别谈话，一进门我就闻到一股子酒气。他在你坐的那地方站着，一只手老往兜里插。我过去想搜他的口袋，他不让我搜。我说，老师相信米亮是个诚实的孩子，你把口袋里所有东西都掏出来放到我桌面上，让我看看。他很有勇气，掏出来了，是一个半斤装的扁扁的小酒瓶。"校长站起来拉开橱子把瓶子拿了出来，里面还装着半瓶酒。单老师和米善都笑了。"我问他哪来的，他说是爸爸的。"米善辩驳："他不是偷的我的酒，是偷的我的瓶子。""那酒是哪里来的呢？你们家的钱管得严不严？""钱他摸不着，放钱的抽屉整天锁着，他妈妈带着钥匙。这酒是他偷了地瓜干换的。"单老师幽默地说："看来这地瓜干没有管好。"三个人都笑起来。校长说："我了解他的情况，就格外注意他。第二天跑早操，我站在队伍周围观察，见他跑过来的时候手又不住地往兜里插。他毕竟是个孩子，心里有鬼，行动上就会表现异常。怎么回事？口袋里可能又有酒瓶子。等他第二圈跑到我面前的时候，我让他从队伍里出来，站到我面前。他站得像笔杆一样直挺挺的。我上前搜他的口袋，这回他没有拒绝。"说到这里，校长又去橱子里拿出来一盒香烟："原封没动，你看和你那盒烟是一样的吗？"米善把烟掏出来，两盒放在一块，都是硬盒的大鸡。单老师笑着说："看来这烟也该上锁。"接下来，校长语重心长地说："这没管好，那没管好，归根结底是孩子没有管好。"此时此刻米善若有所思说："你说这孩子们也是一人一个性格，米亮我们怎么都管不好，米贞我们没怎么管她就这么好。""是啊，"校长说，"孩子千差万别，教育的时候不能平均用力，要分别对待，这才叫因材施教，盘子喝水一漫子来是不行的，要有针对性。"

接下来，校长又就教育问题说了下现状，最后米善告辞，校长让他把酒瓶和香烟带上，回家以后对米亮好好教育。单老师强调说："千万不要打孩子，打不能解决任何问题，只会起相反作用。刚才校长说了，米亮很聪明,只是缺乏引导,缺少规矩。前几天,我出了一道作文题:长大后打算干什么?他写道,我长大后准备开飞机,爸爸开拖拉机,整天在地上跑,我想超过爸爸一层,在天上飞,驾驶银燕在天空翱翔,保卫祖国领空,谁来侵略我们,我就去打谁。你看他写得多好,我给他打了高分,还在班里读了他的作文。"

　　米善回到家和万青莲商定,让儿子再上一年,混张初中毕业证算完。考中专,上高中考大学,吃国库粮,拿银行给的工资,那不是米亮能做到的,也别费那个劲了。下学以后好好在家劳动,跟着老爸跑车,把老妈顶替下来,让押车夫人退休吧。

29　培　育

（1）

　　农村中小学每年四段假期，除了寒暑假之外还有两段农忙假，即三夏和三秋。就是说，小麦收获和播种这两段农民最繁忙的时节，教育部门密切配合，让师生参战。

　　米店新村米善一家今年的麦收别具一格。以前米善和朋友袁木合伙在万青莲的老家点将村收购木料，那时候是偷偷摸摸干，夹着尾巴干，冒着风险干，做的是犯法违纪的事，挣的钱是非法所得。现在世道大变了，有本事尽量都拿出来，鼓励你挣得多，希望你富得快。伟人说，贫穷不是社会主义，全民富裕才是社会主义建设的终极目标。在发家致富奔小康的道路上袁木比米善走得快捷，跑得迅猛。近期，袁木购买了一台联合收割机，他看透了行情，瞅准了市场，觉得可以再挣大钱。这天中午，袁木在车库门外围着机器细细查看，麦收在即，马上就要上阵了，他唯恐哪一个部件，甚至一个螺丝钉出问题。他知道自己的想法是多余的，这是崭新的货，合格产品，百分之百值得信赖。但他还是全神贯注地检查，他是在欣赏，给自己的宏图大志注入活力，给自己打气、壮行。战斗就要打响，子弹上膛，箭在弦上，时刻准备着。

"谁的机器？割尾巴的来了。"米善在袁木背后大声说。袁木转过身来一看是老朋友，立刻回答说："我是一只壁虎，尾巴割去再长出来还是这么长。我知道你会来，想让我去给你割麦是吧？""你怎么这么聪明，不愿让你发大财。""我一买收割机，首先就想到去给你割。我们是老伙计，今年我还能再让你弯腰用镰刀去割！熟得怎么样了？说准时间，第一炮先打你那里。怎么样，够朋友吧？想当初你和万青莲谈恋爱时你就没有想到我。你太自私了。""去你的吧，你个老圆（袁）头，你当时已经订妥，心急吃不了热芋头，先尝后买，知道好歹，还没进门，就把窑给人家装好了。你认为我不知道。你才是饱汉不知饿汉饥呢！"两个人胡侃了一阵，最后定妥时间，后天一早开割。回到家，米善对妻子说："你去告诉小芬的娘，机子来到先割她家的，多准备袋子，至少得四十条。"

这天一大早，程秀和两个孩子吃完饭，她嘱咐米玉说："你别下坡了，咱的两只小鹅，一天到晚在笼子里关着，在梁上挂着，多寂寞啊，今天我把它们放出来，你看着它们玩耍好吗？你可千万别离远，在院子里守着。野猫、野狸，还有黄鼠狼，它们都非常凶呢。"

"妈妈，你不是说鹅能看家，敢和这些野生动物斗争吗？"

"我说的那是大鹅，夜间，它们在院子里趴着，两只眼睛能像白天一样看得清清楚楚。野兽来了，它们就拍打着翅膀跳起来，卷起烟尘，把脖子伸得长长的，箭头一样向野兽冲过去。小鹅怎么行，它们太娇嫩了，没有力气也没有经验，还需要人来保护，长大了才能给人当助手。等到秋天种麦子的时候，咱就可以把看家的任务交给它们了。"米玉同意了。妈妈踩着凳子把笼子从梁上摘下来，提到院中拔开笼子的门，两只小鹅钻出来满院奔跑。"你看它们多高兴啊！"程秀说。"妈妈，这叫兴高采烈。"米玉说完，娘仨都笑起来。"厨房里有筐，筐里有青草，你一会儿抓出一把来扔给它们，看着它们吃早饭。"程秀告诉儿子。

程秀和米芬母女俩拉着地排车带着几十条编织袋来到自家承包的地头上，大哥米善、嫂嫂万青莲和两个女儿米贞和米节，还有公爹米继峰，也都陆续来到。放眼四野，满坡金黄，满坡的人。麦收如救火，要抢时间，天气也往往难为人，一季麦子收下来，谁都得经受几场磨难，遭遇诸多风雨，白面馒头可是来之不易！火红的太阳从东方升起来了，给麦田涂上一层橘红色，大地增辉，人心欢畅。一辆收割机像金色海洋中的一条船迎着霞光越驶越近，在程秀家地边路上停下。刹那间，众人都向这边围过来。

"谁搞来的大联合？先给谁家割？"

"米善？哎呀，天底下的人，谁能也能不过米善，他什么都占先，用联合收割机收麦，他又是头一家。"

"割一亩多少钱？排号还是抓阄？"

"也不排号也不抓阄，人家是米善的朋友，才买的新机子，到这里来试车，割完米善兄弟两家的就开走。"

人心凉了，慢慢散去。米继峰老汉共十口人的，二十多亩小麦上午轻轻松松完成，还不耽误回家喝酒。"谁有空喝酒？"袁木说，"还是免了吧。农闲有时间，我专门来找你喝酒。"说完要上车返程。米善说："伙计，和我们挨着的这块地是本家的一位长辈继贤大叔的，我们也是邻居。老两口这么大年纪了，咱要是给他闪下扔这里，良心有点过不去……"没等米善把话说完，袁木登上驾驶室发动引擎，割完米继贤的那块地，饭没吃水没喝开车走了。

米玉对妈妈交给自己的工作产生了浓厚的兴趣，他精心地观察着两只小鹅的每一个细微的动作：用爪子给面部搔痒，用嘴巴给身体理毛，然后伸长脖颈洗刷全身；为争一片草叶，互不相让，草叶一下子断了，有一只小鹅站立不稳竟摔倒了。米玉放声大笑起来。米玉想给它们弄一点水喝，它们光吃饭还没喝汤呢。他跑到厨房，找东西给小鹅盛水。正在这时，忽然听到一只小鹅在叫。米玉赶紧从厨房跑出来，怎么只有一只小鹅？它的同伴呢？它满院奔跑着，呼唤着，它是在报警还是在喊它的朋友啊？米玉想，妈妈嘱咐不让我远离，还能就在我去厨房这一小会儿，就让野生动物叼走了？不会吧？能有这么巧？小鹅还在叫，东一头西一头地跑，米玉跟着它，想协助它找到伙伴。来到墙根，忽然从厨房后头蹿出一只黄鼠狼，闪电一般冲向小鹅，咬住它的脖子叼起来翻过墙头不见了。哎呀，妈妈说的一点都不假，这些坏东西真是非常凶。怎么办呢？"我得抓紧去找妈妈，向妈妈报告这件事，妈妈或许能想出办法来。"于是他飞一般向大田跑去。

大家正在田头休息，见到米玉跑来，程秀知道事情不妙。等米玉把小鹅被黄鼠狼偷走的事说了一遍后，大家都忙着安慰他。

大家帮着程秀把麦子送回家就各自休息去了，程秀和两个孩子把麦子放好，才觉得有点饿了。饭早已准备好，头天晚上烙了大饼，暖壶里有早晨灌的绿豆汤，筐子里有洗干净的那种早春上市的长不大的红皮水萝卜。程秀拿了两根切成丝，用油、盐一拌，娘仨洗了手脸，开始用餐。吃饭时，程秀发现女儿米芬眼皮不住地打架，闭上就懒得睁开。睡觉比吃饭重要，饭后抓紧上床。程秀两腿靠着女儿，儿子靠在胸前。米玉说："妈妈，我今天犯严重错误了，你干吗不惩罚我呢？"程秀说："孩子，你没有犯错误，是妈妈犯了错误。我不该把那件事交给你，害得你也没眼福去地里看收割机收割麦子。咱家一共六亩多地，咱吃饭的这一会儿，就全部割完了。机器是神速，了不得。你大伯有一位朋友，人家买了一台崭新的联合收割机，一大早开过来给咱们家帮忙，没收钱也没吃饭，干完活就走了。你大娘、你爷爷，还有你米贞姐，都给咱帮忙。你记住，长大以后要好好报答咱们这个大家庭的这些亲人。""奶奶为什么不来帮着干活？"米玉问。"奶奶年纪大了，她没这么大的力气了。"程秀回答。"那，爷爷不是也年纪大了吗？为什么还干？""奶奶在家里要给爷爷做饭吃，爷爷不管做饭。""妈妈，你既管做饭，还得干活，你太辛苦了。""妈妈今年最幸福了，心里也最高兴。以往，一到麦季，妈妈就发愁。累死累活，最后人家都完成了，咱的麦子还没有收起来。每年这个时候，你姥姥就让你小舅邀几个人来给咱帮忙，今年咱是第一个完成的。明天我就去你姥姥家看看，给她家帮帮忙。今天，你大伯还说，明年咱们家也买联合收割机，我打算入一股。睡吧，孩子，妈妈确实累了。"程秀伸了下懒腰，打了一个长哈欠转身朝外，再看女儿米芬，早已打着呼噜进入梦乡。

（2）

农村土地实行联产承包以后，农民的积极性高了，粮食产量大幅增加，可是农民的收入并没有增加。为什么？一是粮食价格太低，每斤小麦还卖不到两毛钱，正所谓谷贱伤农；二是提留多，集资摊派多。老百姓身上的负担太重。拿程秀这个三口人的小家庭来说吧，每年夏粮打下来要向国家交售爱国粮一千余斤。

虽然村委会每天用大喇叭三遍五遍地催交公粮，但是米善并不心急。他每天照样出车，给城里建筑工地供货。建筑队不休假，农业再忙也不能缺了人家的料，如果不守信用，有合同在，照章办事，就得吃亏。万青莲家里一摊，地里一摊，内一半外一半，整天忙得焦头烂额，她哪里还有工夫去做押车夫人。程秀早已把小麦晒干扬净，大瓮小缸装满了，囤子簸子也撑得不能再盛，剩下的小麦只好用袋子装起来在堂屋当门里撂着。她整天担心，怕返潮，怕生虫，怕老鼠打洞。时间长了变了质，交不上，后悔都来不及。村委会的喇叭一响，她也有点心慌害怕，凡是交上公粮的户，每天都点名表扬，没交的户就等于挨了批评。如果哪一天，村干部不留情面，点了自己的名，多难看，多丢面子。不行，程秀做出决定，趁女儿米芬还没开学，能给自己当帮手，不等了。不过是千来斤粮食，十几条袋子放到地排车上，去马寨乡粮管所不足十里路，这件事还能完不成？再说，哥哥嫂嫂已经帮着把麦子收回家，这交公粮的事再等再靠，自己也觉得不好意思。母女二人做好充分的准备，带足备用的东西，告诉米玉在家好好待着，没事看书写字，然后把小麦一袋一袋架到车上，拉出家门向粮管所走去。程秀知道，中途有一道高坡，三十米左右，到时候说句好话，求求别人，也就过去了。高坡到了，娘俩把车停下，一边喘着粗气一边擦汗。这时，迎面过来一个人，是一位骑自行车的中年妇女，穿着有些考究，肌肤比较娇嫩，没等程秀发话，她把车子停好说，小姑娘再加五岁的年龄就行了，现在还太小。她说着转到车后一手掀住车尾，一手推动车帮，帮母女二人把车子推上坡。车子下坡走得很快，程秀无暇看人，口中说着感谢的话，到得坡底回头再看，好心人已不见了踪影。米芬对妈妈说，那人是一位老师，到班里听过语文课，只是不知道是哪个学校的。

　　来到目的地，母女二人都傻了眼，排队挨号的地排车的长龙足足有一里多路。收粮食的磅秤在哪里？看不见。别迟疑了，慢慢排队吧。时值正午，太阳火辣辣的，烤得人们个个全身淌油。站着累，蹲下不过两三分钟就得再起来，一步一步往前挨，半米半米往前挪。每辆车子都超千斤重，把车杆摁下去，起动艰难，停下更不容易。程秀对女儿说："南边墙根底下有荫凉，也有风，去那边歇会儿吧。包里有水杯，有烙饼，有水萝卜和蒜瓣，愿意吃点什么就吃点什么，也可以铺上塑料布躺一会儿。"米芬什么也没吃，躺下睡着了。程秀也是又累又乏，扶着车杆打盹，趴在袋子上做梦，脑子里只有一个念头，挨，挨，挨。大约过了两个小时，车子拉进院子里去了，这才看到仓库门口黑压压一片挤满了人。女儿离开了她的视线，她不放心，得去把她叫醒。她跟后面那辆车的主人打了个招呼后，快步来到树荫下把米芬拉起来，叠好塑料布，装好提包，领着她赶紧向自己的车子走过去。太阳一偏斜，天似乎凉快了一些。娘俩站到车旁，掏出水杯，拿出烙饼，开始用餐，一边吃着一边往前挨。吃完东西，程秀告诉女儿看好车子，往前挪的时候，不用摁车杆，抓住横木或拉绳往前一带就行，水泥地，很轻的。她要去过磅那里看看情况。

走到前面，里三层外三层挤满了人，什么也看不到。程秀没法往里挤，也不想挤到里面去。她围着人堆转了一周，抬了几次脚还是什么也没看到。载重的车子只要钻进去，马上湮没在人海里，过完磅的空车，大呼狂号地往外挤，有时候还拉不出来。她又绕到仓库门口那边，只见门楣上写着"四号仓"三个字，五间大筒子屋，没有窗，房檐下有几个大洞，被堵得严严实实。门口用闸板一层一层垒上去，已到门框半截。一道长长的木板枕在闸板上，另一头拄到地上。粮食过完磅，主家就用肩膀扛着袋子从这道木板爬上去入仓。人背着粮袋踏上去颤颤巍巍活像杂技演员走钢丝。最艰难的地方是门口，已经没法直着身子进，必须蹲着走或把粮袋驮在背上往里爬。程秀犯愁了。她不敢踏这道木板，八十多斤重的粮袋子她抱不动，即使让女儿米芬给发到肩上，勉强爬上去，门洞那里她也没法进，除非往里滚。她定准眼神往仓库里面看看，有几道木板像道岔一样伸向不同的方向，程秀心想，对，滚，一袋一袋往里滚。扛袋子爬板的时候让米芬跟着扶着腿给壮胆。真要摔的话，先将袋子扔掉再往下跳。这时，人堆里面有人在喊，是工作人员在呼叫："乡亲们，农民兄弟们，咱都别围这么近好不好！天太热，一点风也透不进来，大家都不好受。都散开，到自己车子跟前去等，去挨。光心急，挨不到号也白搭。这里没有人加塞，没有人走后门，我们没有厚此薄彼，请大家放心。"人群似乎松散了一些，但仍然不透风。

　　下午五点钟左右，西北方向有乌云在翻滚，虽然听不到雷声，却能看到闪电时不时给黑云镶上一道金色的边。程秀回到车子跟前，米芬说："妈妈，人家都说要下雨。""下雨才好，天这么旱，小苗子正盼水呢。我们有一块大塑料布，真下，就把车子蒙起来，我们蹲在车底下避雨。"眼看快挨到了，程秀开始倒计数，六、五、四……此时听到背后有人喊了一声："二姑——"程秀转脸一看，是丁郝村的刘禾。刘禾说："你快挨到了，就你娘俩来的？"刘禾似乎觉得这样问不妥，马上说，"我叫大胡子来帮忙。"大胡子就是刘禾的丈夫。听着"二姑"这一声亲切的呼唤，程秀振奋了一下，又听刘禾讲让她丈夫来给帮忙，程秀心里的确非常激动。这真是久旱逢雨雪中送炭！

"你的车子在哪里？"程秀问刘禾。

"远着呢，还在大门外头。我老早就看见你娘俩了，跟大胡子说，等你挨到让他来给你扛袋子。"

"你看，这怎么好意思。"

"这有什么，我就不敢扛着袋子走那条木板，一晃就晕，男人们走得多稳。我去喊他。"

刘禾夫妻二人过来了，大胡子把程秀车上的麦子一袋一袋搬到地磅上，过完秤对程秀说："你上仓库里只管解袋子，去吧。"大胡子不用肩扛，只把袋子用胳膊夹住，上行带跑，下行带跳，一口气，十四袋小麦入仓了。然后他果断地说："这空车子也别往外拉了，干脆从人头顶上往外传。"大胡子架车尾，程秀和刘禾一人架一根车杆，把地排车盘子举了起来。大胡子喊了一声："各位帮帮忙，把车盘子给传出去。"众人都把手举起来，还有人呼喊："大胡子的车子，伙计们，往外传。"车盘传出去了，再传车轮子。最后四口人突出重围把车子装好。大胡子气喘吁吁，满身汗水，他说："这是最好的办法，从人堆里往外拉，再用这么长时间也拽不出来。"程秀说："俺要知道这么难，就不来了，俺嫂倒是跟俺说了，过两天用拖拉机送，我怕粮食返潮，到时候再验不上。你的车子在哪里，咱……"刘禾打断她说："你别管俺了，俺村里来了好几辆车子，都排在一块。你娘俩抓紧回去吧，天也不早了，西北方向的云彩正往上来呢。"

程秀母女回到家，天已黑下来，大门上着锁，料定儿子米玉在他大伯那里。她正准备去前边喊，万青莲来到门口："回来了，两员大将。"万青莲口吻里含着讥讽："我已经来两趟了，你要再不回来，你哥哥就准备骑车子去粮所里看看了。你认为交公粮就那么容易，这不是小活。"接着程秀把半道上那位教师和刘禾夫妻帮忙的事讲说了一遍。万青莲笑了:"正像人家说的,到处有好人,遍地是雷锋。别管怎么着,你总算把任务完成了。小玉把钥匙给我了,开开门,把车子推到院子里,抓紧过来吃饭。"万青莲一边说着一边将钥匙交给程秀,转身走了,走出老远又加了一句:"快点,汤凉了还得热。"

程秀知道万青莲的脾气,磨歪了砸到碾上——石打石。她和女儿开门进家准备了一下,然后去米善家用餐。两家人在一起吃饭,热闹极了,妯娌俩和五个孩子七口人在下面案板上,米善独自一人在八仙桌子上。万青莲对儿子米亮说:"小亮高升一级,上大桌子陪你爹一块吃去吧。"米亮摇着头不好意思去,米善发话了:"来吧,来吧,给你点酒喝,你整天想喝酒,从今天起给你开戒。"米贞、米芬、米节和米玉大家都看着哥哥,只见米亮大大方方站起来坐到米善对面。"噢,亮哥哥提拔喽,上一个台阶喽!"大家一齐哄笑起来。程秀端上来一盘油炸火腿肠,米节伸手把盘子拉到自己面前说:"我负责分,每个人两片。"万青莲端着一盘菜,抓着一把筷子,程秀端着两碗汤,两个人一块坐下。程秀说:"吃饭的时候都别说话,吃完饭一起看你妹妹米节跳舞。"大家又是一阵哄笑。

饭后,程秀帮嫂嫂收拾洗刷完毕,小朋友们的联欢晚会也随之结束。程秀领两个孩子回到家里,感到十分疲乏。娘仨刚躺下,米玉说:"妈妈,我不想上学了,我想在家里帮你干活,你太辛苦了。"程秀把身子折起来,她让儿子坐起来,把女儿米芬也喊起来,将两个孩子揽在怀里说:"帮妈妈干活并不重要,努力读书才是好孩子,妈妈吃苦受累都是为了让你们把学上好,当一个好学生才配做妈妈的好孩子。妈妈的希望和老师的希望是一样的。记住了没有?"

"记住了。"米芬和米玉一齐回答。娘仨抱在一起坐了许久许久。

30 王　雷

　　米店村正南方五公里处有一个较大的自然村王家庄，村内有五百多户人家近两千居民。米继峰和杨老太太的大女儿米兰的婆家就在这里。村子东边大约一公里的地方有一块黄土高坡，几十亩地，一片荒芜，灌木、杂草、枯藤、秧蔓缠绕在一起，覆盖着地面，从远处看去好似坟场，只有钻进去后才会发现原来里面有个窑厂，烧砖的窑厂。中间有一座砖窑，破旧坍塌，里面积水很深，夏天是青蛙的乐园，野兽野鸟也来饮水和觅食。周围是晒砖坯的场地，雨水浸透的散乱的砖坯、成堆的泥土、烂得不成体统的草苫苇席散落在地上。喜欢潮湿的各类昆虫在这里安家落户，繁衍生息。没人到这里打草和砍柴，因为那样付出太多，收益甚微，谁都不把这片荒地看在眼里。在人们心目中，这是片神秘荒凉地带，甚至还有几分恐怖。大人有时会拿这个地方吓唬不听话的孩子，再不听话就把他扔东边窑坑里。冬季，这里失过几次火，人们亲眼看见的就有两次，火势很猛，半边天通红。但是没人理睬，更无人扑救，任其自生自灭，来年这里照样葱绿。一年一年，这片荒坡渐渐成了"古迹"。

　　王家庄窑厂是"大跃进"的产物。当时人民公社刚刚成立，政社合一，农、林、牧、副、渔五业并举是导向，因地制宜是宗旨。搞副业挣钱是为了更好地反哺农业，减轻农民负担，增加社员收入。王家庄大队支部委员会决议办窑厂。原材料多的是，黄土和黄沙取之不尽用之不竭，如同拾了麦子打烧饼——清赚。开窑烧砖既符合上级的政策又适应当地需求，大队党支部有宏图大略和雄心壮志，他们想闯出一条路子来，搞个样板给上级领导和兄弟村庄看一看。窑厂的面积很大，好几个生产队大部分土地被划进去，办场的经费也由各生产队分摊。新生事物如同出土的幼苗，都比较完好，窑厂也是这样，制度过硬，纪律严明，开头几年确实挣了不少钱，为社员群众办了一些实事，例如架高压线、安自来水、整理街道、筑路修桥、分发化肥、购置农机等等。生产队和社员群众的付出得到了回报，大家也尝到了甜头，怨气和谩骂逐渐消失。但是好景不长，窑厂红火了没多久，一些干部就利用自己的权势胡乱下命令，今天这里建房要两万块砖，明天那里建堤也需要。村民们见此，也纷纷效仿，窑厂很快就垮了。

经济困难那三年，人们整天盘算肚子盘算粮食，哪里还有人盘算房子。买几斤煤生火做饭都要拿煤票，公共食堂因为断炊都垮了，谁还想去捣鼓烧砖。接下来是"四清"运动，"文化大革命"期间，全国形势混乱，县、社、队干部换了一届又一届，走马灯似的，你方唱罢我登场，这副业，这窑厂，这荒坡，没人理它的茬。

改革开放以后，王家庄党支部新的领导班子把这片荒地改造提到议事日程上来。他们认为，这片地是王家庄的一道伤疤，是历史遗留的一块病。从中央到地方对土地都那么关心，抓得那么紧，这片好原高地硬生生地荒了这么多年，谁的责任？当初圈地建窑的老领导有的已经离开人世，追查起来怨谁？要抓紧解决，别等上级找到门上来，压到头上来。要么削凸填凹，整平以后种庄稼，建苗圃；要么承包给开发商，上项目，办企业。村政府把广告发出去了，这时候村里站出来一个人，他说愿意承包这片地继续建窑烧砖，振兴老工业，旧貌换新颜。这个人是谁？他叫王雷，就是米继峰的大女儿米兰的丈夫王大炮。"雷"等同于"炮"，"炮"相当于"雷"，王雷是先有正名才有的绰号还是先有了绰号才起的正名，已无从查考。不管怎样，雷也好，炮也好，威慑力都很强。村里村外，周围的庄子乃至全乡谁不认识王雷王大炮！他想承包这片地，凭什么？靠什么？有钱还是有人？王大炮说，我什么都没有，只有我自己、谁敢与我竞争，我就把谁击退，没人站出来，我就在合同上签字。没人争并不是没人想争，资金、价格、销路等问题都在那里摆着，市场风云变幻，亏净赔光血本无归是常有的事，那些人不是怕王雷，是没王大炮有胆量。

王雷先跟城里建筑公司联系，让公司把砖窑给建起来。规格不是独腔的那种筒子窑，要建大型的平地转盘窑。一窑四腔，十字花隔开，四处留门，从窑顶投煤烧火。一腔烧熟出砖，其他各腔照样可以装坯可以烧火，不是窑转，是人转，转着干活，转着作业。这种窑容量大，节煤省火，大大降低了成本。王雷提出，三个月时间把窑建成，开业以后三个月开始还账，再过三个月把建筑公司的账付清。建筑公司的负责人一开始不同意，他想要现款，起码要先交一半的现款。王雷一拍胸膛说，你怕我要赖是怎么着！我跟你签合同，如果我不按合同办事，你可以去法院告我，让我坐班房。事情就这样搞定了。

提到钱款，王雷想到大内兄。他决意去向米善借钱。万青莲不喜欢这位贵客，说话不带好气。

"哟，王先生来了，这么稀罕啊！"

"你兄弟混穷了，想来借两个钱花。"

"钱倒是有，就是不能借给你。凡是不干正事的都没有人性。大烟鬼、赌博鬼，统统是邪祟。"

"你看俺嫂多厉害，沙尘暴裹石头，连讽加砸。俺不赌了，做好人了，立地成佛了。"

万青莲笑了，拿烟倒水招待客人。王雷笑着说："别抽烟了，光喝点水吧，成佛了嘛，修炼好了。"然后他对哥哥米善一本正经地谈了他的宏图大略。米善支持妹夫，称赞他有胆量，思路正确，愿意拿钱给他，并且说："我见过那片地，当时就觉得很心疼，我若是在你村里住，早就提出来承包了。"王雷说："哥哥，你即使把钱给我了，我也不一定就急着用。我对他们还是生拖硬磨。煤窑那边的合同签完了，还完建筑公司的账再开始还他们。九个月以后再送过来煤给两倍的现款，直到还清。磕坯准备实行工人承包制。我什么都不管，只提供黄土和黄沙，你把砖坯给我运到窑门口，点数付款，瞎了坏了、大雨淋了、大水冲了都由工人自己承担。塑料布、草苫子自己准备，各人是各人的。这样他们也用得爱惜，减少浪费。听说有制砖坯的机器，将来买了也得实行承包。这是后话。人家说好钢用到刀刃上，保火的匠人那里是刀刃，得按月发给他们工资，不过这里面也有规定：烧不好火色怎么罚；按出砖数量给他们一定提成，这叫赏。现在的人都铁面无私了，对谁也别客气别讲情面。"听到这里米善大笑起来，然后夸妹夫考虑周密，有干大事业的派头。万青莲插话道："人家整天打麻将，学了那么多心眼子，谁想哄他可不容易！"

"嫂嫂，请你饶了兄弟吧，这块疤再揭就要流血，我可要受不住了。"三个人都笑起来。

开业那天，很多人提出放挂火鞭。老板别看是大炮，却并不喜欢放炮，他说："这里是漫坡，再响的炮周围的村民也听不见。在场的伙计们听这有什么意义？大家都听我的：'王家庄窑厂——上马——点火！'"如同打雷，比放炮还响。全场欢腾，窑顶上浓烟滚滚。

经济好转，生活提高，公私两方都在积极筹建新房、抓紧旧房改造，城里盖高楼，农村修水利，砖的用途宽广，销路畅通，价格逐渐攀升。产品不愁销售，倒是担心无货，每次出砖都被抢购一空。很多人把车开到窑门口，砖出来不落地，直接装车。王家庄窑厂这部机器飞速运转起来了。

31　红双喜

　　聂小锦怀孕了，婆婆郑三娣对儿媳妇加大了保养力度，核桃、栗子、大枣、鸡蛋、香油、白面、鱼、肉、蔬菜、水果等应有尽有。做饭她是内行，做菜她是高手，同样的原料，郑氏做出来就格外鲜美可口，富有魅力。社会发展了，物质丰富了，百姓兜里有钱了，本事有用武之地了。这种情况下不把本事拿出来，不把爱心献出来，还等何时。上述材料，她让女儿程俊或儿子程功去买，买调料她不用他们，每次都是亲自去商店里选购，看牌子，看产地，看厂家，根据经验进行比对，买回家称心如意，用起来得心应手。累也好，乏也好，苦也好，她是在为自己做事，在为自己的家庭谋福利，乐在其中，心甘情愿。

　　儿子程功早已看不惯。聂小锦刚来那段时间，人地两生，母亲怕她思念故土和亲人，疼爱是为了稳住她的心，让聂小锦感受到新家胜过老家，这里才是自己真正的家，对女人来说，第二故乡才是真正的故乡、永久的故乡，在婆家扎的根才是固定根。时间过去这么久了，她也算老媳妇了，还搞特殊，吃小灶，优先优待，哪能一直这样？

　　"娘，你怎么老是这样做事，谁是老的？社会没有颠倒，难道家庭会颠倒？人伦会颠倒？她凭什么一直享受这样的待遇？这不合乎常理！"

"尊老爱幼才是常理。全家人都把我捧得高高的,我就应该这样做,我从内心愿意。锦锦是我们从遥远的甘肃移过来的一棵树苗,她在这里扎根了,开花了,眼前又结果子了,不浇水行吗?不上肥行吗?不加强管理行吗?五口人里她最年轻,也最重要,我当娘的就应该把心操在她那里,把精力用在她身上,等把娃娃生下来,她做了妈妈,自然不用我再这么操劳。她自己也会像我一样去为她的孩子忙活。她目前正需要关心和照顾,如果我懈怠,就不配做老的。为娘我不是偷懒的人,不是贪馋的人,我的一生都快走到尽头了,我觉得才真正过上了正常人的生活。我盼儿媳妇望穿了眼,想孙子掏空了心。自从锦锦来了,我才打起精神来,走路把头抬起来。你应该为娘高兴,为你自己高兴,为我们全家高兴。"

"我怎么不高兴,只是我老觉得你老人家太委屈,太劳累,太对不住自己……"

郑三娣正想打断程功的话继续解说,程俊打断她说:"小功,这件事我来说两句。咱娘这样做开始我也看不惯,觉得她老人家有点过分。我现在明白了,理解了。天下疼爱儿媳妇胜过疼爱自己儿女的母亲实在是少之又少。咱娘能这样做说明她老人家不是一般的女性,是女性的楷模和高标。她前半生把整个精力和全部心血都倾注在我们姐弟三人身上,眼下她进入老龄,余烬仍旺,余热尚存,还以满腔的热情为我们这个家庭操劳,像河流一样奔腾不息,这种精神,这种品德,永远值得我们铭记。聂小锦自从怀了孕,腰逐渐变粗,脸逐渐发胖,肚子鼓了,腮也鼓了,下颌子也鼓了,成双嘴巴子了。她现在和两年前刚来时候,简直判若两人。现在她的父母到跟前,她的姐姐弟弟见了她,不一定一下子能把她认出来。谁的功劳?谁的成绩?咱娘这个人疼儿女不留空,疼儿媳妇拼命。她从小形成的这种性格,养成的这种品质,难能可贵。我们能有这样一位母亲,是我们的骄傲。说实在的,我对咱娘钦佩得五体投地。你心疼她,孝敬她,关爱她,不如把这一切化成两个字:敬重。

眼下，我们能为娘做什么？她需要我们做什么？当前来说，只这一点就足够了：敬重。"

程俊发表完自己的演说，四口人在堂屋里坐着，沉默不语。大家都很激动，心潮起伏，热血奔流，静坐着，思索着，"此处无声胜有声"。只有聂小锦一个人瞪着一对水汪汪的大眼睛看看婆婆，瞅瞅大姐，最后把目光落在了丈夫脸上。她看程功那么严肃、眼眶里充满了泪水，好像有些理解。程俊刚才那番话她似乎没有听懂，或者说没有听准。

"锦锦！"程俊高声喊道。

"姐姐！"聂小锦笑着答应。

"摸摸你的嘴巴子，胖了吗？"程俊一边说着一边摸摸自己的下颌向对方打手势示意。

聂小锦真的用手掌来回搓着下巴说："胖多了，咱娘净给做好吃的，俺不吃她就生气；俺让她吃她不吃，我说送给姐姐她也不让，好东西都让我一个人吃了，吃得我都跩不动了。"满屋人都笑起来。郑三娣接下来说："锦锦长俊了，丑骨头俊肉，越胖越好看。"程俊说："再过一段时间让小功用地排车拉着她到城里人民医院检查一下，查查胎位，听听胎音，量量血压，临月的时候提前去住院。"程功说："一入院又得花钱，俺姐姐挣的钱都归到俺身上了，光姐姐的恩情俺也报答不清，别再提娘的恩情了。"程俊板起面孔说："什么恩情？这不是恩情，这是亲情。恩情有价，亲情无价，再多的钱都无法代替。"

程功想用自行车带媳妇进城查体，母亲和姐姐都不同意。她们怕他骑车的技术不高，颠得厉害，而且城里人多车多，怕路上出危险。总之一句话，自行车不如地排车安全稳当。程俊建议娘陪着一块去。别看事情在自己身上，年轻人在大夫面前不一定能说清道明。况且聂小锦听力还不强，回答不好，大夫问烦了，查起来怕不那么精细。老人在跟前可以多问问。大夫向郑三娣母子二人报了一个特大喜讯：聂小锦怀的是双胞胎。三口人兴奋不已，回到家对程俊谈起此事，程俊激动得热泪盈眍。她高兴地说："娘，你老人家感动了上苍，这是上帝的恩赐，是苍天发来的奖赏，我们家这棵千年枯树再绽新芽，又要开花了。"

聂小锦在医院里顺利产下一名女婴，一名男婴。程俊早已给孩子把名起好，大的姐姐叫程甘肃，小的弟弟叫程山东。这件事轰动了整个程屯村和周围几个庄子。程功结婚的时候，郑三娣把场面压得很小，没有娘家贵宾，没有本家本族，只有至亲骨肉，满打满算待了不到三桌客，花了百多块钱。这一次再想这么节俭，这么省事，看来办不到了。郑三娣在村里属于德高望重的人，以往踩百家门，串百家户，给街里乡亲帮了那么多忙，做了那么多好事，众人想报答她一直找不到茬口。她儿子程功的婚礼又办得那么秘密，媳妇从甘肃来了，一直在家里养着，众人问郑三娣什么时候盘头，她总是说不慌不慌，户口还没转过来呢。突然一天早上，放了一挂火鞭，在饭店里待了几桌客就完了。如果这一次再不喝个喜酒，自觉有些惭愧。再说郑三娣的身份也和以前不同，以前讲阶级，讲成分，讲出身，眼下这一切全都没了，大家都平起平坐。人们还有什么顾虑？再不会拿"阶级路线不清"的大帽子乱扣乱套了。首先是村"两委"全体成员登门喝喜酒，听说产妇还没出院，支书就派会计把贺礼送过来交给了程俊。村"两委"这一带头，村民们也都响应起来。郑三娣嘱咐儿子程功说，去饭店订最好的酒席，亲戚、朋友、老街坊，还有村里的领导，都看得起咱，十年二十载这么长时间碰巧吃咱一顿饭，宁愿一人担，别让众人寒，人缘可贵，脸面可贵，口碑要紧。

就这样，一下子待了三十多桌。程松明也是经过大场面的人，他领着儿子程功挨桌劝酒、让酒、敬酒，说了一些感激的话。从外地回来这些年，大家还从没见他这样气派和风度。

32 幡然悔悟

（1）

自从大炮王雷发出第一声春雷"王家庄窑厂——上马——点火！"那天开始，窑厂天天冒烟，王雷的嗓子眼里也天天在冒烟。他非常焦灼，整日提心吊胆。他自认为是个大心壳子的人，以往赌博，轻轻松松进场，输得一干二净，回家照样睡得不知天多高地多矮，不饿不起床，吃饱喝足了照样去，想捞回来，但还是输，又是一个精光。精光就精光，百八十块算什么，他曾一夜输过五百多块，应该算是创下了纪录。但他脸上表情、坐立起站一切如常。哪像有些人，赢几个钱就笑眯眯，输了以后，手一边搓牌一边打战，心里也打战，脸上的肌肉也打战，如丧考妣。眼下王雷是怎么了？他没见过这么大的场面。其实哪是什么大场面，一共不足百人，干的都是些硬活，和泥、调沙、搬坯、运砖、上煤、加水、装窑、出窑等，难度并不大，技术含量也不高，而且干活的人个个是行家里手，不会出错生漏子。王雷没法对工人进行辅导和监督，外行领导内行，时时处处他只有干看的份。他有一条大心事，就是怕出事故，怕不顺畅，白手起家，欠了那么多钱，他想尽快把那个坑填平。所有的账都签着合同，到期不还，丢人现眼，还得挨罚。大家都在一汪水里，人家忙着捕鱼，他则怕水中没鱼。赌博是拿自己的钱去拼，没钱不赌，看人家赌。这回办企业是拿别人的钱在赌，赢了不算赢，输了窟窿会更大。他没有经验，谁知道命运会怎样呢？

　　开工之前，他拉了一部分砖盖了两间屋，最简陋的那种屋：泥浆填缝子，泥浆贴里子，水泥石灰都没舍得用。从厂子里伐了几棵树当檩条，买了几领笆箔和别人拆屋处理的旧瓦，门窗也是从旧物市场买的二手货，就这样凑合了两间屋。泥瓦匠嘲笑说，当老板还能住这样的房子？王雷说："咱不是建公园，造别墅，金碧辉煌的，讲求造型和气势。咱是烧砖，砖厂的老板住什么？还能住宫殿？"众人笑起来。屋盖好了，他觉得倒挺别致。里间安了一张床，冲门放上一张二屉桌，平时锁抽屉，外出锁门，两把钥匙在腰间挂着。开工以后就不是那么回事了。这么多人带来的工具、衣物往哪里放？特别是吃食，怕日晒，怕雨淋，怕遭虫子，不放屋里放哪里？承包制干活，各人掌握各人的时间，自己安排自己的活路，自由自在，无拘无束。脑力劳动者休息时想活动活动，打打球，跑跑步，做做操；体力劳动者休息那就是睡觉，连坐也不想坐，光想躺。王雷的那张床上经常有人躺着，并且不是一个人，而是三个两个。只要是张床就比地上强。王雷虽然不干重活，一天到晚也是忙忙碌碌，还要负责给工人烧水。一口巨型铁锅能装四桶水，支上自来风的灶膛，高高的拔烟筒，一天至少得烧四锅开水。工人们喝水不多，主要是洗得费。都是脏活，特别是装窑出窑，全身黑灰泥土，不洗个澡不行。王雷累了，他想躺，哪里还有地方？工人身上脏，尤其头上，他的那床被子和枕头，千人搓万人磨，已经成了油片和油包。他又在外间办公桌后面搭了一个地铺。别说一个地铺，三个五个也不解决问题，照样有人在他床上睡，往上面放东西。他仍然没地方，又不想和别人躺在一块，累极了，困极了，就坐在办公桌前趴一会儿，打打盹，做个短暂的梦，起来再赶紧去忙活。他不想添人手，这些零碎杂活只要自己紧紧手，勤快一点能应付。他也曾想让妻子米兰到窑上来帮忙，其实妻子并非闲人，两年前他们从父母那里分出来，单独过日子，家里有承包地，两个孩子王实和王惠都在读小学。妻子成了里里外外一把手，自己没法帮她，她也不能来帮自己，各人守着各人的一块阵地。又过了一段时间，王雷做了两件事。一是挨着两间屋的西边接了一间屋，又添置了一张床，把办公桌挪进去。不知是哪一位用石头片子在砖上写了三个字——厂长室，后来又被人改成老板房。大家承认了，王雷也心安理得，独立了，自由了。二是从城里买了一座烧水的锅炉，用手摇水车直接往里灌水，点火关炉门，不用加多少煤一锅水就开了，省力省时还省煤，减轻了他的负担。整个窑厂运转正常。光阴荏苒，四季交替，不出两个年头，王雷还清了所有的欠款，再挣的钱就是自己的了。

有一天，米善开着拖拉机从这里经过，把车停在路旁进厂挨着察看。米善说："生意很好，就是工地上有些杂乱，显得没有次序。我经常拉砖，去过很多砖瓦厂，人家那里都有板有眼，井井有条，等我再从这里过带上你到人家窑上去参观参观，你心里就有底了。你还缺少一个助手，米兰如果忙，离不开家，就叫大爷他老人家过来帮忙，告诉他有些事怎么处理；召集全体工人开会，规定上几条，谁不执行该如何惩罚。没有规章制度不行，家有家规，校有校规，厂也应该有厂纪。要瞪起眼来，不能放任自流。现在不欠账了，积攒些钱，买点机械，例如制砖机，一部机器能顶几十个人干活，花上五六千，不出一年就能把本捞回来。光有打算有计划还不行，还要有眼光，有眼力，有理想。我觉得你应该给工人搞点福利，建个简单浴室。夏天洗澡能在露天地里，冬天呢？这该是厂子的义务。现在生活水平逐步提高，骑自行车来上班的人越来越多。刚才我看到摩托车都有好几辆呢，盖几间敞棚，放车子，放其他东西，你那两间小屋也就不显得那么满那么乱了。该花的钱一定要舍得花，不能怕花钱，图省钱。我看你这片窑厂厉害了，这么多黄土，三十年二十年是挖不完烧不尽的，要打长谱，放长线才能钓大鱼呢。"

"哥哥,我聘请你来当助手行不行?给你双倍的工资。"王雷笑着对米善说。

"我来当助手?最后我得把你给踢喽,我当这个厂的老板,到时候你想给我当助手我都不用你。"两个人都笑起来。

(2)

一天上午,王雷正在结算一笔账:本村小学改建和扩建,商定全部从这里拉砖,用这些砖顶替窑厂每年应向村里交纳的地皮钱。他想了解一下这些砖目前已拉走了多少,还需多少。正在这时,忽听外面传来一个女人的声音:"厂长在哪里你知道吗?"她在问干活的人。一个人指了指老板房,女人冲着王雷走过来。工人风趣地说:"今天旦角怎么登场了!"这个女人看上去不到四十岁,不高也不矮,不胖也不瘦,说不上多俊俏但也不丑,挺耐看,有种让人看了还想再看的魅力。她穿着普通,但是干净、整洁,香蕉形发髻,蝴蝶展翅的茶色发夹,面色滋润两腮微胖。两只眼睛不大,睫毛很长,闪闪放光,总是笑眯眯的,说起话来和两排洁白的牙齿配合得非常默契。她站在门口,挡住了光线。王雷上下打量着她。

"认准了没有?看仔细点。"

"石流。"

"当老板了,贵人眼高,我以为你不认识了呢。"

"那怎么会,老同学嘛。"

王雷和石流是初中同班同学,应该说他们都是不受老师和同学喜欢的人。王雷癫癫狂狂,连老师都怯他三分,同学更是没人敢惹他,谁愿意去点这个地铳子。石流性格轻浮,缺乏女性的温柔与典雅。在宿舍里,她谁的水都喝,谁的东西都吃,谁的被窝都睡;在班里给男生写情书、递条子,与男生接吻、搂搂抱抱满不在乎。有时候男孩子脸红了,她倒若无其事。初中毕业了,很多同学都继续深造,她却辍学在家。几个她看中的递过条子的男孩子有的考上了大学，有的当了什么局长、科长，她暗暗佩服自己有眼力，没看错，只是百分之五十等于零，人家并没给她什么热和爱的表示。当时她和王雷之间平平淡淡，没有什么牵连和瓜葛。只是有几次被老师一块叫去挨批、罚站，那是因为他们违反了纪律，但犯的条款并不一样。

石流之所以养成这么多不良习惯，主要原因是缺少家庭的教育和培养。五岁时，她失去了母亲。那时从城里到乡村都在挨饿，国家每人每天供应二两半原粮。父亲在外兴修水利，她和母亲两人在家，每天只给半斤粮食，饥饿对她们的折磨可想而知。雏燕只知道张着大嘴向母燕讨食，根本不懂得母燕的艰辛。石流的爸爸兄弟两人，她爸爸排行老二。当时，石老大在生产队里当仓库保管员。一天，他对妻子说，弟弟不在家，兄弟媳妇领着孩子再不想点办法准得饿死。于是叫她去仓库里给公共食堂簸粮食，意思是让她趁机偷点粮食带回家。石流的妈妈一进仓库的门，看到那么多地瓜干，哪里还控制得住，旋即大嚼大吃起来。她吃得太多，那些干东西下到胃里一发胀，她受不住了，当天夜里就撑死了。大妈埋怨大伯说，你本来是好心好意，却变成了狼心狗肺，不能对世人讲，也没法对老二说。她是饿死的还是撑死的只有老天爷知道。大伯和大妈内心觉得有愧，再加怜悯之心大发，弟媳死后，他们怕弟弟一个人对女儿照顾不好，就把石流揽过来。石老二没了媳妇，精神压力比经济压力不知要大多少倍，过得疯疯魔魔，晕天昏地。石老大仍然在生产队里当仓库保管员，能偷能摸也能拿。他束着一根像猪肠子那样粗细的空心腰带，进了仓库就解下来灌满粮食再缠到腰里，万无一失。一天三趟五趟，偷个三斤二斤粮食不成问题。所以任谁挨饿，仓库的硕鼠也挨不了饿。石老大夫妇额外拉扯一个孩子并不费劲。后来石老二续弦，大妈对石老二说，俗话讲，云里的日头后娘的指头，别叫孩子再受折磨了。我跟前没个闺女，石流全算是我的闺女吧。

后来，大伯和大妈做主给石流找了个婆家，丈夫叫麦田。这个名字有点古怪。原来，麦田的妈妈怀孕七个月的时候，正逢农忙麦收，由于劳累过度，把孩子生到麦地里了，早产。俗话说，七成八不成，孩子有幸活下来了，但是先天不足，发育不良，长大后也是体弱多病。石流和麦田初中在一个学校，同届不同班。她认识麦田，也了解他，知道他有一个绰号，叫"不足月"。麦田性格绵软，整日沉默寡言，用石流的评价说，碌碡轧不出屁来，口含冰块倒不出水来，他跟谁都不交往，谁都不跟他交往。石流非常不喜欢这样的性格。大妈还说姻缘没有错配的，这是她命中注定。结婚那年石流才十八岁，明知自己的终身大事不如意，但在家长意志的高压之下，她的抗争只不过像鱼儿在网中挣扎，白折腾。麦田的妈妈品德不孬，疼爱儿子也关心儿媳。老人的所作所为，让石流有些感动。石流常想，丈夫不行，婆婆行也就知足吧。又一琢磨，丈夫哪里不行，只是自己要求过高，眼眶子太大罢了。麦田对自己百依百顺，知冷知热，自己还想什么？对比自己的娘家，这应该算高档次。俗话说，知足者常乐，石流知足了，适应了。过了好几年生了一个男孩子，取名麦立。公公婆婆都高兴得没法说，抱上大金娃娃了，你说他们什么心情。抚养孩子一百条事，婆婆得担九十条，石流过上了幸福的生活，回想起大妈那句话，姻缘果真没有配错。

眼下，村里青壮男女都进城进厂打工去了。石流早已心动，但是她不能走。儿子还太小，刚断奶，放到家里完全由爷爷奶奶照管，她舍不得。她想等儿子长到三四岁，能入幼儿园，把他带上，和丈夫一起外出。又听说王家庄窑厂兴旺发达，在那里干活挣钱不少，工资从不拖欠。后来打听到窑厂老板是自己的老同学王雷，她想，一熟三宝，真在窑上打工比远离家乡奔人地两生的大城市要好，所以才上窑厂来看看情况。

"你上这来能干什么？你想干什么？全都是粗老笨壮的重活……"

"什么活都能干，干什么都行。"她抢白了一句。

"那你装窑出窑吧。一块砖坯六斤重，五十块一抬，三百斤。你能和谁一杠，谁能和你一杠？一百五十斤，你肩膀承得住吗？你受得了吗？这不是女人干的活。"

"你们这里不是有手推车吗，我刚才……"

"倒是有才购置的五辆小车，有车你也不会推啊，空车恐怕你也把不稳。"

石流终于找到了王雷的破绽："你开始说我不能抬，现在又说我不会推，说到底你是不想用我啊。亏了还是老同学，如果素不相识就更没门了。看来求人家给碗饭还真够难的。"

王雷没词了。他心想，自己确实需要一个勤杂工，因为怕花钱没舍得招聘，这些年一直由自己顶着，既然送上门来了就不应该拒收。自己也需要解脱解脱，干吗整天忙得焦头烂额的。他想了想说："那好，你来烧锅炉吧。"然后又解嘲说，"不是不想让你来，我们这里是和尚班子，如果是护士科，你还不一投一个准！"

石流并不给厂长留面子："护士就全是女的？没有男的？警察有女的吗？航空驾驶员有女的吗？人家发达国家连航天员都有女的。咱们中国将来说不准也会有女航天员。时代不同了，男女都一样。伟人的话你是怎么学的！"

王雷这回可真是理屈词穷了："好家伙，你这是机关枪还是迫击炮。在班上回答老师问题的时候怎么没听见你这么流利。"

"我倒不少听见你的动静，体育课篮球场上震天动地。"两个人都笑起来。

新官上任三把火，新工上任也有三把火。勤杂，勤杂，勤利人满眼是活，干了这样是那样；懒惰人，什么活也看不见找不着。石流按时上下班，中午回家吃饭，每天工作八个小时。锅炉烧两次水，除此之外，她一刻也不闲着。两间公用房，以前从来没人整理，她进厂后把地面铲平扫净，经常洒些水，人多进出踩踏，时间久了，像镜子一样了。她砍了一些木橛揳在墙上，造了一些木钩吊在梁上，工人的衣物、食品、工具包等等都可以往上挂，增加了利用空间，带来诸多便利。窑厂周围杂草丛生，还有乱七八糟的灌木藤蔓，石流从家里带来一柄小板镢，抽空就清理，没多久，四周也变得洁净了。脱坯场上，工人为了多出产品，有的把老婆带过来一起干，调调泥，筛筛沙，打打光，整整型，搬坯，垛坯，洗刷模子，男女搭配干活不累，一个跟着一个学，你争胜，他抢先，窑厂上的女性逐渐多了起来。石流用荆棘在僻静处搭了一处女厕所，自己方便，女友们也方便。石流说话谦和，做事有眼色，慢慢受到了众人的欢迎。一次，石流去老板房打扫卫生，王雷说："你怎么一个劲地忙活，也不歇歇？"石流笑着说："不敢休息，怕厂长把我开除了，到这里来扫扫地，巴结巴结领导。"王雷说："你这样巴结白搭。"石流说："怎样巴结？你说。"这时，两双眼睛看上了，四只眼里都飞着色情的光。石流挑逗了一句："王先生，你来巴结巴结我吧。"两颗不安分的心里都产生了杂念。

　　王雷外出时，窑上的一些如进货收收单据验验实物、发货清点数量记记账等事就直接交给石流去办。石流那里有厂长室的钥匙，后来连抽屉上的钥匙王雷也给了她一把。工人，特别是有些女工认为石流得宠过甚，暗地议论说她是厂长助理，明面上则直接喊她二老板。石流并不在乎这些，什么二老板三老板，老板娘又怎么着。渐渐地，窑厂内外，村子内外，风言风语就传开了。砖瓦厂、陶瓷厂受气候限制，每年严寒和酷暑两个时段不易生产。冰天雪地，冻坯子，易齑粉；阴雨连绵，这泥巴活根本没法着手。按理说，制坯应该有车间。盖场房，目前来讲，王家庄窑厂的条件还不具备。所以每到三九天和暑伏时节，就老早计划把窑装满烧透，存一窑砖在里面保住窑体，不留生坯，然后停工放假。像学校放寒暑假那样，总计停三个月左右时间。停工休闲了，王雷照样来厂。石流却不该再来了，大锅炉不生火，勤杂工还来干什么？石流有自己的想法，不来谁给钱？人家都是计件工，自己按天拿钱，只要老板不说话，就天天来。开头几天两个人都装得一本正经，竭力坚守那条底线，不去触碰高压线，但哪里能持久。两人灵魂深处的那个念头在蠢动，在滋长，说不定哪时哪刻就会涌出来。终于在一个暴雨的午后，两个人彻底突破了防线，抱在了一起，折腾了半个小时。虽然热，他们仍然像贴烧饼那样搂在一起舍不得分开。他俩成了一块掰不开的鲜姜，他觉得她像一只万花筒，怎么变化都好看，都美丽，都那样让人喜欢，爱不够；她感到他的的确确是一门钢炮，射程远，火药强劲，冲撞起来防不胜防，真是名不虚传，嫁给这样一个汉子也算值了。他们难舍难分，恨太阳走得快，时针跑得急，想永远留住这幸福的时刻。野性发展到这种程度，人就失去了理智。家庭、父母、儿女、配偶、亲戚、朋友、街坊、邻里、名誉、地位、脸面、人格、仁义道德、法律法制，统统都抛到了九霄云外。一个人活在这个世上，不是一粒沙子，与周围不相干，抛在哪里都行；人是一棵树，生命所在，根系所在，是社会这个庞大关系网中的一员，和周围有千丝万缕的关系，你不管不顾，别人怎能不管不顾！

"雷，咱们逃了吧，为了我们的永远。"

"我也这样想，在这里不是长法，跑出去才会海阔天空。你想什么时候动身？"

"立即，我的好哥哥。"

他们从银行提了一部分款，逃了出去。

(3)

在当地，这可是一件特大新闻：谁谁家的儿媳妇跟着窑头跑了，谁谁的媳妇叫窑头拐走了。窑头不是女的吗，怎么还拐女的？不是窑子里的头，是砖瓦窑的老板。一时间，各种消息满天飞，传得花里胡哨。受打击最大的当然是麦田，妻子失踪了，谁受得了？他骑自行车一连找了三整天，车链子磨得锃光发亮，链条上没了油也没了土，你说他跑了多少路。他想去王家庄打探，思来想去又不敢。后来打听到，王大炮的两个孩子一个叫王实,一个叫王惠,都在村小学就读,他就去学校里找两个孩子,想打听他们的爸爸有没有往家写过信,从而得到一点线索。麦田找到了两位班主任,班主任很同情麦田的遭遇,把王实和王惠叫到办公室里细心盘问,结果一无所获。精神的折腾,经济的消耗,精力的损害,把麦田击倒了。他病了四五天,发誓说,等石流回来,一定和她离婚,狠狠心,捅死她,捅死他俩。街上也有人直接劝麦田,别找了,大海里捞针你上哪里摸去,等王大炮把那几个臭钱花光,他们在外边待不住,自然就会回来。

另一位深受其害的就是王雷的媳妇米兰。她一直哭,却又不敢去娘家倾诉。她知道母亲最不愿意听这样的消息,老人家只喜欢听好事,听高兴的事;父亲一辈子老实巴交,知道了也只会生气。思来想去,最后决定去找哥哥米善商量。于是米兰让自己的公公王老汉去米家新村哥哥家。

王老汉来到新村进了米善家的门,米善夫妻二人都很惊奇。等老头把事情的来龙去脉说清以后,还没等米善发言,万青莲骂起来了:"这个熊大炮,我就知道他办不成人事。什么样的小妖精能把他的魂勾去,她看见他的钱袋子了,看见他的存折了。人不能有钱,一发财就五脊六兽。钱是祸,财是殃!"米善向妻子递了个眼色,然后对王老汉说:"大爷,你老人家这么大岁数了,经不起这么折腾,别到处找了。明天一早,我骑摩托车到周围几个小城镇上看看。他们肯定得住旅店,查查店簿,问问店家,有没有形迹可疑的人。如果打听不到,我就坐火车去济南一趟。这样的女人图享受,讲排场,不怕花的钱多。你老人家想想,王雷如果是一个乞丐,她会跟他吗?五天以后,最多一个星期,他们就会回来。你回去,劝大娘把心放宽,也安慰安慰米兰,把情绪稳下来,好好照料两个孩子上学。也就是毁几个钱,没什么大不了的。"王老汉十分感激地说:"你看,这又给你添了不少麻烦。""用不着这么客气,亲故亲故,十亲九顾,麻烦也应该,该麻烦就得麻烦。"王老汉告辞了。

送走客人，米善对妻子说："那是他儿，我怕你骂抽了嘴。"万青莲说："我心里有数，还能骂他祖宗三代？"然后给丈夫鼓劲说，"最近这几天，你也别出车了，多带几个钱，他们在外头作，你就到处找，一定得把老窝端出来。这个王雷，吃喝嫖赌他占全了，还当老板，什么样的买卖他搞不垮。下一步得告诉米兰，把他看紧点，也别在家里种那二亩承包地了，转让给她老公公去种。四口人都住窑上去，买辆三轮车来回接送孩子，让米兰烧烧锅炉。早这样做，也出不了这等子事。"

(4)

王雷和石流从小城坐火车，一票到达济南，下车后在火车站附近一处宾馆里住下。安全地带，吃喝玩乐，随心所欲，怎么痛快怎么过。济南与家乡，真是一个天上，一个地下。他们逛了大明湖，观了趵突泉，游了千佛山，逛大商场、超市，眼界大开，享尽神仙般的日子。他们两个人，各处都觉得新奇，不过只是看看热闹而已，要想融入这个城市，三年两年恐怕都办不到。在如此繁华的地方消费，凭烧砖挣来的那几个钱，正如腿弯里的汗，那可是一伸就没了。转眼间，他们已逃出来半个多月，兴头过去了，两人都有些厌倦，开始怀乡思家。特别是王雷，如大梦初醒，用手啪啪地拍着脑瓜："我的窑业，我的砖厂，我的米兰，我的儿女，我的爹娘！我这是干的什么！我成什么人了！我还是不是人了！"这些话都在心里撞击，在脑海里翻腾。石流向情人靠过去问："怎么？不舒服吗？"

"躲开！"不愧是大炮，他这一嗓子，连室外的服务员都被震住了。好几个服务员，包括正在忙活的一下子定在那里。"怎么？翻脸了？"大家猜测着。自两位客人入住以来，这些天，他们也多少看出一些端倪。服务员看过多少人，见过多少事，是狐是妖，瞒过他们的眼不那么容易。他们早看出来这两个人关系不正常，不是夫妻，内里肯定有鬼。石流躲开了，开始是落泪，接着抽泣起来。王雷斜眼看看她，心想："哭去吧，都是你个熊娘们一手导演的，这是唱的一出什么戏？家庭，两边的家庭，肯定一团糟，这不是造孽吗？"石流不敢放声，环境不允许她号闹。两人就这么默默地坐着，各人在想各人的心事。石流想儿子，非常想她的小麦立。她对不住儿子，不配做妈妈。儿子现在还小，还不懂事，回去后要把这一段丑事掀过去，今后好好做人，不然将来怎么让孩子尊重自己。还有麦田，他是好人，地地道道的好人，自己这是整的哪一套。还有什么比这更让自己丈夫伤心的呢。

幸亏王雷把住处安在车站旁这个大宾馆里，米善没费多少周折就找到了他们。米善进了房间，王雷扑通一下子跪下了。这完全出乎米善意料，他将身闪在一旁，手足无措地说："王雷，快起来，你这是干什么！"王雷不起。米善说："兄弟，你如果不赶快起来，我可要走了，从此以后咱兄弟俩免谈。"王雷说："哥哥，门后头有一根拖把，你把它倒过来照我的脊梁狠狠地抽二十下，我就起，不然，我不起。我在这里等着你。"米善感动得落泪了，他弯腰把妹夫扶起来。此刻，王雷左右开弓在自己脸上打起了响鞭。米善上前抓住弟弟的双手，王雷扑到哥哥怀里像个孩子一样痛哭流涕。米善一边给妹夫拭泪，一边苦劝，暴雨和冰雹才慢慢停下来。

"哥哥，我错了，大错特错了，下辈子重新做人，赎罪。"

"谁还能不犯个错，神仙也免不了犯错。"

"哥哥，我马上就把她送走，"王雷指了指门外，"现在我就去给她买火车票。"米善不假思索地回答："那样做不行，不合适，也不恰当，她既然跟你出来了，你就要对她负责到底。你必须把她送回去，哪能让她自己走。"王雷没有回答，两个人都在思考。米善说："要不这样吧，咱们一块回去，从城里下火车以后，要一辆出租车，咱们一块去我那里，你回你的家，让你大嫂和小芬的娘两个人把她送家去。你看这样行不行？"王雷同意这样做。他去外面把石流找回来，说："这是我哥，你也喊哥吧。"石流恭恭敬敬地叫了米善一声哥。米善立起身来说："抓紧回去吧，出来这么长时间，老人和孩子都着急，让程秀和万青莲她们妯娌两个陪你回家，见了老人就说，你们几个到北京去旅游了。"

麦田全家人正像热锅上的蚂蚁一般焦急万分，街上突然来了一辆出租车停在家门口。在农村汽车还很少见，经常看到的是拖拉机。很多人呼啦一下围了过来。车上下来三位女性，年龄都在四十上下，一位高大健壮，一位恬静素雅，两人一边一个搀扶着石流。万青莲一看演说的时机到了，便一面讲一面扫视众乡亲。

"俺上北京旅游去来，大娘，你老人家到北京去过吗？趁现在还跑得动，跳得动，应该去看看，等到八九十岁，想去也挪不动了，你老人家准得后悔。这次去了二十多个姐妹，天安门、人民英雄纪念碑、故宫……三整天都没看完，都不愿意回来，后来有的人想孩子了，想家了，这才买车票往回走。石流妹妹才好呢，她想孩子想迷了。下了火车，租了辆车抓紧往家里赶。谁料想她晕车，坐火车不晕，坐汽车晕……"万青莲讲到这里刹住了。三人慢慢往家走，听到背后一位老太太说："千言万语都是谣传，东说西说都是胡说。"众人渐渐离去。她们进家了，石流的婆婆抱着小孙子麦立和老伴、儿子麦田一家四口从堂屋里迎了出来。孩子看见妈妈，从奶奶怀里挣脱下来向石流扑过去，母子俩抱在一起。两位客人坐下以后，万青莲说："大娘，这些天把你和大爷两位老人也盼坏了，折腾了这么长时间，我们给你们留点钱，你们买点补品保养保养身子，我们不再坐了，出租车还要急等回城。"说完在桌子上放了三百块现钞，妯娌二人告辞了。麦田的母亲和父亲都是老实巴交的人。这件事，他们真的理不出头绪来了，如在梦中，不知真假。

33　三代人

从黄犍入住农家院那天开始,它就成了米继峰老汉的宠物。他对它照顾得无微不至,每天清理两次牛槽。他说,炊具餐具每天洗两三遍,槽是牲口的饭碗,一天洗刷两次并不为过。干草过筛,青草水淘,处理妥当以后,再一起倒到槽里搅拌均匀,然后牵牲口进栏,等草吃到一半的时候,加一次料,快吃完的时候加第二次料,等牛槽被牲口舔得干干净净,注水冲刷。每天垫一次栏,出一次栏,不让粪便在屋里过夜,保证室内空气清新,无异味,不遭虻蝇侵袭。米继峰家里没有铡刀,只有一把切西瓜的大刀片,非常锋利,用它对着木墩把草剁碎,极为方便。如果用铡刀,一个人干不了,还要请老伴杨太太帮忙。他不愿求她,她对这头牛太冷漠了,她连一只鸡都不想喂,岂愿和牛打什么交道。杨老太每天只管做两顿饭,其余的时间就是玩,大部分时间还是到十字街口去消磨。米继峰是这个大家庭中最繁忙的一位,除了照管牲口忙一定家务之外,二十多亩承包田都在他心里装着。谁懂农业?除他一人之外都不懂。儿子米善整天开着拖拉机挣大钱,只在每年大收抢种之季才在家帮几天忙,平日里,施肥、浇水、除草、灭虫、间作、套种、改茬、腾茬等等,他根本不过问,也确实弄不清,全指望老当家的出主意订计划。过去人民公社时期，当社员的在生产队里挣工分。现在土地承包到个人，俗话说，紧连的庄稼消停的买卖，稍一疏忽误了农时，就要减产，就得吃亏。一天下午，米善和儿子米亮出车归来，路过地边，把车停下，见父亲扶着耘锄，套着黄牛，由万青莲在前头牵着牲口正在玉米地里耘草，弟媳程秀手持镬头跟在后面刨漏掉的或没有除下来的草。时值夏至过后，正当三伏天。三个人的衣服全被汗水湿透，黄犍也是全身汗水。米善同情而又有几分自豪地说："有几棵草怕什么的，少收点，拖拉机的轮子一转就挣出来了。粮食不值钱。"米继峰反驳说："你这是说的什么话！粮食不是钱能买出来的，你有再多的钱不一定有粮食。一九六〇年前后那几年，钱多不多，一根胡萝卜还卖三块，农民中十家有五家都成了千元户万元户。腰里有钱挡不住挨饿。粮食呢？地里没收哪有粮食。那时候，一个窝头比一个元宝都贵。所以说，千荒万荒就怕饥荒；狼恶虎恶没有饿恶。钱不是万能的，粮食才万能。"米善没词了。万青莲接下来说："爹，这就是你大儿的经济头脑，他整天算的是钱，赶快让他把拖拉机卖了去开饭店，去跟柴米油盐烧饼馒头打交道。"众人都笑起来。天不早了，太阳要说再见。米继峰给牲口卸了套，连同耘锄一块放到车上，万青莲和程秀也上了车。拖拉机开动，留下老当家牵着黄犍慢慢往家赶。他们去新村，他回老村。

  米继峰老汉心里不光装着全家的地，更重要的是他还装着全家的人。对于这个十口之家，他没有什么奢望，没有过高的期待，只想圆满和太平。前半生他吃尽了苦楚，受够了颠簸。现在，好不容易才算有奔头了。前几年，大儿子米善当了万元户，披红戴花，都没让当父亲的他精神振作起来。老头经常想，钱不重要，安全才重要。儿子开着拖拉机整天在外头跑，他实在放心不下。驶车玩船命在眼前，这是老俗理。老汉整日为儿子祈祷，愿老天保佑。二儿子米良那次塌天大祸，把老汉击倒了，他病了半个多月，后来爬起来足足有三四年时间他不去东坡那块林地里干活，儿子的坟茔就在那里，他一看见那个长满荒草的土馒头，心里就受不了。土地联产承包以后，儿媳妇程秀和万青莲都有一块地在东坡，连在一起，离林地不过五十米。每逢去那里干活，大家都默默不语，一个在怀念儿子，一个在思念丈夫，万青莲则哀悼逝者和怜悯面前的两个人。圆满如何寻求，太平也好像越来越远。前几天在地里干活，万青莲对公爹讲了王雷的事。米继峰听了好像一块比冰还冷的石头塞到了自己胸膛里，永远不化，老那么凉。老米家忠厚传世，在米继峰的印象里，米家就没出过什么幺蛾子，闺女家那里出妖孽了，多丢人啊！老汉都觉得抬不起头来。再说，大闺女米兰那么老实，那么温柔，任王雷怎样折腾，米继峰觉得他的大闺女都会一味忍让。想到这里，"离婚"两个字闯入米继峰的脑际。这也不是没有可能。好在王家那边两位亲家还算忠厚老实，通情达理。下一步还要看事态的发展。这又成了米继峰心中的一块大病。这两年，就是城里的二闺女米芹家，也大不如以前了。磷肥厂破产了，工人绝大部分给钱一次性买断，各奔前程另谋职业。男亲家丰厂长内退在家，米芹夫妇二人开了个小铺子，专卖化肥和农药。米继峰嘱咐女儿，做生意要靠信用挣钱，凭本事吃饭，只有货真价实，才能远近驰名。千万别坑人，只有闯开路子，才能创出牌子。米继峰觉得，他好比一棵树，发了四个杈，每一根树杈长成什么样，是粗壮是瘦弱，是直立是歪斜，他都当不了家，都做不了主。不过他还要继续供给他们水分和营养，因为他还在这个位置上。将来，那是将来的事，目前所有枝叶都还连着根。

想到孙辈，米继峰很久很久以前就有自己的期盼。他没啥文化，小时候读过两年私塾，算个半文盲；儿女这一代，包括儿媳妇和女婿最高学历也就是初中毕业。家里没出一个像模像样的人才。什么是像模像样？就是人们叫得最响的大老本，就是大学本科生。这些年，每到夏季高考中考过后，就听到周围报喜讯，传佳音，哪街哪村谁家的孩子金榜题名了，考上大学了，考上中专了。米继峰老汉实在羡慕，万分眼热，他慰勉自己，我有两个孙子、三个孙女，等着瞧吧，到时候……老人把最大希望寄托在长孙米亮身上，时候到了，他大失所望。米亮辍学，下来跟着跑车。他对儿子米善夫妻俩的决定，极为不满。孩子年龄又不大，为什么不让他补习一年两年，回读生考上中专和大学的有的是，铁杵磨绣针功到自然成，眼下不知道学，将来不一定不知道，只要懂得发奋了，功成名就也就不远了。中专、大学毕业，国家包分配，岗位在那里放着，饭碗在那里等着，铁饭碗啊！难道说，老米家祖祖辈辈就没有一棵这样的苗吗？继峰老汉又怪孙子米亮太浮躁，不争气，不争气就不能成器。他又把希望放在下面三个孩子身上，米贞、米芬和米玉据说学习都不差，都努力，都勤奋，家庭里出两员女秀才甚至比男孩子打得还响，震得还广。

让继峰老汉担忧和牵挂的事终究发生了。米善和米亮父子俩出了车祸，主要原因是超载。那天，他们拉着一车水泥往城里建筑工地上送，路经一座漫水桥。漫水桥就是桥面同河床一样高的那种桥。拖拉机爬过一侧的河堤，缓缓来到桥面上，再加大马力爬第二道河堤。刚下过雨，路面湿滑；拖拉机的轮胎老化，凸牙子几乎磨平，摩擦力大大减小；出了桥面就是陡坡，车的速度慢，冲力也小。爬到半坡上，光打滑上不去，想停又刹不住车，重重的一厢水泥坠着车头往后退。拖拉机失控了，米善手里的方向盘不管怎样拧转，完全是徒劳，整个车退到桥面上，后厢斜斜地向桥的护栏撞去。坐在副驾驶上的米亮一看事情不妙，推开车门跳下来。他腿摔坏了，起不来，眼看着拖拉机撞倒护栏翻到了桥窝里。米亮歇斯底里地喊了一声："爸——"桥下是滔滔河水，瞬间连人带车没影了。米亮在桥面上跪着，向所有过往的车辆行人呼号："救救我爸！叔叔、伯伯，救救我爸……"不少车停下来，人越聚越多，但都表示无能为力，任凭米亮哭喊，爱莫能助。突然间，在大约五十米开外的水面上浮出来一个人，一个活人。众人这才呼啦一下子向下游涌去，有的伸杠子，有的甩绳子，几个水性好的人，跳下去连推加拉，把满脸是血的米善拖上岸来。这时候顺河堤开过来一辆机动三轮车，大家七手八脚把米善架到车上，开车的小伙子倒车来到桥头，大家又把米亮架上去，三轮车冲下河堤直奔附近医院开去。

医院把电话打到马寨乡政府，乡里把情况转告给米店村委会，又让米力把信捎给万青莲。米力很会做事，他去到米善家里说："大嫂，我告诉你件事，你别激动。俺大哥和大侄子送货回来，觉着有点头晕，他害怕血压猛高，没敢开着车直接回家，说绕道去医院里查一查。在医院里挂了两个吊瓶，让我捎信给你，怕你在家里等得心焦。"万青莲吃了一惊："我正有些心急，算着爷俩该回来了。你是怎么知道的？""我去医院里买药，见着俺大哥了。"万青莲把家和孩子全部交给程秀，推出一辆自行车直奔医院。病房里，丈夫在床上躺着，头上打着补丁，儿子在床上坐着，腿上缠着绷带。问明情况，弄清来龙去脉，她忧喜交加，内心深处被这场不幸和幸运猛烈撞击着，不由自主地掉下泪来。米善劝慰妻子说，别难过了，应该高兴才对，回家去找王雷，让他想法把车从河里捞上来。第二天一早，王雷先和米兰去医院看望了哥哥和侄子，然后从城里租了一辆起重机车，将失事的拖拉机从河里吊了出来。米善的这辆拖拉机，超期服役，早该报废，这下真到了报废的时候了。王雷对米善说："整个车身并没多大损坏，驾驶室的玻璃完好无缺。你是从亮子打开的那扇门里钻出来的，那你的头是怎么碰破的呢？"米善回忆不起来，只说多亏自己识水性，不然难逃生。米善父子俩住了三天的院，王雷找了辆出租车把他们接出来送回家中。

米善出院休养的几天内，周围的亲戚朋友都来看望。等他恢复得差不多时，万青莲把一大家子人叫在一起吃了个团圆饭。饭菜做好了，大桌子、案板对在一块，一高一低。每样菜都盛两大盘，共十二个大盘。桌子上，米继峰、杨氏坐正位，米善、米亮左右陪坐。案板上，米贞、米芬和米节姐妹三人坐一边，程秀和儿子米玉在另一边。万青莲说："我把案板头，好给大伙端端碗，递递饭。"大人有白酒，小孩有饮料，算不上肥吃肥喝，称得起丰盛厚实。席间，大家畅所欲言，开怀畅饮孩子们谈得最多,回忆电视里那些剧情和人物。酒喝完了,正要上饭,继峰老汉心窝子里的那句话终于道出来。他看着儿子额上的那块疤说:"别再买车了,把手洗了吧。"米善点头表示同意。万青莲发话:"爹,你不用操心了,从我这里说,你儿他也不会再开车了。我已对他讲清了,他要是再买拖拉机搞运输,我就碰死在他面前。"

34　米　贞

中考，即初中毕业升中专或高中考试，学生要经过三次淘汰。第一次是毕业考试，由中学中心校组织人员命题。为增强试卷的保密性，中心校往往不用本校或本乡镇的教师出题。校长到其他地方去请人，请自己最信得过的人。有的校长做得更高明，题倒是本地教师出的，但试卷发下来不是那些题。在此之前，校长早已和别处秘密协商好并亲自出马送接试卷交换考题。对学生来说，闯这第一关就很难。非毕业班已放假，应届生全部集中到中心校来，跨校跨班编号，每个考场定员三十人，单人单桌，均匀排开，每场两名监考教师，异校搭配，一场一换，临时抽签。毕业考试这一场，至少要刷下来一半学生，有的学校和班级甚至淘汰三分之二还多。第二次是预选考试。毕业考试过后剩下来的学生大部分是优秀生和比较好的学生。第三次考试才是中考。考生每人填写一份志愿表，报考高中的去县重点中学一中考试；报考中等专业技术学校的，由教育局另设考场，组织专门班子实施。全省统一时间，统一试卷，统一录取。好比登泰山，开始登山有一万人参加，到了中天门剩不过五千，再到南天门，有两千人就不错了，最后到达玉皇顶的就更少了。中考这条路比登泰山还难，还窄，还险。

米善和万青莲的女儿米贞，这次中考登上了泰山，爬到了小宝塔尖顶。中考发榜后填志愿，米贞选择了卫校护理专业，最终被录取，如愿以偿。爷爷米继峰知道后打心里美。老人平时低调，不喜张扬，甜在心里，乐在心底。他想对人说，我家也有一个了，但是他不说，他想等别人来问再解释。"知道吗，米贞是我的大孙女，新村头一个，老村也不多。下面还有两个孙女，一个孙子，学习都不差，都认学，都有希望，有盼头，有前途，有出息。"祖母杨氏在十字街口大张旗鼓地宣传，我家出女秀才了，出国家的人了，我们也有吃国库粮的了。把户口起出来，带到学校去，毕业以后分配工作，国家给钱，铁饭碗到手了。她的那些伙伴听了，其中有一个说："善他娘，你孙女挣了钱你可不能花，给你也不能要。孩子在联中上了九年学，没喝奶奶一碗水，没吃奶奶一顿饭，成器了，当大材料了，咱要是张开手蓖麻叶似的接孩子的钱，大雪天脸上也得出汗。"杨氏无言。扪心自问，人家说的一点不假。转念又一想，儿子、闺女都不给钱，孙女的钱更别做梦了。不过是图个名罢了，当爷爷奶奶的还能沾什么光。

35 母 亲

(1)

情况在不断变化,中央一再强调重视"三农",教育也向农村倾斜。程秀的儿子米玉小学毕业这一年,县第一中学决定从农村招收两个初中班,大约有一百三十名学生。这可是个不小的数字,农村的孩子以前从没有这样的运气。当下不同于以往了,农村联办中学星罗棋布到处都有。上级一再强调普及初中教育,上初中是每个孩子应有的权利。但是进县第一中学读初中却不是一件容易的事,需要竞争、比赛,努力抢占制高点。意见发出以后,农村各小学凡是教毕业班的老师都振作起来。谁都想争得这个荣誉,哪怕只有一席。就和中考一样,如果一个考不上剃了光头,一样丢人现眼。这一年,米店联办中学的小学毕业班,选拔五名学生参战,考取了两名。米玉榜上有名,成为母校的骄傲。

儿子要去城里上学,让程秀犯了难。她记得当年姐姐程俊读初中就是在一中。那是什么年月,农村没有中学只有小学,现在农村到处有中学了,却偏偏还去城里上。姐姐在城里上学那时候多苦啊,从家里带糠窝窝、野菜饼,喝开水吃咸菜疙瘩。有时候连咸菜也吃不上,往开水里放几个盐粒就是上等的饮品。穿的戴的、铺的盖的更别提了。现在比以前好多了，农村富了，农民的钱包鼓了。农村孩子的吃、穿、戴比当初城里的孩子还强。学校里有大伙房，大餐厅，饭食多样，汤热菜热。可这都需要钱，而程秀没钱。她盘算着，大女儿米芬正读初二，班主任说她成绩不错，升学大有希望，等来年也像侄女米贞一样考上中专，国家管吃管住，不用家里再拿钱，自己咬紧牙关，勒紧腰带专供米玉一个孩子，千难万难也不过几年。等孩子大了，成才有了工作，还能不养活自己？想到这里，程秀觉得身上那块重重的石头似乎轻多了，心里也有了点空。谁知事情又有变化。第二年县一中招生又出新招。为保证高考的质量，凡参加中考的学生，一中先录取，然后中专再录取，不按个人志愿，从高分到低分卡到谁是谁。米芬被高中录取，中专无望了。众人都说程秀应该高兴，但程秀却满腹忧愁。两个孩子都上一中，都奔那遥远的高校，梦中的大学，怎么办，下一步棋该怎么走？难道要被将死吗？

　　程秀首先想到的是那八亩承包田。近几年，孩子一天天大了，成了帮手，一年四次假期，除了寒暑假以外还有三夏和三秋农忙假。别人家像米芬和米玉这么大的孩子并不大下地干活，家庭劳力多，父母还嫌他们不会干，碍手碍脚，反而觉得学校农忙放假是多余。程秀的两个孩子却完全不同，不光假期，就连星期天和空闲时间，他们也要跟着妈妈拼命地干。程秀务农并不在行，有些活她还要和孩子共同商议，切磋琢磨。看看周围的庄稼和附近的地，人家怎么整怎么摆弄，自己也怎么动手。农业机械化程度高了，科学种田搞得那么红火。灭虫有农药，除草有灭草剂，畜力和人力都得到了很大的解放。一天米继峰老汉对大伙说，一头牛出不了几年好活，家里的小黄犍已经齐口，眼看老了，如果不抓紧卖掉，等到拔牙，干活不行了，就不好转手，卖给肉锅子上还舍不得，心里也不忍。次年春天物资交流会上，米继峰把黄犍卖了。得到的钱款应该归大儿家，因为那是万青莲抓的阄。万青莲说，俺一分都不要，你老人家侍候它这么多年，那几个钱俺哪能再要。牛老了，米继峰也老了，骨瘦如柴，身子不是多硬朗，老人渐渐消沉，当年的火爆劲已不复存在。

（2）

程秀毅然决然拿定主意，那几亩承包田无论如何不能再种了。转给谁？首先和哥嫂商量，听听他们的意见。万青莲说话敞亮："依我说你也不宜种了，现在讲吨粮，每亩地小麦、玉米一年能收两千斤，上万斤粮食你往哪里放。很多人家都有私家仓、独家场，一律用水泥浇灌起来，防虫防潮防鼠，晾晒方便。你有什么？眼看粮食败坏了多心疼。卖赶不上好价钱，放着这么大的损耗。化肥农药这么贵，赚不出本钱来也不行。你如果真把那八亩地流转给俺，咱打开窗户说亮话，先小人后君子，每亩地每年给你一百五十斤粮食、一百斤小麦、五十斤玉米，一共一千二百斤，差不多够你娘仨一年的口粮。其他你就不用操心了，农业税给你拿，公粮给你交，上级提留从俺这里扣。你哥也说过，知道你供孩子上学有困难，叫我拿几百块钱给你送过去。我对你哥说，他婶子家现在还行，还勉勉强强过得去。真要是供不起了，当大爷大娘的还能眼看孩子休学。我还说，帮人帮人，救急不救贫，谁这一辈子都不一定不过火焰山，不蹚冰冻河。人受点罪受点难为不算什么，靠别人帮助管顿饱不能抵长饥，等跨过这道坎，孩子成器了，你程秀有名也有利，享福的还是你。你现在已经出名了，米店两个村，周围这些地方，有几个人不知道程秀的两个孩子都在重点中学读书。"说到这里万青莲停了一会儿，试探着问，"不种地了，往后怎么着？"程秀笑了："你说怎么着，我去干什么？你给我出个主意。""你反正得找点活干，不能老在家待着。""我打算把家里那辆地排车卖掉，再贴补几个钱买一辆三轮车，我去捡废品。"万青莲听了眼睛一亮说："这倒是个好主意，自由随便，早晚没人限制。废瓶子、奶盒子、玻璃瓶子、塑料纸，废品收购点上什么都要。你也可以去城里捡，城里的人阔，那里的垃圾比咱乡下有挑头。"

"我赞成你这个想法,什么光彩不光彩,当省委书记挺光彩,咱不是干不了嘛。"三个人都笑起来。米善接下来说:"你把地排车拉这边来吧,我负责给你买一辆新三轮车。"就这样程秀走上了"拾荒"这条路。

(3)

程秀每天空车出去空车回来。她带着好几条大袋子,把捡到的废品提前分类装好,去收购站尽快卖掉抓紧往家赶。俗话说,家有斗金不如日进分文。天天进钱,心满意足,精神也振奋。城里的大馒头两毛钱一个,大包子才三毛钱,喝碗粥一毛钱,辣汤一毛五;一个酒瓶子卖一毛二,饮料瓶子卖一毛,烂塑料、碎玻璃、罐头瓶、废纸盒等可回收的东西多着呢。她算计着卖废品挣的钱,远超他们三口人的伙食费。开头那段时间,她沿路捡。进了城以后才体会到嫂嫂万青莲说的一点都不假,城里有挑头有捡头。之后一早起来就直奔城里,傍晚回家的路上也不再东瞧西望。她串家属院、居民点、僻街小巷,用一柄小耙子轻轻把废品袋子搂起来,仔细观察,发现东西慢慢解开,拿完再把袋子系上,很在意,很讲究。不像有的人不管不顾,把垃圾箱翻个底朝天,让臭气飘散开去。她不大去西城那一带,叔公米继峦、米继岭及其家人都在那片居住,还是不遇见熟人为好。平日里,她从城里往回走的时候,总买一点零嘴小吃,五香花生米、葵花子、麻花、糖块等,家里有那种透明洁净的塑料罐塑料盒,她把这些食品一样一样分装好,防鼠防潮,保质保鲜。等星期天两个孩子回家的时候,她就摆放在桌上,让他们自由品尝。她自己却舍不得吃一口,一样东西有时吃光了,她还不知是什么味。星期六下午,米芬和米玉姐弟俩四点半放学。程秀提前在孩子们必经的那座铁路桥洞子里面等他们。她有三轮车,不让他们再跑路。每当这时候,认识程秀的人都会议论说,别看这娘们整天拾破烂,千万不要藐视她,她可不简单,没看她车上坐着两个孩子,一棵水仙,一枝牡丹,都穿着一中的校服呢。进家以后,娘仨亲亲热热说说笑笑。女儿米芬拿着一个口罩说:"妈,这是我送给你的礼物,每次出门你都把它戴上。"儿子米玉说:"娘,在学校里,我一看见人家扔掉的饮料瓶子就捡起来,我床头底下有几十个了呢。"程秀说:"孩子,妈妈的任务是捡废品,你和姐姐的任务是学习。你们把学习搞好,成绩提上去,这才是对为娘最大的安慰。我虽然识不了多少字,你们每学期发下来的通知书还能读得懂,我希望你们成为品学兼优的好学生。妈妈最需要的是这个,不是什么口罩、塑料瓶子之类的东西。妈妈的期待和老师的要求是一致的,只要老师认可,妈妈苦点累点也高兴,如果辜负了老师,也就伤了我的心。"

有一天下午,程秀从城里归来,一辆卡车飞快地超越过去在她前面停下了,从驾驶室里跳下来一个大块头的人。程秀定睛一看,此人正是孩子们的大姑父王雷。"姐夫。"程秀喊了一声,停车下来。

"芬他娘,你这是干什么去了?真的在城里捡那些废弃的东西吗?"

"真的。你是怎么知道的?"

"我听咱哥嫂他们说的。你真的手底下很空吗?我对咱哥表决心了,下一窑砖烧出来,卖多卖少全部拿出来供小芬和小玉上学。一窑砖少说也能卖个五六万块钱,我出得起。哥哥姐姐家都过得这么好,你却到处扒垃圾,显得我们不懂亲情,不懂人情,猪八戒照镜子里外不是人似的。"

"你看俺姐夫,把话说到哪里去了。我不种地了,也不能老在家里……"

"你不种地很好,现在老百姓不能拿种地当主业了,三十亩五十亩庄稼捎带着就种了。粮食这么多,这么贱,靠种地确实攒不出钱来,种好了够本,种不好光赚汗水。没人再为吃饭发愁,光为粮食卖不掉担忧。你从这个圈子跳出去,我觉得再好不过。你找点别的事干不行吗?"

"我这不算事,也不是我的职业,不过是随便活动活动。吃了饭光蹲着,时间长了得生毛病,我这也叫锻炼。我不能去打工,当个雇员,一两个月都捞不着休息。星期六下午和星期天我都不能离开家,小芬和小玉两个孩子回家,我得照应照应他们,缝缝补补,洗洗烫烫,我光顾挣钱,他们回来偎谁去?捡点废品卖也不是什么丢人的事,也没什么不好意思。我手底下不是没有钱,两个孩子上学还供得起,不作难。话又说回来,如果真有特殊困难,解决不了就得靠亲戚,靠自家人。咱大哥大嫂说给我钱,程屯咱姐姐掏钱给我,我都没接。事情还没到那一步,到哪一步说哪一步。真用钱了,我就去你那里拿。"王雷笑了,认为程秀讲得在理,于是说:"我和你姐姐在家议论这个事来,你姐姐也说,小芬的娘这一步顶别人走两步。两个孩子都奔大学,供出来一切都有了。工作、饭碗、家庭,那真是名利双收,小玉连媳妇票都在兜里放着呢。"说完他笑了起来。程秀也笑笑,然后又叹口气说:"谁都盼好,也不是什么事都如意。眼前就得认准这条路走。"王雷转了话题,让程秀把三轮车搬到卡车上去,把她送到家。程秀说,到家还剩六七里路,自己有车骑,又不是步行,很快就到了。王雷也不再勉强,上车发动引擎和程秀打过招呼开车远去了。

(4)

小小县城弹丸之地。程秀天天在这里转悠,大街、小道、里弄、胡同,她摸得一清二楚。多少个小区、几个居民点、大饭店、小吃部她了如指掌。火车站、汽车站、百货公司、大型商铺等公共场所有免费的饮水桶,她带着一只加盖的塑料水杯,灌满开水,一天也喝不完。大街上高级的洋厕所收费,僻街小巷的土茅房方便得多。撒泡尿还得掏钞票,谁舍得!她去得最多的是县委大院居民区。刚开始门岗不让进,还问干什么的。"没看见车子上的东西吗,不就是捡点破烂?"程秀说,"我连你院子里的杂物废料一起拉走,这不等于打扫卫生了,又不要工钱。"后来门岗认识她了,一天进出不过一回,也就不管她了。过了很长一段时间,有一天,居民委员会的一位负责人问程秀,你知道这个院子里一共有几个垃圾池吗？程秀说："你问这个什么意思，是不是想羞辱我？"负责人赶紧道歉说："哪里哪里，我完全没那个意思，我是想跟你商量一件事。家属院里一共四个垃圾池，往外清除垃圾占用一个整人，我们打算把这点活包给你，每天给你两块钱。你要是同意呢，我们就把安排的那个人调到别的地方去，这样节省开支减少人力资源的浪费。"程秀心想，你就是一分钱不给我，这点活我也愿意担当起来。院墙那边放着一辆铁斗垃圾车和一张铁锨，四个池子里的脏东西一车都装不满，出了院门往右拐不过百米就是垃圾中转站，倒在那里就完。所以，她满口答应了。每天两块钱能买十个大馒头，这是额外的收入。俗话说，肉肥汤也肥。县委大院的人阔，丢的废品也值钱。一个油桶卖六毛，一个大纸箱子足有斤半重，得卖三毛钱，连茅台、五粮液的酒瓶子都能捡到，这东西在市场上可是缺物呢，有人收，价格不菲。从此以后，程秀改变了路径，一大早直奔县委大院居民区，处理完这里的事务再去其他地方。

　　北关小区原来是靠城的农村，由于城市摊大饼式地发展，这里的居民也成了市民。不过很多房子还是原来的老样子，没有高大建筑，两层小楼就显得很威风。独门独院仍然不少，洁净、别致、风光，院内有树有花，有的还种菜，另具一番景象。有这么一户，院落破旧，门口有一棵高大的槐树，楼房一边砌了一个垃圾池。程秀几乎天天到这里来。夏季，树下经常见到一位老妇人，七十上下，微胖，花白头发，黄白面皮，坐在一个竹板靠背椅上，享受树荫和顺街风的清凉。一根拐杖放在旁边，随手可以拿来支撑身体。冬天，天气晴好没风时，老人也把椅子搬出大门外晒太阳。树叶落光了，阳光斜射过来，椅子上铺上一个棉垫，坐在这里仍然是一种享受。程秀第一次见到老人的时候，跟她打过一声招呼，老太太没有回话，似乎只轻轻"嗯"了一声。程秀心想，老人可能耳背，或者作为城里人根本就瞧不起一个捡破烂的，自己不配和人家说话。忽然有一天老人说话了："捡废品的，你过来我问问你。"程秀横穿过街道走到老人面前，像一个小学生等待老师提问那样，恭恭敬敬地站在那里。

"你家是哪里？"

"马寨乡，米店。"

"米店？是老村还是新村？"

程秀很惊奇，老人竟然摸得这么透，她回答说："新村，你老人家对那里很熟悉是吧？"

"那当然，新村是人民公社时期县政府搞的点，农业学大寨的样板。我们下乡搞支农都去那里。我在你村里割过麦子，也搞过土地深翻。"

"你原来干什么工作？"

"棉纺厂，改革开放以后破产了。"

"噢，"程秀若有所思，"老工人。"她想再问，却被老人抢先了："路这么远，你还每天都回去住吗？"

"不回去住哪里？城里又没房子。"

"你不是农业户吗？种地，怎么还有这么多工夫干这个？"

程秀不愿再往下说，推起车子想离开。老人却不让她走："你慌什么，我又不查你户口，晚不了你回家。我再问你，你有几个孩子？"

"两个。"

"两个？孩子都多大了，干什么？"

"都在一中上学。"

"哟，上一中，农村的孩子上一中，学习这么棒！是考上的吧？"

"不考上怎么上？"

"不考也能上，俺这小区里就有一个，托人走后门就上去了。不过人家也说，后门上去的，将来考大学也白搭，大学并不能走后门。"

老人看程秀急着走，不好意思再问下去了，也觉得有些失礼。程秀告辞说："走了，大姨，你老人家凉快吧。"老太太看程秀要蹬车，紧跟着又问："家里还有什么人？""还有——"程秀迟疑了一下说，"人可多了，一大家子人呢。"

这一迟疑让老人看出了破绽。"怎么？"老人脑子里打了一个大大的问号，"她还能是寡妇？要真是，这人可不一般，靠拾破烂供两个孩子上学。"单凭刚才的言谈举止，老人就觉得程秀有修养，懂文明。老人动了恻隐之心。隔了几天再碰见程秀，她从椅子上站起身来了，拿起拐杖，横穿街道向程秀走过来。程秀正在全神贯注地收拾一个废品袋子，立起身，一转脸："咦，大姨，你……"

"我问你，孩子他爸做什么？"

程秀把脸沉下来说："他把我们娘仨给舍了。"

"离的？"

"不是，没有他了。"

老太太听了心情也很沉重："你别生气，我不该问这个。"程秀没说话，随着老人回到座位跟前，然后扶她坐下："你老人家身体好着哩。"

"走路还行，就是起坐不便当，所以我不离拄棍子。谢谢你了！"

第三次，老人在大门里头站着，看见程秀骑车过来，向她摆了摆手。程秀以为老人有什么事需要帮忙，来到大门口跳下车来问："大姨，你老人家有事？"

"把你的车子推家里来，我想跟你说说话。"

程秀把三轮车推到院子里停好，跟她来到屋里。老人让程秀坐下，从里屋拿出一个包说："孩子，我看你很困难，想给你点钱。"程秀很吃惊，立刻站起身摆着手说："不行，不行，我怎么能要你老人家的钱。我不穷，大姨，我有钱。"老人再让，程秀坚持谢绝。老人把钱掖起来了。程秀想走，老太太说："你慌什么，我还不知道你的名字呢。你叫什么名字？""叫程秀，前程的程，秀丽的秀。""你看，咱俩真有缘，名字里还有同一个字呢。我姓章，立早章，叫章平秀。我也守寡，到现在已快二十个年头了。孩子她爹是国民党老兵，'文化大革命'时清理阶级队伍，他被逮捕入狱，在监狱里蹲了七年，释放没多久就去世了。我有两个儿子，当时也没好好供他们上学，现在都在深圳工作，混得不错。大儿把家里老婆孩子带过去了，二儿在当地找的媳妇，他们都在深圳安了家。兄弟俩来信说，最近他们要来接我过去。人老了，离人不行了，再留恋这点老地方也得跟孩子们走。我曾经问他们，走后这老房子怎么办？他们说，在这里放着，塌就叫它塌，破就让它破，卖不值钱，赁给别人，都不值当跑这么远来收租金，仨瓜俩枣也无所谓，说不定什么时候摊着开发，公家占用自有说法。程秀，自从认识了你，我产生了一个念头，你一个人还在乡下住干什么，不如搬到城里来。你如果不嫌弃的话，就搬到我这个房子里来住，顶多到不了春节我就得搬走。你住到我这里，别整天捡废品了，这个活太脏。我有时看你戴着口罩，口罩也挡不住那个味。我说给你一个活，你从家里扯出去一根电线，买个大冰柜卖冷饮，就蹲到大门外老槐树底下，也不少挣钱，还少吃苦。整天转垃圾池怎么行，我一看见你就心疼呢。"

程秀非常感动："大姨，我遇见你这么善良的老人，都不知说什么才好。"

"孩子，你大姨这一辈子也遇到过不少好人。我这么做也不费事，你就别推辞了。"程秀想了想说："大姨，你老人家的深情厚谊我万分感谢，但我得回家去，家里有公婆，有哥嫂，娘家还有母亲、姐姐和弟弟，我得跟他们商量商量，这事我自己不能做主，过几天给你老人家回话。"章平秀老人说："有什么好商量的，你又不和他们住在一块，在家一个人单过，到这里来还是一个人。"程秀说："我如果突然离开家而又长期不回去，别人对我什么看法？准得认为我改嫁了，没有好评论，所以我必须首先给自家人讲清楚。至于周边的人，我都不知道怎样向人家解释。我说我在城里遇见一位非常慈善的大妈，她老人家有两个儿子都在深圳打工，已成家立业，最近大妈要搬走，搬到深圳她儿子那里去，老人同情我，可怜我，真心实意想帮助我，愿把家里的房子给我住。大姨，我这样说谁会相信？谁会相信世上有你这样好心的人，谁会相信我这么一个孤孤单单苦命的寡妇会遇到这样的好事？外人得说我胡编乱造，大白天说梦话，发高烧说胡话，说我往脸上涂脂抹粉，往身上贴金。大姨，人言可畏，脸面要紧啊！"章平秀听了暗暗吃惊，对程秀深深折服。老人语重心长地说："孩子，你这么自尊自爱，真是聪明过人。"两人相对而坐，默默无言。过了好一阵子，章平秀眼前一亮，非常果决地说："要不这样吧，孩子，我认你做干闺女，你认我做干妈。我一辈子没生女孩，如果真有亲生的女儿，也绝对赶不上你。从今往后，你就是我的女儿。"老人颤颤巍巍地从椅子上站起身来，摆了一个简单的香案，说："孩子，你如果同意的话，我们就开始。"章平秀在前，程秀在后，两人双膝跪地，老人呼喊，对天三叩首，对地三叩首，对祖宗三叩首。程秀搀扶老人慢慢站起身来，坐在椅子上。程秀跪在章平秀面前，磕了一个头："母亲在上，女儿这厢有礼了。"章平秀说："俺闺女请起。"程秀立起身来，站到母亲面前，章平秀伸手把她拉过去揽在怀里。母女俩越靠越紧，泪如泉涌。

36　两件事

(1)

米亮下学以后跟着父亲跑了一年多的车，那场车祸之后，爷俩洗手改行。米亮没了正经事干，也没人正经管他。他结交了一帮小朋小友，东荡西游，喝酒打牌，后来还结拜为兄弟。这群牛犊开始还算守规矩，后来行动就有点出格。一天，村"两委"的米力对米善说："前两天，派出所来人调查情况，联办中学的图书室被盗，丢了一些书，学校报案了，据说，里面牵扯到你家小亮。"米善猛吃一惊，非常生气。妻子万青莲劝丈夫说："你先把气消了，孩子大了，打不得了。小时候，你好打他，认为巴掌就是规矩。我劝你多少次，你都不听。到了这一步你若再动武，他有可能向你反扑，和你对着干。你打儿子，不丢人；如果儿子反过来打了你，传扬出去可不光彩！"米善说："我早有打算。我花了不到四万块钱，在城里买了一套房子，两层小楼，门口是条马路。原计划等他结了婚，去那里开个铺子，好孬挣个钱都比在家种地收入多。现在人们都往城里奔，城里人的生活永远都比乡村好。要不我们全家现在就搬到城里新房子里去，把铺子开起来？"

万青莲说："开铺子也不一定能把儿子圈住。他野惯了，就这么服服帖帖听你那一套？在城里要是学坏了比在农村更难收拾。依我看，还是先给他说媳妇，到年就虚岁二十了，老大不小的了，找一个精明强干的姑娘就能把他管住。现在的孩子可能不听爹娘的话，哪有不听老婆话的！"

夫妻二人加大了对儿子的防范力度。米善整天一声不吭，见了儿子，脸板得像一块花岗石，眼睛瞪得如同两只圆铃枣，让米亮心里着实有些发毛。他怕爸爸，知道自己做的那些事绝不会得到宽恕，说不准哪天就挨揍。爸爸的内心始终像一个谜团，米亮成天琢磨着想将谜底揭开。母亲万青莲则苦口婆心地劝说，讲的那些话那些道理，把米亮的耳朵都磨出了老茧。除此之外，万青莲还拿出更多的精力监视儿子的行踪。新村、老村，整个米店有几处牌场，几处博场，甚至全马寨乡所有的村子，有几处酒店、几个饭庄、多少个休闲场所，她都摸个八九不离十。儿子有几个仁兄把弟，几个知己好友，万青莲都了解得相当透彻。万青莲骑着一辆半新不旧的自行车，整天找，步步跟。她豁出去了，如果现在不把儿子拉到正道上来，她将遗恨终生。一天，万青莲走进一家小吃部，店主人知道她来找儿子，没等万青莲开口就告诉她说，在里头呢。进了后院她猛吃一惊，原来这个小铺子，前面卖饭，内里还设赌场。四五个人围着一张小桌在打老牌，每人面前都放着一沓一沓的钞票。米亮混在十几个人中间围观。大家都全神贯注，没人有异样的反应。米亮也没什么反应，他好像预料到母亲会找到这里来，斜着眼睛看了看母亲，继续专注地看牌。"小亮，家去！"万青莲拿出母亲的威严下了一道令。有人看了看他们娘俩，场子里仍然鸦雀无声。"没听见吗？快跟我回家！"母亲下了第二道令。米亮仍然没动，脸上呈现出怒色，显然，他对母亲的到来极为不满。万青莲有些动气，走到儿子身边拉住他的胳膊用力一拽："你给我回家！"米亮一时没忍住，把胳膊抽回去，抡起拳头照着母亲的后背重重地砸了三拳。全场顿时乱了套。米亮的粗野激起了众怒,指责、谩骂、呵斥,各种声音一起向他轰过去。他无所适从,羞愧交加,简直无地自容。一个大个子把牌一摔,连面前的钞票都掀乱了。他霍地一下站起身来,离开座位大声说:"米亮,你怎么回事,你算什么东西!"这个大块头是米亮的结拜大哥,他们八兄弟自称八大金刚,这一位是头号金刚。

  万青莲蒙了,儿子撒野动粗完全出乎她的意料。她以前担心他们爷俩之间发生武力冲突,万万没有想到儿子会对自己动手。她不是泼妇,不会骂人,也从来没打过人,包括她的三个孩子在内,谁也没挨过她的半根指头。面对众人,她什么也没说,努力忍受着内心的撞击和苦痛,转身走出了店铺。她想一走了之,但转念一想,这事如果让米善知道了,肯定会闹大。万青莲向着路边的一块石头走过去,一屁股坐在了石头上。她努力抑制自己,让自己心平气和。过了不多时,金刚老大和老三随着米亮一起从小吃店里走出来,来到万青莲身边。"妈妈!"这一声不是米亮喊的,是老大喊的。万青莲赶忙从石头上站起来。"妈妈,"老大又喊了一声,"让老五跟你老人家回去,到家里狠狠规矩他,打,一定要打出痕迹来,回来我们验伤。你老人家可别舍不得,打吧,解解气。要不我跟着你老人家去,你叫我打哪里我就打哪里,叫我打几下我就打几下。"金刚老大说到这里命令米亮说:"老五,把咱妈用车子带上,回家听候处置!"这时,米亮过去握住车把,把车撑打开。老大和老三一边一个把万青莲扶到车子上坐稳,挥着手目送他们母子二人远去了。万青莲坐在车子上,哪里还有气,心里暗暗称赞儿子的这些仁兄把弟懂事。进屋以后,万青莲往椅子上一坐一声也不吭。米亮走到母亲面前跪下了。万青莲心里五味杂陈,伸手把儿子拉起来。米亮把头伸到母亲胸前来了:"娘,我不是人,桌子上有一根鸡毛掸子,你狠狠地抽我吧。"万青莲热血澎湃,心潮难平,她把儿子搂在怀里很久很久。

（2）

给儿子说媳妇，万青莲和米善倒不愁。米亮长得很帅气，接近一米八的个子，四方大脸，浓眉大眼，也算一表人才。万青莲曾经对丈夫说，到底是爷俩，我怎么看着咱儿子越长越像当年在点将村收购木料的那个小伙子了。做事情经济是后盾，米善虽算不上大款，但也是名副其实的富户。两年前，在村外划了宅基地又盖了一个院，四间锁皮厅房，上面还有两间拔高的小楼。卧室、厨房、仓库、卫生间、洗澡间一应俱全，宽敞的院子用水泥全覆盖，晾晒粮食极为方便。再说城里有房子有楼，这又是一块金字招牌。万事皆备，何愁大姑娘不往家里跑。

介绍人是丁郝村的刘禾。刘禾的娘家是米店，论行辈她应该叫米善叔叔。"大叔，侄女我不是说媳妇的专家，说媒也不是内行，但我提的媒说一个成一个。我一共说了四桩媒，这四家目前来说都像大树一样根深叶茂，那真是人财两旺。当媒人是良心事，不能这头瞒那头骗。这一回我给俺大兄弟提的这家是俺老婆婆妹妹家的闺女，她是家里的独生女，名字叫余茜。这闺女，相貌、人品、性格、修养，总起来说都很优秀，和咱们家门当户对。这门亲事，要是没人牵线多可惜。"相亲是在马寨集上的一处小茶社进行的。形式非常简单，双方父母陪同自己的孩子来到小茶馆，两个孩子交谈了一个多小时，彼此都有好感，这门亲事也就八九不离十了。

向往城市是改革开放以后兴起的潮流。解放前没有多少人愿意进城，兵荒马乱的时候，城里先荒先乱，地面狭窄，难躲难藏，深受其害；农村地域辽阔，回旋有余地，地形复杂，兵匪摸不透，深山老林，坏人望而生畏。相比之下，农村安全得多。解放以后，国家经济困难，百姓生活贫穷，糠菜半年粮，农村有糠菜，城里就没有。城里人想用糠菜充饥，都得花钱向农民买，谁还羡慕城市。中国共产党第十一届三中全会提出对外开放对内搞活以后，国民经济飞速发展，人民生活水平迅猛提高，城市的优越性充分显现出来。吃饭、穿衣、住房、出行、就学、就医等等各个方面城里都大大优于农村，超过农村。城里人挣钱多，奖金多，福利待遇也高。城乡差距这么大，谁不愿意进城，哪有人留恋农村。

米善和万青莲的女儿米贞这一年中专毕业，想留到城里大医院工作，着实给父母出了一道难题。

37　分　配

丈夫只要一外出，万青莲就心不安神不宁，特别是今天，米善要走很远的路，肯定得骑快。他要先去点将村约上二哥万春再去市里，然后折回家。走完这个大三角，行程要一百多里。为了女儿就业的事，米善也是豁出去了。

一大早，万青莲把饭做好。丈夫吃完，推出摩托车，她送到门外，嘱咐了几声"慢着点"。直到丈夫的身影被地里的玉米挡住了，她才轻轻嘘了一口气回家。正值暑假，两个女儿米贞和米节都在身边，一个在等工作，一个刚刚升入初中。儿子米亮自从定亲以后和未婚妻余茜往来密切，不再入牌场串赌场，和仁兄把弟的交往也少了。这是让万青莲最感欣慰的。

太阳落下去了，全家人都吃完了晚饭，丈夫还没有回来。万青莲有些着急，开始胡思乱想：事情如果办得顺利，早该回来了，难道不顺利，摩托车被查住了？大女儿米贞毕竟长大了，她早看出妈妈的担心，于是劝道："妈，一会儿俺爸回来告诉他，不要再跑了，什么好岗孬岗，有个地方上班就完了，何苦出这么多力，跑这么多腿，花这么多钱！"万青莲说："孩子，你爸的脾气你是知道的，很多事情他除非不做，只要做就得弄出个结果，理出个头绪来。我也是这样的性格，这就叫一不做二不休。办成了，大家高兴；最终真办不成，咱认输也没遗憾。"母女二人正说着话，摩托车的嘟嘟声传进来。全家人忽地一下子都站起身，迎到院子里去。

大家进屋后，米善细细讲述今天的全部过程。原来，为了落实米贞的工作，他们找到了郭菲菲在教育局工作的哥哥郭枫，郭菲菲就是万青莲的二嫂。好不容易攀上了这层关系，成了他们的救命稻草。米善告诉全家人，今天还算顺利，通过郭枫见到了局长，说是让米贞先在家里等着。

晚上，米善夫妇又商量好第二天下午去郭枫家看望一下，免得让人家挑理。第二天中午饭后三点，米善把两辆自行车推到院中上好油打足气，准备出发。这是一天最热的时候。当老百姓的哪管这些，万青莲用提包装了两张雨披说："不饿带干粮，不冷带衣裳，晴天带雨衣，有备无患。别看现在老天爷笑眯眯的，说不定一会儿它就给个脸看看。孩子们，不用挂牵爹娘，好好在家干活，晚上回来我看谁剥的玉米多。"几十里路，他们骑了两个多小时。他们先买了一只竹篾编的元宝篮，然后去商铺买鸡蛋。乡下的鸡蛋论个卖，城里的鸡蛋论斤称。万青莲说："按个有大有小，还是按斤公道，怪不得人家都说'斤斤计较'，城里人真是比乡下人会计较。就买十斤鸡蛋吧，满满的一竹篮，挺讨人喜欢的。"按计划把礼品买好包装停当，一人要了一块雪糕，坐在商场的椅子上，边吃边吹吊扇。马路上人和车渐渐稠密起来，下班的时间到了。商场的电灯一下子都亮起来，琳琅满目的商品更加光彩夺目。夫妻二人走出来，米善一手一辆车子，万青莲挎着竹篮，提着东西，沿街慢腾腾地走着，来到造纸厂工人宿舍小区，在一块绿地上停下。万青莲说："我在这里看车子，你自己去吧。"

"原来你就是这样打算的吗？"

"我没打算上去，只是来给你做个伴。别待太久啊，不要啰唆。五十块钱，你有吗？"

"准备好了。"

米善拿着礼品找到三号楼二单元，到了六楼按过门铃，开门的是郭枫。

"哥，你看，你这是……"

米善进屋坐下，客气地说："给你添这么多麻烦，我还能不来坐坐吗？我还能这么不懂事？"郭枫的老婆欧阳旭升一只手牵着女儿郭鹏，从里屋走出来和客人相见，她也叫米善哥，让女儿喊大伯。米善一看正是时机，从口袋里掏出那五十元的大票说："给孩子买几个本子用。"他把钱塞给女孩，郭鹏不要。孩子说："妈妈不让我要别人的东西，更不让我要别人的钱。"这时，欧阳旭升把票子从孩子胳膊上拿下来说："这可不行，把孩子惯坏了。"然后把钱还给米善。双方争执不下。欧阳旭升坚决地说："哥，要不你以后别上俺家里来了，你的心意我收下，钱绝对不能要，你赶快收起来吧。"米善拗不过她，只好把钞票放回口袋里。他们又说了几句闲话，米善便告辞回家。欧阳旭升说："今晚天不好，外面正在打闪，你住下明天再走吧。叫你兄弟给招待所里打个电话就行。"米善谢绝，走出郭家下楼来到万青莲身边说："礼物收下了，钱坚决不要，强给也不要，不能硬给了，再争执就没礼貌了。"万青莲说："这样的话，以后再来时多买些礼品。"

米善走后，欧阳旭升问郭枫："这是谁啊？"

"不认识吧？"

"我上哪里认识去，这都是你的关系户。"

"我说一个人的名字，你就知道他是谁，万青莲。"

"噢，明白了！"欧阳旭升恍然大悟道，"这就是那位鼎鼎大名的米善喽，这人确实不一般。我听咱姐姐讲过这段故事。万青莲好眼力，好勇敢，她应该算作女中之魁。二十多年前，那时候人的思想还比较保守，旧观念还相当浓厚，她能冲破阻力，单枪匹马向旧社会挑战，不愧

267

是一位爱情猛士。"

米善和万青莲夫妻二人骑着自行车出得城来,街灯没了,路灯也没了。天阴沉沉的,东南风吹得很急,里面还夹着雨丝。天像一口锅罩着大地,黑色主宰了一切,什么也看不清。两人小心地推着车子,相互指引着,提醒着,呼喊着,摸索着前行。米善在前头不停地晃铃铛,万青莲听着铃声前进,追随。偶有汽车或拖拉机从后面开过来,车灯划破夜空,二人乘着亮光蹬车猛骑一段。车开过去了,留下一片昏暗,眼前反而更黑,更摸不着道,只得跳下车来,站稳脚跟,安安心定定神,再往前挨。公路两边壕沟里青蛙的叫声甚至比汽车的喇叭还响,天这么晚了,那些不知疲倦的小生灵还这么有精神。此时此刻,万青莲有种似曾相识的感觉。二十多年前,她和米善私奔,就是在夜间,青蛙也是叫得这样响、这样脆、这样悦耳动听,好像有意掩盖他们慌乱的脚步声,为他们逃脱创造良好的环境。不过那天夜里没有这么黑,满天的星斗眨着眼睛在欢迎他们呢。正想着,忽然一道蓝光闪电,紧接着是一声炸雷,大颗的雨点砸了下来,打在身上让人打战。刚刚还跑得满身汗水,一下子像掉进了冷库里。万青莲不禁接连打了三个大喷嚏。"车衣——"她喊了一声。夫妻二人聚在一起,穿上雨披,紧跟着大雨如注,倾泻下来。一道闪不离一道闪,一个雷紧跟一个雷。公路上没有行人,个别运货的拖拉机也都停在道旁,因为没有驾驶室,司机只好钻到车底避雨。

"善,我们骑上吧,有天灯呢。"

"骑上。"

夫妻二人骑上车,因为是顺风,蹬起来并不费力。雨披被风吹起,扬起来,腰部以下全都淋透,只有头颈和肩部雨水还没有钻进去。呼吸困难,有几分憋闷,不是累得喘不过气来,是雨水造成空气不畅通。走着走着,前面出现一条街。是村庄,公路从中间穿过。正是早秋作物收获的时间,路两边一堆堆的玉米、豆子、高粱,都用草席塑料膜遮盖得严严实实，上面还压了砖头、石块、木板、棍棒之类。又骑不动了，夫妻二人推着车子并排往前走。前面道旁有一个草棚，是一家小茶馆的茶棚，棚顶被风掀得摇摇欲坠。

"米善，我们到那个棚底下停一停缓一缓再走吧。"

"好的。"

两人来到棚子里，小茶馆里有灯光，透过窗子看到屋内一男一女两人，女人手里拿着一盏罩子灯，怕风刮灭，另一只手紧捂着玻璃罩的上口，男人手里端着一个小盆子，上下观察好像在寻找什么。米善和万青莲明白了，房顶漏雨，他们正在仔细查找漏水点。两人都赤身裸体，一丝不挂。万青莲见状用力推了丈夫一把，意思是赶快离开。二人轻轻推车，慢慢离开茶棚，走上公路继续往前赶。走出村子，雨下得不那么紧了，电闪仍然不断，照得通亮。

"骑上吧？"

"骑上。"

夫妻二人明白，离家还有不到十里地，下了沥青路还有三里沙子路。万青莲说，我来当向导。这段路她走了千次万遍。车子轧上去，沙沙作响，一口气来到自家门口。门没有上闩，用车轮一碰就开了。堂屋里灯光通明，三个孩子都迎了出来，接过车子，帮爸妈擦身上的雨水。万青莲看着院子里用塑料布盖得严实的玉米堆说，兄妹仨懂得过日子了，会做农活了，一切顺利，十一点多了，都抓紧去睡，明天还要掰棒子。兄妹仨各自休息。夫妻二人上床以后，万青莲说："如果咱不抓紧走开，让那两口子发现了，咱准得白挨一顿臭骂。"米善回答："只可惜连门票也不用买的裸体舞，咱没捞着看。"两口子笑了起来。

帮大女儿米贞落实工作这段时间，万青莲心情有些焦躁。她也曾暗暗劝慰自己，这等事自己做不了主，只有耐心等待，万万不可性急。大道理都懂，心里却控制不住地想，说话做事有时候就乱了方寸。丈夫米善心壳子比她大得多，不管多少事搁在肩上，压在身上，他是照样吃照样睡照样乐，精力自始至终都那么旺盛。万青莲心太细了，又那么要强，那么急切，内火攻心，她生了满嘴的口疮。

前段时间，程秀一家三口搬到城里去了。据说干妈临行之前给程秀买了一台冰柜，一辆四个轮子的手推售货车。老太太说，高低不能让自己的闺女再去扒垃圾捡破烂，自己创造好条件，让女儿卖冷饮和烟酒糖茶，体面地挣钱，供孩子读书。老太太临走的时候勉励程秀说，好好供孩子读书，像自己一样，等老了，跟着孩子去享福。万青莲打算近期去程秀那里一趟，看看娘仨的生活是怎么安排的，顺便把承包地的钱带给她。自从程秀离开新村，万青莲觉得内心空虚。程秀稳重、大方、忠厚、实在，是万青莲的知心朋友，妯娌之间处成她们这样的不多。

玉米收获完了，要抓紧把地清理出来播种小麦。米善带领三个孩子下地去抱玉米秸，万青莲在家做饭收拾内务。这时程秀推着三轮车出现在院子里。

"哎哟，你可把我想疯啦，我正准备这几天去看你呢！"万青莲说。

"我也想你啊。今早起来，我对两个孩子说，你姐弟俩好好在家照应买卖吧，我到你大妈那里看看你贞子姐上班了没有。"

"他们行吗？"

"一放假两个人就给我打了包票。小玉说，妈妈你不用再操心了，连发货都归我们干，我和姐姐一人负责一天。小芬说，别一人一天了，咱各干各的，你负责卖冷饮，我推着车子上街卖杂货。她天天串街，车子上针头线脑什么都有。"

"孩子到底是长大了，能给大人分忧了。"

接着万青莲把米贞找工作的事对程秀细细讲述一遍，最后说："你说我这满嘴口疮是怎么一回事，以前我都不知道什么叫口疮。黄连也喝了，清火丸也吃了，就是不管用。"程秀拿过手电筒让嫂嫂把嘴张开，看过以后说："你这叫躁火，等贞子工作安排好上了班，你这不用治，自然会好。嫂,你信不信?人身上的毛病,十有八九都是精神引起的。记得你兄弟走的那一年,我心里整天憋得慌,会会儿长出气。人家都说是肺病。我还能得肺病了?后来我想,人不能总是忧愁,他走了,我不能跟他去。真跟他去我倒是不怕,两个孩子谁照应?好好活着吧!有孩子,自己死不起。想开了,病也好了。嫂,你得想开,努力归努力,别抓心,焦躁就是折腾,你说对不?孩子国家包分配,工作一定有,好点孬点保证落不了空。工作在人干,孬点的岗干好了不次于好岗。话又说回来,再好的单位,你不好好干照样落后。哪里都有先进,到处都有左中右。心里想开了,亮堂了,就不生毛病了。"

万青莲笑了:"我整天对三个孩子说,你婶婶是我的开心钥匙,你看这钥匙离我远了,多不方便啊!"

"我把钥匙给你留这里!一会儿我走的时候放这里,不带了。"妯娌俩大笑起来。

程秀说:"天底下的爹娘哪一位不为自己的孩子操心,有操好的,有操不好的;有操对的,也有不少操错的;有落出来的,也有落不出来的。我觉得关键都在孩子身上。父母不能跟孩子一辈子,爹娘不过是拐棍,孩子不能老扶着拐棍走,得独立,干好干孬是他们自己的事。人一生怎么样,都在自己。别焦躁了,嫂,能做点什么,就给孩子尽量做点什么,结果,顺其自然就行了。"

万青莲说:"你要是早来看我,我也许就不生口疮了。这回走了,不要超过一个星期。"

"假期里我有空,过几天我再来。"

万青莲提到承包地钱的事。程秀说:"眼下不缺钱,买卖虽不大,比种地还见收入。等芬芬高中毕业,如果考上大学,真拿不起学费,我再跟哥嫂打招呼。"两人都很忙,亲热了一会儿,程秀告辞回县城了。

暑假快过去了,各大中小学都在准备开学。米贞还没有上班。忽然有一天,通知来了,是联中的校长从教育局捎来又让一个学生送来的。

通知书上写着让米贞去马寨乡医院报到。全家五口人头上都像浇了一盆冷水，凉透了。怎么回事？这个郭枫！父亲米善放下手头的农活推出车子，直奔教育局。见到郭枫才知道，郭枫预先确实跟局里分管档案的那一位打过招呼，叫她把米贞的档案留下，结果她没有这样做，把档案发到县里去了。问其缘故，她说记不清米贞这个名字，把这件事忽略了。

"是不是因为这一炉香咱没烧？"米善恳切地问。

"那就不好说喽，她说忘了。"郭枫冷冷地笑着回答。

两人沉默了良久，郭枫说："要不这样吧，你先别让孩子去报到，下一步我抽时间问问，看能不能把档案再要回来。"米善无语，紧急关头不知该出什么招，也不懂怎样出招。好在郭枫这里没有把门堵死，留有那么一线希望。乡级医院对米贞这样正规学校毕业、经过专业培训的学生求之若渴。上级给派过来这么一个人才，好比一颗星星落到院子里来。大家都盼着，领导更心急。三日之内报到，没来，等五日；五日没来等一周；一周没到等半月。家里这边，万青莲对丈夫说："孩子分到乡医院，老不到岗，院方要是怪罪去上级一告，咱也挡不住。现在的事，说认真就认真，瞪起眼来一点空子都没法钻。咱不能光在家里坐等，还得活动活动。首先，你再去郭枫家里一趟，给他闺女郭鹂买件羽绒外套，料子要好，颜色要鲜艳的，这也算激激他，催他抓紧办。第二步，你去马寨找到咱那位男亲家余超，既然成亲戚了，他一定会热心帮这个忙。让他出面邀请医院的领导，在饭店里喝一场，叫他们耐心地等一等，告诉他们，真找不着合适的地方，孩子马上就去上班。要想有面子，就得破费，就得花钱，不然谁给你面子。像市局管档案的那位，当时咱就该给她点说法，咱不是不懂嘛，郭枫又不提念给咱。咱倒不怕花钱，该花不花也办不成事啊！"接下来，米善先去了郭枫家。欧阳旭升非常客气，她说，咱这亲戚并不远，不用这么讲究。郭枫接过话头说，他已经给教育局人事科打过一次电话，让他们多关照米贞就业的事，今天是星期六，后天星期一再去一趟。

"我用摩托车来带你过去。"米善怕落空,恳切地对郭枫说。

"不用,我坐公交车去。你直接去县局传达室等我,咱们不见不散。"

马寨那边,米善找到余超说明情况,从兜里掏出二百块钱,说自己这几天忙得焦头烂额的,医院的几位领导也不熟,让余超替他请请领导。余超没接米善的钱,让米善放心,说明天就去找院长谈谈。

再说星期一这天,郭枫先对管人事的副局长说明情况,说米贞是自己的外甥女,当舅爷的想为她操操心,然后再去人事科把档案提出来。科长指示秘书,把米贞的材料从橱子里拿出来交给了郭枫。一切都很顺利。米善在传达室坐立不安,心里七上八下。看见郭枫从人事科走出来,脸上笑嘻嘻的,手里拿着一个袋子,猜测八九不离十,这才把悬着的心放下来。郭枫把档案袋装进公文包里,把公文包往沙发上一抛,一屁股坐在沙发上说:"这下子不用烦了。"两个人都笑了。

"哥,怎么着,咱下午请他们喝一场?"郭枫说。

"别说一场,三场五场都没问题。"米善慷慨地回答。

饭局散场,已是晚上九点多钟。郭枫邀米善去住县招待所。米善说,临来的时候没跟家里说好,怕家人挂牵,早晚得回去。二人分手,米善骑车到家接近十一点。全家人都还在等着。各自歇息以后,万青莲对丈夫说:"贞子到底懂事了,她不守着爹娘掉泪,在自己房间里偷偷地哭。这两天,她的眼老是红红的,我也不问她,也没法劝。我当娘的心里也酸。我下定决心,一定得给孩子把这件事办成,砸锅卖铁不惜代价。"

又焦灼地等了十多天,米贞的上岗通知书终于邮过来。拆封一看,分配到了市第一人民医院护士科,全家人这才喜笑颜开。抓紧去报到吧。万青莲和米善安排儿子米亮陪同妹妹一起去。兄妹俩去得快,回来得急,一进家门,米贞没忍住放声大哭起来。米亮说:"我们走到一进办公室,负责人说,我们这里不要人,现在人员已经饱和。"米善听了二话没说，推上车子直奔郭枫的办公室。郭枫笑着说："没事，他们想喝酒了，我叫张局出面跟他们打招呼。今天是星期四，后天星期六下午咱请他们喝一场。哥，这回不要你掏钱了，我来买单。"星期六这天，米善按时到场。人事科的工作人员加上医院的大小头目满满地坐了两大桌，米善花了两千多块。第二天米贞再去报到，院方痛快地接纳了。米贞的工作终于落实了！

38　喜剧中的悲剧

郑三娣忙得不知道天多高地多厚。日出日落，白天过完了，快快乐乐；黑了明了，夜间走尽了，甜甜蜜蜜。两个孙辈，程甘肃和程山东像两棵树苗，她看着他们一天天长大，目前已经枝繁叶茂，成了两棵茁壮的小树。两个孩子成天在她身上搓磨，在她周围转悠。有时候，姐弟俩都搂住她的脖子趴在背上，一边一个。郑三娣吃不消了："肃肃，东东，你们到前边来听奶奶讲故事。"没有不愿听故事的孩子。两人从奶奶背上滑下来了，在郑三娣面前乖乖地站着。"你们看奶奶的背直不直？""不直，是弯的。""奶奶的背为什么弯得这么厉害？奶奶整天干活，给全家人做饭把腰累弯了，你们如果再上去压的话，奶奶就站不起来了。你们赶快给奶奶捶捶背吧。"于是两个孩子再转到背后，一边一个轻轻地捶起来。好舒服，这是幸福，这是享受，这是天伦之乐、血缘之趣。孩子两岁断奶，郑三娣看儿子程功和儿媳聂小锦负担过重，主动把肃肃抱过来自己搂着。随着岁月的增长，孩子的心眼子多起来。东东也愿意跟奶奶睡，他说，奶奶会讲故事，还会唱催眠曲，妈妈不会，他不愿让妈妈搂，并主动提出和姐姐轮流，一人跟奶奶睡一天。两人都抢着和奶奶一起睡。有一天晚上，睡觉的时候到了，却见不着东东了。找来找去发现他在奶奶的被窝里睡着了。肃肃噘着小嘴对奶奶说,东东不讲理,他耍赖。肃肃不愿接受眼前这个现实,要哭。奶奶说,乖乖,东东要赖,咱不耍赖,奶奶愿意搂着你。他已经睡着了,等一会儿咱躺在床上的时候,奶奶唱的儿歌他捞不着听了。肃肃破涕为笑,这才高兴起来。打那以后,两个孩子都跟着郑三娣。一头一个,每天晚上奶奶把他们哄睡了以后才能就寝。程俊主动提出来和母亲换床。她睡的是母亲原来的大床,鉴于目前的状况,只得再换过来。东东总是调皮,他提出来跟着大姑睡。程俊拒绝说:"我可不要你,你别得了灶台上炕头,得了瓦屋想住楼了。钻到被窝里一会儿爬到这头,一会儿爬到那头,像拉风箱,又像气管子,被窝里一点热乎气也存不住。你要是跟着我,夜里想撒尿,我不给你拿罐子,让你尿床上躺湿窝子上睡,你干不干?"东东说:"我干,我把你的床漂起来。"全家人都笑了。肃肃说:"大姑的床头上挂一张帆,带着全家人去大海里航行。"众人又大笑。

　　白天,很多时候,程俊喜欢带着两个孩子外出,让他们去亲近大自然,接触农作物,主要还是为了减轻母亲的负担。母亲七十多岁的人了,还吃这么多苦,受这么多累,程俊看了确实心疼。孩子像撒坡的牛犊一样,出去一回就天天想出去。每天起床后不用大姑约他们,他们主动去邀大姑。程俊很愿意和两个孩子在一块玩,姐弟俩天真可爱的性格,让人开心,既排忧又提神。和孩子生活在一起,能忘掉烦恼和年龄,让她觉得自己也像个孩子。

　　以往,郑三娣最牵挂的是二女儿程秀,这几年老人那颗心慢慢放下了。程秀走了一步"运",遇上了一位大好人章平秀。用程秀这位干妈自己的话说,"我一辈子受了别人不少恩惠,特别是'文化大革命'期间,造反派把我们全家人关起来,不让出门,不让上街。两个孩子饿得又哭又闹。那时候有好心人往家里投食物,馒头、饼干、饮料,打成包吊在绳子上从墙外头往里放。我们娘仨一边吃一边感动得涕泪交流。到现在也不知恩人是谁。现在如果自己不做点好事,心里就过不去,就感觉对不住这个社会，对不住那些好人。"这些话是她亲自讲给干女儿程秀的。程俊听后评论说，世上有无数的好人，普通的好人叫作"活雷锋"；特殊的好人是"慈善家"。平秀大妈就是后一种群体中的一员。前段时间，程俊去妹妹那里看望了一次，并且住了几天。回来以后她告诉母亲，不用挂牵程秀了，她精神好，生意好，经济上也没什么困难。只是有一件，整天忙得不可开交。

程功和聂小锦整天忙农活，二十多亩责任田，只恨自己没有四只手。农业机械化进展虽然很快，但是还有很多活是机器干不了的。夫妻二人早出晚归，大忙季节每天都披星戴月。郑三娣最喜欢听收音机里的这首歌："你耕田来我织布，我挑水来你浇园……你我好比鸳鸯鸟……"每当听到这支歌，老太太心里就美滋滋的：俺家里也有鸳鸯鸟了，也比翼双飞了，俺在人间也混出个人样来了。儿媳聂小锦很疼爱儿子，有一个小细节让郑三娣看在眼里，印在心底，烙在脑际。有一天，程俊从商店里买来两包冷冻的肉丸子，郑三娣说，咱家没有冰箱，没法保存，一顿都吃了吧。老人切了一棵白菜，再加些粉条，炖了满满一锅。吃饭时，郑三娣和程俊母女俩在大桌子上一边一个，程功、聂小锦和两个孩子在下边案板上。上边的菜是一碗，下面的菜却是一盆。好不容易改善一回，程功并舍不得吃。聂小锦看丈夫光夹白菜，于是摸了一把勺子狠狠地挖了一勺倒在程功碗里说："你不吃干什么，还能都让孩子吃了！"程功笑了，郑三娣和程俊交换了一下眼神，也笑了。

郑三娣一家仍然相当贫寒。很多人家的男女劳力都外出打工挣大钱，别看他们是七口之家，却没有一个人能外出闯荡见世面。城里建筑工地上最低能的劳力，如搬砖、提水、和沙灰这类粗老笨重没有多少技术含量的活，一天也得挣二十块钱。小麦的价格是每斤两毛钱，就是说，一个人一天的工钱就能买一百斤小麦。他们家与劳动力多的家庭相比，还是有不小的差距。程屯村再次通电，这回不是自发电，是发电厂高压送过来的火电，按户收费，每户缴纳七百块钱，不交钱就不给安装电灯。程俊说:"国家柴油一毛多钱一斤,七百块钱能买六七千斤柴油。家里那几盏油灯,一年才耗多少柴油,这么多柴油得用多少年!既然按自愿不强迫,我看咱就免了吧,这电灯咱也别用了。再说,供电能不能正常,别再跟前几年一样,自发电,找难看,电灯油灯两头算。"结果不出所料,停电不定时,没规律,正浇着地,忽然没电了,还得再开柴油机;晚上电灯正亮着,电视正放着,停电了。所以各家各户照样准备着油灯、蜡烛。

如果说城市的建设像摊大饼,农村的发展则像鱿鱼圈。很多农户纷纷到村外盖新房,旧房闪在那里空着、闲着,甚至塌了、荒了也不心疼。周边越大,中间也就越大。郑三娣胸中也早有美丽的蓝图和幸福的憧憬。等经济条件稍好一些,手底下宽绰宽绰,她也想兴土木拾掇拾掇。她不打算往外迁,她留恋旧居,只是想翻盖一下堂屋,加宽加高盖成两层,增设房间,缓解目前这种拥挤的状况。再说老伴程松明老在漫坡里住机井屋,终究不是个长久之计。他是一家之主,住得这么远,舆论上好像也站不住脚。但是老人的计划很难实施。经济是后盾,钱是硬货,改革开放这几年,不管政治地位还是家境虽然都有不少提升,但仍然觉得步步紧,跟不上。还有,大女儿程俊那几个工资越来越不像钱了。以往众人还觉得程家有个顶梁柱大工人支撑着,现在那几十块钱不过像酒饭桌上的一杯汽水,解不了渴,顶不了饭,谁都瞧不上。而且,程俊经常领两个孩子外出,花费也不小。当下商品丰富,花样繁多,奇形怪状的玩具,色味各异的食品,各种品牌的饮料,琳琅满目,吸引孩子的眼球。一次,她领着两个孩子到商店买书包。售货阿姨拿出来五六种让孩子挑选。肃肃说要红色的,因为上面有蝴蝶;东东说要蓝色的,他喜欢天空。书包买上了,售货员又向两个孩子推荐红领巾,于是又给他们每人买了两条红领巾。没入学,书包有了;没入队,红领巾放那里了,至于戴红领巾有什么意义,孩子们一点也不懂,只知道缠在脖子上好看。这种超前消费、过度花钱的例子还有很多。还有一次,程俊给他们每人买来一支圆珠笔。小学生到三四年级才学使用圆珠笔，眼下还没入学，这么早买圆珠笔干什么？原因是两个孩子都看中那圆珠笔的造型了。一支笔帽是小猴耍棒，另一支笔帽是八戒舞耙。商品的设计者只考虑好不好卖，并不在意实不实用。孩子拿起笔来是用心练字还是欣赏孙猴子和猪八戒，这到底是文具还是玩具？程功很懂事，他对母亲说，姐姐不该给孩子买这些用不着的东西。郑三娣给儿子解释："你姐姐喜欢他们，你说多了，她也许生气：这钱花了，你还不领情！以后咱自己注意就是了，教育孩子不是单方面的事情，也不是一个人的责任。"除了给两个孩子购物以外，程俊从来不忘孝敬母亲。衣服、鞋袜、发网、发针、手绢、手套，郑三娣一样也不缺，什么都过剩。穿的、戴的、用的，都是女儿的钱，都是女儿的心，连搓手护肤的蛤蜊油都是程俊给买的。聂小锦在大姑姐那里也很受宠，每当她从外头干活回来，姐姐会帮她端洗脸水、盛饭、倒茶。程俊明白，年轻人喜欢打扮，爱美爱俏，丝巾、口罩、太阳帽、别致的发卡、鲜艳的领套，这些时髦的物件，她买来送给弟媳让她高兴。每到春节，程俊总是给聂小锦买一身新棉衣，让弟媳干干净净过年。程俊对母亲说："像锦锦这个年龄的女人爱打扮，全家七口人只有锦锦该穿。又不是穿不起，咱不想超过别人，也不能落在人家后头呀。"郑三娣说："俺闺女这个姐姐当得不孬。我听锦锦喊你比喊亲姐姐还亲切还温柔。"程俊说："有俺娘这样的老教师培养着指导着，闺女还能做错事？"母女二人都笑开了。还有，程俊近期又把酒具和茶具拾掇出来了。每天一遍茶；喝酒没规律，不挑时间，不按顿，想什么时候喝就来上一杯。也没什么好肴，花生米、凉拌黄瓜、豆腐乳、咸菜条。郑三娣有些看不惯，更怕女儿伤身体。她理解闺女的境遇，体贴孩子的心情。她不好意思劝阻，更没法责备，只好顺着她。一天中午，程俊倒了一杯酒，抓了一把花生米放在屋里桌子上，郑三娣正好撩起门帘进屋。

"你等一等，我去给你炒两个鸡蛋。"郑三娣温柔地说。

"你要炒鸡蛋我就不喝了,把酒泼掉。"程俊倔强地说。

郑三娣知道闺女的脾气,什么也没再说,轻轻走出房门来到院子里偷偷地长出了一口气。

有时候程俊也吸上一支香烟,独自一人站在桌边,看烟圈旋转,观烟云升腾,消磨时光。程俊的工资就这样零打碎敲散发了蒸掉了。用她自己的话说,今后不需要再攒钱了,没什么要紧的事了。不过后来肃肃和东东上学她还是资助了不少。

程松明从家里搬出去那两年,着实受了一些难为。他没有挨饿,恰逢改革开放初期,土地实行承包制,粮食产量上去了,吃饭不成问题,但是手头紧,没钱花,他挖空心思想着做个小买卖,却始终没找到好门路。家庭经济状况不好,儿子讨了个外地的媳妇,花了个精光,他没有支持,也没法舍着老脸再问家里要钱,要也没有。他是吃惯喝惯玩惯的人,能挣也能花。钱是身外之物,死了带不走,活着就应该让它好好为自己效劳。在青海那些年,他是想吃就吃,想喝就喝,目前的凄惨状况让他格外留恋过去的时光。

郑三娣对丈夫一直放心不下,她不愿见他,却牵挂着他。家庭七口人都在她心里装着,哪件事该怎么做,哪个人该怎么处,她有措施,有分寸。家庭的和睦需要周密考虑,认真协调,她做得很细心,考虑得很全面。她明白,粗心就会出漏子,堵漏子哪胜不出漏子。例如,家中偶尔蒸一次菜包子,她就支使程功给老头送两个去;吃顿水饺,也让儿子给他爹送一碗去;来客人了,留下吃饭,一定把老头叫过来陪客。不过,程松明这个人,对场面有些满不在乎,说话没深没浅,连自己怎样被捕、在监狱里怎样过活都讲。程俊很注意影响,顾及面子,老给她爹打岔,想把话题引开,但是引不开,惹得家人烦,客人也不喜欢。程俊对母亲说,以后别让他陪客了,他根本不懂招待客人,话不够他说的,酒不够他喝的。郑三娣对女儿说:"你爹他不会做,外人笑话的是他;咱不让他参加,客人笑话的是咱。别人错咱自己不能错。他就这么个性格，一辈子都快过完了，你还要求他怎么改。"

程松明终于想出一个捞钱的办法。有一次，他从自留地里刨了一捆葱背到集上去卖，赚了三块来钱。他高兴了，走进商铺，要了点豆腐皮、二两烧酒，过了一次酒瘾。他很久没这么喝了，今日尝到了甜头。从那以后，他不再去责任田承包地里干活，有空就到自留地去。菜种好了，可以多卖钱，家里人吃不了多少青菜，这成了他致富的好门路。他买了一条竹扁担和两只小荆筐，经常赶集串乡。自家地里无菜可卖了，他就挑着空筐到集上去，看准行市，低价收，高价售，像做游戏一样，每天轻松混半斤酒肴钱。他整天就这样混，为自己拨算盘珠子，小九九打得非常精确。有一天，郑三娣问儿子程功："你经常去，你爹住的那小屋收拾得怎么样？"程功对母亲说："我领你到他那里参观参观，我这里有钥匙。""你怎么有钥匙？""我有时候去给他送东西，见不着人，又进不去屋，后来他就给了我一把钥匙。"母子俩一同来到那口小机井房，门果然上着锁。门口用砖垒了一个锅腔。开了锁推门进去，门后头还有一个用沙泥套的小炉子，外层很光滑，内里没有多少积灰。郑三娣一看就知道，老头晴天在外头做饭，只有雨天才在室内。靠后墙有小桌小凳，还有一把椅子，摆放得很规矩。桌子两边有小缸小瓮都加着盖，掀开看看，里面分别放着白面和玉米面。靠屋山那边是床铺，蚊帐洗得很洁净，挂得也周正。蚊帐杆一端吊着一个绿色塑料袋，里面不知装的什么。程功走过去用手轻轻捏捏说，是两把馓子，他怕老鼠吃他的。门口另一旁，用砖垒了一个盆架，上面放一陶盆。墙上有一截木棍，上面搭着一块白布手巾。盆架一旁有一只暖瓶，和烧开水的炊子壶并排放着。墙上还吊着一只小圆篮子，里面放的餐具炊具都刷得很干净。看完这一切，郑三娣长嘘了一口气说，这就行，他能顾得上自己，眼下来说还不需要人照顾。于是扭转身和儿子一起走出来，重新上锁。这时才发现屋山上有一个小柴火垛，一人高，上面全是干棒、树枝、豆秸、玉米秸之类的柴火，用一块塑料布盖着。郑三娣心里默念着，有吃有喝有柴烧，这不很好嘛。

一天,程松明收到一封喜帖,是亲家米继峰发来的,米亮定于九月十六日完婚,特邀请他去参加喜宴。下帖人是一位小伙子,骑一辆摩托车在程屯村头打听程松明的住处。有人指着一片绿油油的麦田说,他住在麦田里的那个机井房。小伙子有些疑惑,冷冷笑了一声,以为是跟他开玩笑。指路人说,我说的是实话,刚才还见那小屋附近有人影晃动,他肯定在家。小伙一加油门来到机井房,发现程松明果然在此,就把帖子递给程松明。程松明接过来看完将帖子还给小伙子说:"年轻人,还得劳你大驾,把它送到村里去。顺街有一户破门楼,房子院落都不体面,那里才是我的家,把帖子交给我儿子程功。"下帖人很机灵,立刻心领神会:现在的老年人,一没有权,二没有钱,三没有人管,就凭程松明住在这种地方,把帖下给他等于石沉大海。于是,他把帖子接在手里,倒转方向一加油门来到街上,找到程功把帖子递上,这才放心离去。

米氏家族户大丁多,米继峰在家族中年龄最大,第三代人中,米亮又是第一个结婚的,亲朋好友、仁兄把弟,左盘右算,三十桌正席下不来。还有不少亲友提前到场,吃完早饭中午再坐大席。这样说来,还得准备十桌八桌流水席。米善对妻子万青莲说,要请四位厨师,盘双灶俩炉眼,不然招待不过来。发多少帖,来多少客,米善夫妇都进行了详细的盘算。考虑到和程秀的关系,他们斟酌了半天,决定请程秀的娘家人也来参加喜宴。

程功接到喜帖后,和母亲商量上多少礼,去多少人。郑三娣说:"礼不能薄,人不能去多。这样的关系给咱下帖,说明对咱这边重视,合得来才做得来。亲戚就是这样,人家提档,咱也得升级。这么说吧,我不是米亮的亲姥娘,却得拿他当亲外孙对待,你不是亲舅,也得像对米玉一样看重他。"程功笑了:"你老人家说了一大套,到底想上多少钱?"程俊发话:"小秀的大嫂万青莲那个人很讲面子,和她处事千万别小气。现在喝喜酒，一般关系的都是二十块钱，关系好点的三十块，上五十块钱的，那就是干亲、把兄弟这样的关系了。依我看，咱给他上五十块钱就顶好了。到那天让小功用自行车带上锦锦去，别带孩子。"程俊笑着看了看郑三娣："你老人家说我发表的意见对不对，请指教。"郑三娣说："如果现在是小玉结婚，程秀给咱下帖来了，你说咱得上多少钱？内交的不算，私下支援的不算，光说明面上的。先不说姥爷和姥姥，光你姐弟俩，一个姨，一个舅，上多少钱？每个人都得拿出一百块钱来放那里。依我说，小亮这个咱给他上一百块钱最合适。咱不管别人怎么着，咱没有比对，没有同一个台阶上的人，咱只跟自己比，跟两家的关系比，跟双方的情谊比。米善那边也就这么一桩大事，再往后出嫁闺女他还能跟咱打招呼吗？所以他做得漂亮，咱也不能含糊。到时候谁去？我的意见是只去小功一个人。锦锦没经过这样的场面，对当地的风俗礼节还都不大懂，听力还不好，咱可不能让她去丢这个人。你说我讲的对不对？"程俊鼓起掌来："人家都说老姜辣，果然不假，还是我娘有见识。"

再说程松明，那封喜帖给他带来不小的刺激。他有很长时间没入过大场了，足足有三十几个年头了。他经过的大场不少，那是在解放前他当保长的那几年，村里的红事白事，哪一场也少不了他。程松明好大喜功，热衷铺张，爱耍派头。当保长那几年，他张狂得淋漓尽致，风头出得无以复加。用他自己的话说，那几年值了。眼下，他不承认自己老，没意识自己已经跌入谷底，活着不过是行尸走肉，哪里还有人瞧得起他，谁也不拿他当回事。但他自己拿自己当回事，机会有，为什么不去露一鼻子，所以他决意九月十六那天去米店新村喝喜酒。再说，这么多年没赴大席了，那些酒啊肉啊实在诱人。不能犹豫，过了这个村就没这个店了。

这天，程秀来得很早，自家人不需要上礼，但她并非没有表示。她拿出来二百块钱对嫂嫂说，俺侄大喜的日子，当婶子的一点心意。万青莲内心一惊,她没料到程秀竟掏这么多钱,这个数超出了她的预料。她婉言谢绝:"你看俺妹妹,咱自家人还拿什么钱,那不见外了。我看你是个忙身子,也没安排你做什么,你能抽空来,嫂子就高兴得没法说了,你把钱收起来吧。"为什么没安排?这里面还有说法。万青莲认为程秀是半边人。半边人也就是鳏寡之谓。通俗的说法就是凡鳏夫或寡妇,大喜的场面都不适合做迎客、送客或陪客。这是封建的余毒,糟粕的残留,早已被批得体无完肤,为世人所唾弃。程秀本应是主要角色,但万青莲夫妇头脑中还残留着那么一点余毒,也就没安排程秀。万青莲曾想,在这件事情上弟媳程秀也许能想得开,能谅解他们。如果她真想不开,怪罪下来,也只能忍着,以后在其他方面多做些,多付出,慢慢偿还这一次的情债。程秀是好人,是知己,够得上一家人,无论如何不能在情感上伤害她。所以当程秀一早出现又随上二百块钱喜钱时,万青莲心里猛地一震,她感到愧疚,对不住这位妹妹。程秀对哥嫂的安排非常满意。如果真让她出头露面唱主角,她倒有了心事。吉期盼吉祥,把事情撇开,不但心静,也免除了舆论上的压力,这多好啊,利利索索。她不但没有怨言,而且从内心赞同哥嫂这样谋划。她本打算拿一百块喜钱,后来一想,亲侄子的终身大事也就这么一回,别让哥嫂觉得自己不高兴似的,钱代表的还不是心情和感情?所以程秀又把喜钱加了一倍。万青莲接过厚厚的一沓礼金,一时不知该说什么:"你看,承包地的钱到现在我还没给你,你这又给你侄这么多钱。"程秀笑了:"你看俺嫂说哪里去了,桥是桥,路是路啊。"妯娌俩没有隔阂,双方心里都踏实。

　　程秀吃过早饭去向嫂嫂告辞。万青莲说:"本应该中午坐了大席再走,我知道你忙,就不留你了,抓紧回城吧。"她想推三轮车送送弟媳,程秀早已将车把握在手里,妯娌二人一起走出大门,谈笑而别。故居那座小家院对程秀仍有极强的吸引力,那是两个孩子的出生地,三口人在那里生活了十几个年头,她得去看看。骑车来到家门口,掏出钥匙开了锁,把车推进院子,环顾四周,程秀不禁心生几分悲凉。足有半年多没回来看看了，满院杂草丛生，光洁的模样已不复存在。厕所里更是没有插足的空，只有角落里用砖架起来的那块放便罐的石板被雨水冲刷得干干净净。回想当初往上放石板的时候是自己和丈夫两个人抬上去的，米良的影子在脑海深处重现，勾起她一阵伤痛。从厕所走出来，沿着围墙仔细查看，有几处已经裂开大缝，太阳光从外面射进来，明年盛夏再过雨季，围墙如果倒了，院子也就没了。堂屋也撑不了几年，到时候这里将变成一片废墟。"我和两个孩子现在已经无家可归，如果不是好心的干妈，我们娘仨上哪里趴着去。"她心里一阵激动，眼泪夺眶而出。她牵挂两个孩子，早上起来吃过早餐，给了他们每人两块钱让他们去学校食堂吃午饭，说自己下午肯定回来。程秀不想在这里回忆往事，翻看那一页页旧账。忘掉过去，展望未来，前途似锦，光明就在前头。她决意立即动身回城。就在这时，大门外走进来一个人。

"爹，你看，你再晚来一步，我就锁门走了。你自己来的吗？"

"还能有谁来？"程松明看看整个院子说，"没人住，家就不像家了，再破的地方只要有人收拾就好。"

程秀开了堂屋门，父女俩走进屋看了看，破桌破凳全是灰尘，老鼠打洞挖出的土撒遍各处。程松明说："妮儿，你搬两条凳子擦擦，咱到院子里坐吧，今天天气挺好，晒晒太阳挺舒服的。"

程秀找了一块抹布把凳子擦干净。她搬出三条凳子，心想，家里肯定还得来人，自己不能老早离开，特别是弟媳锦锦，如果来了，姐姐不在家，实在有些对不住她。她正想着，程功来了。

"二姐，你这养鸡养兔子不用到外头割草去了。"他一眼看到父亲坐在那里，于是问，"你怎么知道今天这里有喜酒？"

"我比你知道得早，那天下帖的人把帖子送我那里去了，我又让他送到家里去的。"

"怎么你自己，锦锦没来？"程秀问，"我以为你们四口都来呢。"

"来这么多人干什么，又不是你娶儿媳妇，这关系并不担事，多一个客多一份啰唆，少一个客减一成麻烦。咱娘只让我自己来。上完账，见了青莲大嫂，她说你刚走没多大会儿，也许会到老家院里看看。我听了一溜小跑就过来了。"

"你给他家上多少钱？"

"一百。"

"哎哟，真不少，我到账桌上看了看，二十、三十的多，最多的也就五十。咱娘讲面子，上这么多钱，也给我挣了面子。什么样的娘教出什么样的闺女，我也不小气，别看不上账，我也交了二百块钱。"

"你也给俺挣面子，有这样大方的姐姐，咱们两家都不含糊。"三口人哈哈大笑起来。程功接下来说，"这么说，我不用在这里了，叫咱爹在这里就行了。今天我还是请假来的，建筑队干得热火朝天，盖屋的挨不上号，都上村外划宅子圈地，看谁的房子建得体面。"

"一天给多少钱？"程秀问弟弟。

"技术工、摸刀的匠人，每天二十来块钱。像我这样的壮工，搬砖、提泥、和沙灰，一天十六块钱。"

"累不累？干得了吗？"程秀问。

"说不累是假话，什么活都是人干的，什么罪都是人受的，别人能干，咱也能干。话又说回来，好在不是咱自己建房子，光出力并不操心。最累的是主家，其次是包工头。主家怕浪费建材，这里看看，那里瞧瞧，掉地上一点沙灰，也要捡起来送到堆上重和。现在一律承包制，一口屋多少钱，合同早已定妥。干活的按日计工，包工头心里明白，提前一天完工，就少付一天工钱。现在天又短，一亮就干，天黑了还舍不得收工。包工头不敢挂灯加班，只要一挂灯，干活的匠人就要加班费。现在看起来，谁对谁都不留情面，人没感情了，光剩钱情了。"三人又笑了一阵。程秀说："我得走了，回家还能赶上半天的好生意。"程功说："我也得走，早知道咱爹来，我就不跑这一趟了。回去还能干半个工。"

程秀对父亲说："爹,你一会儿走的时候把堂屋门和大门锁上就行了。出去大门往东半里路不用打听,门上挂着红字,门口有鞭花炮花。歇一会儿你过去吧。"姐弟俩一同走出院子,分别回家了。

　　程松明把凳子搬到屋里,将堂屋门和大门锁好直奔米善家的新房子而去。一进大门,万青莲第一个跟他打招呼:"哎哟,大爷,你老人家怎么来这么晚,你该上这里来吃早饭。"米继峰老汉坐在廊檐下看众人忙活,立起身来迎上去拉住老亲家的手,领着他进了一间偏房,这里是粮仓,无数粮袋子一排一排高高地摞到屋顶。门里有一小块空地,一张茶几、几把矮凳占满了。二人落座,有人送过来茶壶、茶碗和暖瓶。米继峰把茶泡上,双方都努力寻找话题。谈了一会儿,有人把米继峰叫走商量事情了。程松明自喝自斟,静静地坐着,倒也惬意十足。

　　万青莲和米善夫妇二人商定让程松明和米继峰两位老人陪媒人,又安排了两个年轻人斟酒倒水。媒人是丁郝村的刘禾,一早已派人骑快车去请。刘禾说:"我可不去新村赴大宴,娘家门上,辈分又小,坐到上首,我还拿不上脸来。"那怎么办,这媳妇又不是坑来的,拐来的,没有媒人,叫什么喜局?刘禾推不过,想让丈夫大胡子替她出面。大胡子说:"我算老几,没出一点力,没跑一趟腿,坐到上首,装模作样,我更拿不上脸来。再说,我一滴酒不沾,也不愿去当这个二倒手的红娘。"刘禾说:"就是因为你不喝酒才放心让你去的。场上肯定得有不少人劝酒让酒,你不喝他们也不能摁倒捏鼻子灌你。你可以放开量地吃,发挥自己的特长。看谁的饭量大,吃得多。"媳妇下令了,大胡子拗不过,只得答应。

　　送客和媒人都是安排两顿饭,这是常规。早饭虽说是流水席,十个大盘装得满培得尖足够丰盛。厨师心里也有底,什么客什么待,这两桌也格外加量,所以无论如何也吃不了。早饭过后接着待大席。绝大部分亲友吃喝完毕走散以后,主家静下心来,厨师也沉住气了。单待这最重要的两桌,那简直像搬个马扎坐在舞台下面听戏一样。客人们也不慌,早饭吃得比较饱，需要喝足茶助助消化，冲冲油水，不然正席这么丰盛，干看着吃不下去多难受，所以这第二顿饭直到接近三点才落座。

单说媒人这一桌，大胡子无论如何不肯坐上首。他说："论年纪我最轻，论行辈我最小，做到正位上别说别人看不惯，我自己都觉得别扭。"米继峰说："你是媒人，应该坐那里，今天我们都是来陪媒人的。"大胡子说："我哪里是媒人，媒人没来。再说，媒人就该坐上首？这是哪家的规定？"不管主人怎样解释怎么让，大胡子就是不听。米继峰出去把儿子米善喊来了。米善笑着对大胡子说："你过来，我跟你说句话。"大胡子来到院子里，米善说："你如果不上座，人家会笑话我，说我狼吃蓑衣没人味，不懂人情。你坐那里不是彰显你多威风，而是在给主家长面子，给我米善长脸。为了我的脸面，为了咱们的友情，你去坐吧。这种场合不能论行辈也不论年龄。"大胡子摇了摇脑袋，无言以对，回屋落座了。这才开席。前后耽搁了半个多小时。时间真不早了，天又短，一上菜就把电灯拉开了。程松明早就饿坏了，早饭在家没吃好，又喝了个透茶，肚子里一个劲地偷偷吹号。他没用让就坐在了第二把椅子上，还自言自语地说："那我坐这里。"厨师心急，想着待完这两桌好早点休息，早已做好准备，包括大件在内，二十个菜不大会儿就上齐了。酒席上没有多少话好谈，天色已晚，正在饿头上，抓紧喝抓紧吃吧。大胡子还是滴酒不沾，当陪客的倒省了心了，不用担心媒人喝不足，更不用怕媒人喝多了耍酒疯。大胡子这个人忠厚老诚，他指着满桌的大盘小碗说："咱谁都别客气，酒尽量，饭尽量。主家已经做了，剩回去也只得倒掉。那样咱就对不住主人，也对不住厨师，更对不住咱自己。"一席话把大伙都逗乐了。米善领着儿子米亮来让酒，大胡子说："我看你爷俩也别走那形式了，这个桌上一个外人没有，还有谁会做假？"五个人吃这一桌席，无论如何也消受不了。除程松明一人以外，其余四人早饭都是十个大盘，吃得结结实实，虽然茶也喝足，时间也不短了，但是肚子里老底还在，开头还觉得酒香菜香，没吃多少，杯子和筷子老早就放下了。程松明和他们不同，一两一个的小酒杯，一口一个。他特喜欢吃肉，猪肘子就放在面前，炖得烂，他胃口又好，几乎把那件肘子吃光了。第二个大件是整鸡。别看他年近古稀，牙口倒是很好，特别喜吃鸡头。他把整个鸡头带着半截鸡脖用筷子夹起来送进嘴里，三下五去二，很快处理完毕。一个年轻人把着酒壶给他斟，另一个年轻人又去提了两瓶酒过来。很显然，他们对程松明这个吃法十分不满。众人都看愣了。程松明终于停了下来，两个忙客提着托盘抓紧来撤桌。

新客那一桌已经散席离去，两位年轻人骑着摩托车等在大门外准备送媒人。大胡子心里有数，客走主人安，便也抓紧上车。程松明也趁机向老亲家告辞。米继峰随后送他。走到大门口，程松明忽然转过身来说："亲家，你老跟着我什么意思？你是不是怀疑我拿你家的东西了？"说得满院的人都大笑起来。程松明虽然想竭尽全力走好走稳，到底还是打了一个趔趄。米继峰回来对儿子说，老头今天喝得不少。他倒没说老亲家吃得不少，吃是应该的，饭量因人而异，但是酒喝多了，倒让主人有几分牵挂。客人全部走光，厨师和忙客们正在消闲地用餐。米继峰又对米善重复说了一次，说老头今天喝得真不少，别在路上出事。米善二话没说，去屋里拿了一个三节电池的大手灯走出家门去了。他围着房前屋后转了一周，顺路走了一段，没发现什么异常，回来对父亲说："没事，他是大酒量。月光这么亮，他不会走迷路的，半个来钟头就到家了。"正在吃饭的忙客们有一个打趣说："人家武松一气喝了十八碗照样能打老虎。"另一位忙客说："他打的是蒋门神，哪里是老虎。""蒋门神才是真老虎，他比老虎还老虎。"众人又一次大笑起来。"照你这么说，老虎倒不是老虎，不是老虎倒是老虎。"众人又笑。

程松明像张起帆的一叶小舟，走起路来轻飘飘的。月光下路非常分明，他看得很准，努力控制住自己，不要走偏不要走斜，但是他总当不了自己的家，不是左脚踢了右脚就是右脚踢了左脚。眼下正是小麦浇越冬水的时节，坡野里有不少机井屋都亮着电灯。程松明瞪大眼睛仔细观察，发现所有的电灯都是两个灯泡。怎么回事，难道自己的眼出了问题？抬头看天，高空有两个月亮，他断定，自己的眼确实出了问题。管他几个月亮呢，越多越好！再看电灯和月亮，都在不住地摇，就像狂风中的树叶，把程松明晃晕了。晕也得走，还没到家呢，用手摸摸腰带，钥匙在上面吊着，他很想一头扎进屋里躺到床上去。突然，不知什么东西撞到他怀里来，他赶紧抱住搂牢，定睛一看，原来是一棵树，不是大树，是只有胳膊粗细的那么一棵梧桐树。程松明用手摸摸鼻子，在月光下把手伸开，没有血，没碰破鼻子，再摸摸额头，也没有血。"他妈的，哪个龟孙儿子把树栽到这里的？"这时，程松明双手把树抓牢，用足力气往怀里一提，只听咔嚓一声，梧桐树上半截连同树头一块倒在地上。程松明有几分害怕，心想，土地实行承包，这树都归个人，要是被主家逮住，不赔树也要挨顿揍。想到这里，他撒开腿就跑，乐呵呵地念叨："花和尚倒拔垂杨柳，我程松明腰斩泡桐树。"他终于来到自己的家，那个小机井屋，开了锁，哐啷一声把门推开，摸到床倒下了。他觉得天旋地转，心咚咚跳个不停，那声音他听得非常清楚。他很难受，想吐一吐，但吐不出来。他的肚子圆鼓鼓的，胃肠已经没法蠕动，没法把那些吃下去的东西消化掉，因为塞得太结实了，动弹不了。他想喝水，暖壶里倒是有水，但他转念一想，再喝水会更难受。他想熟睡，但是睡不着，酒力发作，饭力使劲，折腾得他不知是躺还是坐起来好。六十二度的大曲，他喝了至少有一斤半。后来上饭，热腾腾的馒头，别人都不吃，只有他自己，一个馒头掰两半放到菜汤里浇上开水扒下肚。程松明就这样折腾着。夜半时分，他突然觉得血脉归心，打了一个挺翻到床下头昏迷过去，紧接着，心脏不再工作，呼吸也慢慢停止。他的腿无力地动了两下，直直地躺在地上。他离开了这个世界，终年六十九岁。

程功一大早起来去建筑队干活。母亲总是比他起得更早，她给儿子做了点吃的，让儿子吃了饭再去工地。活这么重，她怕儿子伤了身子。端上饭来，郑三娣对儿子说："你昨天散工回来得那么晚，那么累，我没舍得支使你，我挂念你爹，他什么时候从米店回来的？他一向贪酒，如果喝多了，又没个伴，能摸到家吗？等一会儿吃了饭，你先去他那里看一看，然后再去干活。"程功说："我这就去，回来再吃饭。"坡野里，轻雾弥漫，程功来到那小屋跟前，屋门四敞大开，他以为父亲早起解手去了，便想去屋里等一等，和老人说几句话再离开。一进屋，发现大事不好。他上前摸摸父亲的脸和腿脚，已经冰凉。他想把尸体拖到床上去，却搬不动。于是程功把门关上，挂上锁，飞一般向家里跑去。

丧事由村干部出面料理，遗体不能往家运，这是大忌，找了殡仪车拉去火化完毕，将骨灰盒安放家中，三天以后发丧，一切费用由丧局向主家结算。对程松明的死，乡里乡亲有各种说法。有的说，他是自杀，一个老头子住在漫坡里，孤孤单单，没人管，没人问，像这样活着倒不如死了的好，他走这一步算作明智，这一手并不简单。

发完丧，郑三娣两天没有下床。她很愧疚，觉得对丈夫关心不够。程功劝母亲说："我觉着你对得住俺爹了，别看他一生都对不住你。你老人家不止一次表示，等经济好转了，咱家翻盖了堂屋，让他搬回来住。他等不到，那没办法。娘，你也别难过了，像你这样德高望重，没有哪一个人你对不住。"

事过不久，程松明住的那座机井房，被那块地的承包户拆除，把屋底深翻荡平，种上小麦浇上水，过了一段时间，麦苗长出来了，和大田连成一片。随着机井房的消失，人们也渐渐淡忘了这件事。

39 跨 越

(1)

程秀在大门里面盖了一间门房,如同单位的传达室,借用院墙,其他三面垒得和院墙一样高,水泥板罩顶,门朝北,和堂屋错对。在院墙那面开了个大玻璃窗,装上防护网。当时匠人说,既然用来做买卖,还是大些好。里面非常宽绰,货架、冰柜、桌子、椅子、床铺、电灯、吊扇、盆架、衣架、茶水炉子一应俱全,床头桌上还有一台小型收音机、电话座机和双铃闹钟。窗户外面有电铃,顾客购物可以随时呼叫。程秀一天到晚就在这小屋里消磨,抽空把饭做好,米芬和米玉也在这里和母亲一起用餐。堂屋收拾得很干净,两个孩子一人一间,外间是会客室。院子由姐弟俩负责打扫,收拾得井井有条。

这一年,米芬该参加高考了,一家人无形中都紧张起来。没有人谈天说地,孩子们专注学业,程秀忙着生意和生活。学校抓得很紧,高三这一年,别说假期,连星期天也很少休息。这是竞争,是拼搏,是战斗,胜利属于勤奋的人。米玉已升入高一,两年以后就是姐姐现在的处境,自己一丝一毫也松懈不得。七月七日到七月九日三天高考结束以后，米芬回来默默地帮妈妈干活，主动承担家务。"妈，你上我屋里去住吧，你这一套交给我，咱们交换位置。"

"考试刚刚结束，你好好歇几天吧，把收音机拿到你房间里去，白天逛逛公园，晚上听听新闻和戏曲……"

"妈，你怎么也不问问我考得怎么样？你就这么放心？"没等母亲把话说完，米芬紧接着问。

"考什么样就什么样，这没有什么放心不放心的。考上了当然很好，你可以上大学，不过，你如果走远了，我一年半载也适应不过来，老觉得心里空得慌。我确实离不开你。话又说回来，如果真考不上，你就帮我做买卖。世间纵横交错有千条路，哪一条都是人走出来的。只要不懒惰，不走邪门歪道，生活得顺心，就是幸福。高考好比千军万马挤独木桥，有过去的，也有很多过不去的，个别人甚至还会掉到桥下头。这是一个圈套，你不能让它把你套得那么结实，必须从这个圈子里跳出来。我经常听收音机，广播里讲的那些名流精英，有很多都没上过大学，有的连中学也没读过，只有小学文化程度。个别人当初还是文盲，解放后上了几年识字班，认识了几个字，摘掉了文盲的帽子。人家做事情照样轰轰烈烈。人不管干什么，只要专心就行，只要入迷就行，干出名堂，做出成绩，靠的是干劲，是刻苦钻研的精神。"

"还别说，俺娘这一席话，比大学教授讲得都有水平。"米芬笑着说。

"娘也在学习，那台收音机就是我的老师。我天天听它讲，跟它学。你觉得考得怎么样？"

"差不多。"

"你觉得差不多，别人有可能差得更不多。人上有人，天外有天。越满怀希望越容易失望，先把心态放稳，正确面对。"

没过多长时间，考试成绩下来了，学校张了大榜，米芬考了全校第三名，被北京师范大学录取。除了大榜以外，学校还专门在校门口的宣传栏里张贴了光荣榜。一百名以内的本科生都榜上有名,按名次排在那里并贴有半身彩照,真是光宗耀祖!谁家的孩子谁高兴,扬眉吐气的时候到了。

首先来贺喜的是万青莲。她进门停好自行车在院子里喊了一声:"送礼的来了,小芬小玉,快出来给我抬盒子!"一家三口忙迎出来。进屋落座以后,米芬去店铺照应生意,米玉进到自己房间继续学习。程秀把茶盘子端起来邀嫂嫂去女儿卧室里说话。

"嫂,你吃冰糕吗?也有饮料。"

"不,天再热,我也还是喜欢喝茶。饮料更不行,你看我胖得跟那南湖的鸭子似的,踱不动了。有人给我介绍减肥的方子,你哥不让我减。他领我去查了查体,血压、血糖并不高。我哪里敢吃大油和肥肉,我就是这样的人,猪托生的,老是上膘。"妯娌俩嘿嘿地笑起来。万青莲从兜里掏出一千块钱放在桌子上说:"给孩子上学的时候用。"

程秀说:"嫂,你听我说,孩子上学花不着钱。学校管吃管住,生活用品全部供应,连牙刷牙膏都免费发放,跟咱贞子当初一样,你是知道。你给她这么多钱干什么!"说着把钱拿起来让万青莲收回去。这时,万青莲似乎火了,面孔一板佯怒说:"程秀,你怎么回事?你想跟你嫂翻脸是不是?这不过是当大爷大娘的一点心意,你不收是什么意思?"程秀随即把手缩回去了,将钱往抽屉里一放说:"这行了吧,你千万别生气了。"妯娌俩再一次笑了。

两人各饮了一杯茶。程秀满上,出去拿了两把扇子回来,交给万青莲一把说:"铺子里那个吊扇,我自己从来没开过,也就是俺娘仨吃饭的时候才开一会儿。我还是喜欢扇芭蕉。"

"电扇不如手摇,"万青莲说,"电扇伤身,手摇还健身呢。"她转了话题,"咱小芬这一下子可打响了,比那连珠的雷子还厉害。当初贞子考上中专的时候,她奶奶逢人就说,这回她老人家还不得用大喇叭往外喊!"

"老人家身体好吗？我老长时间没见她了。亮子结婚那天，我光见咱老公公了，没见她。他爷爷身体挺好，只是瘦。人家说，人老了瘦并不孬，有钱难买老来瘦。"

"老头年轻的时候也不胖，胖瘦在个人。从表面看，老头不跟老嬷嬷，老头出透力了，他奶奶哪里出过大力。"

"唉，"程秀轻轻叹了口气说，"一个人一个性格，一个人一个脾气。就拿程屯俺娘来说吧，孙子和孙女都跟着她睡。我说她，两个孩子都跟着你，他爹他娘那里不抱空窝？她老人家轻松地说，都愿意跟着我，我也高兴要他们。如果都不来，我这里也空窝啊。"妯娌俩再笑。

"人家俺大娘那是什么老人，我还是那句话，你摊着这样的娘，是你一生的福分，不是俺大娘那样教育你，你也不会这样。我摊上你这么一位妹妹，也是福气。""对了，最近俺哥忙什么呢？"程秀问。"他在西城郊区买了一个大院子。那里原来是什么农机厂，后来倒闭了，把家底折腾光，连地基也没留。米善这个人净搞大的，十几万、几十万、上百万地往里砸。"

"本大，利才大，俺哥手底下还是有钱。"

"有钱，他也没这么多钱。这回他全部用的贷款。男亲家余超干信用社，他找余超帮忙贷了些钱。我问他要这么大块地方干什么。他说搞煤建，一边卖烟煤，一边卖无烟煤，买一台打蜂窝煤的机子，卖蜂窝煤。让我回家把我爹娘接过来住，说厂里有许多闲房子，也不用他们干活和操心，住在自己跟前，更放心。我回去一问，人家还不愿意来。后来你哥又让我去问咱公公，老人家倒通情达理，答应这边开张后就搬过来，帮着过过磅，干点杂活。要我说，还是咱公公是明白人！"

程秀说："搬过来好，眼下咱的人都挪城里来了，光剩两个老人在家里住有很多不方便，人老了离孩子们越近越好。"

茶喝足了，万青莲把茶根一泼要走。程秀说："饭差不多都做好了，刚才我去小屋里拿扇子时让米芬准备饭了。你就陪两个孩子吃顿饭吧！"

说完程秀进小屋里看了看："菜做好了，两个凉的，两个素的，两个荤的，汤也烧好了。我叫小玉出去买干粮，马上咱就开饭。嫂，你是愿意吃馒头还是喜欢烧饼？""什么都行，"万青莲回答，"反正都是麦子面，人熬到这份上，粗粮倒成好东西了。真是世道翻个，吃穿也翻个。"

程秀拿了五块钱交给米玉，嘱咐他去买四个馒头和四个烧饼。米玉接过钱走了出去。

万青莲问程秀："孩子就一直这样在屋里学吗？"

程秀回答："我有时候也往屋外撵他。他就到院子里跑一阵，耍耍拳。今年他一看姐姐考得这么好，更不敢放松了。"

"这姐弟俩真自觉，多让人省心！你没见咱那节节，一摸书本就头疼，整天盼星期盼假期。小脾气跟跳蚤似的，不让别人说，说不了两句，浑身三扭捏，把嘴噘到天上。这都是你哥娇惯的，小时候，碗里翻出一块肉来也得送到他闺女嘴里，疼过头了。"

"节节在哪里上学？"

"哪里也没上，她不上了。"

"农村里不是也设了很多高中班吗，不用考，直接升。"

"她不上，直接升也不上。你哥说，不想上就算了吧，让她跟着她哥嫂看铺子，卖货。"

"开的什么铺子？"

"土产、杂品店。你哥负责给他们联系进货。什么竹扫帚、铁锨头、塑料制品，乱七八糟，填个进货单交给人家，专门有人往店里送，自己光负责推销就行。实实在在说，别看不体面，倒不少挣钱。"

"怎么不体面？除了下流子以外，干什么都体面。"

"你提起下流子，让我想起小亮前几年了。眼看要下水，要不是我抓得紧，就麻烦了。现在好了，他媳妇管得很严。前几天余茜对我说，米亮立了三条保证，不抽烟，不酗酒，不赌博。如果出门时间超过一个钟头，就叫他去跟我请假，不批不准不能走。我跟余茜开玩笑说，权力下放给她，叫他跟自己媳妇请假，如果他不执行，再向我反映。"妯娌俩都笑起来。

"有喜了没，小亮家？"

"按说该有了。那天当着他俩我提起这件事，我说，趁两边的老的都还年轻，拉扯起一个来就了心事了。眼下各家都是一个，又不让多生。儿媳妇说，等两年把买卖做起来才要孩子。等着吧。"

"妈，电话。"米芬在喊。

程秀忽地站起来说："干妈的电话，以前她都是晚上来电话，怎么今天……"她一边说着快步走了出去。过了一会儿她回来激动地说："她老人家这是怎么了，她告诉我，屏风后面有个神龛，牌位盒子里有几个钱，让我拿出来给孩子上学用。咱看看吧，看老人家放了多少钱在里头。"程秀慢慢地把屏风掀起来，轻轻拉开神龛的木门，双手请出一尊神主牌位，放在桌上。牌位后头有一个巴掌大小的塑料盒。打开塑料盒，里面是一捆崭新的现钞，整整有五千块钱。这让万青莲和程秀妯娌俩都极为震惊，四只眼瞪得大大的，看着那捆钞票，久久没说一句话。

"这都是你感化的。"万青莲语重心长地说。

"可不要这么说，我感化谁了？她老人家是位善人、慈善家。她非认我做干闺女不行。她知道我白天在外头顾摊子，一般都是晚上打电话。盖这间小店铺，我没告诉她，就是怕她给我寄钱。你看，光她老人家的恩情这一辈子我也报不清，更别说其他的人了。"又过了一段时间，妯娌二人都稳定了情绪，程秀把牌位和神龛原封原样整理妥当，然后说："嫂，咱吃饭吧，去小店里吃，那里有吊扇，姐弟俩都在那里等着呢。"

四口人吃完饭，万青莲告辞回家。

又过了几天，米兰来访。她身着淡绿色的连衣裙，脚穿皮凉鞋，头戴米黄色的太阳帽，一身时髦的夏装，提着一个皮包，还戴着一块吸引眼球的手表。她是第二位来向米芬祝贺的亲人。相见落座后，米兰把帽子摘下和提包一起放在桌子上,顺手拿起一把扇子使劲扇起来。米芬打来洗脸水,米玉手里提着一瓶饮料在大姑面前侍候。米兰高兴地说:"看两个孩子热情的,我是先洗脸还是先喝饮料?"程秀说:"让你大姑先喝汽水,消消汗再洗。"米玉又去拿了一只玻璃杯过来,将瓶子打开,倒上汽水放在大姑面前。米兰说:"我让你姑父来,他说他眼馋人家的大学生,'北京'两个字一听就震得耳朵发疼,死活不肯来。小芬是老米家第一个大学生。咱门里祖祖辈辈没出过人才,没出过秀才。这下子行了,老村也好,新村也好,还没听说谁家孩子考上这么好的大学……"程秀接下来说:"既然这样,姐夫更该来才对,来喝杯酒,我做几个菜,他还没吃过俺一顿饭呢。姐姐,你怎么来的,没骑车子?"米兰说:"你姐夫开车过来的,就是那辆大卡,他上农资公司买帆布篷和塑料膜去了。前段时间,窑上的砖坯淋坏了不少。他主要是没时间,热辣辣的天,就怕你留他吃饭。他说在公司门口等我到十一点,如果我不到,他开上车就走,把我扔到城里呢。"说着话,米兰看看表说:"十点半了,再坐一会儿我就得走。"米玉趁机问米兰:"大姑,什么牌的表?""上海防震,不值钱,八九十块钱,你要不,给你。"米兰立刻把表摘下来放在桌上:"这块表给你姐姐,上大学了,应该有这个了。等你明年考上大学,我再给你买一块,就不买这样的了,买好点的,进口货。"程秀笑着说:"他后年才该考呢。""后年就后年,反正考上就买。"米兰一边说着话一边拿过提包,从里面取出五百块钱放在桌上,"我对你姑父说,小芬去上大学,我给她准备了五百块钱。你姑父说我小气,不出血。他说怎么也得掏五千块钱。他就这么个人,碟子扎猛不管深浅。我说他,这是送礼物,不是搞救济,你别觉着你有钱,人家也有钱,人家也不穷。"说完话,米兰端起杯子把饮料喝干,又让米芬给她拧了个手巾擦了擦脸,戴上帽子拿了提包就往外走。

"手表!"程秀母子三人几乎同时喊道。

"手表给小芬,已经说了。"

程秀抓起那块表追到门外头说:"孩子用不上,你这正用着的,给了她你多不方便。"

米兰说:"我也不常戴,不过是今天进城才戴上。我整天干活,忙得团团转,哪有闲工夫哄着它玩。你拿回去吧,让孩子们玩去。"说着话走远了。程秀进屋把表放在桌上对米玉说:"如果不是你问你大姑表是什么牌的,她也许想不起来给你姐姐留这块表。"米玉对妈妈说:"哪能是我的事,应该是大姑这人大方,不在乎。照你这么说,我要是问她皮凉鞋什么牌的,俺大姑得光着脚丫子走。"三口人哈哈大笑起来。

米芬说:"把表给小玉吧,让他戴。"

米玉说:"我可不跟它打交道,影响听课,扰乱思维。俺同位有一块表,他让我戴了一节课,别提了,过一会儿就想看看时间,一节课过去了都不知道老师讲的什么,还觉时间过得非常慢。哪像平时,瞪大眼睛专心听老师讲课,集中精力做题,只嫌时间跑得快。我觉得,学生戴表一点意义都没有。你不能掌控时间,而是时间在控制着你。有的同学考试的时候还戴表,管什么用?题不会做看表,它也帮不上你什么忙,它不心急,你自己可心急呢。咱大姑说没有闲工夫哄它玩,我也不让它哄着我玩,我坚决不跟它玩。"三口人又笑。程秀把表连同五百块钱拿到屋里放进抽屉说:"你大姑家才是地地道道的暴发户,开着砖厂,两个孩子在外头打工。以前全家卖豆腐为生,现在发展成这样。有人就有财,有本事就有东西,努力拼搏才是前途。人就是这样,谁也不知道谁将来怎么样,丑小鸭一样变成白天鹅。"听了母亲的话,米芬和米玉都向程秀跷起了大拇指,然后一起笑了。

前面谈到,米继峰老汉和杨氏夫妇的二闺女米芹嫁给城里磷肥厂丰厂长的儿子为妻。改革开放以后,磷肥厂这类小微企业如同蚌、螺、虾、蟹一般,在巨鲸面前显得无比渺小和脆弱,很快被兼并倒闭了。磷肥厂原来由当地政府扶植,后来政企分开,厂子成了无源之水、无本之木,职工内退,下岗,买断,转行,下海创业,五花八门各走各的路。

米芹夫妻二人租了一个小门头代销化肥和农药。想当初全家靠厂子，夫妻双职工，何等体面和风光，那种景象一去不复返了。白天两口子忙生意，到了晚上，米芹兜里掖上一百块钱说到程秀家看看。他们来到程秀家，拉开电灯这屋里走走，那屋里看看，把孩子们的书房、新盖的店铺，全都观瞧了一遍。米芹对程秀说："俺专门到一中门口看了看光荣榜，你娘仨该到那里照张合影。再不然把老米家人都叫来，照张全家福。过一段时间开了学，把宣传栏一换，去哪里再找这么好的背景去，这是有来头的事。把咱大姐姐家那几口和俺三口、小芬姥娘家那些人都凑到一起，照张大像，这都是最近的关系。"程秀没有回答，只是笑。米芹又说："米芬看过的那些书、做过的那些资料，好好保存起来。来年米玉升高三要用，俺家丰硕上了高中也来拿去看看。这都是爬过的梯子走过的磴，里面饱含着汗水和积累的经验。硕硕上了高三还得让他芬姐姐和玉哥哥去辅导他呢。"最后她又夸赞程秀的小店铺收拾得井井有条，然后掏出一百块钱在客气声中离去。

(2)

郑三娣老太太格外繁忙，除了六口人的饭食还要操心全家人的穿戴。女儿程俊不会做针线，也不去学针线；儿媳妇聂小锦不懂顶针是干什么用的，布料辨不出正面和反面，摸起一根针比拿一柄镢头还重。虽然生活水平提高了，市场自由了，成衣店、裁缝铺应运而生，星罗棋布，但在农村，做衣服还是主要靠手工。单衣、棉衣、被褥、鞋袜等，可不是一项小工程。这副担子全指望郑三娣来挑。老人天生的好眼神，古稀已过还不用戴花镜。两个孩子已入小学，每天由大姑负责接送。孩子去上学后，家里如同剧院里散场一般，变得十分安静。郑三娣总是在堂屋门口做活，她坐在马扎上，针线筐就放在脚边，剪刀、尺子等手到擒来。老人一口气能熬两三个小时，等孩子们放学回来才不得不收摊子。程俊在里屋静养，听听收音机，看看闲书，摆弄摆弄酒具和茶具。

只要泡茶，总不忘在母亲面前放一只茶碗，母亲喝一碗她就端着壶出来倒一碗。母女俩拉拉家常，扯扯闲篇，非常惬意。有一次，程俊正想出来给母亲倒茶，忽然听到鼾声。她赶忙揭开门帘一看，母亲趴在案板上睡着了。她想搀母亲进屋上床休息，一扶胳膊，郑三娣醒了。老人两眼红红的，嘴角边还有口水。程俊笑嘻嘻地看着母亲。郑三娣解释说："我这也和孩子们上学一样，中间加十五分钟的课间操，这就是我的课间操。"

程俊严肃地说："以后你的课间操要上屋里床上来做，我给你掌握时间，干一个钟头的活，上床休息二十分钟。现在天还不冷，如果是冷天，这样很容易感冒。我每天见你收摊子的时候，都弓着腰驼着背半天才能站直站稳。你说闺女心疼不心疼？"郑三娣笑了，程俊却没有笑，接着说，"从明天开始，执行作息时间表，按时下课做课间操。"

暑假里郑三娣很少做针线活，一来天气太热，二来两个孩子缠身，一时一刻也不让祖母安生，哪里还能做活。今年暑假更添了一层心事，外孙女米芬考大学，她一直放心不下。一天，老人对程俊说："高考已过去这么多天了，让程功去一中看看张大榜了没有。小芬如果落了榜，你得抓紧去一趟，安慰安慰小秀她们娘俩，开导开导，振振精神，鼓鼓情绪，暑假以后再复读，只要孩子愿意上，一年不行两年，摔倒不要紧，就怕不起来。爬起来再跑的人才是真正的硬骨头。"程俊说："我估计小芬不会落榜，她一直是一中的尖子生，还能有什么意外。"

程功奉母命进城去一中看榜，宣传栏里的光荣榜早已冲向他的眼球，老远就看到外甥女米芬的照片。程功来到近前足足站了十多分钟。他心潮澎湃，久久不能静下来。"二姐，"他首先想到的是程秀，"二姐终于熬出来了。"他推起车子直奔程秀家。一进门把车子放在院子里，程功喊了一声："来客了。"程秀和米玉从堂屋里迎出来。三口人进屋坐下，米玉问："小舅，你是愿意喝汽水还是喜欢吃冰糕？"程功说："也愿意喝汽水，也喜欢吃冰糕。"米玉笑了："瞧俺小舅，说话多爽快！"

程功说:"要不这样吧,先来块冰糕,散散热气,杀杀暑气。"米玉去小店里用一只小盘子端来一块冰糕放在程功面前,程功说:"一块冰糕怎么还用盘子,用手拿过来不就完了?"米玉说:"这是礼节,对我小舅可不能马虎。"程功说:"对小舅马虎没关系,只要学习不马虎就行。"这时,米芬手里掂着一罐饮料从小店里走来,程功接着说:"谁也没小玉运气好,眼前就站着一个榜样。你离榜样这么近,应该比榜样还榜样。到咱报考大学的时候,咱不上北师大,上北大。我觉得小玉准行。"米玉幽默地说:"俺小舅给我捋小辫哩,捋得我头晕晕乎乎的。"四口人哈哈大笑起来。程秀对女儿说:"芬芬,你去做饭,有土豆、粉皮,冰柜里还放着两个鸡腿,拿出来化化冻,剁了以后用大锅炖。"米芬领命以后去忙了,其他人在一起谈笑起来。

吃饭还是在小店里,有饭桌,有吊扇,吃着饭还能照应生意。程秀从货架上拿下一袋五香花生米对米芬说:"你拿个盘子来,给你舅倒点花生当酒肴。"程功说:"还喝酒?"米玉从柜台里拿出一瓶大曲,满满地斟了一杯放在舅舅面前。程功没有谦让,端起杯子呷了一口吃起菜来。饭后,程秀用塑料袋从货架上拾掇了一大包小食品,有牛奶、饮料、花糖、点心等,让程功带回去。米玉把包挂在车把上,对程功说:"小舅,到家跟弟弟妹妹说这是姐姐、哥哥和二姑拿来的吃头,成绩单上也给我们打点分。"程功笑着和三口人告辞,登车而去。

(3)

一天中午,程秀家里来了两位特殊的客人:一位是米芬高三的班主任宋老师,一位是一中教务处刘主任。刘主任说,为争取下一个学年取得更好的成绩,应届高三已于高考结束后提前上课。眼下开学在即,为鼓励学生,学校打算开一次大会,对今年高考前五十名的本科生给予奖励,会上想找几位重点发言人。他们了解到,米芬的家庭境遇比较特殊,又很典型,经校方研究,想请程秀女士代表学生家长讲讲自己克服重重困难，努力战胜自我，供两个孩子读书成才的体验和感受。刘主任把来访的意图讲完以后，足足有十多分钟大家谁也没说一句话。程秀思考了半天说："宋老师、刘主任，我觉得学校领导交给我的这项任务我实在难以承担。我拙口笨舌，没经过这么大的场面，在大众面前讲话心里非常打怵。我又识不了几个字，即使别人把讲稿写好，我也念不通，读不成句。再说，我这人很脆弱，如果在讲台上哭得泣不成声，一个字也吐不出来，那就对不住在场的领导和大家。我觉得还是不讲为好。再说回来，真要讲的话，讲什么？自己受的那点难也不值得一提……"说到这里，程秀长叹了一声，泪水不由得流了下来，她赶紧掏出手帕将两只眼睛揉了一阵子。班主任宋老师环顾了一下在场的人然后对刘主任说："主任，我提个建议，你看这样行不行，咱让米芬同学写一份发言稿做重点发言。到时候程秀女士和米玉同学也到台上亮亮相，我看能收到同样的效果。"刘主任思考了一下说："这样也可以。"然后他向程秀征求意见："米芬妈妈，你看这样做行吗？"程秀不好意思再说别的，勉强答应下来。

  米芬把发言稿写好交给宋老师批阅，然后经校方核准。开会的时间到了。参加会议的人包括学校全体教师、应届毕业班全体学生和家长，高一、高二的部分学生和家长，总共四千多人。米芬的发言很打动人心，她讲道："我五岁、弟弟三岁那年，我们失去了父亲，是母亲一个人拉扯我们长大。为抚养我们，供我们姐弟俩读书，母亲卖过茶叶蛋，当过清扫工，种过责任田，扒过垃圾，捡过废品……"会场内非常寂静，很多人热泪盈眶，隐隐传出唏嘘之声。"有一位老奶奶，已经七十多岁高龄，她叫章平秀，是一位退休的纺纱工人。老人家慷慨解囊，向我们伸出援手……我曾想，如果不是母亲的养育、老师的教导、社会的关爱、国家的培养，我也会成为一个卖火柴的小女孩，也就不会有我的今天……在这里，我保证：升入高一级学校以后，一定刻苦努力，以优异的成绩感谢我亲爱的妈妈，感谢我尊敬的老师，报效我们伟大的祖国和人民!"会场内响起了热烈的掌声。米芬发言结束以后,大会主持人刘主任把程秀和米玉请到前台。刘主任指着米玉说:"这一位小伙子就是米芬同学的弟弟,绰号叫大玉米,也有的同学喊他大棒子。很多同学都认识他,他就是经常在校园里拾废品捡瓶子的米玉同学。初中三年,米玉同学曾经考过两次级部第一名,高一这一年,两次期末考试,总成绩都排在级部前五名,班里第一名。"然后,刘主任转向程秀说:"这一位就是米芬和米玉同学的母亲程秀女士,她是一位普普通通的妈妈,是一位高尚的妈妈,有道德的妈妈,让人尊敬的妈妈,也是一位伟大的母亲!"会场内又响起了热烈的掌声。与此同时,有一位身着校服的女同学手持鲜花来到前台,向程秀深施一礼献上鲜花。程秀把鲜花擎在手里,抱在怀里,禁不住泪流满面。

(4)

米玉曾在作文中写道:"我爱我的姥姥,爱她老人家那温柔的性格,善良的胸怀,慈祥的面容。"听母亲说,最近姥姥和大姨要一起来,还带着弟弟和妹妹,米芬和米玉姐弟俩别提多高兴了。他们特别喜欢那一对双胞胎,见了还想见,玩过还想再和他们玩。姐弟俩每天早起扫地除尘,洒水降温,整理内务,盼着那个令人兴奋的时刻。八月二十八日是米芬离家赴学的日子。二十六日上午,一辆三轮车把程俊送到程秀家门口,她一进大门,三口人都迎上去问,姥姥和两个宝宝怎么没来?程俊回答,坐不上车,公共汽车太忙了,根本挤不上,一看快到二十八号了,自己这才先来看看,等冬闲了,再让程功拉着他们一起来。程俊说笑着进屋落座,然后指了指提包说:"里面是姥姥准备的礼品,有干枣和绿豆。"接着又掏出来三百块钱,说是给米芬上学用的零花钱。

姊妹二人进了店铺,程俊环顾四周说,收拾得挺好的,万全店一般。程秀说:"姐姐,今天你别急着走了,咱姊妹俩好好聊聊。"程俊同意了。中午四口人一块用餐。程秀先打发米芬、米玉吃完晚饭，并告诉姐弟俩："等打烊关门以后，我打算陪你大姨喝点酒。"程秀准备了四道酒肴，五香花生米、点心、豆腐皮凉拌黄瓜、西红柿炒鸡蛋。八点半到了，把售货窗口和屋门关好插牢，姊妹俩面对面在小饭桌边坐下，程秀满满地斟了两杯四十二度大曲说："姐姐，很长时间没和你这样亲热亲近了，来，咱先碰一个。"杯子响过以后，各自饮了饮，随意吃点菜。

程俊说："小时候咱们一个被窝里打通腿，睡了多少年我都记不清了。一面褥子一床被，连便罐都用一个。"

程秀回答："哪里是便罐，是咱娘用来喂鸡的小泥巴盆，口那么大，弄不好就洒到床上呢。"

"为什么不买个小罐子，深点的？"

"买不到，没有卖的。一九六〇年前后，物资奇缺。"讲到此处，程秀举杯示意把酒喝干。于是姊妹俩同饮而尽，吃了好一阵子菜。

她们两个边喝边聊，一边回忆过去各自经历的苦难，一边为今天的美好生活感到幸福。不知不觉，时间已到深夜。最后，姊妹俩开了屋门来到院中。小城在沉睡，灯光和月光交相辉映。看看满天星斗，听听奔驰远去的火车，顿觉心旷神怡，刚才的困意全无，精神头又来了。回到屋里把门闩牢，程秀语重心长地说："再等两年，小玉上完高中，我准备约上咱老娘一块去登泰山，两个闺女一边一个搀扶着她，尽尽做子女的孝心。"

"谁知道她老人家愿不愿意去啊？"

"咱老娘主要是怕花钱，过穷日子过的。现在有钱了，她老人家自然能想得开。要说出国旅游、乘飞机、坐轮船、越洋跨海，目前咱还办不到，近处走走看看，像曲阜三孔、青岛海边、济南趵突泉，这几个小钱咱还是有的。让咱老娘也感受感受新时代。姐姐，好好保重身体，追潮流，赶社会，好好享受人间这份福。"程秀打个哈欠伸伸懒腰说，"姐姐，我还有个打算，下一步得买房子。大嫂万青莲每次见我都这样劝我,俺大哥在这方面很有远见。他说,现在一般的楼房,两万块钱左右就能买一套。干妈给我打电话的时候也说,深圳那边的房价一个劲地涨,咱这里是小城,现在还没动静。大嫂和干妈都愿意借钱给我,目前我还用不着。家里的那套房子,我原打算翻盖一下,现在我不这么想了,或者说永远都不考虑再回米店新村住了,那里只留作纪念吧。"姐妹二人上床,进入梦乡。